学園の黒幕ですが
完全犯罪で世界を救ってもいいですか？

黒幕ゲーム

久追遥希
（イラスト）たかやKi

I'm the mastermind behind the school,
but can I save the world with the perfect crime?

Shadow Game

CONTENTS

黒幕ゲーム
学園の黒幕ですが完全犯罪で世界を救ってもいいですか?

久追遥希

MF文庫J

口絵・本文イラスト●たかやKi

プロローグ　いつかの未来

Shadow Game

##

──〝完全犯罪〟を成立させるためには仲間が要る。

それも、とびきり優秀で性悪で頼もしい、ハチャメチャな仲間たちが。


こつ、と乾いた足音が夜闇に響く。

俺が──違う、俺たちが訪れているのは深夜の学校だった。目的は、校舎の中でちょっとした〝事件〟を起こすこと。もしかしたら、明日には迷宮入りの大事件として世間を賑わせているかもしれない。だけど、それくらいの騒ぎはもはや日常茶飯事だ。

「ん……」

校門に仕掛けられているはずの防犯装置は何故か沈黙している。

奇妙な現象に意識と視線を向けた瞬間、すぐ隣からちょんちょんと袖を引かれた。

「えっへん。これも、わたしの得意技……なでなでの権利、ぷらすいち」

「……はいはい、分かったよ」

口調と表情こそローテンション気味ながら、上目遣いで得意げな横ピースを決める小柄な少女。大人しい割に（仕草だけは）自己主張が激しい彼女の黒髪にぽふんと片手を置くと、つきたてのお餅みたいに白い頬がわずかに緩む。

誰よりもハッキングに長けた訳アリな〝暗殺者〟――。

彼女のおかげで、俺たちの犯行は並大抵のセキュリティじゃ止まらない。

ただし、今夜の現場は他でもない学校だ。監視カメラや警報機の類なら一瞬で突破できるとしても、どうしたって人の目がある。守衛、残業、もしくは宿直。相手方の役割が何であるかに関わらず、俺たちにとっては見られるだけで不都合だ。

けれど、

「先生たちなら帰ってるよ、一人残らずね」

少し前を歩いていたベージュの髪の少年――〝詐欺師〟が、俺の疑問を見透かしているかのように上半身を捻ってそう言った。腹が立つほど整った容姿を持つ彼は、芝居がかった仕草で両手を広げながらわざとらしく口角を上げる。

「まあ、正確には〝帰ってもらった〟んだけど」

「……何したんだ、今回は？」

「ほんのちょっと帰りたくなる理由をあげただけだよ。そうだね、具体的には――」

「うっさいなぁ、もう。どーせ適当な嘘ついて追い返したんでしょ？　別に内容とかどうでもいいっていうか、むしろ聞きたくないってば！」

不満げに頬を膨らませて詐欺師の発言を一刀両断に遮る赤髪の少女。

制服の上から纏った白いカーディガンにも片鱗が現れている通り〝マッドサイエンティスト〟への道をひた走る彼女は、性格的には素直で純情だ。そのため呼吸と同じ頻度で嘘をつく詐欺師とは折り合いが悪く、今も「じぃ……」とジト目で抗議している。

……ただまあ、

「そんな目で見てもらえるなんて……いやぁ、今日は最高の夜になりそうだね」

嘘つき以外にドMという厄介な属性を併せ持つ彼には逆効果だったようだけれど。

とにもかくにも、本来的な意味での監視の目は詐欺師の嘘によって排除されている。ついでに足跡や指紋を含めた諸々の痕跡は、マッドなサイエンティストである少女が作った発明品によって夜のうちに綺麗さっぱり消し飛ばされる予定だ。

そして、最後に立ち塞がるのは物理的な障壁――。

俺たちが侵入経路に選んだ校舎の裏口には電子錠とダイヤル錠の二重ロックが施されている。いくら暗殺者のハッキング能力が優れていても、アナログ式の錠前は破れない。何か別の方法で攻略するしかない、というわけだ。

そんなことを考えながら校庭を突っ切り、通い慣れた校舎の裏手に回る――と、

「「「………」」」

裏口がぶっ壊されていた。

正確には、余所者の侵入を阻んでいたはずの扉が枠ごと取り外されていた。

「ふふっ。お察しの通り、犯人は私です」

童話のお姫様みたいな銀髪をふわりと揺らす少女──〝怪盗〟が、黒手袋を付けた右手をお淑やかに掲げる。サプライズが成功して喜ぶ子供みたいな表情だ。

「入りやすいように改造してみました。ご安心ください、あとでちゃんと直しますよ？」

「……じゃあ、何でわざわざ？」

「それはもちろん、こちらの方がスリル満点でドキドキしますから」

にこにこと無邪気に微笑む、非日常の危険を愛してやまないお姫様。

「ふっ……やっぱり、物騒のきわみ」

それを受けて、俺の後ろに隠れていた黒髪の少女が煽るようにちょこんと顔を出す。

「やばんじん……わたしなら、もっとすまーとにやれる。やーいやーい」

「むむ。……そんなことを言う悪い子には、お仕置きです。えい」

「ふにゃむっ!?」

怪盗の指先から放たれた何か──見えなかったけど多分消しゴムだと思う──が暗殺者の小柄な身体を弾き飛ばし、尻尾を踏まれた猫みたいな悲鳴が暗闇に響く。両手で額を押さえる黒髪の少女は涙目ながら「がるるる……」と臨戦態勢を取っており、早くも何らかの反撃を企んでいるのは想像に難くない。

「！　な、なんて容赦のない強烈な一撃なんだろう。土下座したら僕にも攻撃してくれないかなぁ……やっぱり、貯金の使いどころってこういう場面だからね」

「うわ、きも……って言ったら喜ばれるんじゃん。……え、詰み？　どうしよ⁉」

そこそこの頻度で発生する好戦的なやり取りを羨ましそうに指を咥(くわ)えて（今のところ比喩だけど）眺める詐欺師と、その傍(かたわ)らで難解な問題にぶち当たっては「むむむ……！」と腕を組むマッドサイエンティストな少女。


「…………」

……まあ、見ての通り。

俺たちはまだバラバラで、仲良しこよしというわけじゃない。

強固な絆(きずな)も、結束感も何もない。

それでも。

「では――団長(ボス)、号令を」

極上の銀髪を揺らす少女が、俺に。今回の事件を企てた〝黒幕〟に身体を向ける。

――俺たちは、完全犯罪組織の仲間だ。

バラバラでも絆がなくても結束感が希薄でも、信頼だけは足りている。

俺たちが企てているのは、平たく言えば犯罪行為だ。なるべく派手で大胆な――それでいて特定の条件を満たす――事件を何度となく繰り返している。各々が持つ特殊な能力を活(い)かしながら、この世界で〝悪党〟を続けている。

……何故(なぜ)か？

そうしないと、最悪の未来が訪れてしまうからだ。

■■■が惨殺されて、■■■が壊滅して、世界が終わってしまうからだ。

そんな未来が、俺にだけは視(み)えている。

「……ああ」

だから俺たちは捕まるわけにいかない。世界中のどこよりも〝正義〟の力が強いこの学園で、誰にも知られないまま歴史を改変し続けなきゃいけない。

「完全犯罪組織【■■■■】――行動開始だ」

頼れる仲間たちの顔を見渡しながら、俺は今日も堂々と号令を下す。

ただ、これは――今からほんの少しだけ〝未来〟の話だ。

第一章　永彩学園と怪盗レイン

Shadow Game

#1

まだ肌寒い四月初旬の朝。

通学、通勤ラッシュ真っ只中(ただなか)の電車内は制服とスーツの人々で埋め尽くされていて、暇潰しにスマホを取り出そうという気にもなれない。

それでも、俺——積木来都(つみきらいと)がどこかワクワクと前向きな気持ちで身体(からだ)を揺られているのには、大きく二つの理由があった。

一つに、今日が入学式という特別な日だから。

俺はつい先月まで中学生だったピカピカの高校一年生だ。今までは近所の学校に通っていたため、ラッシュ時の電車に乗るのはほぼ初体験。俗世の常識を知らないお嬢様じゃないけど、何となく物珍しさというか非日常感らしきものがある。

そしてもう一つに、これから通うことになる永彩(えいさい)学園が全寮制の高校だから。

今日だけの辛抱だと思えば、ぎゅうぎゅうの満員電車だってそう悪いものじゃない。

(……っと。確かこの駅、だったよな)

受験の際にも来ているものの、念入りに表示を確認してから電車を降りる。

永彩学園の最寄り駅。改札を抜けると、人の波はきっぱり二手に分かれていた。多数派になるのは圧倒的に左手側だ。そこそこ規模の大きなビジネス街と、私立高校や大学なんかもあったはず。街全体がとっくに目覚めて活気づいているのが見て取れる。

「ん……」

そこへ吸い込まれていく人々の背中を見送ってから、俺は逆サイドへ足を向けた。風景としては似たようなものだけれど、明らかに人通りの少ない右手側——それもそのはず、この先にある施設なんて永彩学園くらいのものだからだ。よって、周りには同じ制服を着た高校生らしき少年少女の姿をちらほらと見かける。

(駅から来てるってことは、みんな新入生……なのかな)

内心で独り言ちる。

新生活の荷物は予め送っているものの、晴れて寮の部屋が使えるようになるのは今日からだ。わざわざ電車を使っている以上、俺と同じ一年生である可能性が高い。もしかしたら春休みの間だけ帰省していた上級生かもしれないけど……まあ、どちらにしてもこれからは同じ学校に通う仲間だ。親近感というか連帯感というか、そういった感情が早くも芽生え始めているのは間違いない。

特に、永彩学園は少し変わった学校だから——と。そんなことを考えながら青信号のT字路に差し掛かろうとした、その時だった。

「…………へ？」

呆然と零れたのは俺自身の声。

ただ、そんなものはきっと世界の誰にも届かなかったことだろう——何しろ、だ。突如として唸るような轟音が辺り一帯に鳴り響いたかと思えば、今まさに俺が渡ろうとしていたT字路に一台のバイクが超高速で突っ込んできたんだから。

明らかに法を逸した速度、ゴテゴテに改造された車体、お手本みたいな信号無視。

精神的な衝撃と物理的な風圧で俺の歩みが止まる中、件の爆走バイクは〝赤〟を示していた信号機にぶち当たり、恐ろしい破砕音と共に停止する。

「な、なんだ……事故？」「とんでもない勢いだったぞ、おい」「暴走族ってやつ？ 朝っぱらから迷惑な話だな」「族って。一人じゃん」「え、えっと、早く救急車を呼んであげた方が……」「救急車っていうか、あれ……生きてんのか？」

周囲から戸惑い交じりのざわめきが上がる。

当然の話だ。朝も早くから暴走バイクが信号機に突っ込む様を目撃したら誰だってそうなる。運転手の身を案じればいいのか、見なかったことにして立ち去ればいいのか、素直に通報すればいいのか。想定外のハプニングに咄嗟の一歩が踏み出せない。

「むっ……!?」

そんな状況で怪訝な呟きを零したのは、もちろん俺……じゃない。

いつの間にか俺のすぐ後ろにいた、同じ制服の男子生徒。今日から学友になるのだろう真面目そうなメガネの彼は、何かに気付いたように大きく声を張り上げた。

「諸君、気を付けろ！　あの男は単なる暴走族ではない――〝才能所持者〟だッ!!」

……刹那。

俺たちの視線の先で、何の前触れもなく唐突に真っ赤な轟炎が立ち上った。

「チッ……んだよ、ガキ共。許可もなく見てンじゃねぇ……目障りだ」

黒のジャケットに身を包んだ、いかにも凶悪な風貌の男。

彼はライターの類を使うでも火炎瓶を放るでもなく、ただ無造作に手のひらから灼熱の炎を吐き出している。もちろん幻覚なんかじゃない。その証拠に、渦を巻きながら広がる業火はステンレス製の信号機をとっくに灰へと変えている。

「ッ……」

――この世界には《才能》と呼ばれる代物がある。

約三十年前から観測されるようになった異能の力。物理法則を完全に無視し、馬鹿げた結果をもたらす夢のような力。現在では若年層の1％ほど、日本全体では五十万人ほどが何らかの《才能》に目覚めた才能所持者であるとされている。

世界の発展を大きく推し進めた《才能（クラウン）》。

でも、もちろん——というと世知辛いけれど、それを悪事に使う人間だっている。

まさに今、目の前で炎を撒（ま）き散らしている煤（すす）けた髪の男のように。

「クソが。人がせっかく朝のドライブを楽しんでたってのに、邪魔くせぇ信号は生えてるわガキ共は不愉快だわ……萎えるな。いっそ、全部灰にしちまうかァ？」

イライラとした口調で八つ当たり気味の呪詛（じゅそ）を垂れ流す男。衝突事故で使い物にならなくなった改造バイクに炎が移り、ガソリンか何かに引火したのかとんでもない高さの火柱が上がる。炎の向こうから放たれているのは明確な殺意だ。

「くっ……！」

隣に進み出てきたメガネの男子生徒が悔しげに拳を握っている。

「何だあの傲慢で自分勝手な男は……この岩清水誠（いわしみずまこと）、もう我慢の限界だ。だが、迂闊（うかつ）にヤツを刺激すればむしろ被害が広がりかねん……！」

下唇を噛（か）む少年。さりげなく名乗られたような気がするけれど、こんな状況じゃ覚えられない。立ち位置が立ち位置なので「……確かにな」と相槌（あいづち）だけ返しつつ、一方で〝珍しいな〟という感覚を抱く。それは、少年の熱い正義感に対して……ではない。

この世界には、確かに《才能（クラウン）》と呼ばれる代物（モノ）がある——。

物理法則を軽々と無視する《才能（クラウン）》は、見ての通り非常に強力だ。だけど、十年前や二十年前ならともかく、今の時代にこうして白昼堂々と《才能(クラウン)》を振りかざして悪事を働く人間なんて滅多(めった)に見かけることはない。

何故(なぜ)なら……と。

そんな俺の思考を遮るような形で、燃え盛るT字路に新たな闖入者が現れた。

「――一条光凛(いちじょうひかり)、臨場しました。これより、才能犯罪者(クリミナル)の緊急確保に移ります！」

「！」

凛(りん)、と辺り一帯に澄み渡る声。

釣られて視線を動かした瞬間、俺の世界から〝それ〟以外の何もかもが消し飛んだ。

それは、とても――とてつもなく美しい少女だった。

見る者の視線を奪うキラキラとしたストレートロングの金糸。表情と共に厳しくも優しくも装いを変える、透き通るような碧(あお)の瞳。物腰柔らかな雰囲気を漂わせながら、世の中にはびこる悪を決して許さない高潔な気品も併せ持つ。思春期男子にとっての、いや、全宇宙の老若男女にとっての理想をこれでもかと詰め込んだような少女。

（ほ、本物だ……本物の、一条さんだ！）

メガネの少年には悪いけど、彼と違ってこちらは名乗られるまでもない。

何しろ一条光凛とは、この世で最も美しい四字熟語（俺調べ）に他ならないのだから。

「……あァ？」

格好こそ俺たちと同じ永彩学園の制服でも、彼女――とその後ろに控えているもう一人の少女――が周りの人間とは明らかに違う空気を纏っていることくらい理解できたのだろう。物理的に炎上中の男が鬱陶しそうに眉を顰める。

「テメェは……どっかで見た顔だな。さては有名な捕獲者サマってとこかァ？」

「否定はしません。投降する気があるのなら、今すぐ《才能》を解除してください」

「……チッ……」

再度、わざとらしい舌打ちの音が響く。

〝捕獲者〟――それは、才能犯罪者を根絶やしにするべく生まれた正義の存在だ。各々が強力な《才能》を持っているのはもちろん、あらゆる悪事に罰を与える《裁判》という力を有している。正しく真犯人を突き止めることさえできれば一方的に彼らを無力化・拘束してしまう正義の刃。それこそが捕獲者であり《裁判》である。

ただ、

「《才能》を解除しろ、ねェ？　……お断りだ、クソが」

ちりっ、と赤黒い炎が肌を焼いた。

直火で熱せられたアスファルトが季節外れの陽炎を生じさせる中、開き直ったのかあるいは何か秘策があるのか、煤けた髪の男はニヤニヤと口元を歪める。

「おい女ァ……《裁判》を扱える捕獲者はテメェだけだな。後ろのは捕獲助手か」

「……何が言いたいんですか？」

「ハッ。この俺の《才能》を舐めるなよ――《合炎奇炎》。こいつは、俺にとって邪魔なモンだけを燃やし尽くす地獄の業火だ。テメェが《裁判》を起動するより早く、ここから半径１００ｍを焼け野原に変えられる」

「…………」

「テメェが俺を挑発したせいで、哀れなガキ共は全員まとめてあの世行きだ。……それが嫌ならさっさと《裁判》の力を放棄しろ、今すぐだ」

強烈な殺意が全方位を貫く。

到着したばかりの一条さんがどこまで把握しているかは分からないけど、この近くには永彩の生徒だけで十数人が集まっている。たまたま居合わせた通行人や近所の住人も含めれば平気で百は超えるだろう。天秤に掛けるにはあまりに重い。

押し黙る一条さんの姿を見て、男は勝ち誇ったように口端を上げる。

「呑み込みが早いのだけは褒めてやる。これに懲りたら、捕獲者如きが俺の前に――」

……調子よく紡がれていた言葉は、そこでピタリと止まった。

どこか虚ろな表情で棒立ちになる男。突然の異変にギャラリーが首を傾げる中、それまで口を噤（つぐ）んでいた一条（いちじょう）さんの声が静かに響く。

「――《絶対条例（エンペラー）》」

　押し黙っていた、わけではない。

　一条さんは許可を取っていただけだ。宿した《才能（クラウン）》があまりにも強力だからこそ、事前にお伺いを立てていただけ。彼女が才能犯罪者（クリミナル）を前に臆するなんて有り得ない。

　腰の辺りまで広がった流麗な金糸が熱風を受けてふわりと揺れる。

「もう一度言います。今すぐ《才能（クラウン）》を解除してください」

「……、はい」

「ありがとうございます。それと……こんな《才能（クラウン）》を持っているなら、消火用の道具くらいは常備していますよね？　燃え広がる前に炎を消してください」

「……、はい」

　さっきまでの反抗的な態度とは一変して従順に言うことを聞く男。

　ごうごうと燃え上がっていた炎があっという間に収まっていくのを確認しながら、一条さんは洗練された仕草でそっと右手を耳元へ添える。

「本部――改めて要請します。捕獲者（ハンター）・一条光凛（ひかり）の権限で、殿堂才能（コアクラウン）《裁判（ジャッジ）》の短縮使用（ショートカット）許可を。……はい、大丈夫です。騒ぎは無事に収まっていますから」

　誰もが見惚（みと）れるような笑みを零（こぼ）して。

「――《裁判(ジャッジ)》」

　スマホ型の端末を顔の前に翳(かざ)した一条さんは、短くそんな言葉を口にする。

【コアクラウン01《裁判(ジャッジ)》：短縮使用(ショートカット)――〝有罪(ギルティ)〟。罪状確定、現行犯逮捕】

【該当の才能犯罪者(クリミナル)を無力化、拘束します】

「「……お、おぉおおおおおおお！！！」」

　解決を示す電子音が鳴り響くのと同時、地鳴りのようなざわめきが空間を支配した。

　きっと、哀れな男以外は誰もが知っていた――一条さん。一条光凛は確かに永彩(えいさい)学園の生徒だけど、それ以前に現役バリバリの捕獲者(ハンター)だ。それも、並の捕獲者(ハンター)じゃない。相手の行動を操る《絶対条例(エンペラー)》の《才能(クラウン)》に目覚めた、当代最強クラスの捕獲者(ハンター)。男がどれほどの悪党だったとしても、百戦錬磨の彼女に敵(かな)うわけがない。

　一瞬で悪を成敗した一条さんは、そっと胸を撫(な)で下(お)ろしてから辺りを見回している。

「到着が遅れてすみません。怪我(けが)をされている方はいませんか？」

「あ、あの……捕獲者(ハンター)様！　焼かれたわけじゃないんですが、うちのお婆(ばあ)が腰を抜かしちまって……！」

「任せてください！　お家までご一緒させていただきます」

「そこまでしてくださるんですか!?　いや、ですが《才能(クラウン)》の副作用なんかは……」

「それを管理するのも捕獲者(ハンター)のお仕事ですから。今は遠慮なく頼ってください」

嫌な顔一つせず、それどころか気を遣わせることすらせずに、一条さんは助けを求める住民の元へ駆けていく。機転、身軽さ、天使の如き笑顔。何もかもが完璧だ。

「お、おおお！　あれが、あれこそが！　この岩清水誠が目指す捕獲者の姿か!!」

喝采を上げるメガネ。気付けば周りの連中も奮い立っていて、散らばった瓦礫を片付けるなり交通整理を行うなり、一条さんをお手本にして各々で動き始める。

かくいう俺も、念のため消防に連絡を入れながら——

「……かっけぇ」

一言、堪え切れずに素直な内心を零してしまう。

けれど、まあそれもそのはず。みんなが奮起するのも当たり前だ。

何せ、永彩学園とは——俺たちがこれから三年間を過ごす学校とは、他でもない。

この国で唯一の、捕獲者養成機関なのだから。

#2

「あー……静かにしろ、お前ら。授業を始めるぞ」

担任教師の声が気怠げに響くと同時、クラスメイトたちが一斉に居住まいを正す。

今朝の興奮はまだ冷めないままだけど、そんな中でも永彩学園の入学式は恙なく行われた。内容は学長のありがたい演説、入学後の心構え、学内設備の説明などなど。

次いで俺を含めた新入生一同が各々のクラスへ移動して。

たった今、ガイダンスと銘打たれた初回の授業がいよいよ始まったところだった。

「まずは前置きから話そう。……今朝、ちょっとした騒ぎがあったのはお前らも知ってるな？　直接巻き込まれた生徒（ヤツ）も何人かいるはずだ」

教壇に立つ俺たちの担任（やたら寝不足気味で髪がボサボサでワイルドな雰囲気のイケメンだ）が、誰にともなく眠たげな視線を巡らせる。もちろん、この永彩学園に入学しているからには、彼らクラスメイトも一人残らず才能所持者（ホルダー）なんだろう。

さておき、暴走バイク男の炎上事件。

解決した張本人である一条さんが同じクラスにいるわけじゃないけど、俺は現場に立ち会っているし、岩なんとかいうメガネの彼も近くにいた。入学式の挨拶でも軽く触れられていたから、他のみんなも大まかな事情は知っているはずだ。

「あれな。——珍しい、って思っただろ？」

気怠げながら静かな迫力を伴う眼光が俺たちを射る。

「その感覚は正常だ。今の時代、ああいう命知らずな馬鹿は滅多（めった）にいねぇ……ただ、少し前までは《才能（クラウン）》を手にした悪党どもが世界の秩序を乱してた。それを撲滅した、とは言わねえまでも、珍しいと思える程度に抑制し続けてるのが〝捕獲者（ハンター）〟だ」

とん、っと教卓に突いた右手に体重を乗せる担任。

今の話にもあった通り、かつては――《才能(クラウン)》が観測され始めた当初は才能犯罪者(クリミナル)たちが我が物顔で世界を支配していたらしい。何もかもが規格外な《才能(クラウン)》は並大抵の武力じゃ鎮圧できないし、既存の法律じゃ裁けない。記憶を操れる殺人鬼をどう疑う？　瞬間移動する強盗をどう防ぐ？　才能犯罪は一瞬にして社会問題になった。

そこで生まれたのが捕獲者(ハンター)だ。

彼らは強大な〝正義の力〟を操って、当時の才能犯罪者(クリミナル)たちから秩序を奪い返した。

「で、その正義の力ってのが……殿堂才能(コアクラウン)《裁判(ジャッジ)》だ」

担任教師の声が滔々(とうとう)と流れるように響く。

「イメージとしちゃ〝制裁機能付きの絶対的な正誤判定システム〟みたいなもんか。どんな《才能(クラウン)》にも干渉されることなく、指名した相手が有罪なのか無罪なのか確定的な答えを教えてくれる。有罪なら罪の度合いも暴き立てた挙句に無力化までしてくれる。イカサマだらけの世の中で絶対に騙せない最強の閻魔様(エンマサマ)、ってわけだな」

「「「……ごくり……」」」

「だから、現代の才能犯罪者(クリミナル)は真っ向から暴れたりしねえ。現行犯なら《裁判(ジャッジ)》一発で片が付いちまうから、連中は知恵を働かせて捕獲者(ハンター)から隠れる。証拠を消す。死力を尽くして《裁判(ジャッジ)》から逃れようとする。……才能犯罪の現場において、捕獲者(ハンター)は警察にして探偵にして裁判官だ。戦闘能力も重要だが、それ以上に〝嗅覚〟が求められる」

ふと、一条(いちじょう)さんに制圧された炎使いの姿を脳裏に描く。

あれ自体は計画的な悪事じゃなかったと思うけれど……言われてみれば、彼は周囲一帯を人質に取ることで一条さんの《裁判(ジャッジ)》を封じようとしていた。それは、紛(まぎ)れもなく《裁判(ジャッジ)》の強さの証明だ。捕獲者(ハンター)と才能犯罪者(クリミナル)は対等じゃない。個々のパワーバランスで言うなら圧倒的に捕獲者(ハンター)有利、というのが今の世界の常識だ。

（才能犯罪者(クリミナル)が集まった〝悪の組織〟的なものは毎日のように作られてるらしいけど、その大半は数日で壊滅してる……って話だからな）

もちろん、世界が平和なのは喜ばしいことなのだけれど。

とある秘密を抱えている俺は、暗澹(あんたん)たる気持ちでこっそりと溜(た)め息(いき)を吐(つ)いてしまう。

「まあ、前置きとしてはこんなところか」

そんな俺を他所(よそ)に、授業は新たなフェイズに突入したらしい。

「《裁判(ジャッジ)》は確かに強力だが、使えるのは一つの事件につき一回限り。才能犯罪者(クリミナル)に欺かれて無実の相手に《裁判(ジャッジ)》を下しちまったらその時点で〝迷宮入り〟確定だ。だから、まずは各々の《才能(クラウン)》を駆使して真犯人に辿(たど)り着く必要がある。……おい、虎石(とらいし)」

そこで先生が、不意にとある生徒の名を呼んだ。

ついさっき自己紹介のターンがあっただけだからまだクラス全員の顔と名前が一致するわけじゃないけど、彼なら分かる。虎石銀磁(ぎんじ)。明るくてお調子者でノリが良くて、喩(たと)えるならコ○コロの主人公みたいなやつだ。

「へ……？　な、何っすかセンセ？　オレ、別に居眠りとかしてないっすけど……」

「実例を基に話したい。お前の《才能》を見せてくれないか？」

「！　い、いいんすか、そんな目立つ役やっても！」

「いいからやれ、授業中だ」

嘆息交じりに首を振る担任に促され、虎石は「はいっす！」とノリノリで席を立つ。そのまま軽やかな身のこなしで教卓の隣まで駆け寄って、

「それじゃ、センセの許可も出たことだし――見てろよみんな、大注目だ！」

懐から二枚の硬貨を取り出した。……どうして十円玉が裸でポケットに入っているのかは謎だけど、もしかしたら〝こんなこともあろうかと〟というやつかもしれない。無駄に準備のいい虎石は、鈍い銅色に輝く小銭を天高く掲げる。

「オレの《才能》は《磁由磁在》――対象に選んだ二つの物体に、オリジナルの引力とか斥力を設定できるって効果だ。普通の磁石ならただ引き寄せたり反発させたりするだけだけど、これは違う。だから、たとえば――とりゃぁっ！」

振りかぶって、投擲。

「「!?」」

虎石の指先から離れた片方の十円玉は、教室内のざわめきを切り裂きながら真っ直ぐに

飛翔した。そのまま緩やかに速度を落としつつ、後ろの壁に衝突する……と思いきや、途中でぐいっと何かに引き寄せられるように向きを変え、辿った経路を逆走する。

「へへっ……どんなもんよ！」

そして、わずか数秒後には、虎石銀磁の右手にしっかりと握られていた。

「今オレが設定したのは〝離れれば離れるほど強烈な引力が働く〟って仕様だ。近いと何も起こらないから、こんなブーメランだって思いのままってわけ！」

「わぁ……凄いです、凄い《才能》です！」

「だろ⁉ オレの《磁由磁在》なら何にだって手が届く――捕獲者として、どんな才能犯罪者も逃がさねぇ！ どぉおおおおおよ⁉」

クラスメイトから上がった称賛の声に気を良くし、虎石はノリノリで咆哮する。

「けどな、今のは序の口なんだぜ？ 何しろ〝磁力〟ってのは単なる比喩でしかない。軌道をきっちり描いてやれば、こんな面白いコトだってできるんだ！」

再びぶん投げられる可哀想な十円玉。

銅色の円形は先ほどと同じように真っ直ぐ飛んでいたものの、やがて中途半端な位置でヒュンッと鋭角に進路を変えた。次いでヒュンッ、さらにヒュンッと、まるでピンボールでもやっているかの如く複雑怪奇な軌道で上空を暴れ回る。

これが正確に操作できているなら確かに強力な《才能》だけど――

「へいへいへぇい！　こいつがオレの最終奥義……になる予定の大技！　色んな力を細かく設定することで自由な軌道を走り回る！　そして、弱点は！」

「弱点は!?」

「計算が難しすぎてろくに操れないことだけだぁ！」

——やっぱり、制御できていなかった。

途端に教室中から悲鳴のような声が聞こえ、誰もが隅の方へ避難したり頭を庇(かば)ったりし始める。もちろん俺もその一人だ。地震の際の作法に倣って机の下に身を隠す。

「わ、悪いみんな！　すぐに《才能(クラウン)》を止めるから……いやでも、これだけ勢いが付いてたら今止めても逆に危ないような——」

「——やれやれ、それならデモンストレーションはお終(しま)いだ」

そこで、相変わらず気怠(けだる)げな溜(た)め息(いき)と共に呟(つぶや)いたのは我らが担任の先生だった。同時にヒュンヒュンうるさかった十円玉の音が止(や)み、恐る恐る机から顔を出してみる——そこでは、既に全てが片付いていた。ボサボサ髪のイケメン教師がデジタル黒板に右手を触れさせていて、その黒板に例の十円玉がピタリと吸い付いている。

「「「お、おおお～……!!」」」

どこからともなく歓声が上がった。

……永彩(えいさい)学園は日本初の捕獲者(ハンター)養成機関だ。当然、教師陣にも力が入っている。

かつて熟練の捕獲者（ハンター）だった1－A担任・射駒戒道（いこまかいどう）は、その業績を誇るでもなく告げる。

「見ただろう、お前ら。この通り《才能（クラウン）》ってやつは人それぞれだ。だから、厳密に言えば〝上下〟なんてモノはねえ……《磁由磁在（マグネット）》を使えるのは虎石（とらいし）だけで、それを横から妨害できるのは俺だけだ。同様に、お前らの《才能（クラウン）》もお前らにしか扱えない」

静かに染み渡っていくダンディな声。

実際、その通りだ。この世界に全く同じ《才能（クラウン）》なんて一つとして存在しない。バイク男の《合炎奇炎（レクイエム）》然（しか）り、一条（いちじょう）さんの《絶対条例（エンペラー）》然り。便利さや強さ、規模の大小といった指標はあるにせよ、結局それをどう使うかは才能所持者（ホルダー）次第と言っていい。

「だからこそ――模索しろ、活（い）かせ、使いこなせ、使い倒せ」

ぐるりと教室内を見渡して。

次いで、現役時代の風格を思わせる不敵な笑みを口元に湛（たた）えて。

「永彩学園は、俺たち教員は、お前らが飛翔（ひしょう）するための踏み台になってやる」

――聞き慣れたチャイムの音と共に、元・捕獲者（ハンター）である担任教師は授業を締めた。

#3

永彩学園は日本唯一の捕獲者（ハンター）養成機関だけど、ベースとしては普通の高校だ。東京都の郊外にある全寮制の中高一貫校。ただし中等部は完全選抜方式で、大半は高等部からの新入生となる。月曜から金曜まで授業があり、もちろん英語や数学といった一般科目も履修する。そこに《才能（クラウン）》関連の特別授業が乗ってくるわけだ。

衝撃的な事件と共に幕を開けた学校生活も、最初の一週間は平穏無事に過ぎ去って。

とある昼休みのことだった。

「——瑠々（るる）さん、瑠々さん！　あの、例の〝五月雨事件〟のことなんですけど……！」

（ん……？）

のんびりとした空気の中に興奮気味の声が放たれ、パンから視線を持ち上げる。

声は教室の右斜め前、廊下側の一角から聞こえてきていた。片方の机をくるりと反転させ、前後の席で向かい合ってランチを楽しんでいる二人の女子生徒。中でも黒髪をポニーテールにまとめた純朴そうな少女が、両手を胸元でぎゅっと握っている。

「今日もまた、このクラスで〝盗難〟が発生しました。入学式から一週間しか経（た）っていないのに四件目ですよ、四件目！　これはもう、どこかに【怪盗レイン】が潜んでいるとしか考えられません！　考えられないんです、やっぱり！」

「ん～、でもさぁ……ちなみにコマリン、今日は何がなくなったわけ？」

「！　え、と……芯です。シャーペンの芯が、一本」

「……ウチ、あんまりよく知らないんだけど。【怪盗レイン】って、確か〝被害総額が数百億！　超ヤバい！〟みたいな人じゃなかったっけ？」

「そ、そうですけど、そうなんですけど……でも、標的を変えたのかもしれません」

「シャーペンの芯に？」

「はい、シャーペンの芯に！」

そうかなぁ、と呟いてからパックの豆乳をちう、と吸う鮮やかな赤髪の女子生徒。

――五月雨事件。

ここ数日、永彩学園高等部1－A……つまり俺たちの教室内で、ちょっとした出来事が話題になっている。何でも授業中にシャーペンやら消しゴムやら定規やら、そういった小物が〝消える〟らしいのだ。消えたモノはすぐにバッグやポケットの中から見つかるため厳密には窃盗ですらないのだけれど、確かに奇妙な事態には違いない。

「思い違いとか忘れてただけとか、そういうオチな気もするけど……」

「あはは。まあ、それならそれで一安心じゃないかな」

と。

別の席から聞こえてきた旬の話題に俺なりの推測を口にしてみたところ、一緒に昼食を取っていた男子生徒がそんな相槌を打ってきた。右隣の席でサンドイッチを食べている線の細いクラスメイト・御手洗瑞樹。寮の部屋が隣同士、という縁もあって入学早々に仲良くなった彼は、人当たりの良い柔和な笑みと共にこちらへ視線を向けてくる。

「実際、高価なモノは全く狙われてないわけだし。何かの拍子にぶつかって鞄の中に落ちただけとか、もしくは誰かの《才能》が暴発しちゃったのかも」

「そっちの方が有り得るよな。……って、じゃあ何で【怪盗レイン】の噂なんか」

「それも、一応は根拠があるみたいだよ？」

ピン、と頬の近くで人差し指を立てる御手洗。

男子にしてはいちいち仕草が可愛らしい彼によれば——そもそも【怪盗レイン】というのは、世間に名を轟かせる才能犯罪界の超大物だ。大規模な才能犯罪組織を相手に何度となく盗みを繰り返し、その度に捕獲者たちから逃げ果せている。汚い金を溜め込んでいると【怪盗レイン】に狙われるぞ、というのは、世界的に有名な噂話らしい。

持っている《才能》は現状不明。ただし〝様々な武器を自在に操る〟という目撃例が多数あり、その辺に転がっていた石ころで建物を倒壊させたとか、商売敵の怪盗組織を水鉄砲だけで壊滅させたとか、信じがたい最強伝説の類ならいくらでも転がっている。

例のバイク男なんかとは比べるべくもない、ブラックリストの筆頭だ。

「そんな【怪盗レイン】だけど……去年の終わり頃、だったかな。結構派手な盗みをやらかして、捕獲者統括機関——【CCC】が厳戒態勢に入ってるみたいなんだ。だから、ほとぼりが冷めるまでどこかに潜伏してるって噂」

「え。……【怪盗レイン】って高校生だったのか？」

「違うと思うけど、伝説の大怪盗なら変装技術くらいあるんじゃない？」

だから都市伝説なんだってば、と肩を竦(すく)める御手洗。……要するに、1－Aで起きている不可思議な現象と世間を騒がせる大物の噂が混ぜ合わさった結果、シャーペンの芯を盗み出す【怪盗レイン】という眉唾な存在が爆誕したらしい。

「絶対に、絶対に捕まえないといけません――〝捕獲者(ハンター)〟見習いとして！」

そんな噂をどこまで信じているのかはともかく、例の黒髪ポニテ少女は両手をぎゅっと握り締めてはメラメラと正義感に燃えている。ちなみに、この前の授業中に虎石(とらいし)の《磁由磁在(マグネツト)》を褒めていたのもあの子だ。名前は、確か鳴瀬小鞠(なるせこまり)。真面目(まじめ)な委員長っぽい気質の少女で、紛(まぎ)れもなく同学年なのだけど何となく〝後輩感〟がある。

（【怪盗レイン】を捕まえる……か）

彼女の発言を頭の中でなぞってみる。

ネットの情報を拾い集めるだけでも分かる通り、件(くだん)の【怪盗レイン】は正真正銘の悪党だ。捕獲者(ハンター)全盛の世の中でごく少数とも言える第一線級の才能犯罪者(クリミナル)。そんなヤツを捕まえる、なんて、普通なら子供の戯言(たわごと)に聞こえるかもしれない。

だけど俺たちは永彩(えいさい)学園に通う生徒で。

それはつまり、才能犯罪者(クリミナル)に対抗する捕獲者(ハンター)の〝卵〟――という意味に他ならない。

「まあ……【怪盗レイン】はさすがに相手が悪いと思うけど」

「どうかな。案外、鳴瀬さんなら完全な夢物語ってわけでもないかもよ？」

「え、そうなのか？」

「もちろん、今すぐにってつもりで言ってるわけじゃないけどさ。……来都、デバイス出せる？　ボク、あんまり食べるの早くなくって」

三切れ中の二切れがまだ手付かずのまま残ったサンドイッチを見下ろして苦笑する友人に「ああ」と返しながら、メロンパンの最後の一口を放り込んだ俺は制服の内ポケットからスマホのような形状の電子端末――〝デバイス〟を取り出す。

正規登録した捕獲者全員に一律で支給される専用端末。

スマホの完全上位互換であるデバイスには色々な使い道があるのだけど、中でも一番の目玉は〝殿堂才能〟と呼ばれるモノだろう。《裁判》を始めとする、歴代の捕獲者たちが後世に遺してくれた【CCC】の共有財産。形式はアプリのようなそれで、基本的には誰でも――《裁判》は本部の許可が必要な場合もあるけど――使うことができる。

ただもちろん、今使いたいのは《裁判》じゃない。

コアクラウン02：《解析》。

これは、その名の通り各才能所持者の情報を記録し、確認するための殿堂才能だ。もちろん一般人のデータはみだりに覗けないものの、捕獲者を目指す永彩学園の生徒は準公的な立場。持っている《才能》が《解析》を躱す効果でも持っていない限り（実は御手洗がその例なんだけど）、客観的な情報の類は一通り閲覧できる。

その中の一つに〝捕獲者（ハンター）ランク／評価pt（ポイント）〟という項目があった。

【ランク外（通称：見習い）――評価pt：0～99】
【ランクE――評価pt：100～499】
【ランクD――評価pt：500～999】
【ランクC――評価pt：1000～4999】
【ランクB――評価pt：5000～9999】
【ランクA――評価pt：10000～】
【ランクS――評価pt：不問（要・特殊条件）】

才能犯罪を解決したり抑止したり、あるいは【CCC】の発展に貢献したりする度（たび）に与えられる〝評価pt〟と、それを基（もと）に決定される〝捕獲者（ハンター）ランク〟。俺たち捕獲者（ハンター）の実力や功績というのは、こういった数値（データ）にきっちり反映されている。

だからこそ、というか何というか。

【積木（つみき）来都――捕獲者（ハンター）ランク：見習い（ランク外）／評価pt：7】

……こうなるのも仕方ない、ってことだ。

「あはは……」

地味に打ちひしがれていると、隣に座った御手洗が取り成（な）すように笑ってくれる。

「別に、落ち込むことないんじゃない？　ボクたち一般クラスの新入生はほぼ全員が入学と同時に捕獲者見習いになったばっかりで、評価ｐｔを稼ぐ機会なんてまだ来てないんだから。定期テストとか特別カリキュラムとか、これから頑張っていけばいい」

「そうだけどさ。……それで？　鳴瀬なら夢物語じゃない、っていうのは……」

「《解析》してみてよ、来都」

はにかみ笑顔で促され、指先でデバイスの画面をなぞる。アクセスしたのは鳴瀬小鞠の情報だ。彼女の持つ《才能》の詳細と、それから肝心の評価ｐｔが表示される。

【鳴瀬小鞠――捕獲者ランク：見習い／評価ｐｔ：８２】

「！　おお……」

思わず目を見開いた。……評価ｐｔ８２。捕獲者ランクはまだ〝見習い〟だけど、一桁スコアである俺からすれば文字通り桁違いの数値だ。

「鳴瀬さん、永彩に入学する前から【ＣＣＣ】に所属してたみたいなんだよね」

ようやく二つめのサンドイッチに手を伸ばした御手洗が言う。

「《遠隔共鳴》っていう《才能》を持ってて、それが失せ物探しとか迷子の捜索にピッタリなんだよ。才能犯罪者の検挙は一件もないんだけど、困ってる人を片っ端から助けてるわけだからさ。【ＣＣＣ】の評判向上に寄与、って名目で評価ｐｔを貰ってるみたい」

「へえ……めちゃくちゃ偉いな」

「めちゃくちゃ偉いんだよ。だから、今もあんな風に燃えてるんじゃないかな」

教室の前方で【怪盗レイン】の対策を練っている鳴瀬をちらりと見遣りながら、御手洗は尊敬の籠もった口調で零す。俺もまた、彼女に対する心証を——元から悪くなかったものの——さらに一段階改めつつ、その流れで何となく教室内を見回す。

……出会ったばかりのクラスメイトたち。

最近の研究では《才能》の発現によって遺伝的な変異が云々、といった学説もあるらしいけど、言われてみれば派手な髪色をしている生徒も少なくない。ともかく、ここにいる人間は誰も彼もが才能所持者で、誰も彼もが立派な捕獲者を目指している。

(俺も、そのはず……だった、んだけど)

不意に何とも言えない感情に襲われる。……だけど、そんなものを表に出すわけにはいかない。誤魔化すように首を振ってさっさと話題を変えることにする。

「じゃあ、やっぱり鳴瀬がA組のトップなのかな」

「え？　……まさか」

俺の呟きに驚いたような顔をする御手洗。

彼は柔らかな髪を静かに揺らして、今は主のいないとある席に視線を向ける。

「来都、知らないの？　A組には追川家の長男がいるんだけど……」

「……追川蓮、か？　あいつ、そんなに——って」

言っている途中で思い当たり、中途半端に言葉を止める。

追川家——と言えば、捕獲者の間ではかなり有名な一家だ。父親が評価ｐｔにして10000オーバーのAランク捕獲者。母親も強力な《才能》を持っており、第一子である追川杏は永彩学園在学中にAランク昇格を果たした化け物中の化け物だという。

試しに彼自身のデータを《解析》で覗いてみれば、

【追川蓮——捕獲者ランク：C／評価ｐｔ：2287】

「うわ……」

捕獲者ランクは脅威のC。

複数の死傷者が出る規模の才能犯罪で総指揮を担当できる、第一線級の捕獲者だ。

「桁違いっていうのもおこがましいな、これ……何食ったらこんなことになるんだよ」

「あはは。ボクら全員の評価ｐｔを足したって勝負にならないからね。何を食べてるのかは知らないけど、やっぱり英才教育ってことなんじゃないかな」

「永彩教育？　……じゃない、英才の方か。でも、捕獲者の英才教育って何のことだ？」

「小学生の頃からお姉さんに連れ回されて色んな事件に臨場してきたみたい」

「ああ、そういう……」

名探偵○ナンばりのフットワークだ。そこまでスパルタで扱き上げられれば、確かに嫌でも捕獲者としての経験値は溜まっていくことだろう。

「この評価ｐｔなら、普通は選抜クラス——中等部からの繰り上がりがメインの特別クラスに招待されるはずなんだけどね。自分で断って一般クラスの方に来た、って噂だよ。まあ、その理由はボクもよく知らないけど……」

御手洗が小さく首を横に振る。……追川蓮。俺の記憶では、くすんだ金色の髪と威圧的な雰囲気が特徴のやさぐれた不良、という印象だ。目付きも口調も授業態度もあまり褒められたものではない。けれど彼はエリートであり、永彩学園ではそれが全てだ。

「……お」

その辺りで、不意に御手洗が廊下の方へと視線を向けた。

いや——不意に、というのは少し違う。正確に言えば、彼は周りのクラスメイトがざわつき出したのに釣られて身体の向きを変えただけだ。つまりは、御手洗だけじゃなく誰もが注目するような何かが教室の外にある、ということになる。

「どうしたんだよ、御手洗——……いッ!?」

口先で疑問を表明しながら何気なく首を動かした俺は、三度大きく目を見開いた。

透明な窓の向こう側を緩やかに歩く一人の少女。キラキラと華やかに煌めくブロンドカラーの髪。ほんの数日前にも見かけているはずなのに、こうまで視線を奪われる。

「い、一条さんだ……！　選抜クラスの！」

興奮気味に声を潜めた誰かの呟きが耳朶を打った。

一条さん——フルネームを一条光凛。彼女の名を呼ぶ声に憧れや尊敬のニュアンスが混じっている理由はきっと百や二百じゃ収まらないものの、前と違ってデバイスが手元にある今ならさらに分かりやすく客観的なデータを示すことができる。

【一条光凛――捕獲者ランク：S／評価pt：１４２９３】

――一条さんは、この国にたった七人しかいないSランク捕獲者の一人だ。

相手を意のままに操る《絶対条例》の《才能》を持ち、大規模な才能犯罪組織をいくつも壊滅させてきた。戦場の花、無垢なる金姫、一方的終焉……二つ名の解説だけで辞書が作れる。比喩ではなく、この世界を護る最強の剣。

それでいて容姿端麗で。誰にでも優しくて。頭脳明晰で。真面目で格好良くて。

欠点なんか一つも見当たらない、完璧な女の子……なのだ。

「……来都？　ねえ、来都？」

俺が一条さんの魅力を（脳内で）熱く語っていると、隣から怪訝な声が掛けられた。

「どうしたのさ。一条さんが通りすがった瞬間に真っ赤になって、ライブハウスのヘドバンみたいな勢いで机に顔を突っ伏したりして……」

「……そんなこと、してたか？」

「してたも何も、今まさにしてるよ」

呆れたように返してくる御手洗。その一言で自分の体勢に気が付いた俺は、何度か深呼吸をしてからそっと顔を持ち上げる。ごくりと息を呑みつつ廊下を窺えば一条さんの姿は見えなくなっていて、俺は色々な意味で胸を撫で下ろした。

「ふぅ……危ないところだった」

「いや、だから何が……？　何も危なくないと思うけど」

「そんなことないって。あのまま一条さんの聖なる光を浴び続けてたら、俺の身体は焼け落ちるか消し炭になるかのどっちかだ」

「どういう体組成なの、キミ……？」

　ジト目で突っ込みを入れつつ、御手洗はやや不審そうな表情を浮かべている。

　入学早々にできた友人をこんなところで失うわけにもいかないため、俺は少しだけ声を潜めて事情を——もとい、秘密を告げることにした。

「まあ、何ていうか……俺さ、一条光凛ガチ勢なんだよな」

　きっかけが何だったのかはよく覚えていない。

　ただ一点、特筆すべきことがあるとすれば、俺は伝説級のSランク捕獲者——一条光凛と同じ小学校に通っていた。特段の思い出があるわけじゃないけど、何度か遠目に見た記憶はある。それだけでも、興味を持つには充分だった。

　何となく気になって。

　何となく目で追うようになって。

　だから、俺が永彩学園を受験したのは〝一条光凛の進学が決まっていたため〟だ。立派な捕獲者である彼女と並び立てるように。彼女の視界に入れるように。あわよくば、彼女を護る存在になれるように——そんな思いで、俺は捕獲者を志した。

「……って、わけだ」

長々と語って首を振る。

「だから、一条さんがこの前出したファースト写真集は三冊持ってるし、デバイスの背景画像は【CCC】の公式サイトで拾った一条さんのオフショットだし、寮の部屋にはポスターも飾ってる。その代わり、実物は可愛すぎてまともに見れない」

「なるほどね。それは、立派なストー……じゃなくて、ボクは一途でいいと思うけど」

「ほっとけ」

茶化すように言ってくる御手洗にムッとした顔で返し、ささやかな抗議の意として片手で頬杖を突いておく。……俺としても、どうしてここまで一条さんに惹かれるのかはよく分からない。まあ、それが恋というやつなのかもしれないけど。

「来都が一条さんファンだとは知らなかったな」

取り繕うように御手洗が再び口を開く。

「富士山どころかエベレスト並みに高嶺の花だと思うけど……まあ、ボクは友人として応援してるよ。何か力になれることがあったら教えてね」

「？　応援も何も、一条さんが幸せになってくれれば俺のことなんかどうでもいいだろ」

「うわ、思った以上に重傷だなこれ……」

曖昧な苦笑と共にサンドイッチの残った一切れをぱくりと口へ放り込む御手洗。ウエットティッシュで指先を拭いていた彼は、ふと思い出したように首を傾げる。

「そういえば、来都。さっき、一条さんの隣にいた助手の子が来都のこと見てたような気がするんだけど……もしかして、知り合い？」

「え？」

言われて記憶を辿ってみる——ものの、言うまでもなく分からない。

何故なら、だ。

「……残念ながら、一条さんしか見えてなかったな」

「はいはい、ごちそうさま」

白旗を上げる俺に対し、御手洗は行儀よく手を合わせながら二つの意味でそう言った。

##

——夢を、見ていた。

「はぁ、はぁ……」

夜、寮、自室。荒れた呼吸で目を覚ます。

薄暗闇の中で、掛け布団がベッドの脇に垂れ落ちているのが分かった。きっと悪夢にうなされた俺が無意識に蹴飛ばしてしまったんだろう。枕の近くに置いていたデバイスで時刻を確認しつつ、ついでにとある人物からのメッセージに視線を落とす。

【ミッション①：1－A所属、天咲輝夜を■■■すること】

……端的かつ明瞭な指令。今の俺が抱えている、唯一にして絶対的な行動指針。

俺、積木来都は才能所持者だ。永彩学園に通っているんだから当然のことだけど、他のクラスメイトたちと同じく固有の《才能》を持っている。数ある《才能》の中でもとびきり特殊で、強力な割に扱いづらい能力を持っている。

――〝夢〟を、見るんだ。

今から三年後に、前代未聞の大事件が起こる夢を。

捕獲者統括機関が滅び、世界が無秩序状態に戻ってしまう最悪の未来を――夢に見る。

俺が一条さんに憧れて捕獲者を志したのは、嘘じゃない。

この永彩学園で、御手洗や鳴瀬たちと切磋琢磨していきたい気持ちもちゃんとある。

でも、あんな夢を見てしまったからには……あんな未来を知ってしまったからには、無視なんてできるわけがなかった。最悪の未来を変えられるのは、それを知っている俺しかいない。俺が失敗すれば、立ち止まれば、その瞬間に全てが終わる。

（だから……やらないわけには、いかないよな）

最初のターゲットは、天咲輝夜という名の少女らしい。

今の俺はまだ喋（しゃべ）ったこともないけれど、三年後の俺は彼女のことをよく知っている。容姿も、性格も、背景も、立場も、そしてもちろん《才能（クラウン）》も。

世界を救うため、■■■を救うため。

俺は、彼女を――……。

＃4

全ての《才能（クラウン）》にはルールという概念（モノ）がある。

俺たちが持つ異能は確かに強力だけど、思いの丈で強化されたり覚醒したりするようなことはない。持続時間なら秒単位で、適用範囲ならmm（ミリ）単位で〝できること〟が定められている。いわばシステム制御のデジタルゲーム並みに厳密だ。

「だから、オレの《磁由磁在（マグネット）》は何にだって手が届く……のが理想なんだけど、実際のところは15mぽっちが限界なんだよな」

――一条さんとの再エンカウント（遠距離）を果たしてから二日後の休み時間。

俺は、最近仲良くなった虎石（とらいし）と《才能（クラウン）》談義を交わしていた。

「二つのモノに自由な引力と斥力を設定できるのはいいけど、距離が遠くなりすぎると接続が切れるし、大きすぎるモノは運べないし、一時間で強制解除されちまう。別のモノに長く触れさせてると効果も転移するし、ホント制約が多いぜ相棒……」

「ん……でも、人間くらいのサイズなら問題ないんだろ？　前に『どんな才能犯罪者も逃がさない』って言ってたし」

「げ、よく覚えてるな来都！　違う違う、そういうことじゃない。相手が着てる服か何かを対象に選べば間接的に……っていう、なんかちょっとズルいやつだ」

「あ、そうか」

確かにそれは盲点だった。派手好きの虎石は「そうじゃねえんだよな～」と不服そうにしているけど、一流の捕獲者を目指すならその手の〝工夫〟も重要だろう。

「じゃあ、副作用は？」

話の流れで訊いてみる。

才能所持者が《才能》を使う度に——もしくは継続的に——受けることになる副次的な効果。些細なものから人生に支障を来す規模のものまで、その内容は様々だ。

（まあ、その辺も《解析》で分かるんだけど……隠したい場合もあるからなぁ）

たとえば俺の副作用だって、あまり人から触れられたい種類のものじゃない。話したくないならそれ以上は踏み込まないぞ、という控えめな気遣いである。

「ん？　ああ」

果たして虎石は、軽い調子で頷いた。

「副作用は大したことねえよ。……っていうか、気付かなかったか？　この前、射駒センセに呼ばれて《才能》使った時もバリバリに見えてたと思うけど」

「え、そうなのか？　悪い、ちょっと分からなかった」

「そか。んじゃあ、もいっちょ〝魅せて〟やるとするか——！」

副作用を見せるというのに上機嫌でニヤリと笑って、指先で弄んでいた二枚の硬貨を机の上に並べる虎石。彼の持つオリジナル磁力の《才能》が行使される——直前、俺は「ちょっと待った」と声を掛けていた。

「お得意の十円玉もいいんだけどさ。せっかくだから別ので試す、ってのはどうだ？」

「別の？　そりゃいいけど……何かあるか？」

「まあ待てって。——なあ、御手洗！」

右手をメガホンの如く口元に添えて友人を呼ぶ。普段から昼食は一緒に取っているものの、彼の席は俺の三つ前だ。こうでもしないと気付いてもらえない。

さらりと髪を揺らして振り返った御手洗に向けて、俺は手元のペンを掲げてみせた。

「ちょっとペン貸してくれないか？　超高速で飛ばして遊んでみたいんだけど」

「え、何その絶対に貸したくなくなる補足。……まあいっか」

「いいのかよ」

天空くらい心が広い。

ともかく御手洗は、机の端に置いていた一本のシャーペンを片手に俺の席までやってきてくれた。青のラインが入った俺のペンと黒一色で構成された御手洗のペン。同じメーカーのそれらを前に、虎石が今度こそ右手を持ち上げる。

「じゃあ、気を取り直してショータイムだ！　ちなみに、動かし方の希望はあったりするか？　何もなければ絶賛練習中の立体複雑軌道に――」

「それだけはやめてくれ」

「ケチだな、来都は」

「ケチとかじゃないだろ。……あれだ、その前にやってた〝距離が遠くなるほど強い引力が働く〟ってのがいい。俺と御手洗の席くらいなら暴発はしないだろ？」

「その辺も設定次第だけど、前と同じ出力なら大丈夫だぜぃ」

ちら、と教室内を確認してから頷く虎石。席が三つ離れている程度では、この前のような〝超引力〟はまだ効果を発揮しないみたいだ。

「――《磁由磁在》ォ！」

そうして虎石は自身の《才能》を行使する――《磁由磁在》。二つの物体に、磁力に似たオリジナルの引力や斥力を付与できる魔法のような力。

「へっへっへ……これで、来都と瑞樹のペンは引き合うようになったはずだ。試しに教室の外とかにぶん投げてみれば、多分一瞬で返ってくるぜ！」

「下手したら窓が粉々になるけどな、それ。……で、副作用の方はどうなったんだよ？」

「？　何だよ、まだ分かんないのか来都？」

俺の問いに「おっかしいな～」と唇を尖らせる虎石。

口振り的に〝目に見える〟タイプの副作用なんだとは思うけど、俺には何も――

「……って、ん？」

降参の意を伝えようと視線を持ち上げたところでようやく気が付いた。コ○コロの主人公みたいだった虎石の髪が、さらに主人公感を増している。

「髪が、立ってる……静電気？」

「正解！」

自らの《才能》を使っている間は、常に髪が逆立ち続ける――。

虎石銀磁の抱える副作用は、そんな些細なモノだった。


（――あ）

虎石によるパフォーマンスを一通り楽しみ、次の授業の準備を始めた頃。

《磁由磁在》を付与したままにしてもらったシャーペンが机の上から転がり落ちた。

唐突に乱心した御手洗が窓からペンを放り投げたのか、とも思ったけれど、実際は俺の手がぶつかってしまっただけだ。左脇の床でカツンと軽い音が響く。

すぐさま拾い上げようと身体を捻って、左手を伸ばした——その瞬間、だった。

「——ふふ。ごめんなさい、積木さん。先に拾っちゃいました」

「ッ……!?」

囁くような声音に思わずドクンと心臓が跳ねる。

それは——その声は、左隣の席に座る少女のものだった。まず目に付くのは、透き通るような銀色の長髪。まるで童話の中のお姫様みたいな、ふわふわとした柔らかさと上品な雰囲気が同時に体現されている。瞳はサファイアみたいに綺麗な青。好奇心旺盛な猫の如く、吸い込まれそうなくらいに大粒だ。肌なんか雪みたいに純白ですべすべで、一切の汚れを知らない箱入り娘……といった様相ですらある。

そんな彼女は、俺が落としたペンを拾ってくれたようだった。日焼け対策なのか常に付けている黒い手袋の上に、お目当てのシャーペンがちょこんと乗っている。

(……手袋、か)

永彩学園の服装規定はそう厳しい方じゃない。というか、むしろ緩めの部類だ。

何ならこのクラスには、頭から漆黒のローブを被った中二病全開の女子だっている。

だけど、これはそういうのじゃなくて——

「……積木さん? ペン、要らないんですか?」

「え？　あ、ああ……いや、えっと。要る、要ります」

不思議そうな瞳で見つめられてようやく我に返る。マズい、このままじゃ不審者だ。

「ありがとな、天咲」

「いえいえ、隣の席のよしみですから」

手袋越しにペンを受け取った俺が感謝を告げると、彼女はふわりと笑みを――それも男女問わず誰もが好感を覚えるだろう笑みを――浮かべてみせる。それから耳に掛かった髪を指先で軽く掻き上げると、斜め下から俺の顔を覗き込んできた。

「というか……むしろ、もう名前を覚えていただけていたなんて嬉しいです。あまりお話をしてくれなかったので、すっかり嫌われているのかとばかり」

「……そんなんじゃないって。単純に、女子と話すのはハードルが高いんだよ」

「ふふっ、そういうことでしたか。でしたら、私とお揃いですね」

「お揃い？」

「はい。私も、いつか積木さんとお喋りしてみたかったんですが……男の人に声を掛けるのが緊張してしまって、なかなか一歩を踏み出せずにいましたから」

てへ、と付け加えて舌を覗かせる隣の席の圧倒的美少女――天咲輝夜。

見ての通りずば抜けて優れた容姿を持つ彼女は、1－Aの男子連中から凄まじい人気を集めている。振る舞いは清楚にして可憐、柔らかな笑顔は常に周囲を和ませ、心地の良い声は天使の福音……というのは誰かの談だけど、特に否定の言葉は思い付かない。一条（いちじょう）さん命の俺でもうっかり見惚（みと）れてしまうくらいの美人さんだ。

そんな彼女に〝てへ〟なんてされた日には、心拍数が大変なことになってしまう。

「え、えっと……」

だけど俺は、荒れ狂う心臓をぐっと無理やり抑え付ける。

それは、もうすぐ次の授業が始まってしまうからというのもあるし、全く別の理由もあった。頭を過（よ）ぎるのは例のミッション——**【天咲輝夜（あまさきかぐや）を■■■すること】**。その準備は順調に進んでいるけど、だからこそ油断は禁物だ。必死で表情を取り繕う。

「とにかく、拾ってくれて助かった。なくなってたら途方に暮れてたところだ」

「……ふふっ。はい、そうですね」

挙動不審な俺を大きな目でぱちくりと見つめていたものの、やがて可憐（かれん）な笑みを浮かべる天咲。身体（からだ）を前に向け直した彼女は、微（かす）かに口元を緩めてこう言った。

「そうなったら、きっと【怪盗レイン】の仕業だと思われてしまいますから」

＃5

（【怪盗レイン】……か）

続く英語の授業中も、天咲の意味深な発言は俺の脳内でぐるぐると回っていた。

どこかに潜伏しているという噂のある【怪盗レイン】。そして、この1-Aで頻発している小物の盗難事件（まあ実態はせいぜい〝移動〟だけど）こと五月雨事件。

両者が本当に関連しているのかどうかは、ひとまず置いておくとして。

（これまで被害に遭ってるのは、四人……）

楽しい《才能》関連の授業ではなく英語の時間だから、というわけでは断じてないけれど、やけにスカスカなノートの端に五月雨事件の経緯を書き留める。

事件の被害者（？）は今のところ四人。時系列順に男子、女子、女子、男子となっていて、特別な法則は見当たらない。なくなったものは消しゴム、定規、ノート、シャーペンの芯といった文房具ばかりで、いずれも近い場所から発見されている。

他に何かしらの共通点を探すとすれば、

（……犯行時間）

くるっ、とノート上に羅列したその項目に大きく○を付ける。

正義感の強い後輩系黒髪ポニテ女子こと鳴瀬小鞠の調べによれば、五月雨事件はどれも授業中に起こっているらしい。大勢の監視を物ともしない大胆不敵な犯行計画。

そして、もう一つは――位置関係だ。

（最初の被害者は、俺の二つ前の席……そこから右隣、右斜め前、最後がその一つ前。全

貝右利きで、文房具は机の左端に寄せてるやつばっかりだ）

捕獲者（ハンター）、というか探偵気分で状況証拠を挙げていく。

もしここまでの推測が正しいなら、五月雨事件は毎回似たような状況で行われていたことになる。被害者は教室の真ん中から右側の辺りに集中していて、なくなった小物は机の左サイドに寄せられていた。ターゲットにできる〝場所〟に縛りがあるようだ。

……なら、やっぱり。

次に狙われる相手も、盗（と）られる小物も、自（おの）ずと候補が絞れて――

「――ッ!?」

瞬間、視界の端をキラリと輝く何かが掠（かす）めた。

目を凝らしていなければ気付けなかっただろう些細（ささい）な違和感。そんなモノを偶然にも視認した――ではなく、今か今かと待ち構えていた俺は直ちにとある行動に出る。

（間に合……えッ！）

五月雨事件に関するあれこれを書き留（と）めるのに使っていたペンを床に落として。

教室後方に狙いを定め、上履きの踵（かかと）で思いきり蹴飛ばす。

「「――へ？」」

そんな奇行とほとんど同時に起こったのは、今度こそ誰もが気付ける明確な異変。

手袋だ――黒いレースの手袋が、１－Ａの天井間際まで高く舞い上がっていた。空気抵抗を受けてひらひらと滞空していたそれは、やがてゆっくりと降下してくる。

「って……な、何だなんだぁ⁉」

そうして着地点に選ばれたのは虎石の席だった。

タイミングよく手袋をキャッチした彼は、そのまま困惑気味に辺りを見回す。

「急に手袋が降ってくるなんてツイてないぜ……でもこれ、どっかで見たような――」

「そ、それ！　それって、い、い、い、輝夜さんの手袋じゃないですか⁉」

彼の疑問に応じて立ち上がったのは他でもない鳴瀬小鞠だ。

真面目な彼女は、ポニーテールを背中で跳ねさせながら勢い込んで力説する。

「手袋が勝手に空を飛ぶなんて有り得ません。これはもしかして……いえ、もしかしなくても五月雨事件です！　さぁ、出てきてください――【怪盗レイン】さん！」

「か、【怪盗レイン】って……」

鳴瀬の啖呵を皮切りに、教室内が騒然とした空気に包まれる。

早くも発生した五月雨事件の〝五件目〟……それは、これまでのものとは少しだけ傾向が違う。盗られた、もとい移動したのは天咲輝夜の手袋。机の上の文房具ではなく、身に着けていた装飾品がどうやってか唐突に宙を舞った。

これは確かに普通じゃない、と――つまりは才能犯罪の気配だ、と。

永彩学園にいるからには誰もが捕獲者の卵だ。単なる不安だけでなく警戒や気迫が場を支配する。奇妙な事件を解決してやろうと、クラス中が色めき立つのが分かる。

それをまとめて遮るように、俺は頃合いを見て静かに挙手をした。

「あー……その、ちょっといいか？」

「「「？」」」

当然のように集まる注目。

臆さないよう右手の指先で頬を掻きながら、例の手袋を持った虎石銀磁に声を掛ける。

「なあ虎石。さっきさ、俺と御手洗のペンに《磁由磁在》を使ってくれただろ？」

「へ？ お、おう、そうだな。そのせいでオレの髪は今も立ちまくってるぜ」

「そうだったな。……で」

ちら、と視線を隣に向ける。

左隣——そこに座っているのは、1-Aの筆頭美少女である天咲輝夜だ。彼女の右手には普段から付けている黒い手袋がない。愛用の手袋が狙われたからか、もしくは全く別の理由があるのか、天咲は少しばかりの動揺を表情に張り付けている。

それを確認した俺は、ちょっとした苦笑を零しながら〝魔法の言葉〟を紡ぎ始めた。

「俺、実はさっきそのペンを落としちゃってさ。天咲に拾ってもらったんだ」

「……？ それがどうしたんだよ、来都？」

「いや。確か、虎石の《磁由磁在》って……転移するんだったよな？」

髪をツンツンに逆立たせた虎石が「！」と大きく目を見開く。

効果対象の転移――それは、彼の《才能》に含まれるルールの一つだ。休み時間中に語っていたことであり、もちろん《解析》でも確認できる。《磁由磁在》の影響下にある物体を他の何かに長時間触れさせると、効果が丸ごと転移する。

「ん……そうだね、多分来都の推測通りだと思うよ」

そこへ同調の声を上げてくれたのは、俺の三つ前の席に座る御手洗だ。

彼は小さく肩を竦めながら、文房具の類を何も持っていない両手を広げてみせる。

「ボクのペン、ついさっきどこかに飛んでいっちゃったから。きっと、微妙な距離の違いか何かで急激な引力が働いた……ってところじゃないかな？」

「じゃ、じゃあオレの《磁由磁在》が暴発して、天咲サンの手袋を……くっ！」

レースの手袋を握り締めながらふるふると震えていた虎石は、やがて意を決したように立ち上がると、大きな歩幅で俺の――ではなく、天咲の机の前までやってくる。

そうしてがばっと頭を下げた。

「すまねえ、天咲サン！　今回の件は【怪盗レイン】じゃなくてオレの失態だ。煮るなり焼くなり好きにしてくれぇ!!」

「……いえ。それには及びませんが、ちょっとだけ心配です。もう、飛ばないですか？」

「ああ！　《才能》は解除した、オレのしっとりヘアがその証拠だっ！」

ビシッと自身の頭を指差すお調子者の発言に、クラス内が和やかな笑いに包まれる。

やがて、しばらく呆気(あっけ)に取られていた英語教諭（いくら永彩(えいさい)学園と言えども一般科目を教えてくれる先生は才能所持者(ホルダー)に限るわけじゃない）の号令でみんなが席に戻る中、俺は机の下で密(ひそ)かにとあるものを回収して。

「…………」

そんな俺の姿を、左隣の天咲輝夜(あまさきかぐや)がじっと無言で見つめていた――。

＃6

この日の正午、一件のニュースが捕獲者統括機関(CCC)から配信された。

曰(いわ)く、大手才能犯罪組織(クリミナルギルド)のアジトにまたもや【怪盗レイン】が忍び込んだと。

これによって【怪盗レイン】が永彩学園に潜伏しているという都市伝説は綺麗(きれい)さっぱり否定され、同時に1‐Aで起こっていた不思議な現象の方も勘違いか誰かの《才能(クラウン)》の暴発事故だろうということで結論が付いた。

つまり、五月雨事件は完全に解決したわけだ。

――放課後の教室は、意外にも静けさとは縁遠い。

クラスメイトは既に全員が姿を消しており、残っているのは俺だけ……なのだけど、校舎全体にはまだまだ人の気配があるし、耳を澄ませば運動部のパワフルな掛け声や吹奏楽部の未完成なオーケストラなんかも聞こえてくる。

1－Aの教室から早々に人がいなくなったのは、それこそ今が新入生の体験入部期間だから、というのが主な理由だろう。永彩学園にも部活という概念は普通にある。捕獲者(ハンター)養成機関とはいえ、学校生活に適度な青春は欠かせない。

「……あら」

夕暮れの教室で一人そんなことを考えていると、不意にガラリと扉が開いた。

そよ風のような第一声。扉の向こうから姿を現したのは、透き通るような銀糸をふわりと広げた童話の中のお姫様——すなわち、クラスメイトの天咲輝夜だ。コツコツと上品な足取りで歩み寄ってきた彼女は、俺の正面まで来て立ち止まる。

「「………………」」

オレンジ色の西日に照らされる教室の中で、一人と一人が向かい合う。

先に口火を切ったのは天咲の方だった。

「まだ残っていたんですね、積木(つみき)さん。部活には興味がないんですか？」

「悩み中ってとこかな。……天咲の方こそ、どうしたんだ？」

「ふふっ。実は、ちょっと忘れ物をしてしまって」

「へえ」

サファイアに似た輝きを持つ瞳が誤魔化すように揺れるのを見て、俺は気のない相槌を打つ。……互いに隠し事をしながら相手の出方を窺う上辺だけの会話。きっと、天咲の方も俺が今日の英語の時間に〝何か〟をしたことには気付いていて――だから、

「そういえば……」

息を呑むような美少女の顔を正面から見据えつつ、俺はようやく本題を切り出した。

「勝手に名前を使って悪かったな、【怪盗レイン】」

「――――」

その名前を口にした瞬間の変化は如実だった。

大粒のサファイアがさらに大きく見開かれ、常にふわふわと柔らかい彼女の雰囲気がほんの一瞬だけ冷たい気配を帯びる。ぞくり、と背筋が凍えるような〝本物〟の感覚。決定的な一歩を踏み出した、という自覚が心臓をきゅっと握ってくる。

「……ふふっ」

ただ。

それでも天咲輝夜は折れなかった。数瞬前の変化なんて気のせいだったとでも言うように柔和な笑みを浮かべ、黒い手袋に包まれた右手の指先をそっと自身の頬に添える。

「面白いことを言いますね、積木さん」

まるで世間話でもしているかのような軽い口調。

「この学園に【怪盗レイン】が潜んでいる……なんて、そんな作り話をまだ信じていたんですか？　残念ながらデマだったそうですよ、あれ」

「デマじゃないって。むしろ、作り話なのは今日流れた報道の方だ。【怪盗レイン】はどこにも出没なんかしちゃいない――それは、天咲が一番よく知ってると思うけど」

「……そんなことができるのですか？　【CCC】名義のニュースでしたが」

「ちょっと協力者がいてさ」

肩を竦める。……騙し討ちのような形になってしまって悪いけれど、この学園に【怪盗レイン】がいるという噂を流したのも、それを打ち消すニュースを手配したのも。

どちらも俺の仕業だった。

「〝忘れ物〟はこれだろ、天咲？」

微かに口元を緩めながら、制服のポケットに右手を突っ込む。

そこから取り出したのは一本の青いペン……そして、それに絡まったワイヤーだ。

――ネタ晴らしをしよう。

永彩学園1-A教室内で起こっていた小物の連続消失事件、もとい五月雨事件。その犯人は天下の大悪党【怪盗レイン】こと天咲輝夜だった。

凶器、というより〝武器〟は、黒いレースの手袋の内側に引っ掛ける形で仕込まれていた極細のワイヤー。先端には小さな重りが取り付けられていて、手首のスナップによって射出される。手袋の皮を被った籠手、もといガントレットというわけだ。

天咲はそのワイヤーを駆使して狙ったモノを〝釣り上げて〟いた。もちろん普通なら不可能だけど、彼女には――【怪盗レイン】には強力な《才能》がある。

【天咲輝夜――才能名：森羅天職】

【概要：あらゆる武器やそれに類する物品を思うがままに操ることができる】

……【怪盗レイン】の名は、そもそも〝傘〟で軍隊を蹴散らしたという逸話からだ。

そんな彼女であれば、ワイヤーを自在に操ることなど造作もないだろう。


「だから、それを利用しようと思ったんだ」

微かに俯く天咲を前に、俺は事前に立てていた計画を振り返る。

これまでの被害者の傾向から、机の左側にペンを置く癖がある御手洗瑞樹が次のターゲットになる可能性は高いと踏んでいた。タイミングまでは読み切れなかったものの、五月雨事件の発生頻度を考えればいつかは当たる――そんな思惑で虎石に《磁由磁在》を設定してもらい、あとは息を潜めて〝襲撃〟を待つだけ。

視界の端でワイヤーが煌(きら)めいた瞬間……つまりは御手洗のペンに透明な釣り糸が絡み付いた瞬間、重りを付けた自分のペンを思いきり後ろへ蹴飛ばした。

勢いよく教室後方へ転がった俺のペンは《磁由磁在(マグネット)》に従って御手洗のペンを引き、そこに絡まったワイヤーを引き、その大元である手袋を引き。

こうして天咲の手袋は宙を舞った……というわけだ。

だから、俺がクラスメイトの前で披露した推理は全部デタラメだ。確かに天咲は俺のペンに触ったけれど、あんな短時間で《磁由磁在(マグネット)》の効果は転移しない。単に〝それっぽい答え〟を出すことで、みんなに納得してもらっただけだ。

五月雨事件を鎮静化させたうえで、天咲が【怪盗レイン】である証拠(ワイヤー)を入手すること。

それが、俺の目的だったから。

「……なるほど」

くすっと。

俺のネタ晴(ば)らしを最後まで聞いた天咲は、それでも見惚(みと)れるほどに可憐(かれん)な表情で可笑(おか)しそうに笑ってみせた。そうして踊るような足取りで一歩だけ俺から距離を取ると、両手で制服のスカートを摘(つま)み上げながら瀟洒(しょうしゃ)に礼をする。

ぞくり、と妖しい魅力が増した気がして。

「そこまで掴(つか)まれているなら、隠していても仕方がないかもしれません。積木(つみき)さんの言う通り、私は【怪盗レイン】――世の中を騒がせる天下の大悪党、ですよ？」

「っ……」

とっくに知っていた事実ではあるものの、本人の口から紡がれたことで一層の迫力を帯びる。【怪盗レイン】……捕獲者統括機関のブラックリストにもその名を連ねる、超一級の才能犯罪者。断じて、見習いの捕獲者なんかが対峙していい相手じゃない。

「……それで」

手袋の指先で唇を撫でた天咲は、獲物を見つめるようにサファイアの瞳を輝かせる。

「積木さんは、私を捕まえたいんですよね？　何しろ私は【怪盗レイン】、検挙すればそれだけで評価ｐｔは鰻登りです。憧れの捕獲者に一歩、どころか三歩近付けます」

「………」

「ですが――だとしたら、少しだけ無防備じゃありませんか？」

一瞬、だった。

別に気を抜いていたつもりなんかない。何なら視線は天咲の一挙手一投足に釘付けになっていて、瞬きさえも避けていた。それでも彼女は無意識下の隙を突いて、あっという間に俺の近くまで肉薄している。ふわり、と漂うフローラルな香り。そっと手のひらに柔らかい何かが触れたと思った刹那、俺の握っていたペンがいとも容易く奪われる。

（やっぱ……！）

脳内では既に警報が鳴りまくっている。……ここまでは、完全に計画通りだった。捕獲者(ハンター)最大の武器こと《裁判(ジャッジ)》は完璧な正誤判定システムであると同時に、有罪(ギルティ)であれば直ちに犯人を無力化する機能も持っている。普通ならこれで優位に立てるはずだった。

誤算は、相手が想像以上に場慣れしていたこと。

天下の武闘派【怪盗レイン】は、怯(ひる)みも動揺も見せることなく俺の行動を封じてきた。

「——《森羅天職(アームズ)》は、あらゆるものを武器に変えます」

まるで抱き着くような格好で。

少しだけ背伸びした天咲輝夜(かぐや)が、耳元で囁(ささや)くように告げる。

「【怪盗レイン】は最強の武闘派と言われていますが、その理由がまさに《森羅天職(アームズ)》です。私、何でも戦えるんですよ？　時にはストローを片手に大暴れすることだってありますから……ペン(これ)なら、一秒もあれば積木さんを亡き者にできます」

「……【怪盗レイン】に殺しの前科はなかったはずだけど」

「では、積木さんがはじめてですね。ＡＳＭＲの催眠音声みたいに、カウントダウンが０になったところで一思いにぶすっと刺してあげます」

鼓膜にダイレクトな処刑宣告を突き付けてくる天咲。

「むぅ……大体、積木さんが悪いんですよ？」

つつ、っと左手の指先で背中を撫でながら、天咲による脅迫系ＡＳＭＲは続く。

「私、積木さんとなら仲良くなれると思っていたのに……私が【怪盗レイン】であることを見抜いて【CCC】に売り飛ばそうなんて、ひどい裏切り行為です。いくらギリギリのスリルが大好きな私でも、捕まってしまったらそれまでですから」

「捕まってしまったら……か」

耳元で零される吐息交じりの声音や鼻孔を撫でる甘い匂い、拘束のために押し付けられている身体の柔らかさと、それに相反する固いペンの切っ先——そんな諸々で感情やら情緒やらをぐちゃぐちゃに掻き乱されながら、それでも俺は気丈に口を開く。

——【怪盗レイン】を捕まえる。

確かに、わざわざ奇妙な噂を流したりクラスメイトの《才能》に便乗したり、面倒な事前準備を重ねてようやく証拠品のワイヤーを回収できたんだ。普通の捕獲者なら、もしくは捕獲者見習いなら、最終的な目標は〝それ〟だったかもしれない。

だけど。

「そうじゃない、俺は——」

「俺は……お前をスカ、か、い、い、ウトしたいんだよ、【怪盗レイン】」

ぱちくりと丸くなるサファイアの瞳を真っ直ぐ覗き込みながら。

俺はようやく、本当の目的を……当面の〝ミッション〟を口にした。

「……スカウト？」

さすがに意表を突かれたのだろう。天咲は不思議そうに——もちろん超至近距離で俺の生殺与奪を握ったまま——こてり、と小首を傾げる。

「どういう意味ですか、積木さん？　私、モデルさんにならなってみたいです」

「悪いけど、そういう意味のスカウトじゃない」

「そうでしたか。なら、もう……」

「待て待て待て、早まるなって！」

こんな中途半端なタイミングで殺されたら短い一生に悔いが残る。

確かにこの体勢は誤算だけど、問答無用じゃないなら充分に勝機はあるはずだ。彼女なら乗ってくれるはずだ。必死の抵抗で迫りくるペンから一時的に逃れた俺は、目の前の天咲に〝早く早く〟と急かされる（脅される？）形で覚悟を決めて。

「……俺は、未来を知ってるんだ」

コアクラウン02《解析》でも確認できる情報を、改めて告げることにした。

【積木来都——才能名：限定未来視】

【概要：特定の人物に関わる特定の未来を、就寝時の〝夢〟として見る（自動発動）】

「未来視……」

わずかに拘束を緩めた天咲が、驚きを交えた声音でポツリとその単語を復唱する。

「それは……なかなか、ロマンチックな《才能(クラウン)》ですね？」

「聞こえはいいんだけどな。……でも、別に好きな未来が見れるわけじゃない。場面(シーン)はいつも決まってて、しかも寝る度(たび)に強制で見なきゃいけない厄介な効果だ」

強力そうな字面(じづら)に反して、俺の《限定未来視(セカンド)》はなかなかに使い勝手が悪い。

シーンを選べるわけじゃなく、自分の意思で動けるわけでもない。特定の人物が経験する特定の未来を、延々ループで毎晩見せつけられるだけの拷問みたいな《才能(クラウン)》だ。そもそも〝自動発動〟なのに少し前まではひたすら沈黙を決め込んでいて、周りにもそんな風に説明していた。《解析(アナライズ)》がなければ才能所持者(ホルダー)だという自覚さえなかっただろう。俺がこの〝夢〟を見始めたのは、つい先月の頭からだ。

夢——もとい、未来。

そう。俺が毎晩欠かさず見ている夢は、いつか必ず現実になる。いや、正確には〝いつか〟じゃない。それが起こる詳しい日取りも状況も、俺は何もかも知っている。

「今から三年後の冬、三月九日火曜日。俺たちが卒業する直前に、前代未聞のとんでもない大事件が起こるんだ。他でもない、この永彩(えいさい)学園で」

（そこで、■■■は……）

一瞬にして冷たい感覚が全身を駆け巡って、動悸(どうき)を抑え付けるためにも俺はぎゅっと下唇を噛（か）み締（し）める。痛いくらいの刺激で、どうにか冷静さを取り戻す。

「その事件には【ラビリンス】って名前の才能犯罪組織（クリミナルギルド）が関わってる。っていっても、今はまだデカい組織じゃないけどな。【ＣＣＣ】には認知すらされてない」

「つまり、私の勝ちでいいですか？」

「……まあ、今の知名度で言ったらそりゃ圧勝だろうけど」

監獄の囚人たちが犯した罪の大きさで威張り合う、みたいな感覚（アレ）だろうか。

「でもそいつらは、これから永彩（えいさい）学園の中で密（ひそ）かに勢力を広げていくんだ。そして三年後には【ＣＣＣ】を打倒する。捕獲者（ハンター）がいなかった頃の無法地帯を取り戻す」

「――まさか、そんな」

「俺だって信じたくないけど、でもそうなんだ」

俺の夢が――《限定未来視（セカンド）》が間違っていない限り。

捕獲者（ハンター）によって保たれているこの世界の平和は、あと三年でズタボロに崩壊する。

「で……」

ただ、こんな胸糞（むなくそ）の悪い《限定未来視（セカンド）》にも良いところはある。

この《才能（クラウン）》は、警告なんだ。今のまま、何もせずに手を拱（こまね）いていたら到達してしまう未来を前借りで提示してくれている。そして《限定未来視（セカンド）》が見せてくる毎晩の夢は、俺が取った行動によって――大抵は些細（ささい）なものだけど――〝変化〟する。

「だから俺は、未来を変えなきゃいけない。色んな手を打ちまくらなきゃいけない。そのための第一歩として……まずは、才能犯罪組織を作ることにした」

「……それは、何故ですか？」

「さっきも言った通り、潜伏されてるからだよ。三年後に特大の事件を起こす【ラビリンス】は、永彩学園に潜んでこっそり勢力を伸ばしていく。最後の最後、致命的な段階に成長するまで捕獲者たちにはその存在すら掴ませなかった」

「ふむふむ、なるほど」

「だから——俺たちが代わりに暴れて【CCC】の警戒を煽るんだ。捕獲者に気付かせるんだ。学園内に危険分子がいることを伝えるんだ」

それも、ただ口頭で伝えるわけにはいかない。

どこに【ラビリンス】の刺客が潜んでいるか分かったものじゃないから。

「あいつらの計画は三年がかりの大長編だ。勢力拡大に繋がるようなイベントはいくらでもある……俺たちは、それをことごとく潰す。もう一つの才能犯罪組織として、正体不明の秘密結社として、あいつらが起こす事件とその思惑を横から乗っ取る」

「………」

「もちろん、途中で捕まるわけにはいかない。最強の殿堂才能《裁判》をひたすら躱し続けなきゃいけない。一度だってバレちゃいけない。だから、俺たちが作るのはただの犯罪組織じゃダメなんだ――言うなれば〝完全犯罪組織〟ってやつだな」
「……正気ですか、積木さん？」
その辺りで、天咲がじっと物言いたげな視線を向けてきた。
吐息のかかる至近距離。頬を撫でる銀糸。俺の真意を測るような、覚悟を試しているか
のような、そして何よりも圧倒的な好奇に満ちたサファイアの瞳。
「完全犯罪組織を作る……？　捕獲者全盛のこの世界で？　一流の捕獲者を養成する永彩
学園で？　それも一度や二度じゃなく、三年間も？　そんな無謀な計画に、私を――【怪
盗レイン】をスカウトしたい、と言っているのですか？」
「……そうだよ。笑えるくらいとんでもないだろ？」
「はい。性質の悪い冗談か、百歩譲っても夢物語にしか聞こえません。私が学校の先生な
ら、積木さんにはカウンセリングをお勧めします。……ただ」
「ただ？」
「もし、積木さんが本気で言っているなら――これほどワク、ワ、ワクする話はあ、ありません」
くすっと耳元で囁いて。
童話の中のお姫様みたいな銀色の髪をふわりと靡かせた天咲は、手元のペンをくるりと
ポケットに仕舞うと、とんっと軽やかな所作で俺から少しだけ距離を取った。……といっ
ても、さっきまでが近すぎただけで充分にドキドキしてしまうくらいの距離感だ。好奇心

旺盛なサファイアの瞳で俺の顔を覗(のぞ)き込んだ彼女は、悪戯(いたずら)っぽい笑みを浮かべながら黒いレースの手袋を脱ぎ、滑らかな右手をこちらへ差し出して。

「積木さん。あなたは私に、たくさんのスリルをくれますか？」

「——……ああ」

願った通りの反応にようやく安堵(あんど)した俺は、同じく右手を持ち上げて言う。

三年後の冬に起こってしまう、世界を揺るがす大事件——それを食い止めるために果たさなければならないミッションは無数にある。きっと、どれか一つでも見逃したら【CCC】の崩壊は止められない。■■■は守れない。

……だから、俺は。

ひんやりとした右手の感触に微(かす)かな畏怖を覚えながらも、それを器用に覆い隠して。

「それだけはいつでも保証できる」

未来を変える、完全犯罪組織としての第一歩を踏み出した。

【ミッション①：1-A所属、天咲輝夜(かぐや)をスカウトすること】——正規達成(コンプリート)

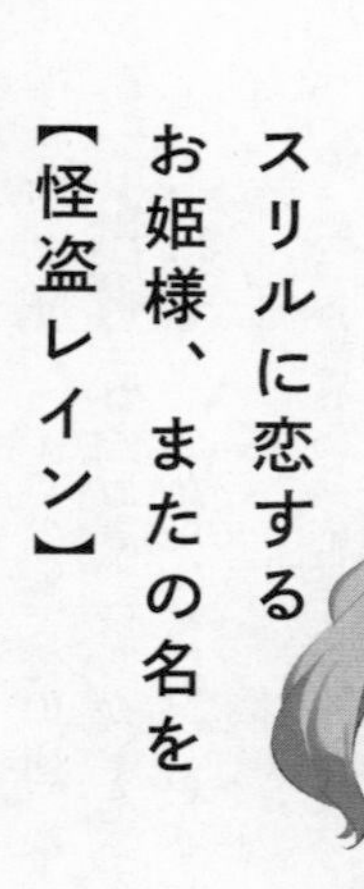

スリルに恋する
お姫様、またの名を
【怪盗レイン】

RESUM

天咲輝夜（あまさきかぐや）

誕生日：７月７日

才能（クラウン）：《森羅天職（アームズ）》

あらゆる武器やそれに類する物品を思うがままに操ることができる

第二章　落ちこぼれの暗殺者

Shadow Game

＃＃

才能犯罪組織（クリミナルギルド）【ラビリンス】関連調査記録――。

二〇XX年三月九日火曜日（現在から約三年後）。

永彩（えいさい）学園内に多数潜伏していた〝裏切り者〟を中心に大規模な暴動が発生。

事件コード：EX01〝極夜事件〟。
■■■を含む多くの捕獲者（ハンター）が殺傷され、捕獲者統括機関（CCC）は実質的に崩壊する。
【ラビリンス】は永彩学園に構成員を潜ませ、離反傾向にある捕獲者（ハンター）を個別に〝洗脳〟することで勢力を広げていた模様。洗脳の実行には〝相手が捕獲者（ハンター）に絶望している〟ことが条件らしく、そのため彼らは様々な事件を介して生徒たちを〝闇堕ち（やみお）〟させていった。

故に、これらの事件を阻害・改竄（かいざん）することで極夜事件は未然に防がれると推定される。

そのために実行されるべきミッションは、以下の通りである――……


「――やっと、情報が集まってきましたね」

わずかに満足げな少女の声で、眠っていた俺は「ん……」と目を覚ます。

同時に耳朶を打つ足音。俺が寝ているベッドのすぐ近くまで歩み寄ってきた少女が、横から身を乗り出すような形でちょこんと顔を覗き込んでくる。

「生きてますか、来都さん」

「……どうにかな」

「それは良かったです。貴方に死なれていたら困ってしまうところでした」

気遣いの感じられない声でそう言って水色のショートヘアをふるふると揺らす少女。

彼女は不知火翠。俺の〝協力者〟だ。

永彩学園に通う一年生にして【CCC】直属の捕獲助手。少し前に《限定未来視》で例の夢を見始めて途方に暮れていた俺に、まさしく血相を変えて接触してきた。それから紆余曲折あったのだけど、今はこうして協力体制を取っている。

「【ラビリンス】関連のデータ収集、極夜事件の回避方法に関する模索……」

ぽす、と彼女が俺の傍らに腰を下ろす。安物のベッドが微かに軋んだ。

「時間が掛かりますね、どうしても。全く、来都さんはこれだから」

「……悪い」

あからさまな落胆を見せつけられて悔しさがこみ上げる。

それは、もちろん彼女に対する反発心――などではなく、自分の弱さを呪うモノだ。

「俺がちゃんとしてれば、もっと効率よく情報を集められるんだけどな……」

せっかく《限定未来視（センカンド）》なんて《才能（クラウン）》を持っているのに。

夢の中で突き付けられる未来が残酷すぎて、辛（つら）すぎて、どうしても目を背けたくなってしまう。途中で跳ね起きてしまう。だから、俺たちの調査はなかなか進まない。

「……やめてください」

む、と不知火が困ったような顔をした。

「そんな風に謝られたら、わたしが来都さんを虐（いじ）めてるみたいじゃないですか」

「……違ったのか？」

「風評被害もいいところです。わたしは、これでも〝優しい子〟で通っているので」

「だったら愚痴くらい聞いてくれよ。別に謝りたいわけじゃない、ただ誰かに甘えようとして絡んでるだけなんだから」

きっと青褪（あおざ）めたままになっている表情をどうにか緩めて、冗談めかした口調で本音を告げる。……俺がこうして弱音を吐いているのは、彼女しか全ての事情を知っている人間がいないからだ。彼女にしか俺の弱みを見せられないからだ。

「まあ、それならいいのですが……」

納得してくれたのか、今度は水色のショートヘアをこくんと縦に振る不知火。

「というか——そもそも、来都さんが〝ちゃんとしてない〟なんて言っていません」

「？　そうなのか？」

「はい。だって、わたしがその《才能(クラウン)》の持ち主だったら……そんな夢を毎晩、寝る度(たび)に見せられていたら。とっくに心が折れて、絶望して、自殺か何かしています」

深い紺色のジト目。呆(あき)れたように彼女は言う。

「よくまともな精神状態でいられますね、来都(らいと)さん？」

「まとも……？　まともに見えるか、これが？」

「……いえ。そういえば、ついさっき同い年の女子に甘える情けない姿を見せつけられたばかりでしたね。どう考えてもまともな性癖ではありません」

優しい子を自称している割には辛辣だ。

辛辣なのだけど、俺の反応を受けて何故(なぜ)か少しだけ機嫌を良くした彼女は制服のポケットから個包装の小粒チョコを取り出した。それを寝ている俺の胸元に置く。

「これでも食べて気を紛(まぎ)らわせてください。イチゴ味、最近のお気に入りです」

「……いいのかよ？　気に入ってるなら、お前が――」

「たくさんストックしてるので」

得意げに頷(うなず)いて、今度は両手いっぱいのチョコを見せびらかしてくる不知火(しらぬい)。……もちろん、彼女もまた才能所持者(ホルダー)だ。一切の睡眠が不要になる《不夜城(ミッドナイト)》という《才能(クラウン)》を持っている代わり、食欲が常に刺激される――と、前に聞いた気もするけれど、それは副作用でも何でもない。単に、華奢(きゃしゃ)な彼女が意外と甘党であることの証左だ。

「そんなことより、です」

ピンク色のチョコを一つ食べた不知火は、舌先で舐めた人差し指をピンと立てた。

「第一のミッションはお疲れ様でした。天咲輝夜……【怪盗レイン】のスカウト。これが果たされていなければ、その時点で詰んでいた可能性も大いにあります」

「……ん。でもさ、夢の内容はほとんど変わってないぞ？」

記憶を辿りながら反論する。

「相変わらず極夜事件は起きるし、【CCC】は壊滅してる。状況は前と同じだ」

「それくらいで解決するなら、そもそも来都さんやわたしがここまで苦労する必要はありません。当面の方針を決めるだけで何日掛かったことか……」

水色のショートヘアが微かに揺れる。

彼女が覗き込んだのはデバイスのメモ帳だ。そこには大量の文字が刻まれていて、上から順に取り消し線が引かれている。

不知火の持つ本当の副作用——それは、睡眠の代わりに毎晩〝自分自身に課した決まり事〟を一つ遂行しなければならない、というものだ。いわゆる束縛系の副作用。複数の約束がある場合は、基本的に最新のものだけが参照される。

厄介にも聞こえるけれど、これは俺の《限定未来視》と非常に相性がいい。

だって不知火が何らかの行動を、たとえば〝天咲輝夜の動向を追い続ける〟縛りを作った状態で俺が眠れば、三年後の俺は彼女に話を聞くだけで調査結果を回収できるんだ。設定する約束を変えることで、眠る度に異なる三年間を過ごしてもらうことができる。

俺の《才能》と不知火の副作用を掛け合わせた疑似ループ——。

これを繰り返すことで、俺たちはどうにか未来の状況を探っていた。

「……それで、どうだ？」

あまりに地道な作業に改めて溜め息を零しつつ、首を振って問い掛ける。

「情報が集まってきた、って話だったけど……」

「そうですね。これなら、そろそろ次の行動に移ってもいい頃かもしれません——というわけで、来都さんに新たなミッションです」

俺の問いを受けて、こくりと神妙に頷く不知火。

彼女は再び深い紺色の瞳で俺を覗き込むと、わずかに緊張を含んだ声音で続けた。

「【ミッション②：1-B所属、潜里羽依花をスカウトすること】。……気を付けてくださいね、来都さん？　次の相手も、とんでもない〝大物〟なので」

＃1

校舎の屋上と言えば、学園アニメや漫画における超定番スポットだ。

だけど、ああいった青春は所詮フィクションであり、実際は安全性への配慮から完全閉鎖されている場合が多い。永彩学園もその例に違わず、特別な許可がない限り足を踏み入れることすらできない幻の地だったりする。

ただ——それは、要するに〝扉に鍵が掛かっている〟というだけの話であって。

「積木さん、積木さん。見てください、私たちが一番乗りみたいですよ？」

「……二番乗りがいたら困るけどな」

数多の施設に忍び込んできた【怪盗レイン】にとっては児戯にも等しい妨害だった。

永彩学園には複数の校舎があって、どれも上空から見て円形となっている。やたら背の高い塔を中心に、半径の異なる三つの円が同心円状に連なる構造だ。

そんなわけだから、俺たちのいる外側の校舎——通称〝大円〟は断トツで大きく、屋上の景色もなかなかに清々しいものだった。緩やかに湾曲しながらどこまでも続いている白亜の床。陸上競技のトラックにも似た機能美と開放感がある。

「ふふっ……風が気持ちいいですね、とっても」

そして。

俺の同伴者である天咲輝夜はといえば、屋上の縁に張り巡らされた柵を片手で掴み、冗談みたいに綺麗な銀色の髪を眩しい陽光にキラキラと反射させていた。無邪気にこちらを振り返る横顔も、穏やかな風を受けて翻るブレザーの裾も。どうということはない仕草なのに、童話のお姫様みたいな彼女がやるといちいち画になってしまう。

……天咲輝夜、またの名を【怪盗レイン】。

繰り返すようだけど、俺――積木来都は《限定未来視》という中途半端な予知能力を持っていて、三年後に世界崩壊レベルのとんでもない事件が起こってしまうことを知っている。そして、そんな未来を変えるための〝対抗勢力〟を作ろうとしている。

天咲はその一人目のメンバーだ。

「積木さん、こっちです」

柵に寄り掛かって風を浴びていたかと思ったら、今度はスカートを揺らしながらくるりと振り返ってしゃがみ込み、ちょんちょんと俺を手招きする。……どう見ても可愛くて天真爛漫なお姫様、といった感じだけど、彼女は泣く子も黙る大怪盗なんだから。

「むぅ……あの、積木さん？」

早朝なのに黄昏れていると、天咲がマシュマロみたいな頬をぷくっと膨らませた。

「私、勇気を出して積木さんをお隣に招待してみたんですが……無視されてしまったんでしょうか？　それとも積木さんは、女心を弄ぶのが趣味なんですか？」

「へ？　って……あ、ああ、悪い！」

むくれたような物言いで我に返り、慌てて足を動かす。屋上を取り囲む柵の前にはちょっとした段差らしきものがあって、それをベンチ代わりに腰掛けた。

「……ふふっ。すみません、ちょっとワガママを言ってしまいました」

隣の天咲が悪戯っぽい瞳で覗き込んできて、呻くように「いや……」と返す俺。

――五月雨事件の終焉から一夜が経過していた。

昨日の放課後、俺は【怪盗レイン】こと天咲輝夜に事情の一部を明かし、彼女を〝完全犯罪組織〟にスカウトした。天咲はそれに頷いてくれたものの、さすがに説明が充分だったとは言えない。加えて、今後の方針なんかもきちんと共有しておく必要がある――すなわち屋上は、俺たちにとって当面の隠れ家なのだった。

隠れ家。……いいな、やっぱり響きがいい。

「積木さんが中二心に酔い痴れるモードに入ってしまいました」

「……何？　その洞察力」

「私の《才能》は《森羅天職》ですから。鎌掛けもお手の物、ということで」

上手いことを言って満足したのかくすくすと笑う天咲。気品を損ねないまま表情がころころと変わる様は、さすがにとびきり魅力的だと思ってしまう。

「それで……積木さん、昨日のお話ですが」

天咲の銀髪が視界の中でふわりと揺れた。

「【ラビリンス】という組織が、永彩学園の中で勢力を広げていく……と、そこまでは分かりました。では、具体的にどのような方法が使われるのでしょうか？」

「ああ、それなら……」

相槌と共に一つ頷いてから記憶を辿る。

「【ラビリンス】の勢力拡大は〝洗脳〟が基本なんだ。強力な精神干渉系の才能所持者が組織にいて、学園内の捕獲者たちをこっそり〝裏切り者〟に変えていく。その条件は、簡単に言えば相手が〝闇堕ち〟してること——何かの事件で自信をなくしたり、捕獲者に絶望してたり。そういう生徒が、気付いたら【ラビリンス】の手駒にされてる」

「洗脳、裏切り、闇堕ち……ふふっ。積木さん、やっぱり」

「……言っとくけど、別に俺が名付けたわけじゃないからな？」

文句があるなら名付け親、もとい某協力者の少女に言ってもらいたい。

「とにかく、洗脳された裏切り者が一斉に蜂起して、それをきっかけに始まったのが三年後の大事件——極夜事件、ってわけだ。……まあ、肝心の洗脳持ち才能所持者がどこに潜んでるのかも含めて、細かいところはまだ何も分かってないんだけどな」

「分かってない、ですか？　《限定未来視》があるのに……？」

「そうなんだよ。……正直に言うと、さ」

無垢な瞳に見つめられて仕方なく肩を竦める。

《限定未来視》——俺に与えられたこの《才能》は、数年後の未来を〝その時点における積木来都の視点で〟前借りし、体験するものだ。未来の出来事を全て知り尽くした状態になれるわけじゃないため、普通は過程や因果関係なんて分からない。

「――でも、何度も同じ未来を見るからさ」

俺の《限定未来視(セカンド)》は自動発動だ。寝る度(たび)に、毎晩同じ未来を夢に見る。

「昨日も話したけど、一人だけ協力者がいて……色々と試してみたんだ。たとえば、学園内で起こった異常事態(イベント)を一つ残らず記録する習慣(ルール)をそいつに作ってもらう、とか」

「記録……？　そうすると、何か良いことが起こるんですか？」

「今の俺は、そいつが〝記録〟を持ってることを知ってる。ってことは、三年後の俺だってもちろん知ってる。で、そこに重要な情報が載ってるなら、三年後の俺は今の俺に〝価値のある夢〟を見せるために全力で工夫してくれる――かもしれないだろ」

「思った以上に力技(アナログ)でした」

「そりゃもう」

驚いたように目を丸くする天咲(あまさき)に苦笑で返す。

「最初から上手(うま)くいったわけじゃないけど、チャンスは毎晩くる。やり方を変えながらちょっとずつ情報を集めて……やっと、ここまで分析できた」

「なるほど。……それは、とっても素敵です。そこまで準備してようやくスタートラインに立てるほどの強敵……ふふっ、考えるだけでもワクワクしてしまいますね」

「ワクワク、か。そういえば、昨日もスリルがどうとか言ってたな」

「はい！　私、身を焦がすようなギリギリのスリルが心の底から大好物なんです」

物騒な言葉とは裏腹に、はにかむように口元を緩める天咲。サファイアの瞳はまさしく恋する乙女みたいに蕩けていて、頬は熱っぽく赤々と上気している。

平たく言えば、すぐ隣で至上の美少女が身体をくねらせながら悶えている。

「…………」

もちろん、一条さんという絶対的な推しのいる俺にとってはどうということもないんだけど、なかなかに精神力を求められるシチュエーションだ。……いや、本当に。全然、ちっとも心が揺れ動いたりはしてないんだけど。

手袋を付けた右手を頬に添えて、天咲はなおも続ける。

「【怪盗レイン】をやっているのだって、わざわざ才能犯罪組織のアジトに忍び込んで【CCC】と大立ち回りを繰り返しているのだって、全部スリルが足りないからです。盗みたいモノなんかありません。私は、私のために危ない興奮が欲しいんです」

「へえ？　じゃあ、天咲が潜伏先に永彩学園を選んだのって……」

「積木さんの推測通り、永彩が才能犯罪者にとって一番危ない場所だから——ですね」

「……入学早々に五月雨事件を起こしたのは？」

「てへ、すみません。潜伏し始めてから二日間は大人しくしていたんですが、どうしても我慢できなくて、うずうずして……鎮めるために、盗ってしまいました」

「二日て」

やけに吐息たっぷりで色っぽい言い回しだけど、騙されちゃいけない。スリルに恋する大怪盗様には、とりあえず〝潜伏(スカウト)〟と〝我慢〟を辞書で引いてもらわないと。

(ただ、まあ……だから俺の誘いに飛びついてくれた、っていうのもあるんだよな)

五月雨事件は言ってもお遊びの範疇(はんちゅう)だ。天咲からすれば、永彩学園という捕獲者(ハンター)養成機関の中で行う完全犯罪や、これから台頭してくる才能犯罪組織(クリミナルギルド)との水面下での対決……なんて、いかにもスリリングで魅力的な計画に感じられるのだろう。

でも、その前に。

「天咲がメンバーに入ってくれたのはありがたい。だけど、完全犯罪組織として【ラビリンス】に対抗するには二人じゃ足りない。俺たちには、もっと戦力が必要だ」

協力者の少女に託された新たなミッション。

振り返ってみれば、最初のミッションこと【怪盗レイン】のスカウトだって〝叶(かな)わなければ世界滅亡〟クラスの一大任務だった。ただし次なるミッションも同じくらいに重要度が高い。【ラビリンス】の思惑を潰すための、そして【CCC】の捕獲者(ハンター)を躱(かわ)し続けるための戦力確保。……彼女を誘う理由は他にもあるんだけど、今はそれだけで充分だ。

「仲間探し、ですね。RPGの幕開けみたいでドキドキします」

意外にも俗っぽい喩(たと)えを持ち出してくる天咲。銀色の長髪をふわりと揺らして花畑みたいな香りを振りまいた彼女は、楽しげな笑顔で俺の横顔を見つめてくる。

「もう目を付けている方はいらっしゃるんですか？　積木(つみき)さん」

「そうだな、次に仲間にしたいやつならちゃんと決まってる。そいつの名前は――……」

――潜里羽依花(くぐりういか)。

　自分の中でざわつく感情を抑えながら、俺は静かにその名を口にした。

「潜里羽依花……くぐりういか……」

　天咲(あまさき)の柔らかい声が何度か同じ音をなぞって、それから彼女は小さく首を横に振る。

「すみません、私は知らない方(かた)みたいです」

「隣のクラスだからな。まだ入学して一週間だし、知ってる方が不思議なくらいだ」

「ふむふむ。……ちなみに、その方は」

　そこで一旦言葉を切ってから、天咲は当然の疑問を紡ぎ始めた。

「積木さんが思わず組織に誘ってしまうほど〝悪い子〟なんでしょうか？　たとえば、舌にピアスを開けているとか」

「口の中までは見たことないけど、開いてないといいなぁとは思う」

「では、おへその辺りに」

「そもそも悪い子の基準はピアスじゃないだろ」

　大体、その理屈だと天下の大怪盗である天咲輝夜(かぐや)は全身の至るところにピアスを開けているビックリ人間になってしまう。……開いてるのか、実は？　もしそうだったら、ちょっと見てみたいような気もするけれど。

「そうじゃなくて――」

妙な想像を断ち切って。

俺は、興味津々（しんしん）なサファイアの瞳を覗（のぞ）き込みつつ、端的な答えを口にした。

「あいつはさ、暗殺者なんだよ」

#2

――世界最高峰の暗殺者組織（マーダーギルド）【K】。

全構成員の素顔や本名はもちろん、関連情報の一つすら【CCC】に掴（つか）ませていないプロ中のプロ。超高額の依頼料と引き換えに丁寧で迅速な〝成果〟を提供する。

構成員はいずれも優秀な《才能（クラウン）》だけでなく卓越した技術を持っているのが特徴。一時期ネットを騒がせた都市伝説によれば【K】は単なる才能犯罪組織（クリミナルギルド）ではなく暗殺者一家であり、門外不出にして至高の暗殺術を脈々と受け継いでいるらしい。

組織名の【K】は他でもない暗殺者（Killer）の頭文字。

【怪盗レイン】と同格かそれ以上の認知度を持つ、超ド級の悪党である――。

「……あの方が？」

「その、はずだけど……」

昼休み。

今日もゆっくりサンドイッチを頬張(ほおば)っていた御手洗(みたらい)に断りを入れて教室を抜け出した俺は、廊下で銀髪のお姫様と合流しつつ、隣の1－B教室へ偵察に訪れていた。

日本初の捕獲者(ハンター)養成機関であるこの学校は、一学年の人数があまり多くない。特殊な立ち位置である選抜クラスを除けば一クラスあたり二十五人、それが三クラスで合計七十五人。二年生になると成績による振り分けがあるみたいだけど、入学直後の今は純粋なランダムだ。A組が偉いとかB組が劣っているとか、そういう事情は特にない。

そんな教室の中に、潜里羽依花(くぐりういか)はいた。

一言で表すなら〝妹っぽい〟雰囲気の女の子……だろうか。

少し重ためで垢抜(あかぬ)け切っていない黒のショートボブ。サイズの大きな制服をゆるだらっと着崩していて、友達(ともだち)なのであろう女子生徒の腰にむぎゅうと抱き着いている。

体格としてはかなり小柄な部類だ。マスコット系の愛らしさというか、いわゆる庇護(ひご)欲をくすぐるタイプ。ただし胸元の膨らみは他(た)の追随を許さないほどで、その辺りがアンバランスで凶悪なまでの魅力を形成している。

眠たげな表情はローテンションのダウナー系にも見えるものの、既に愛されキャラとしての地位を確立しているんだろう。百合百合(ゆりゆり)しいスキンシップを取る潜里羽依花とその友人を、1-Bの男子たちが遠巻きに眺めているのが窺える。

（暗殺者には見えないけど……）

でも、間違いない。

何しろ暗殺者組織【K】の名は〝暗殺者〟の頭文字などではなく、彼女たち一家の苗字である〝潜里〟から取られているんだから。

「どうやって口説き落としましょうか、積木さん」

隣のお姫様がサファイアの瞳を好奇心で輝かせながらこそっと耳打ちしてくる。

「あれだけ可愛らしい女の子ですから、男の子からの人気は高いに違いありません。積木さんが言い寄ってもあっさりフラれてしまうかもしれませんよ？」

「別に、告白するわけじゃないんだから人気は関係ないけど……確かに、スカウトする前に何かしらの〝弱み〟は掴んでおきたいよな」

「弱みですか？」

ああ、と同じく声を潜めて相槌を打つ。

「あいつの決定的な弱み……たとえば、暗殺者としての犯行現場か何かを押さえる。潜里が持ってる《電子潜入》って《才能》はハッキングに特化してるから、いくら調べても前科なんか出てこなかった。だけど、現行犯なら話は別だ」

何故なら、この世界には問答無用の制裁システムこと《裁判》が存在する。

それを盾にすれば、話くらいは聞いてもらえるはずだ。詰め方としては【ＣＣＣ】の内部情報を餌にする懐柔策か、もしくは実の家族である【Ｋ】の構成員を人質に取る形の強硬策か。二択のどちらで攻めるべきか、しっかり見定める必要がある——と。

　無言で思考を巡らせていたところ、天咲(あまさき)が「ふふっ」とからかうように笑った。

「今日の積木(つみき)さんは、何だか発想がとってもバイオレンスですね」

「え？　……そうか？」

「はい。さっきから顔もどんどん険しくなっていますよ？　今はこんな感じです」

　両手を使ってえいやと器用に目尻を上げる天咲。……意識はしていなかったけど、言われてみればその通りだ。もしかしたら、潜里羽依花(くぐりういか)という少女——もとい〝暗殺者〟に対する警戒心や恐怖心が思いっきり前面に出てしまっていたのかもしれない。

「……えっと。それは、悪かった」

　誤魔化(ごまか)すように首を振って。

「とりあえず、今はもうちょっと観察(ノゾキ)を——」

「——ね、ねえ。そんなところで何をしているのかしら、積木くん？」

「!?!!?!?!?!?!!??!?!??」

その瞬間、後ろから投げ掛けられた天使の声に思わず呼吸が止まりかけた。

一時的な無呼吸状態に陥りながらも、俺はフィギュアスケート選手ばりのクイックターンで振り返る——永彩学園高等部1－B教室前の廊下。そこにいたのは、紛れもなくSランク捕獲者にしてこの国の至宝、一条光凛その人だった。LEDの白い光に照らされてきらきらと煌めく金色の髪。澄んだ瞳が真っ直ぐこちらを見つめている。

「む……」

数日前に引き続き俺の視界に降臨してくれた一条さんは、けれど普段とは少し異なる表情をしていた。胸元の柔らかな膨らみの下でそっと腕を組み、微かに、目を凝らしていないと分からないくらい少しだけ頬を膨らませているように思える。

……怒っている？

もしそうだとしたら相当にレアな表情なのだけれど——そして一条さんを怒らせる全ての要因を直ちに駆逐してくる気概はあるけれど。ただ、それよりも何よりも、俺にとっては絶対に無視できない重要な発言がその前にあった。

「あ、あの！　今、積木くんって……お、俺のこと知ってるんですか、一条さん!?」

「へぁ!?」

素っ頓狂な声を上げる一条さん。

悲鳴さえも可愛らしい彼女は、ちょっと困ったように視線を揺らして。

それから「こ、こほん！」と一つ咳払いをすると、気を取り直したように口を開く。

「え、ええ……それは、うん、そうね。……たまたまよ？　本当に偶然。別に貴方のことが気になっているわけじゃないし、運命なんか感じてないし、ましてや片想いしてるわけでもないんだから。だから、そのぅ………ご、誤解、しないでね？」

縋るような上目遣いから繰り出される〝お願い〟の言葉。

――どうなってるんだ、これは。ちょっと可愛すぎやしないか？

一条さんの可憐さを表現するためには、もはや天使じゃ足りないのかもしれない。女神か？　聖女？　それか天女？　いや、何なら宇宙と呼んでも――

「……調子に乗らないでください、積木さま」

と。

天使よりも上等な形容詞を探して頭の中の辞書を捲っていた俺に淡々とした声を掛けてきたのは、一条さんのすぐ隣に立っていた捕獲助手の少女だった。

青空の色をそのまま写し取ったかのように鮮やかな水色のショートヘア。

童顔ながら可愛らしい印象の彼女は、見慣れたジト目で俺を睨んでは苦言を呈する。

「光凜さまと同じ小学校の出身で、写真集の発売記念イベントでは握手会の整理券を二十枚ほど握り締めてスタッフから白い目で見られていたストーカー男子……そんな要注意人物を知らずにいろ、という方が難しいです。どうぞ恥を知ってください」

「うっ……」

「そ、そう！　ええ、だから覚えていたの。本当に、それだけなんだから！」

　こくこくこくっ、と慌てたように首を縦に振る一条さん。ふわりと揺れるブロンドカラーの髪から柑橘系の甘い香りが漂って、俺の思考を秒速で溶かしてくる。これこそが《絶対条例》の《才能》だと言われても今なら納得できそうなくらいだ。

「それで……話を戻すのだけど」

　何はともあれ俺のことを認知していてくれたらしい一条さんは、遠慮がちに口を開きながらそうっと視線を俺の隣へ向けた。そこには、もちろん天咲が立っている。

　むむ、と再び微かに頬を膨らませる一条さん（可愛い）。

「積木くん、こんなところで何をしていたの？　私には、貴方が可愛い女の子と一緒に可愛い女の子を覗いていたように見えたのだけ――」

「――あ！　あそこにいるの、一条さんじゃない!?」「うそ!?　わ、わたし、大ファンなんだけど……！」「ヤッバ、可愛すぎ……！　握手とかしてもらえるかな!?」「マジ無理マジ無理！　纏ってるオーラが超本物だってば！」

「……光凛さま」

　廊下に舞い降りた大天使の姿に突如発生するギャラリー。それを確認した捕獲助手（サポーター）の少女がそっと耳打ちした途端、一条さんは困ったように――もしくは名残惜しそうに眉を顰（ひそ）めて、それから俺と天咲に「またね」と小声で囁（ささや）いてきた。身体（からだ）の前で密（ひそ）かに手が振られた次の瞬間、一条さんは大勢の生徒たちに取り囲まれてしまう。

　そんな光景を見ていた天咲が、感心したように手袋越しの右手をぴとっと頬に添えた。

「アイドルも顔負けの大人気、ですね。さすがは最年少のSランク捕獲者（ハンター）です」

「…………」

「……あの、積木さん？　もしもし、聞こえてますか？　もしもーし？」

「『またね』って……『またね』って言ってたぞ、あの一条さんが」

　天咲に声を掛けられながら強烈な感動に打ち震える俺。

　覗き行為、というあまり見られたくない場面を目撃されてしまったような気はするけれど、こんなに嬉（うれ）しい言葉をもらえたなら収支はプラス５０００くらいある。来年以降の今日この日は世界的な祝日に認定したっていいレベルだ。

　そんな俺の隣では、天咲が好奇心旺盛なサファイアの瞳をこちらへ向けている。

「積木さん、もしかして……」

「う……そうだよ、俺は一条さん推しなんだ。何なら初恋の片想（かたおも）いだし、ファンクラブ会員だし、四ケタのパスワードを設定する時は絶対に一条さんの誕生日だよ」

「そこまでは聞いていませんが……ふふっ、覚えておきます」

悪戯っぽくくすくすと笑う天咲。

そうして彼女は、改めて視線を俺の後ろへ投げた。相変わらず隣の女子にダル甘で絡んでいる暗殺者を見つめてから、天下の大怪盗はピンと人差し指を立てて。

「積木さん。羽依花さんの弱みを握るための策ですが、一つ名案を思い付きました」

「名案？　……それって、どんなのだ？」

「はい。ここは、せっかくなので――羽依花さんに、積木さんを暗殺してもらおうかと」

「…………、へ？」

物騒なんて言葉では到底収まるわけがない不穏な提案。

困惑する俺に返されたのは、思わず見惚れてしまうほどにこやかな笑顔だけだった。

＃3

――カチ、コチ、カチ、コチ、と。

未だに現役のアナログ時計が教室前方の壁で規則的な音を鳴らす。

七限、日本史。この日最後の授業は《才能》関連ではなく通常の学科だった。永彩学園は一般の大学入試を（基本的に）想定していないため、私立高校のように学習進度が早いわけじゃない。おかげで俺も置いていかれずに済んでいる。

（……あと十分か）

つい一分前にも見上げた時計をもう一度確認してしまう。……〝この生活〟が始まってから、とにかく日中の時間が長く感じられて仕方ない。

気を紛らわせるためにも、教室内をぐるりと見回してみる。

永彩学園高等部１－Ａに所属する二十五人の生徒たち——全員が才能所持者であり、俺や天咲という例外を除いた大多数が立派な捕獲者を目指している。

「ぐぅ……すぅ……ぴぃ…………うにゃうにゃ」

ただし、だからと言って誰もが真面目に授業を受けているというわけじゃなかった。

教室の右側前方。教卓からの見晴らしも良い大胆な席で机に突っ伏して居眠りをしているのは、鮮やかなピンクレッドに染まったミディアムヘアが特徴のイマドキ女子——五月雨事件の際に鳴瀬小鞠の話し相手として相槌を打っていた少女だ。

俺の席からは背中しか見えないものの、着崩した制服の上から純白のカーディガンを纏っており、スカートは短いどころか際どい。反対にカーディガンの丈は長いため、後ろから見ると〝穿いていない〟ように錯覚してしまうことすらあった。

性格的にはギャル……いや、もっと正しく表現するなら〝明るくてコミュ力お化けの素直バカ〟というやつで、抜群のルックスも相まって男子陣から恐ろしく人気がある。

「——おい、深見」

とはいえ居眠りは居眠りだ。

俺たち一年生の歴史を担当してくれている女性教員（二十代後半／独身／ヨガと料理が趣味）が、あからさまな溜め息と共に声を上げる。

「起きろ。……まだ寝ぼけてるのか、深見瑠々？」

「ぐぅ……んぇ、あれ？　むにゃ……ミナたん、ウチのこと呼んだ？」

「ミナたん言うな」

ピクピクと頬を引き攣らせる女性教員（二十代後半／独身／愛称は〝ミナたん〟）。

教卓に手を突いた彼女は、じろりと赤髪の少女――深見瑠々を睨んで言い放つ。

「今は授業中だ。露骨な居眠りについて、何か言うことがあるんじゃないか？　別に言葉を飾る必要はない。素直な誠意を見せてくれれば、これ以上は怒らない」

「言うこと……素直な誠意……」

んーと、と何やら考え込む深見。

彼女が首を傾げると同時、くるんっと内側に巻かれた赤の髪が微かに揺れて。

「……ミナたんの声が落ち着いてるから寝心地良くて超感謝、みたいな？」

「！　ほう……どうやら辞世の句は完成したようだな、深見瑠々」

「え、ちょ、何怒ってんのミナたん!?　ウチ、言われた通り素直に褒めたんだけど！」

たん、っと机に両手を突いて立ち上がる深見。……どう見ても会話が噛み合っていないのだけれど、きっと本人には悪気なんて欠片もないのだろう。

その代わり、彼女には別のモノがあった。

「もう、こうなったら――」

声色に少しだけ嬉々とした雰囲気を混ぜ込んで、深見は机の脇に掛けていた鞄をとすんっと自分の前に置く。何かのキャラクターグッズがじゃらじゃら付けられた派手な鞄。その中から取り出されたのは、

（……懐中電灯？）

「《ねむくなくなーるくん試作3号》！」

どこぞの猫型ロボットみたいに、彼女は〝それ〟の名前を高らかに告げた。

「制作中の新アイテムだよ。ウチの眠気を、誰かにムリヤリ押し付けるっ！」

スタイリッシュな懐中電灯、じゃなくて《ねむくなくなーるくん試作3号》が、ネイルでキラキラに彩られた深見の指先でくるくると踊る。

そう――何でも、深見瑠々には〝発明〟という珍しい趣味があるらしい。

この世に存在する様々な《才能》の効果を掛け合わせ、誰もが使えるアイテムの形に落とし込む……という類のモノ。自身の持つ《好感度見分》なる《才能》がとても捕獲者向きとは言えなかったため、早い段階からそちらへ舵を切っていたみたいだ。

（【ＣＣＣ】ですら研究途中の分野だっていうし、とんでもない熱量だけど……）

複雑な感情を抱きながらちらりと深見の背中を窺う。……彼女について知っていることは他にも幾らかあるものの、今は緊張感が邪魔をしてろくに思考が回らない。

とにもかくにも、深見は制服の上から着たカーディガンを白衣の如く揺らめかせて。

「まだ試作品だから効くかどうか微妙だけど……いざ、なむさん！」

ぎゅっと目を瞑ったまま懐中電灯のスイッチをオンにした。

解き放たれたのは青白い光──その直撃を受けたのは、他でもないミナたんだ。授業中の先生に眠気を移そうとするとはなかなか豪胆な発想だけど、多分本人は後のことなんて何も考えていないんだろう。ワクワクと成果を心待ちにしている。

そして、対するミナたん先生の反応はと言えば。

「ふぁ……」

「え、うそ!? 実験の時は全然ダメだったのに……もしかして、完成してる!?」

「耐えられ……な……」

「～～～っ！ やったやった！ ウチ、やっぱり発明の天才なのかも──」

「──というのは冗談だ、馬鹿め。さて深見、抵抗と言い訳はそこまでか？」

「へ!? ミナたん、まっ──ぎ、ぎぶぎぶぎぶぎぶ！」

嘆息交じりに教壇から降りて、素直であっても良い子ではない問題児の頬を両手でむにむにと引っ張る女性教員（二十代後半／独身／むにむにの刑が得意技）。満場一致で深見が悪いため、誰もミナたんの実力行使を止めには入らない。

「きゅう……」

椅子にぺたんと座って目を回している深見瑠々は可哀想で可愛かったけれど。

「全く、私の授業を聞こうともしないからこうなるんだ。では、続けて――」

きーん、こーん、かーん、こーん、と。

その辺りで、聞き慣れたチャイムの音が非情にも永彩学園の校舎全体に響き渡った。

「――……続きは明日だ。各自、今夜はしっかり寝ておくように」

苦虫を噛み潰したような表情でそう言って、時間通りに授業を締める先生。

……一応。クラスメイトと先生の名誉のために補足しておくと、こんな茶番は滅多に起こらない。ミナたん先生の歴史は異様に分かりやすいと評判で、真面目な鳴瀬やメガネの彼はもちろん、お調子者の虎石もローブ姿の中二病女子も真剣にノートを取っている。サボリの常連なんて捕獲者ランクCのやさぐれ御曹司、追川蓮くらいのものだ。

ただまあ、それでも。

（今日は、おかげで時間が短く感じたな……）

今の俺の頭にあるのは〝放課後〟のことだけだった。ドキドキと、否応なく心拍数が上がっているのが分かる。背筋を嫌な温度の汗が伝っているのも分かる。

簡単な連絡事項だけで構成された帰りのＨＲを終えた後。

張り詰めた糸のような緊張感に急かされながら、俺は早々に教室を出た。なるべく人の多い場所を選びつつ廊下を歩き、校舎の外周に位置する昇降口を抜け、グラウンドを横目に校庭を突っ切り、トータル数分で寮の自室まで辿り着いて。

「……っぷはぁっ！」

ベッドの上に鞄を放った瞬間、溜め込んでいた息が一気に零れた。

ひょっとして、ずっと呼吸をしてなかったのか……？

さすがにそんなことはないはずだけど、感覚としては似たようなものだ。たかが校舎から寮まで歩いただけで息切れしてしまうくらい、全方位に注意を向けていた。

「ふぅ……」

鞄に続いて俺自身も背中からベッドに寝転がる。

その辺りで、制服の内ポケットに入れていたデバイスが着信音を掻き鳴らした。

『お疲れ様です、積木さん』

呼吸を整える傍らでデバイスのスピーカー部分を耳に押し当ててみれば、そよ風みたいに柔らかな声音が心地よく鼓膜をくすぐってきて。

『――今日も、殺されずに済みましたね』

潜里羽依花に対し、積木来都の〝暗殺依頼〟を出す――。

天咲が思い付いた名案とやらは、冗談でも比喩でもないド直球の内容だった。

どう考えても異論しかない……ないのだけど、まあ客観的に見れば筋は通っている。潜里の弱みを掴むためには、彼女の犯行現場を押さえて《裁判》を盾に交渉するには、確かに〝殺してくれ〟と持ち掛けてしまうのが手っ取り早い。

だから俺たちは、匿名で潜里羽依花とコンタクトを取ることにした。

通常、暗殺者組織【K】に仕事を依頼する際は非常に複雑なルートを辿る必要があるらしい。しかも潜里が持つ《電子潜入》の《才能》はハッキング特化だ。電子媒体を介した連絡手段だと、俺や天咲の素性が割れてしまう恐れもあった。

そんなわけで、使ったのは封書という古風な手段。

デバイスで打った文章を遠方のコンビニで出力して、潜里の下駄箱に入れておいた。

【――宛：潜里羽依花】

【天下の暗殺者組織《K》の腕を見込んで頼みがある】

【永彩学園1－A所属、捕獲者見習いの積木来都を始末してほしい】

【依頼の前金は、規定額の三倍を潜里羽依花の個人口座宛てに振り込んでいる。成功報酬はさらにその三倍の額を用意している】

【ただし今回の条件として、潜里羽依花に個人で仕事を請けていただきたい。他構成員の関与や情報の漏洩が認められた場合、即座にこの依頼を破談とする】

【《K》の名に傷が付かないよう、良い成果を期待している】

超高額の依頼料に関しては、天咲が涼しい顔で引き受けてくれた。

依頼自体が悪戯だと思われて無視される——ということは、多分ないはずだ。潜里羽依花が【K】の一員であることは誰にも知られていない極秘事項。依頼者である俺たちが何者なのか分からない以上、彼女の方もとりあえず動かざるを得ない。

「……ったく……」

実際、何の文句もない名案だ。……俺の命が危険に晒されること以外は、何一つ。

『ちなみに、積木さん。今日もしっかり尾行されていましたよ？』

緊張の糸が切れてぐったりと寝転がる俺に対し、ボディーガード役を買って出てくれている天咲がデバイス越しに（聞きたくもない）経過報告をくれる。

『暗殺者でない私でも四回は殺せそうなくらい隙だらけでした。ふふっ、羽依花さんが慎重な方で良かったですね？』

「え。……マジかよ、かなり警戒してたつもりなんだけど」

『そうだったんですか？　姿を潜ませやすい人混みの中を通ってくれたり、きょろきょろと首を振って死角を作ってくれたり……暗殺ポイントのバーゲンセールでしたが』

「う、裏目すぎる……！」

今さらゾクッとしてベッドから身体を跳ね起こす俺。

ただ――まあ一応、今日までは殺されないだろうという算段ではあった。例の依頼をしたのが四月十九日の金曜日で、今日が二十五日の木曜日。学生の行動パターンなんて大抵は曜日で決まるんだから、最初の一週間は〝調査〟のターンだ。

――つまり、

『つまり、積木さんの命も明日まで……ですね』

「…………」

ごくり、と呑み込んだ唾の音が頭の中で反響する。……遊びじゃないんだ、これは。相手はプロ中のプロ、伝説級の暗殺者組織【K】の一員。様子見の一週間はもう終わったんだから、明日になったら俺はいつ殺されてもおかしくない。

そんな俺の恐怖を、不安を、懸念を、まとめて吹き飛ばすかのように――。

デバイスの向こうの天咲輝夜は、ギリギリのスリルをこよなく愛する最強の武闘派【怪盗レイン】は、妖艶なまでに愉しげかつ蠱惑的な声音で囁いた。

『もちろん――私がいなければ、ですが』

＃４

次の日の放課後になっても、俺はまだ存命の人物だった。

緊張感と警戒心は昨日までの比じゃないくらいで、春の陽気の下とはいえシャツはあっという間に汗でぐしゃぐしゃ。授業の内容なんか全く頭に入ってこなかったけれど、それでも潜里羽依花の凶刃が俺の首を掻っ切ることはなかった。

(今のところは、だけど……)

寮の階段を上がりながら内心で零す。……天咲によれば、俺は帰宅中に四回は暗殺できそうなくらい隙が多いらしい。ここで気を抜くわけにはいかなかった。

そうして辿り着いたのは、203号室。住み始めて三週間になる俺の自室だ。

ガチャリ、と扉を開けると、目の前に天咲輝夜がいた。

「——……は?」

「てへ。来ちゃいました、積木さん」

てへじゃないけど。

悪びれた様子も見せずにちろっと可愛く舌を覗かせる破天荒な銀髪お姫様を呆然と見つめながら、俺はとりあえず後ろ手で扉を閉めることにした。暗殺者の襲撃がなかったのは素直に喜んでおくとして、それ以上の混乱材料が目と鼻の先にある。

「あー、えっと……」

永彩学園の寮室には鍵が掛からない仕様だ——なんて、そんな世紀末みたいなことを言うつもりはない。部屋主のデバイスが鍵の代わりになっていて、扉に触れさせることで解錠できる仕組みだ。つまり、俺じゃなきゃ部屋には入れない。

「どうやって侵入したんだよ？」

「お忘れですか、積木さん？　私の《森羅天職》は、あらゆる武器やそれに類するものの扱いを完全にマスターする《才能》です」

「……それで、何をやったんだ？」

「ボールペンでつつつーっと窓に穴を開けました」

「おい」

いかにも怪盗、もしくは空き巣っぽい手口なのはいいけど、今このタイミングで侵入経路を増やさないでほしかった。

冷ややかなジト目で見つめてみると、天咲は見惚れるくらい可憐な笑顔で首を振る。

「ご安心ください、積木さん。羽依花さんは《電子潜入》の才能所持者……デバイス管理の電子錠なんて紙以下、金魚すくいに使うやわやわの網くらいのセキュリティです。窓に開いた穴なんて、あってもなくても変わりません」

「明日以降の俺が困るんだけど……？」

無事に暗殺を切り抜けたら修理依頼を出しておこう。もちろん、天咲の名義で。

溜め息を一つ零してから、思い出したように靴を脱いで部屋に上がる。窓の鍵（こっちはお馴染みの回すタイプだ）の近くにぽっかりと開いた丸い穴を何とも言えない気持ちで見遣りつつ、学習机の脇に鞄を引っ掛けた。

……それにしても。

視線をもう一度後ろに向ける——女子、だった。ここは女子禁制の男子寮で、家主は俺で、なのに目の前に女子がいる。それもとびきり可愛い、お伽噺に出てくるような気品溢れるお姫様だ。ふわっと広がる銀色の髪、フローラルで甘くて柔らかい匂い。

「？　ええと、積木さん？」

物珍しげに部屋の中を見渡していた天咲だったけれど、俺の様子がおかしいことに気付いたのか、こてんと不思議そうに首を傾げてみせた。それから純白のソックスで（そこそこ）綺麗な床を踏み締めて、遠慮なく俺との距離を詰めてくる。

「んー、と……」

吐息が感じられるくらいの至近距離で、サファイアの瞳が興味津々に俺を見つめて。

「っ……な、何だよ、天咲？」

「いえ。……もしかして、ドキドキしてますか？」

「！」

そよ風みたいに優しい声音が「ふふっ」と少しだけ悪戯っぽい色を帯びた。

「確かに積木さんは思春期の男の子ですから、女の子を部屋に上げるというイベントで緊張してしまうのも無理はありません。ただ、顔を赤くするのはまだ早いですよ？」

「……まだ、早い？」

「はい。だって私、まだ制服です」

右手をそっと胸の辺りに添えて意味深にはにかむ天咲。……まだ制服、とは、何だか不思議な表現だ。まるで、これから制服じゃなくなるような——

「じゃーん」

——俺の疑問を軽々と置き去りにして。

自前の効果音と共に天咲が鞄から取り出したのは、どこから見てもパジャマだった。

「私、今からこれに着替えます。とっても可愛くてお気に入りなので、積木さんにはこちらできちんとドキドキしてほしいです」

「え——な、なん、」

時折思うのだけれど、このお姫様のからかいレベルは小悪魔の範疇を超えている。

「……何で、パジャマ？」

「あれ、言っていませんでしたか？　今夜から私、付きっ切りで積木さんを護るので」

「はぁ!?」

平然とした顔でとんでもないことを言う天咲輝夜。

度を越えた衝撃でリアクションしか取れなくなっている俺をニコニコと上機嫌で見つめながら、天下の大悪党こと【怪盗レイン】は世間話でもするみたいに告げる。

「だって、羽依花さんが積木さんの命を狙うのはきっと夜の間です。積木さんを一人にしてしまったら、バッドエンド直行……せっかくのスリルの予感が台無しです」

「や、だからって……」

「クローゼットの中に隠れているので、飼いやすいペットみたいなものですよ?」

「そういう問題じゃないんだけど」

　こんなに可愛くてからかい上手なお姫様をペットにしていたら一瞬で性癖が歪む。

　ただ、天咲の主張が間違っているかと言われればそんなことはない。

　俺たちの狙いは潜里羽依花に〝暗殺〟をさせて、直前で現場を押さえること。彼女が俺を殺しにくるタイミングで【怪盗レイン】も近くにいる必要がある。

「はぁ……分かった、分かったよ」

　論理と感情と理性と衝動を頭の中で天秤に掛けた結果、両手を上げて同意を示す俺。最初は〝衝動〟が明らかに優勢だったけど、その他の三つをまとめて反対側の皿に乗せることで――ついでに言えば壁に掛かっていた一条さんの撮り下ろしポスターを〝理性〟の枠に加勢させることで――どうにか重さが釣り合った。

「はい。……困らせてしまってすみません、積木さん」

　嬉しそうな笑みを浮かべた天咲が、ふわりと俺の耳元に顔を近付けてこそっと囁いてくる。俺の逡巡なんかお見通しなんだろう、この緩急がズルくてエグい。

　ともあれ天咲は、とんっと軽やかな所作で俺から身体を離した。

「では──積木さん、先にシャワーをお借りしてもよろしいでしょうか？」

「シャワー」

「あ、えっちな想像ですか？」

「確認しただけだよ。えっと……風呂場ならそこを出てすぐ右の扉だ」

「ありがとうございます。ふふっ、覗き行為は常識の範囲内でお願いしますね？」

「覗いた時点で非常識だっての」

「むぅ……積木さんは真面目な方です」

スリル満点な完全犯罪組織の長なのに──と。

何故か誘うような一言を上目遣いと共に残してから、浴室の方へと消える天咲。

しばらくすると微かにしゅるっと衣擦れの音が聞こえてきて、続けて風呂場に続く扉が開く音がする。追って鼓膜を撫でるのは、くぐもったシャワーの水音だ。

（な、何だこれ、何だこの状況……！）

あらゆる音が淫らに聞こえて悶々とする思春期の男子高校生（俺）。

ちなみにどうでもいいことだけど、覗きが云々とは全く何の関係もないけれど、一人暮らしを前提とした学生寮のバスルームに〝施錠〟なんてお洒落な機能はない。

「くっ……」

天咲輝夜というたった一人の女の子にかき乱された平常心を必死で取り戻そうとする。

その時、唐突にコンコンとノックの音が響いた。

「!?」

『——来都？　ごめん、ちょっといいかな』

次いで聞こえてきたのは隣室の友人、御手洗瑞樹の声だ。咄嗟に襲撃の可能性を思い出して極度の警戒を募らせていた俺は、ほっと胸を撫で下ろしながら玄関へ向かう。

「ごめんね、いきなり押し掛けちゃって」

果たして御手洗は、申し訳なさそうに指先で頬を掻いていた。

「来週の《才能》座学の小テスト、範囲どこまでだったっけ？　勉強しようと思ったんだけど、うっかりメモするの忘れてて」

「ああ、それなら——」

友人の所望する情報を頭の中から引っ張り出す俺。御手洗は律儀にそれらの数字をデバイスのメモ帳アプリへ打ち込んで、はにかむような笑顔を俺に向けた。

「ありがとう来都、おかげで落第しないで済むよ」

「大袈裟だな」

「あはは。……って、ん？」

そこで御手洗は、不意に何かに気付いたように眉を顰め、片手を使って分かりやすく耳を澄ませ始めた。俺も釣られて首を捻り、直後に「あ」と失策に思い至る。……浴室から

聞こえるシャワーの音、上機嫌な鼻歌。意味するところは一つしかない。

ははーん、と、御手洗はからかうように目を細めた。

「生粋の一条さん推しって聞いてたけど……さては、もう誰か連れ込んでるんだ？」

「うっ……い、いや、これはその」

「大丈夫、そんなに薄い壁じゃないから気にしなくていいよ。お幸せに、来都」

邪魔しちゃ悪いとばかりに手を振って、さっさと隣の部屋へ引っ込んでいく友人。

「……はぁ」

そんな彼の後ろ姿を見送りながら、色々な意味で頭を抱える俺だった。

#5

――夜は嫌いだ。夢を見るから。

どんなに気を張っていても悪夢から逃れられないから、やっぱり夜は大嫌いだ。

「…………」

それでも今日ばかりは、さすがに悪夢よりも暗殺者の方が差し迫った脅威だろう。

時刻は深夜一時ごろ。

少し前から、俺はベッドの上で仰向けに寝転がっていた。

天咲がシャワーを浴びた後は上気した肌とパジャマ姿にドキドキさせられて、促されるまま俺も軽く風呂に入って、眠気対策のコーヒーを一緒に飲んで、それから早々に消灯した。潜里羽依花が動くのは電気が消えた後なのでは、という推測からだ。

クローゼットからは天咲の息遣いを感じる。……気のせいかもしれないけど、まあ感覚の問題だ。天下の武闘派【怪盗レイン】。宣言通りクローゼットの中に（自ら）押し込められた彼女は、一晩中寝ないで俺を護衛してくれるつもりらしい。

張り詰めたような静寂。

俺自身も、カフェインと緊張と警戒とで全く眠れない――と、思っていたのに。

（あ、れ……？　何で、俺……こんなに……）

普段よりも強烈な睡魔に襲われてどんどん瞼が重くなる。

……おかしい。これは、普通じゃない。

まるで薬でも盛られたみたいな、異常なまでの眠気が意識を刈り取って――……


「んっ……」

――気が付いたのは数分後か数時間後か、全くもって見当が付かない。

けれど俺が意識を取り戻した時、身体の上に誰かが乗っていた。

掛け布団の内側。温かくて柔らかい感触。それと相反する強烈な悪寒。

一夜を共にする恋人みたいに全身で覆い被さってきている少女が――潜里羽依花が、小さな手に握ったナイフを俺の首筋にぴたりと這(は)わせていて。

「……うごかないで」

耳元に、吐息。

「わたしは、殺しのえきすぱーと……暗殺者組織(まーだーぎるど)【K】所属の、殺し屋」

「っ……」

「あなたはもう、ぜったいぜつめい……抵抗するだけ、むだだから」

ナイフを握っていない方の手、ひんやりと冷たい左手が俺の頬(ほお)に添えられる。身体(からだ)を起こそうとしてみても、そもそも全身に力が入らない。大して重くもないミニマムサイズの彼女を無理やり跳ね除(の)けることすらできない。

——睡眠薬か。

ようやく気が付いた。多分、さっき飲んだコーヒーに混ぜられていたんだろう。だから潜里(くぐり)のナイフは既に抜かれているのに天咲(あまさき)の助けが来ないんだ。あのコーヒーは彼女も飲んだ。なら、クローゼットの中の【怪盗レイン】は……眠らされている。

（これが、本物の〝暗殺者〟——！）

身体はろくに動かせないのに、心臓だけは異常なまでに早鐘を打っていた。状況は笑えないくらい最悪だ。凄腕(すごうで)の暗殺者に物理的なマウントを取られていて、手足はピクリとも動かなくて、頼みの綱の天咲はとっくに無力化されている。

……これはもう、詰みか？

いや、声くらいならどうにか出せそうだ。全力で叫べば——過激なプレイか何かだと勘違いされない限り——隣の部屋の御手洗が駆け付けてくれるかもしれない。

ただし、下手に潜里羽依花を刺激したらその瞬間にサクッと殺られる可能性もある。

故にこそ極限状態の集中力でタイミングを計り始めて、しばし。

「…………？」

違和感があった。

とっくにビビり散らかしている俺はまな板の鯉よりずっと大人しく、一秒もあれば何度か急所を突けそうなものなのに、潜里羽依花はいつまで経っても動かない。

「ん……」

……薄闇の中の暗殺者。

もぞもぞと俺のベッドに入り込んでいる彼女の格好は、前に教室で見た時と同じオーバーサイズの制服姿だ。体格は小柄ながら、薄いシャツに包まれた胸元——むぎゅう、と俺に押し付けられた膨らみは凶器みたいなサイズ感。彼女が身体を捩らせる度にむにむにと形を変え、こんな状況だというのに強烈に視線が吸い寄せられる。

「わたしは、殺しのえきすぱーと……諜報の、たつじん。あなたのことは……らいとのことは、なんでも知ってる」

真正面から、ではなく真上から俺に抱き着いて、耳元でそっと囁(ささや)いてくる潜里羽依花(くぐりういか)。

黒髪ショートに包まれた顔立ちは、幼いながらも息を呑(の)むほどに整っている。

「らいとの趣味も、癖も、人柄も、性格も、好きな人も、好きな曲も、好きな本も……」

「っ……」

「……ぁむ」

暗がりの中で、甘い匂いと柔らかな感触に埋め尽くされる中で、耳たぶをかぷりと甘噛(あまが)みされる。未曾有の感覚にぞくっと背筋を震わせる俺を置き去りに、ベッドの中の暗殺者は俺の胸元に頰(ほお)ずりをしたり、ぺたぺた顔を触ってきたりする。

「来都(らいと)、らいとぉ……」

甘えるような切ない声。

もはや握っていたナイフをどこかへ捨ててしまった彼女が、そっと俺の頭の脇に両手を突く。とろん、と蕩(とろ)けた瞳。上気した頰。視界を覆う黒のショートボブ。

まるでキスでもするみたいに、潜里羽依花はゆっくりと顔を近付けてきて――

「……え？」

瞬間、だった。

俺たちの意識の外から、具体的にはクローゼットの辺りからひゅんっと高速で飛来してきた極細のワイヤー。五月雨事件の際にも使われていた【怪盗レイン】の十八番(おはこ)が、一瞬

にして掛け布団を剥ぎ取っては潜里羽依花の身体に巻き付いていく。

「わぷ……」

単に射出して巻き取るだけのワイヤーにあるまじき複雑怪奇な軌道。

けれど天咲輝夜の《森羅天職》とは、問答無用で〝それ〟を可能にする《才能》だ。

「む……えい」

対する潜里の反応速度は、さすが【K】所属の暗殺者と言えばいいのか、思わず拍手したくなるくらいには圧巻のものだった。手放していたはずのナイフを掬い取り、銀色の軌跡だけを残して天咲のワイヤーを瞬く間に微塵切りにする。

……ただし、彼女はあくまで〝暗殺者〟だ。

正面からの戦闘が成立した時点で――軍配は、既に【怪盗レイン】へ上がっていた。

「え、え……え？」

四方八方から襲い来る極細にして不可視のワイヤー。キンキンキンッ、と鈍い音を発しながら潜里がその猛攻を防ぐものの、惜しいことに天咲のワイヤーは部屋中に張り巡らされている。一本や二本、百本や二百本切断したところで意味はない。

やがて手数が及ばなくなり、どんどん後手に回り……ついに拘束された潜里は、俺の上に倒れ込んで「……きゅう」とか弱い断末魔の声（？）を上げた。

遅れてクローゼットから出てきたのは天咲だ。

「すみません、私としたことが……」

パチリ、と室内に明かりが戻る。

真っ先にこの体勢を揶揄されるかと思ったものの、どうやら天咲は自分の仕事ぶりを恥じているらしい。申し訳なさそうな表情でベッドに近付いてくる。

「ご無事ですか、積木さん？」

「あ、ああ……天咲のおかげで、助かった」

「いいえ、違います。積木さんの命が助かったのは私の活躍ではなく、単に羽依花さんの方に殺意がなかっただけ……今回は、私の負けです」

珍しくむくれたような声音でそんな言葉を零す天咲輝夜。

「む、む……あなた、だれ」

潜里も潜里で、ワイヤーで雁字搦めにされているからだろう。表情は教室で見せていたローテンション気味の淡々としたものに戻しながらも身体をじたばたさせることで不満を露わにしつつ、彼女の立場からすれば当然の質問を繰り出している。

「「…………」」

天下の大悪党【怪盗レイン】と、暗殺者組織【K】所属の伝説的殺し屋。

バチバチと視線を戦わせる規格外の才能犯罪者たちを見遣りながら——俺は、

「とりあえず……一旦仕切り直さないか、二人とも？」

今も胸元に押し付けられたままの柔らかい塊が気になり過ぎて、情けない声を上げた。

#6

深夜二時過ぎの男子寮。

軽くシーツを整えたベッドの縁に天咲(あまさき)と潜里(くぐり)が座って、俺は学習机に備え付けられたキャスター付きの椅子に腰掛けている。女子二人をベッド側に配置するのは何となく背徳的な気もするけど、椅子が足りないんだから仕方ない。

潜里羽依花(ういか)の拘束(ワイヤー)は既に解いていた。例のナイフ以外にも様々な暗器が持ち込まれていたものの、ついさっき天咲が入念なボディーチェックを行ってくれている。

「ん……」

ちょこん、とベッドに座った暗殺者の姿を改めて観察する——見た目だけなら、本当に可愛(かわい)らしいという表現がよく似合う女の子だ。童顔で、ちんまりとしていて、艶のある黒髪と餅のように白い肌とが絶妙なコントラストを形成している。表情は薄いものの足をパタパタしていたり身体(からだ)を揺らしていたり、とにかく感情が仕草に出るタイプだ。

——そんな彼女に対して。

まだまだ命が惜しい俺は、例の暗殺依頼が〝ニセモノ〟であることと、今すぐにキャンセルさせて欲しいという要望を真っ先に伝えていた。

「びっくり、ぎょうてん……さぷらいず」

あまり驚いているようには聞こえないけれど、満天の星々みたいに綺麗（きれい）な黒白（こくびゃく）の瞳は確かにぱちくりと見開かれている。意表を突かれた、とでも言いたげだ。

「なんで、そんなこと……らいとは、ドM？　女子高生に、ころされたい……？」

「そういうことじゃない。……ちゃんと、事情があるんだ」

真っ当な疑問に首を振る。

それから俺は、一週間前に天咲へ話したのと同じ説明を潜里にも告げた——三年後に起こってしまう事件のこと。永彩（えいさい）学園内で勢力を広げていく才能犯罪組織（クリミナルギルド）【ラビリンス】のこと。そんな未来を回避すべく〝完全犯罪組織〟を作ろうとしていること。

「——そこに、潜里をスカウトしたいんだよ」

もったいぶらずに言い切って、ごくりと密（ひそ）かに唾を呑（の）む俺。

もちろん、すぐに頷（うなず）いてもらえるとは思っていない。……だからこそ、暗殺依頼なんて危ない橋を渡ったんだ。今なら潜里は殺人未遂の現行犯であり、殿堂才能（コアクラウン）《裁判（ジャッジ）》に掛ければ確実に〝有罪（ギルティ）〟が取れるため、圧倒的に優位な立場で交渉できる。

（強硬策を取るか懐柔策に切り替えるかは相手次第、って感じだけど……）

伝説級の暗殺者を前に、言い知れない緊張が全身を支配する。

対する潜里の反応は——見たところ、あまり芳（かんば）しくないようだった。表情だけを見ればダウナーでローテンション気味のまま特に変わっていないものの、パタパタ揺れていた足が止まったところを見るに〝困っている〟らしい。

……そして、

「わたしを誘っても、いみない」

俺の誘いを突き放すように、淡々とした声が紡がれた。

「だって、わたしは――落ちこぼれだから」

「――……は？」

意味が解らなかった。

拒絶されるだけなら分かる。でも、その発言は全く理解できない。潜里羽依花は伝説の暗殺者組織【Ｋ】の一員だ。捕獲者全盛の世の中で【ＣＣ】がその足取りすら掴めていないプロ中のプロ。落ちこぼれなんかであるはずがない。

「……どういう意味でしょうか、羽依花さん？」

そこで、困惑する俺に代わって謎の究明に動いてくれたのは天咲だった。シーツの上に片手を突いた彼女は、好奇心旺盛なサファイアの瞳をすぐ隣の少女に向ける。

「先ほどの襲撃を見る限り、充分な手練れだと思いましたが」

「……つーん」

「つーん？」

「わたしのこと捕まえた人に言われても、むかつくだけ……むり、やだ、きらい」

「反抗期のお子様ですか」

「そのお子様に睡眠薬を盛られたのは、そっち……お子様以下の、赤ちゃん。……赤ちゃんだから、なでなでしてあげる。よちよち、やーいやーい」

「……む……」

淡々とした表情に少しだけ反抗心を混ぜ込んで天咲の頭をポンポン撫でる潜里と、こちらも普段の余裕をわずかに崩してムッと頬を膨らませる天咲。

「積木さん、積木さん。今からでもクーリングオフしませんか、この子？」

「まだ仲間にもなってないうちからリリースするなって」

溜め息を一つ。先が思いやられるけれど……まあ、才能犯罪者を集めた秘密結社を作ろうとしているんだから、最初から仲良しこよしというわけにもいかないか。

「……なあ、潜里」

改めて星空にも似た瞳を真っ直ぐ覗き込む。

「俺も、天咲と同じ意見だ。お前が落ちこぼれだとは思えない」

「ん。……もっと言って、もっと」

「お前はどう見ても暗殺のエキスパートだろ？　今日だって、簡単に王手を掛けられた」

「むふぅ……もっと、もっと。なでなでもして、らいと？」

「図に乗らないでください」

びし、とデコピンをする天咲。

「ふにゃ！　あぅう……」

両手で頭を押さえてベッドの上をゴロゴロと転がっていた潜里は、ややあって（涙目のまま）俺たちの疑問に応えてくれる気になったらしい。ぴょこんと身体を起こして、天咲から少し離れた位置に座り直しつつ口を開く。

「ねえ。……らいとは、知ってる？　わたしの《才能》――《電子潜入》」

「……？　ああ」

もちろん、それくらいは知っている。

【潜里羽依花――才能名：電子潜入】

【概要：あらゆる電子機器に意識を接続し、自由自在に操ることができる】

「えっへん……」

ぱたぱたと潜里の足が得意げに揺れる。

「ハッキングは、とくい……むてきの、諜報能力。デバイスにも、パソコンにも、インターネットにも入り放題……いぇい、ぴーすぴーす」

「……暗殺前の下調べにはもってこい、って感じだな」

「ん。ちなみにわたしは、戦闘もさいきょう……パパも、ママも、お兄ちゃんも、わたしには敵わない。歴代、随一……【K】の至宝。殺し屋系アイドル☆マジカル羽依花」

横ピース。やっぱり、無表情ながら仕草の方は人並み以上に雄弁だ。

「っていうか、それなら落ちこぼれでも何でもないじゃないか……？」

「能力だけを見れば、そう。でも……〝副作用〟の方が、なかなかの困りもの」

――それは、極度の依存体質だそうだ。

潜里羽依花が持つ《電子潜入》という《才能》は、無敵の諜報能力と引き換えに、彼女を〝常に誰かと触れ合っていないと不安になる〟体質にした。一人でいる時間が長くなればなるほど落ち着かなくなり、やがて自暴自棄に近い精神状態になる。

（そういえば、1‐Bの教室でも近くの女子に抱き着いてたような……）

あれは《才能》の副作用が原因だったらしい。

長めの前髪の下から俺を見つめる潜里の瞳は、どこかぼうっとした熱を帯びている。

「だから、わたしは……依存できる人を、探してる。知らない人だと怖いから、なんでも知ってる人がいい……その点、暗殺のターゲットはかんぺき。いっぱい調べるから、なんでも知ってる人だから……好きになるのも、致し方なし」

「……好き？」

「？　うん。わたしはもう、らいとにメロメロのベタ惚れ……だけど？」

淡々とした表情のまま黒髪をさらりと揺らし、当たり前のように言い放つ潜里。……天咲とはまるで系統が違うけれど、潜里（くぐり）は潜里で目を瞠（みは）るような美少女だ。こんな風に信頼と好意を寄せられたら理性が揺らぎそうになる――ただ、事情を聞く限り純粋な恋愛感情というわけじゃないんだろう。どちらかと言えば〝依存〟の方だ。相手が男子だろうが女子だろうが関係なく、調べれば調べるほど好きになる。

　ともかく。

　引き続きぱたぱたと素足で空を切りながら、潜里はローテンションのまま続ける。

「それが、落ちこぼれの原因……ターゲットの人が、殺せない」

「……では、いつもあんな風に抱き着いているんですか？　積木（つみき）さんのように女性経験が乏しくて奥手な――もとい、紳士な方ばかりではないと思いますが」

「？　ちゃんとしたお仕事は、今回がはじめて。あいどる的に言うなら、研修生」

「暗殺の、ですか。……【K】にトレーニング体制があったなんて、驚きです」

「えっへん。パパもママもお兄ちゃんも、わたしのことを溺愛してるから……永彩（えーさい）学園に来たのも、その辺が理由。すぱいのついでに学歴げっと、だいさくせん」

「なるほど……それは、確かになかなか甘やかされていますね」

「ふ。かわいさが、罪……生まれた時から、才能犯罪者（くりみなる）」

　冗談めかして言いながらふるふると首を振る潜里。

　伝説の暗殺者組織（マーダーギルド）【K】の構成員も意外と家族には甘いらしい――では、なくて。

「……待て。ちょっと待ってくれ、潜里」

どうしても聞き捨てならない彼女の発言に、俺は恐る恐る口を挟むことにする。

「じゃあ、お前は……もしかして、人を殺したことがないのか？」

「もちのろん」

「――――」

それは、今日一番の衝撃だった。

潜里羽依花は確かに暗殺者組織【K】の一員だ。家族全員が殺し屋で、暗殺術は超一流で、諜報に適した《電子潜入》という《才能》まで持っていて……けれどその副作用で暗殺対象に依存してしまうため、今まで一度も人を殺したことがない。

だから〝落ちこぼれ〟を自称している。

「わたしは、人を殺せないから……だから、らいとの仲間になってもお荷物。かわいいマスコットとか、かわいい受付嬢とか、かわいいメイドさんしかできない」

「……可愛いことだけは決まってるのか」

「まったくもって」

「そうかよ。……ったく」

淡々とふざけ倒す潜里に肩を竦めてみせながらも、俺は密かな高揚を感じていた。

そうか――そう、だったのか。

この時の潜里羽依花は、まだ誰も殺していないのか。滑らかなその手を、まだ赤く染めてはいないのか。暗殺者組織(マーダーギルド)【K】の一員ながら、卓越した技術を持っていながら、その力をまだ振るってはいないのか。

……未来の映像がフラッシュバックする。

今の彼女よりもほんの少し——いや、随分と冷徹で鋭利な雰囲気を纏(まと)った暗殺者。

彼女が振るった凶刃が■■■の命をいとも容易(たやす)く奪い去る夢を、思い出す。

「……っ……」

俺は、彼女が三年後の未来で何をするのか知っているけれど——。

それは【ラビリンス】の勢力拡大と同じことだ。俺が《限定未来視(セカンド)》で見た未来は全て不確定の代物(しろもの)。まだ変えられる。今なら、まだ間に合う。

……だからこそ、

(選ぶのは強硬策でも、懐柔策でもない——第三の選択肢だ)

煌(きら)めく夜空みたいな瞳を真っ直(す)ぐ見つめて。

そこに映る未来を振り払うように、俺は小さく息を吸い込んでから言葉を継ぐ。

「潜里(くぐり)。……お前は、人を殺せないんだよな？　もっと言えば〝殺したくない〟んだ。だから、俺の誘いも断ろうとしてる」

「そういうこと。わたしは、らいとの期待にこたえられない……ざんねん」

「いや、違う。むしろ正反対だよ」

「……せいはんたい？」

きっと俺は、心のどこかでこうなることを願っていたんだろう。

用意していた二種類の殺し文句（ルート）はどちらも使わず仕舞（じま）いになってしまったけれど、致命的な事情は伏せたままにしておくしかないのだけれど。それでも落ちこぼれの暗殺者である彼女に伝えたい言葉は、意外なほど素直（すなお）に俺の口から零（こぼ）れ出た。

「だって、俺は——お前に人殺し（そんなこと）をさせないために、組織を作ろうとしてるんだから」

「え……」

ぱちくり、と目を瞬（まばた）かせる潜里。

多分、彼女にとっては予想外の発言だったはずだ。暗殺者組織（マーダーギルド）【K】は全員がずば抜けた技量を持つ殺し屋一家。人を殺せない少女に居場所はなかった。

だけど俺たちの組織はそうじゃない。人を殺せない彼女にこそ用がある。

「……いいの？」

しばしの逡巡（しゅんじゅん）を挟んでから、ほんの少しだけ掠（かす）れた声が紡がれる。

「殺せないわたしでも……いいの？」

「だから、殺せないお前がいいんだって」

「………それは。びっくり、ぎょうてん………おどろきの、てんかい」

淡々とした声音で驚愕を露わにしていた潜里は、やがてこくこくと何度か頷いて、それからとんっと軽やかな所作でベッドから降りた。ぺたぺた、とフローリングに裸足の軌跡を残しつつ、椅子に座っている俺の膝にちょんっと左手を突く。

「ん……」

右手は耳元へ。

ふわり、と甘いミルクみたいな匂いを漂わせて、潜里羽依花は嬉しそうに囁いた。

「うれしい。らいとのこと、ちゃんと好きになりそう……せきにん、とってね？」

――名称未定の完全犯罪組織。

そこに、天咲輝夜に続いて二人目のメンバーが加わった瞬間だった。

【ミッション②：1-B所属、潜里羽依花をスカウトすること】――正規達成

人懐っこい
落ちこぼれ暗殺者

潜里羽依花（くぐりういか）

誕生日：2月22日

才能（クラウン）：《電子潜入（シグナル）》

あらゆる電子機器に意識を接続し、自由自在に操ることができる

RESUM

第三章　宿泊研修と天性の詐欺師

Shadow Game

♭♭――《side：一条光凛（いちじょうひかり）（三年後）》――

『――永彩（えいさい）学園敷地内に多数の敵性反応を確認』

『殿堂才能（コアクラウン）《裁判（ジャッジ）》に原因不明の異常が発生中。【CCC】の本部防衛機能に壊滅的被害』

『臨場可能な捕獲者（ハンター）は直ちに現場へ急行してください』

『【ラビリンス】は、もはや一介の才能犯罪組織（クリミナルギルド）ではありません』

『秩序のため、正義のために、ここで捕獲者（ハンター）の総力を挙げて迎え撃ちます――！』

「お願い、翠（すい）。……行かせて」

二〇XX年三月九日火曜日、早朝。

デバイスからの動員指示が一向に鳴り止（や）まない中、私の身を案じて泣きそうになっている捕獲助手（サポーター）にして親友の少女・不知火（しらぬい）翠を正面からぎゅっと抱き締める。

「大丈夫。きっと、大丈夫だから」

綺麗（きれい）な水色の髪を撫（な）でながら優しく目を瞑（つぶ）って、翠と私自身に言い聞かせる。

だけど、半分くらい――いや、大部分は単なる見栄（みえ）っ張（ぱ）りだ。だって、こんな事件はおかしい。これだけの規模で〝裏切り者〟が生まれているのに、今の今まで隠されていたなんて……捕獲者の代名詞である殿堂才能《裁判》が機能不全になるなんて。【CCC】の内部にも【ラビリンス】の関係者がいた、としか考えられない。

だとしたら、これは極めて計画的な大事件で。

世界の崩壊を防ぐためには、過去に――それも下手したら数年前に――戻って【ラビリンス】の勢力拡大を妨害するくらいしか正攻法がないのかもしれなくて。

それでも私は無理して笑う。

だって、一条光凛はこの国に七人しかいないSランク捕獲者の一人だから。

「安心して、翠。今もたくさんの捕獲者が増援に来てくれてるし、私には《絶対条例》だってあるのよ？　永彩学園のみんなには手を出させないわ」

「……、はい」

私に抱きすくめられたままの翠が沈痛な表情で小さく頷く。

「ですが、光凛さま。【ラビリンス】には――……」

説得するのは諦めて、代わりに何か重要なことを言おうとしてくれていた翠。

だけど、聞こえたのはそこまでだった。

何故なら、そこで――バツン、と部屋の電気が落ちたからだ。

（侵入者――!?）

驚きながらもどこか冷静にデバイスを取り出し、最大光量で視界を確保する。

普通の才能犯罪者なら、それで充分に対処できるはずだった。《裁判》が使えなくても問題ない。《絶対条例》は時間制限こそあれど、目視した相手の行動を意のままに操る無慈悲な《才能》だ。並大抵の悪い人なら一方的に制圧できる。

そう——並大抵の相手なら。

（……違う。この、人たちは——）

ゾクッと全身を刺す殺気に貫かれながら、息を呑む翠を背後に隠す。……今なら翠が怯えていた意味が分かる。危険、なんてものじゃない。

これは、きっと。

そもそも引き起こしてはいけなかった、最大最悪の〝大災害〟——だったのだろう。

＃1

永彩学園の敷地は広い。

生徒数がさほど多くもないことを考えれば異常なまでの規模だ。《才能》関連の実習に使う訓練設備や過去の才能犯罪を追体験できる複合現実仕様のモデリングルームなんかも完備されているため、普段は足を踏み入れない教室というのもざらにある。

そんな教室の一つに俺たちはいた。

「ふむふむ……」

童話の中のお姫様みたいに優美な銀髪を靡かせた【怪盗レイン】、ではなく今はただの天咲輝夜が、サファイア色に輝く瞳で辺りを見回す。

「大円校舎の三階。メインの昇降口からは離れていて、教室移動の際の通り道にもなりづらい場所……どうでしょう、積木さん？　当面の隠れ家としては充分ですが」

——アジト。

そう、俺たちが探しているのはアジトだった。何しろ俺たちは完全犯罪組織……大きく括れば秘密結社というやつで、秘密結社と言えば隠れ家だからだ。今までは屋上を間借りしていたものの、天気でコンディションが一変するため最善とは言い難い。

いつも通り黒の手袋を付けた天咲が、指先をぴとっと自身の顎に触れさせる。

「ただ、単なる空き教室なのであまりワクワクはしませんね。そのうち地下か何かを改造して、もっと広くて便利な隠れ家を作りましょう」

「地下って、お前……」

「ご安心ください。私、とってもお金持ちですから」

「……パトロンが【怪盗レイン】ってどうなんだ、この組織？」

得意げに胸を張る天咲に思わず微妙な顔をしてしまう。なかなか攻めた判断ではあるけれど、とはいえ【怪盗レイン】による窃盗事件の被害総額は数百億とも数千億とも言われている。校舎の極秘リフォームくらい、きっと屁でもない。

エレベーターとか作るか？　何かこう、隠されたボタンで起動するやつ。

「ふっ……」

と——そこで俺の背中から顔を出したのは最近加入したばかりの新メンバー、潜里羽依花だ。ダウナーでローテンション気味ながら言葉や仕草でふざけたがる節があり、さらには副作用からいつでも〝抱き着き癖〟を発揮してくる少女。今も俺の制服を指先でさりげなく摘んで、天敵……じゃなくて天咲から隠れている。

「しぶやは、幼稚」

「渋谷ではなく輝夜です、私」

「隠れ家は地下じゃなくて、山とか海の秘境……これくらい、常識。ね、らいと？」

くいくい、と腕を引いては甘えるように見上げてくる潜里。仕草としては微笑ましいものの、密着しているせいで背中にむにっと柔らかい塊が押し付けられている。

「………」

——潜里羽依花という少女は全体的に小柄で妹っぽい雰囲気、なのだけれど。

胸というただ一点に限って言うなら、天咲輝夜を遥かに凌駕していると断言できる。

「らいと？　……死んでる？」

「っ……い、いや」

「ほら。羽依花さんには悲報ですが、積木さんも私と同じく地下派だそうですよ」

「む……家具屋はいじわる」

「平仮名にすると合っているようにも見えますが、輝夜です」

「ふふん。悔しいなら、攻撃してくればいい……へいへい、ピッチャーびびってるぅ」

しゅばばば、と俺の両サイドから交互に顔を出すという謎の遊びに興じながら天咲を煽り散らかす潜里。それを見た清楚可憐なお姫様は、もとい筋金入りの武闘派である【怪盗レイン】は「む」と可愛らしく唇を尖らせたかと思えば、

「分かりました。では——《森羅天職》」

躊躇なく《才能》をぶっ放した。

「え。……ふにゃぁっ⁉」

目で追い切れないくらいの高速で放たれた何か。その直撃を受けた潜里は可哀想な猫みたいな悲鳴を上げて、それから「ぁう……」と恨めしげに呻く。

対する天咲は、いつも通りの余裕と共にピンと人差し指を立ててみせた。

「峰打ちです——ならぬ、消しゴム攻撃です。【怪盗レイン】を甘く見ちゃダメですよ？」

「……ふ。かぐらは、あほ……暗殺のプロに勝てると思ったら、大間違い」

「？　私は神楽ではなく輝夜ですが……何が、アホなんでしょうか？」

「い、いい、もう反撃済み」

え、と固まる天咲（あまさき）。

俺の背中から顔を出した潜里（くぐり）は、無表情のままわきわきと両手の指を動かしている。

「一瞬のはやわざ……わたしくらいになると、動くまでもない。投げて、引っ掛けて、飛ばすだけ……背中のホックは、外しやすい」

「え、え？　……え？」

「あんまり動かない方がいい。……ズレる、から」

びし、と人差し指を突き付けて決め台詞（ぜりふ）（？）を言う潜里。

……どうやら、消しゴム攻撃（アタック）の意趣返しとして下着（ブラ）のホックを外したらしい。あの一瞬でどうやって、という疑問はあるものの、これは【怪盗レイン】と暗殺者組織（マーダーギルド）【K】による雲の上の攻防だ。一般人の俺が全てを追い切れるはずもない。

（でも……どうなんだろうな？　天咲は基本からかう側の性格だし、俺の部屋に来た時もあんな感じだったし、それくらい軽く流されて終わるんじゃ……）

ちら、とお姫様の様子を窺（うかが）ってみる——と、

「～～～っ！」

照れていた。それはもう、めちゃくちゃ照れに照れていた。

制服の内側で下着のホックが外されただけ、と言えばだけなんだから、見た目上は何が変わったというわけでもない。それなのに天咲は右手で胸元を抱くようにして、耳やら首

筋やらをかぁっと真っ赤に染めている。

「あ、あの、あの……積木(つみき)さん」

上擦(うわず)った声が耳朶(じだ)を打つ。

「そのぅ……今だけ、後ろを向いていていただけませんか？　私、攻めるのはとっても好きなんですが……攻められるのは、ちょっとだけ弱くて」

「ぶい」

得意げに横ピース（無表情）を決める潜里の隣で「ご、ごめん！」と後ろを向く。

いつも不敵で余裕たっぷりな小悪魔系お姫様――。

そんな天咲輝夜(かぐや)の弱点を、期せずして知ってしまった俺だった。


「――じゃあ、そろそろ本題に入ろうか」

それからややあって。

俺たちは、何も天咲を辱めるために空き教室(アジト)を探していたわけじゃなかった。適当に持ち寄った椅子で歪(いびつ)な三角形を作りつつ（歪なのは潜里が俺のすぐ隣にぴたりと椅子をくっつけているからだ）、咳払(せきばら)いと共に話を切り出す。

「三年後に【CCC】を壊滅させる才能犯罪組織(クリミナルギルド)【ラビリンス】……その勢力拡大に繋(つな)がる危険な出来事(イベント)。これを、俺は〝歴史的特異点(デスポイント)〟って呼んでる」

「ですぽいんと……略して、ですぽ？」

「まあ、それでもいいけど」

何となくデートスポットみたいで可愛(かわい)らしい。……じゃなくて。

「調べが付いてるだけでも、歴史的特異点(デスポイント)は大量にある。……っていうか、直近だと来月の頭だ。永彩(えいさい)学園の特別カリキュラムに【ラビリンス】が介入してきて、結果的に俺たちのクラスメイトが一人〝闇堕(やみお)ち〟する。分かってる限り最初の裏切り者だ。つまり【ラビリンス】が水面下で活動を始める超重要な歴史的特異点(デスポイント)、ってことになる」

「ふむふむ。ちなみに、闇堕ちするのはどなたですか？」

「１－Ａ屈指のエリート様、だよ。その名も――」

――追川蓮(おいかわれん)。

それは俺や天咲(あまさき)と同じクラスに属する、くすんだ金髪のやさぐれ系御曹司だ。名門・追川家のスパルタ指導を受けて育ったらしく、評価ｐｔは現時点で２０００オーバーのＣランク捕獲者(ハンター)。一年生にして既に〝純血の威光〟なんて異名まで持っている。

与えられた《才能(クラウン)》の名は《彼方追憶(メモリア)》。

過去七日以内の自分自身に憑依(ひょうい)して、当時の記憶を五感全てで取り戻す《才能(クラウン)》だ。

「今の追川は将来有望の捕獲者(ハンター)……なんだけど、三年後の極夜事件では裏切り者を指揮する強力な才能犯罪者(クリミナル)として戦線の拡大に貢献してる。あいつの闇堕ちを止めれば【ラビリンス】の勢力拡大が一気に遅れるのは間違いない」

　自分自身にも刻み付けるべくはっきりと告げる。

　極夜事件の阻止に繋(つな)がる一大任務。協力者の表現を借りるなら【ミッション③：１－Ａ所属、追川蓮の歴史的特異点(デスポイント)を書き換えること】……となるだろうか。

「らいと、らいと。どうやって止めるの？」

と、そこで隣から真っ当な疑問が投げ掛けられた。こてりと傾(かし)げられる首、至近距離から覗(のぞ)き込んでくる満天の星々みたいな瞳。小さな手のひらは俺の膝にちょこんと乗せられていて、バニラかミルクみたいな甘い香りが微(かす)かに鼻孔を撫(な)でる。

　無垢(むく)なる色香で語彙が消失しそうになるものの、もちろんその辺りも調査済みだ。

「あ、あー、えっと……ここから先は、少し具体的な話になるんだけど」

　軽い前置きを挟んでから歴史的特異点(デスポイント)の詳細に話を移す。

「来月の頭にある特別カリキュラム、宿泊研修。そこでは【ラビリンス】構成員の仕込みで一人の生徒がカリキュラムと無関係の行動に出て、追川の秘密を暴いちまう。それが闇堕ちの決定的な原因になる。だから、まずはその生徒――〝稀代(きだい)の詐欺師〟を止める。いや、止めるというか引き抜くんだ。俺たちの組織に入ってもらう」

「！　そのひとも、なかま？」

「ああ、仲間だ」

天咲輝夜、潜里羽依花に続く三人目のメンバー。本来の歴史だと【ラビリンス】に唆されてしまう少年を、先んじて俺たちの方でスカウトしておく。

「だけど、それだけじゃダメなんだよ。問題の先延ばしにしかなってない」

仮に今回の介入を防げたとしても、秘密という名の爆弾が残ったままなら闇堕ちは時間の問題だろう。追川はいつか【ラビリンス】の手先になってしまう。

「要は、根本的な原因まで潰さなきゃいけないってことだ。そのためには、もう一人の仲間――〝天才マッドサイエンティスト〟の力が要る」

言いながら俺は、脳裏にとある少女の姿を思い浮かべる。……つまり、あと二人だ。彼らを仲間に引き込むことができれば、そこで俺たちの組織は完成する。

「ってわけで、必要なのは残る二人のスカウトと、追川蓮の闇堕ち回避。そのために、俺たちは〝完全犯罪〟を起こす――【ラビリンス】の思惑を妨害して、追川には真っ当な捕獲者になってもらって、その上で《裁判》の指名を掻い潜る。【ＣＣＣ】の連中に俺たちの存在を思い知らせてやる。……最初の活動は、ざっくり言えばそんな感じだな」

「ん。らいととわたしの、はじめての共同作業……きあい、じゅうぶん」

「いいえ、残念ながら羽依花さんはオマケです。積木さんのお相手は、私が」

「むぅ……今度は、ぜんらだけど？」

「やれるものならどうぞ。ふふっ、一度も素顔を割られていない【怪盗レイン】が素肌を晒(さら)すなんて、そんなことは絶対に有り得ませんから」

またもやバチバチと視線を戦わせる二人の過激な才能犯罪者(クリミナル)。

「待てって。まだ話は終わってない」

そんな天咲と潜里に対し、俺はちらりと時計を見てから口を挟むことにした。空き教室(アジト)の探索、今後の作戦共有。それも大事だけど、同じくらい重要な議題が残っている。

「そろそろ決めなきゃいけないことがあるんだ」

「決めなきゃいけないこと、ですか？」

「ああ。それは……」

きょとんとした表情で銀糸を揺らす天咲の前で、俺は焦(じ)らすように言葉を溜(た)めて。

「──俺たちの、組織名だ」

「「！」」

極めてワクワクするその響きに、二人の目付きが変わった気がした。

#2

大型バス特有の断続的な振動が小刻みに身体(からだ)を揺らす。

俺が生まれるずっと前に観測され始めた《才能(クラウン)》によって、世界は大きく発展したのだという。たとえば日本の平均寿命は九十歳を超えているし、新たな才能所持者(ホルダー)を求めて少子化問題は解消されたし、リニアモーターカーは時速１０００ｋｍの大台に乗った。

ただ、あらゆる分野が飛躍的に進化したわけじゃない。

バス——というか車は、せいぜい自動運転が普通になった程度。羽が生えて遥か頭上の高速道路を飛び交うようになるのは、もっと先の話だと思う。

『——いいか、ひよっこ捕獲者ども』

そんなバスの中に、良く言えば渋い、悪く言えば眠たげな声が響いた。

永彩学園１－Ａ担任・射駒戒道。

バス前方の手摺りに気怠く肘を預けた彼は、もう片方の手でボサボサの髪を掻く。

『今日からお前らには、三つの班に分かれて特別カリキュラムを受けてもらう』

『五月六日から十日まで、最大五日掛かりの〝宿泊研修〟だ——ただ、な』

『改めて言っておくぞ、この研修は遊びじゃねえ』

……決して声が荒げられたわけじゃない。

どちらかと言えば投げやりに紡がれた一言なのに、纏った気配は明らかに本物。バスの座席に散ったクラスメイトたちがごくりと静かに唾を呑む。

『知ってるヤツもいるだろうが、永彩学園には一年の夏明けと二年の末、計二回の〝ふるい〟がある。ま、進級査定みたいなモンだ。それまでに既定の捕獲者ランクに達してない連中は即退学。こればっかりは俺たち教員でも絶対に救ってやれねえ』

『一年夏明けの最低基準は――評価ｐｔ１００以上の〝Ｅランク〟』

『要は見習い（ランク外）のままじゃ駄目、ってわけだ。毎年、何人かはここで消えることになる』

ぐるりと視線を巡らせる先生。

教師・射駒戒道はいつも眠たげで髪だってボサボサだけど、生徒思いで相談にも必ず乗ってくれる。それでも、クラス全員が夏を越えられることはまずない。

（評価ｐｔ、か……）

真っ当な捕獲者（ハンター）じゃない俺でも、学園に居続けるためには無視できない要素。

通常、評価ｐｔとは才能犯罪の解決に際して与えられるものだ。ただし見習いの段階では臨場要請なんか回ってこない。せっかく永彩学園にいるんだからカリキュラムに沿って稼ぐのが王道で、中でも特別カリキュラムや定期テストは評価ｐｔの設定基準値（テーブル）が高い絶好の機会。遊びじゃない、というのは、きっと冗談でも脅しでも何でもない。

と――そこで先生は、眠たげな視線をちらりと俺に向けてきた。

『一応、闘争心ってやつも煽（あお）っておくと……』

『１－Ａで（うち）一年夏明けの基準を突破してるのは、今のところ追川（おいかわ）だけだ』

……違う、俺じゃなかった。

先生の、そしてクラスメイトたちの視線が集まった先は俺の右側、くじ引きで隣同士になった追川蓮（れん）の方だ。全体的に灰色がかっていて、一部がくすんだ金色に染まった不良じみた髪。顔立ちは整っているものの、制服は着崩していて中のシャツが見えているし、ピアスも開いているし、とにかく目付きが異様に悪い。

「……ふん」

今もまた、周りから向けられた称賛と羨望の眼差（まなざ）しを鬱陶しそうに見下している。

『で、だ――』

そんな追川（おいかわ）の苛立（いらだ）ちには特に言及することなく、無線のマイクが更なる音を拾った。

『今回の宿泊研修では各班に二人ずつ、抽選で〝犯人役〟を割り振らせてもらう』

『犯人役に選ばれたヤツは、自分の《才能（クラウン）》を使って何かしらの事件を起こしてくれ。内容、規模は本人に任せる。不服かもしれんが……これからプロの捕獲者（ハンター）として活動していくつもりなら、才能犯罪者（クリミナル）の視点も知っておいた方がいい』

『それ以外のヤツは、もちろん正義の〝捕獲者（ハンター）〟だ。一刻も早く証拠を見つけて真犯人を吊（つ）り上げろ。最終的な答え合わせは殿堂才能（コアクラウン）《裁判（ジャッジ）》がやってくれる』

普段の授業以上に真剣な空気が流れる中で、要点を押さえた説明が紡がれる。

永彩（えいさい）学園特別カリキュラム第一弾・宿泊研修。

そこで行われるのは、喩（たと）えるなら〝人狼（じんろう）〟ベースの模擬事件（シミュレーション）だ。俺たち生徒には犯人か捕獲者（ハンター）かの役割が与えられ、前者に選ばれた誰かが密（ひそ）かに事件を起こす。

犯人側は起こした事件の規模と、指名ターンにどれだけの捕獲者（ハンター）を騙せたか――。

逆に捕獲者(ハンター)側は犯人の特定可否と貢献度合いに応じて評価ｐｔが決まる、みたいだ。

『ちなみに……捕獲者(ハンター)役の生徒にはそれぞれ公開禁止の〝個人指令(オーダー)〟ってのも設定されてる。夜中に出歩くとか、特定のタイミングで《才能(クラウン)》を使うとかな』

『個人指令(オーダー)の達成度合いも評価ｐｔに上乗せされるから、せいぜい慎重にやってくれ』

「「「……（ごくり）」」」

方々から唾を呑(の)む音が聞こえる。……攪乱(かくらん)のための仕様まであるのか。

殿堂才能(コアクラウン)《裁判(ジャッジ)》は指名した相手が〝本当に犯人だったのかどうか〟を確定してくれる無敵の裁判官だけど、残念ながら一度の事件で一回しか起動できない。そして混沌(こんとん)を極める才能犯罪の現場において、決して間違えない《裁判(ジャッジ)》は〝唯一の〟法だ。指名した容疑者が無罪だった場合、その事件は解決方法ナシ――つまりは迷宮入りになる。

それは、捕獲者(ハンター)からすれば絶対に避(さ)けなければならない事態で。

才能犯罪者(クリミナル)からすれば、それこそが完全犯罪を達成する唯一無二の条件となるわけだ。

――と。

「あ、あの……すみません、すみません射駒(いこま)先生！」

そこで、不意にどこからか声が上がった。鳴瀬小鞠(なるせこまり)――黒髪ポニーテールの後輩系女子だ。俺を含めたクラスメイトたちがきょろきょろと辺りを見回すものの、声はすれども姿が見えない。バスの前方では、先生も訝(いぶか)しむように眉を顰(ひそ)めている。

『どこだ鳴瀬、手を挙げろ』

「ここです、ここ！　先生の目の前にいますからっ！」

ぴょこんっと背中でポニーテールを跳ねさせながら最前列の席で立ち上がる鳴瀬。釣られて『おおすまん』と手刀を作る先生だけど、これぱっかりは仕方ない。

【鳴瀬小鞠──才能名：遠隔共鳴】

【概要：ある人物が思い浮かべたヒトやモノの現在地を特定することができる】

【副作用：他人から認識されづらくなる（常時型）】

──失せ物探しに適した鳴瀬の《才能》、その副作用は〝目立たない〟なんだから。

『あー……それで、どうした鳴瀬？』

「あ、はい。その……先ほど、宿泊研修の中で犯人役の方が事件を起こす、というご説明がありました。それは、ええと……〝フリ〟ということなんでしょうか？」

生真面目な声音で疑問が紡がれる。

確かに、そこは気になるポイントだ。いくら永彩学園でも、カリキュラムの中で死傷者を出すわけにはいかないはず──とはいえ、事件が〝フリ〟で進行するなら《裁判》の難易度は跳ね上がる。だって、フリじゃ捜査も何もない。

そんな懸念を受けて、射駒先生は『あぁ……』とおもむろに懐へ手を突っ込んだ。取り出されたのはボードゲームで使う駒みたいな、小さくて色鮮やかな人形だ。

『こういう代物(モン)がある。【ＣＣＣ】謹製の試作アイテム、暫定名称は〝ダミータグ〟とかいうらしい。……鳴瀬、ちょっとこいつを持ってみろ』

「？　えっと、はい。分かりました！」

言われるがままに席を立ち、両手を伸ばして当のアイテムを受け取る鳴瀬。

我らが担任はそれを満足げに見ていたのだけれど――刹那、銀色の光が瞬(また)いた。袖の内側に隠していた短刀を振るう先生、一突きにされるダミータグ。みんなが呆気(あっけ)に取られる中、鳴瀬の全身がもこもこもこっと着ぐるみのような何かで包まれる。

「⁉　にゃ、にゃんですかこれ⁉　私、わたし埋まってます！　なんで⁉」

……もごもご、と着ぐるみ越しに薄っすら聞こえる抗議の声。

『まあ、使い方は見ての通りだ。こいつがなかなかの優れものでな……』

それをすっぱり無視して、先生は手元のデバイスを操作し始めた。すると鳴瀬（を包み込んだ着ぐるみ）の上に黒背景の白文字がパッと浮かび上がる。

【鳴瀬小鞠――状態：死亡】

【死因：胸部刺突】【凶器：刃渡り10ｃｍ程度の刃物】【死亡推定時刻：5分以内】

「「お、おおお……」」

「な、何が、何が起こってるんですか⁉　私も見たいです！　みんな、ズルい！」

鳴瀬の尊い犠牲（？）をもってダミータグの試運転が完了する。……なるほど。これなら実際に被害者を出すことなく《裁判(ジャッジ)》の根拠も作れる、というわけだ。

『研修の間は全員にこいつを持っててもらう。犯人役が傷害、殺人の類(たぐい)を企てる場合はダミータグを狙ってくれ。窃盗やら破損に関しては、あとで修復が効く範囲なら自由にやってくれて構わねえ。ただし、精神(メンタル)トラウマ系は厳禁だ』

『ついでに、当たり前だが研修で使う《裁判(ジャッジ)》はテストモードだからな。変に遠慮して控えめな事件を起こす必要はねえし、犯人を見逃す必要もねえ』

『捕獲者(ハンター)役も犯人役も――とにかく、全力を尽くすことだ』

鳴瀬(なるせ)の着ぐるみ化を解除しつつ、そんな言葉で説明を締めに掛かる射駒(いこま)先生。

……全力を尽くす。

もちろん、そのつもりだ。ただし俺が力を注ぐのは宿泊研修そのものじゃない。残る仲間のスカウトと、隣に座る〝裏切り者(デスポイント)〟予備軍こと追川蓮(おいかわれん)の闇堕(やみお)ち回避。この研修は、俺が知る限り最初の歴史的特異点だ。最悪の未来を上書きするための分岐点。

「ふぅ……」

気合いを入れ直す俺を乗せて、大型バスは順調に目的地へ向かっていた――。

＃3

――目隠し(アイマスク)を外した瞬間、ＬＥＤの優しい光が視界を白く染め上げた。

「んっ……」

長時間のバス移動。それも後半は視界を奪われ、辺りの様子が全く確認できないままここへ連れてこられたため、何だか奇妙な違和感がある。

どこかの建物の中の一室だった。

雰囲気としては食堂、もとい学食みたいな感じだ。木目の浮き出たテーブルと椅子とが適度な間隔で並んでいる。わずかに湾曲した壁面には大きな窓があって、燦々と降り注ぐ太陽光だけじゃなく小高い山や深い森林なんかが広がっているのも窺えた。

絵に描いたような大自然。……やっぱり、それなりの距離を移動したんだろう。

ぐるりと食堂内を見回してみれば、揃いの制服を着たクラスメイトたちが俺と同じくアイマスクを取って、それぞれ物珍しげに視線を巡らせている。

永彩学園特別カリキュラム、宿泊研修──高等部1‐A第Ⅱ班。

参加メンバーは五十音順に天咲輝夜、岩清水誠、追川蓮、音無友戯、久世妃奈、積木来都、虎石銀磁、鳴瀬小鞠、深見瑠々、箕輪飛鳥の計十名。誰も彼もが出会って一ヶ月足らずの間柄だ。名前しか知らない相手もいれば、普通に親交がある友人もいる。

「……ふふっ」

中には麗しい銀髪のお姫様がお忍びな感じで手を振ってくれていたり。

「チッ……」

やさぐれ系御曹司が舌打ち交じりに輪の外へ出ていたり。

他に目立った顔触れとしては、さっそくデバイスを取り出して室内の写真を撮りまくっている深見瑠々や、窓の外の大自然に興奮している虎石銀磁、それから先ほど担任教師の策略で着ぐるみの餌食になっていた鳴瀬小鞠……辺りになるだろうか。

なかなかに濃いメンバーが集まった、と言っていいだろう。

「いやはや——諸君、ようやく始まったな！」

と、そんな中で真っ先に声を上げたのは一人の男子生徒だった。

きっちりビシッと固められた黒髪、度の強そうな銀縁メガネ。いかにも真面目一本気な堅物、という雰囲気を漂わせている彼は、その名を岩清水誠という。……そう、入学式の朝の事件（一条さんが華麗に鎮圧してくれた騒動だ）で俺の隣にいた少年である。

所持する《才能》は、水を意のままに操る《転念水》。

整髪料の代わりに《才能》を使っているという噂もあるけれど、真偽は定かじゃない。

「世界の平和を支える一流の捕獲者を養成する永彩学園……その代名詞の一つとも言える特別カリキュラムは、僕たちの実力をしっかりと評価してもらう絶好の機会だ！　この岩清水誠、既に興奮を禁じ得ないッ！」

メガネをキラリと光らせながら両手を広げ、熱いトークをかます岩清水。見ず知らずの建物に放り込まれた直後だというのに、早くもスイッチが入っているらしい。

そんな岩清水が、ぐるりと俺たちを見渡した。

「さて……どうだろう、諸君？　まずはみんなでこの建物の探索をして、研修をするにあたっての最低限のルールを決めておかないか？」

――たとえば消灯時間なり、料理当番なり、夜間の見回りなり。

彼が提案してきたのはその手の話だ。この共同生活には凶悪な才能犯罪者（クリミナル）（役）が紛（まぎ）れ込んでいるんだから、やり方としては妥当に思える。

そのため、反対の声は一つも上がらない……でもなかった。

「勝手にしろよ。――オレはパスだ、テメェらの馴（な）れ合（あ）いに巻き込むな」

追川蓮（おいかわれん）。１‐Ａの中で唯一〝見習い〟ではない捕獲者（ハンター）の称号を持つ男。

椅子に座って乱暴に足を組んでいた彼が、威圧的な声で岩清水の提案を一蹴する。

傍（はた）から見れば不良生徒のワガママな振る舞い――だけど、そもそも永彩学園は勤勉な学生じゃなくて優秀な捕獲者（ハンター）を養成するための機関であり、追川蓮は評価ｐｔにして２０００オーバーのＣランク捕獲者（ハンター）。言ってしまえば規格外のエリートだ。

故にその言葉は力を持ち、岩清水は反発するどころか「おお！」と喝采（かっさい）を上げた。

「なるほど、これが強者の余裕というものか……！　無論、自由にしてくれて構わないとも！　君なら地道な捜査などせずとも犯人を挙げられると期待しているッ！」

「……ふん」

　熱弁する岩清水。けれど追川は、それにすら冷めた表情で鼻を鳴らして。

「無責任なこと言うよな。犯人を挙げる……？　んなもんは評価ｐｔが足りないテメェらが一生懸命やりやがれ。オレには何の関係もねぇ」

「う、うむ……それはそうだが。しかし、これは模擬とはいえ凶悪犯罪の――」

「しつけぇな」

　瞬間、ただでさえ鋭かった追川蓮の目付きが昏く眇められた。椅子を蹴るような勢いで立ち上がった彼はツカツカと岩清水に近付き、そのネクタイに右手を伸ばす。

「グダグダ抜かしてんじゃねぇ。……何が強者だ、何が余裕だ。どうせ全部くだらねぇ世辞なんだろうが。何も知らねぇヤツがオレに指図してんじゃねぇよ……！」

　立て続けに吐き捨てられる忌々しげな呪詛。

　言葉足らずな怒りにどうすることもできない俺たちを他所に、宿泊研修の開始からたったの数分でメンバー間に致命的な亀裂が入る――と思われた、瞬間だった。

「え、何でいきなり怒ってるわけ……？　ってか目付き、わる！」

　――深見瑠々。

　冷え切った空気を物ともせずに割り込んだのは、赤のセミロングを肩口でくるんと巻いた明るくてコミュ力お化けな素直バカ、もとい彼女だった。唇を尖らせて不服そうな内心を露わにしている深見は、両手を腰に当てつつ溜め息と共に切り出す。

「あのさ、レン？　あんたがウチらのこと嫌いだってゆーのは知ってるけどさ、せっかくの研修なんだからちょっとくらい協力してくれたって良くない？　どうせそのうち事件が起こるのに、初っ端からギスギスしてたらもったいないじゃん」

「…………」

「無視とか、アリ？」

「……知るか。オママゴトなら好きにやってろ」

突き放すような口調で言い捨てて。

追川は、掴み掛かっていた岩清水を押し退けて食堂から出て行ってしまった。閉ざされた扉の向こうから、乱暴に階段を上がっていく音が微かに聞こえてくる。

「うひゃあ～、みんなゴメン！」

深見が両目を瞑ってパチンと手を打ち鳴らしたのは、その直後のことだった。

「説得失敗しちった。やっぱ、慣れないことはするもんじゃないっていうか」

「い、いや……こちらこそすまない、深見君。おかげで助かった」

律儀に頭を下げる岩清水。深見の方は反射で割り込んだだけにも見えたけど、確かに今のやり取りは放っておいたら暴力沙汰に発展していた可能性もある。

「この岩清水誠に無限のリーダーシップがあれば手は煩わせなかったのだが……」

追川と対立する形になった岩清水はしばらく悄然としていたものの、やがて気を取り直したように首を振った。そうして、改めてメガネを光らせる――。

「仕方ない。では、追川君抜きで探索を始めようか」


――建物内の探索は、ざっと一時間足らずで終わった。

最初の特記事項として、食堂にあった窓や入り口の扉はどれも開かなかった。裏口も他の窓も外から電子錠でロック済み。そのため、建物の外観は全く分からない。

それでも俺たちはいつからか、この建物を〝館〟と呼んでいた。

構造としては円柱状。全ての壁が内向きに湾曲していて、中心部には柱だけでなくエレベーターと階段がそれぞれ二セットずつある。入り口と裏口、どちらから足を踏み入れた場合でも直進すればエレベーターゾーンに突き当たる形だ。

一階にあるのは食堂、キッチン、大浴場、ジム、遊戯室……といった共同施設。

食堂には立派な西洋甲冑がインテリアとして置かれていて、黒のローブを羽織った中二病系女子こと久世妃奈（ちんまりとしていてやたら可愛らしい）が「わ、我の臣下にも支給したい！　カッコいい！」とはしゃいでいた。遊戯室には映画観賞用の大きなモニターや各種ボードゲームが揃っているのに加え、窓を完全に隠す形の分厚いカーテンとダーツ盤によってなかなかシックな雰囲気が醸成されている。

あえて特徴的な点を挙げるとすれば、食堂の右隣に女子の大浴場、対極に当たる遊戯室の隣に男子の大浴場――と、いわゆる点対称の造りになっていることだろうか。

二階と三階の造りは完全に同じだった。

円周に沿って等間隔に部屋が並んでおり、扉の真ん中には武骨なデザインのネームプレートが掛けられている。どうやら二階が男子部屋、最上階である三階が女子部屋に指定されているみたいだ。部屋数は各階十部屋。俺たちの班は男子も女子も五人ずつという構成なので、どちらの階も半分までしか埋まっていない。

部屋の錠前はデバイス管理。そのため、空き部屋の扉はどこも開かない。

ちなみに、食堂にも廊下にも至るところに監視カメラがある――ただし、これらは〝採点用〟であって生徒側からは干渉不可だそうだ。デバイスの各種機能は使えるものの、不正防止のため外部との通信は全面的に禁止されている。ゴミすらも廊下のダストシュートから捨てる形式になっていて、外に出ることは一切できない。

「…………」

そんな館の中を、俺はひときわ注意深く観察して回っていた。

＃4

堅物（かたぶつ）メガネ、じゃなくて岩清水誠（いわしみずまこと）は料理上手だった。

ルールを作ろうと言い出したからには、と張り切って初日からキッチンに立った彼。武器になりそうなサイズの大鍋で作られた麻婆豆腐は痺れるくらい美味かった。岩清水の見立てでは、食糧はどれだけ贅沢に使っても余裕で足りるみたいだ。

そうして夜。まだ事件も起きていないため、今日は早々に解散となって。

俺の部屋にはやっぱり天咲がいた。

「……大丈夫かな、これ」

「監視カメラの位置と撮影範囲はちゃんと把握しましたよ？」

「いや、そうじゃなくて……」

「それに、女の子の方から押し掛けていますから。無理やりではなく合意です」

「合意でもねえわ」

相変わらず聞き惚れるような声音でとんでもないことを言う。

俺のベッドの上にぺたんと座ってくすくすと上品に笑う天咲は、制服からジャージに着替えていた。機能性重視の格好なんだろうけど、適度に膨らんだ胸元やちらちら覗く首筋に視線が吸い寄せられないこともない。……合宿ならでは、という趣だ。

「追川さん、今日は最後まで単独行動でしたね」

そこで、人差し指をぴとっと頬に添えた——ちなみにジャージ姿だからかいつもの黒手袋は外している——天咲が言及したのは、つい数時間前に捨て台詞を吐いて俺たちの前から姿を消したやさぐれ系Cランク捕獲者の件だった。

別に、部屋から全く出てこないというわけじゃない。岩清水の麻婆豆腐には手を付けなかったものの、自分でキッチンに立って適当に腹を満たしていた。

もちろん、その間も誰とも目を合わさずに……だけど。

「ああいうの、ミステリーなら完全に〝死亡フラグ〟なんですが」

「『こんなところにいられるか！　私は部屋に戻らせてもらう！』ってやつだな」

「それです。他の皆さんに悪態まで吐いていましたから、犯行動機もバッチリです」

「まあ、そうかもしれないけど……」

──殺される、じゃなくて。

俺の知っている未来では、追川蓮はこの宿泊研修がきっかけで闇堕ちし、極夜事件の発生に寄与する〝裏切り者〟になってしまう。才能犯罪組織【ラビリンス】が秘密裏に活動を始める特大の歴史的特異点……これを上書きするのが俺たちの目的だ。

そんな前提を振り返っていると、ベッドの上の天咲がわずかに身を乗り出してきた。

「この前、積木さんは〝追川さんの闇堕ちを回避するために更なるメンバーのスカウトが必要だ〟──と仰っていました」

……【ラビリンス】の思惑を徹底的に妨害する、新たな完全犯罪組織。

一人目の仲間は目の前にいる天咲輝夜。

二人目の仲間は、A組とは別の研修を抜け出して今ここへ向かっている潜里羽依花。

いつもと違って長い銀髪を一つに結んだ天咲は現状のメンバーを指折り数えて、それからサファイアの瞳にからかうような好奇の光を宿らせる。

「ということは、つまりです。積木さんが目を付けている〝稀代の詐欺師〟は──【怪盗レイン】と【K】所属の暗殺者に匹敵するほどの逸材は、もしくは可愛い女の子は、この研修に参加している中の誰かなのでしょうか？」

「……あのさ。可愛い女の子だから、って理由で選んでるわけじゃないからな？」

にこにこ笑顔のお姫様に溜め息とジト目で突っ込みながら。

その辺に投げ出していたデバイスを手に取った俺は、よく暇潰しのお供にしている動画投稿アプリをタップした。外部との通信が遮断された環境だけど、抜かりはない。オフライン保存してきた映像の中から目的のものを選択する。

「これ、知ってるか？」

画面左上に表示された切り抜き動画のタイトルは──〝日本中を騙した子役〟。

……今から十年近く前の話だ。

幼少期から卓越した演技力で一世を風靡し、大人気を博していた子役の少年。そんな彼が、とある生放送番組で同じく人気絶頂だったアイドルの黒い噂を笑顔で暴露した。楽屋での横暴な言動、才能犯罪組織との繋がり、複数の男性俳優との爛れた関係。日本中が大騒ぎになり、マスコミだけでなく警察が出動するほどの事態になった。

ただ——彼の発言は、最初から最後まで一つ残らず嘘だった。

デタラメだったんだ。少年の話は告発でも何でもなくて、単なる作り話だった。それなのに誰もが騙されて、警察沙汰になって、そのアイドルは捕まった。少年が話した噂はどれも妄言だったものの、他に大量の〝闇〟を抱えていたらしい。

この事件から付けられた異名が〝日本中を騙した子役〟。

批判と注目と称賛の渦に晒される中、彼は早々に芸能界から姿を消している。

「——はい、もちろん知っています」

俺の手元を覗き込んでいた天咲は、映像の途中でこくりと首を縦に振る。

「ですが、これがどうかしたんです……か、って」

そこで〝何か〟に気が付いたようだ。両手をシーツに乗せた彼女はそのまま膝立ちで身体を俺の方へ寄せ、食い入るようにデバイスの画面を見つめる。……風呂上がりだからだろう、絹のような銀色の髪がシャンプーの清潔な香りをいっぱいに振りまく。

「…………」

ごくり、と思わず喉が鳴ってしまうけれど。

それでも一条さん命の俺はぎゅっと強く目を瞑って、平静を保つためにもさっさと種明かしを済ませてしまうことにした。

「芸名だから名前は違うけど、目元なんか今も全然変わってないだろ？」

日本中を騙した子役——その名も、音無友戯。

あの天才子役の現在は、他でもない永彩学園高等部1-A所属の捕獲者見習いだ。

「あの方が……本当に？」

「信じられないかもしれないけど、間違いない。音無は〝日本中を騙した子役〟だし、俺が知ってる三年後の未来では……【CCC】のブラックリストで【怪盗レイン】に匹敵する、史上最強クラスの詐欺師になってる」

「——……ふふっ。なるほど、それはとっても頼り甲斐がありますね」

一瞬だけ驚いたように目を見開いて、可笑しそうに口元を緩める天咲。

……要するに、今じゃないんだ。

天咲輝夜と潜里羽依花は現時点で伝説だけど、音無友戯はこれから名を馳せていく。

かつて日本中を騙した稀代の詐欺師——。

嘘に魅入られた彼こそが、俺たちの組織の〝三人目〟だ。

「で、だ。そんな音無に、才能犯罪組織【ラビリンス】の構成員……名前は分からないけど、不便だから〝X〟にしておくか。Xが、研修の直前に接触してる」

天咲にスカウトの前提を知ってもらったところで、肝心の宿泊研修に話を戻す。

「Xは【ラビリンス】の存在をチラつかせて、音無のやつを思い通りに動かす魂胆だ。ほら、個人指令ってのがあっただろ？　犯人役を紛れさせるための攪乱要素。……まあ、このカリキュラムは俺たちが奪い取る予定だから気にしなくていいんだけど」

「あ、積木(つみき)さんが悪い顔をしています」

「ちょっとは威厳がないといけないからな」

世界有数の大悪党【怪盗レイン】に倣って微(かす)かに口角を上げる俺。

「とにかく、その個人指令(オーダー)に偽装すれば妙な行動をしても言い訳ができるから、そうやってあいつの——追川蓮(おいかわれん)の秘密を暴き立てろ、って要求してるみたいなんだ」

「ふむふむ。……それで、追川さんの〝秘密〟というのは？」

「ああ。っていっても、傍(はた)から見れば大した話じゃないんだけど……」

——〝純血の威光〟なる異名を持つＣランク捕獲者(ハンター)、追川蓮。

彼は２０００オーバーと規格外の評価ｐｔを持っている。ただし実を言えば、それらは全て〝捜査補助〟の項目で与えられたものらしい。複数の捕獲者(ハンター)が同じ事件に臨場する場合、その中の誰かが代表して《裁判(ジャッジ)》を使うことになる。常に偉大な父や姉がすぐ隣にいた追川は、一度もその役に就いたことがないんだ。

平たく言えば、自分自身の力で事件を解決したことがない。

「それが追川の隠し事なんだ。このまま行くと、音無に暴かれて散々なことになる」

「……散々なことに、なるのでしょうか？　可愛(かわい)い見栄(みえ)にしか聞こえませんが」

「俺もそう思う。だけど、根拠ゼロのデタラメで人気アイドルを破滅させた詐欺師が絡んでるからな……今の話だって、捉え方次第では〝おこぼれで評価ｐｔを稼いでる〟ことになるのかもしれない。親の七光りとか、コネがどうとかさ」

そんな自覚を多少なりとも持っているから、追川にとっても探られたくない弱みなんだろう。本来の歴史では、この研修を機に彼は完全に〝闇堕ち〟してしまう。

これを引き起こすのが音無友戯、ひいては才能犯罪組織【ラビリンス】のＸだ。

「どうやって止めましょう、積木さん？」

目の前の天咲はいかにもワクワクとした表情を浮かべている。一筋縄じゃいかない難題だけど、天下の【怪盗レイン】にとっては大歓迎みたいだ。

だからこそ俺は、頭の中で作戦を振り返ってから「ん……」と口を開く。

「音無は嘘に魅入られた生粋の詐欺師だ。【ラビリンス】の存在を知って、それが〝面白そうだから〟って理由で乗ろうとしてる。別に脅されてるわけじゃない」

「愉快な方ですね、とっても」

「倫理観がぶっ壊れてるだけだよ。……でも、それならスカウト方法は簡単だ」

好奇心に輝くサファイアの瞳を見つめて告げる。

【サイドミッション①：１－Ａ所属、音無友戯をスカウトすること】

――追川蓮の闇堕ち回避に欠かせない追加ミッション。形式上はミッション③の前提条件になるものの、その重要度はこれまでの任務と同じくらいに高い。

「まずは宿泊研修の陰で〝別の事件〟を起こして、音無の動きを妨害する。その上で、あいつにちょっとした勝負を吹っ掛ける——乗ってくるはずだ、多分な。そうしなきゃ研修が終わっちまうように仕向けるから」

「ふふっ。音無さんの性質を利用する、ということですね？」

「ああ」

一つ頷く。……始まったばかりの宿泊研修だけれど、俺たちはまともに人狼ゲームをするつもりなんかなかった。音無友戯をスカウトするために、追川蓮の裏切りを止めるために、そして【ラビリンス】の思惑を叩き折るために。

俺たちは、完全犯罪を遂行する。

「きっと、本物の犯人役は今日の夜にでも動くと思う。何かしら事件が起きたらすぐ対応できるように、俺たちも〝準備〟しておかないとな」

「はい、積木さん」

ふわりと頷いた天咲は、ベッドの隅に置いていた小さなポシェットをごそごそと手元に手繰り寄せた。中から取り出されたのは、B6サイズの白いカード。続けて色とりどりのペンとハサミが顔を出す。

「——わくわくドキドキの仕込みタイム、ですね」

スリルを愛する【怪盗レイン】の表情は、見惚れるくらいに楽しげだった。

そんなこんなで、あっという間に夜が更けて――

##

……〝事件〟は早々に起こった。

翌朝、数人のクラスメイトが一階の食堂に集まっていたタイミング。

大きな窓から降り注ぐ陽光と建物の外に広がる大自然、それらと不釣り合いなほど立派な西洋甲冑(かっちゅう)なんかに囲まれる中で。

寝ぐせで普段以上にぴょんと跳ねた赤の髪を手櫛(てぐし)で整えながら階段を駆け下りてきた少女――深見瑠々(ふかみるる)が、全員の視線を集めるように「ねえ！」とテーブルに両手を乗せて、それからビシッと制服の胸元を指し示す。

「なんかさ。ウチのリボン、盗られてるんだけど……ヤバくない!?」

思わず「！」と顔を見合わせるクラスメイトたち。

その表情には不安と疑念と警戒と、確かな好奇の色が滲(にじ)んでいて。

――そう、つまり。

ここからが、永彩(えいさい)学園特別カリキュラム第一弾・宿泊研修の幕開けだった。

#5

ネームプレートで指定されていた通り、女子の部屋は館の三階だ。

硬水よりもずっとお堅い岩清水の指示で男子が三階に立ち入るのは一切禁止とされていたのだけれど、状況が状況なので一時的に禁が解かれた。

部屋の造りは、一つ下の男子部屋と全く同じだ。ベッドがあって、机があって、壁際にはハンガーラックや化粧台もある。ラックには替えのワイシャツやピンクの寝間着（もこもこ系のやつだ）なんかも掛かっていて、そこはかとなく背徳的な気分になった。

「むむ！　そこ、なんかえっちぃ目で見てない？」

「見てない、見てない」

……速攻でバレてジト目を食らった。一軍女子はさすがに目ざとい。

ともかく、そんな深見の部屋にいるのは研修参加者全員――じゃなかった。昨日に引き続き、追川蓮のくすんだ金髪は見当たらない。ついでにエレベーターにでも乗り遅れたのか、食堂にいたはずの天咲もまだ来ていなかった。

開かない窓の外には、さっきまで一階で見ていたのと同じ大自然が広がっている。

「――ウチさ、ここのラックに制服掛けてたんだよね」

肩先で切り揃えられた赤髪を軽く揺らして、壁際のハンガーラックに歩み寄る深見。彼女がくるりとターンを決めた瞬間に短いスカートが捲れそうになって、眩い太ももに視線が吸い寄せられる。とはいえ当然、下着はきっちりガードされたままだ。……何らかの最新技術か《才能(クラウン)》が使われているとしか思えない。

　無意識に俺の精神を弄びながら深見(ふかみ)はむぅ、と腕を組む。

「永彩(えいさい)の制服って可愛(かわい)いからリボンもネクタイも割と愛用(アイヨー)してるんだけど、今回はリボンだけ持ってきてた。お風呂の後、確かポケットに入れたはず。そんで、朝になったらなくなってた。……ウチの記憶が確かなら、だけど」

　自信なさげな表情。

　昨日の彼女がリボンを付けていたかどうか、なんてさすがに覚えていないけど、留(と)め具がないせいで普段より大胆(ラフ)になった深見の胸元はダ○ソン以上に凶悪な吸引力を獲得している。早い段階でこうだったなら、女子陣の誰かに指摘されていたことだろう。

「ふむ……鍵は掛けていたのか、深見君？」

　そんな色香に微塵(みじん)も揺らぐことなく冷静な質問を投げ掛けたのは、今日もメガネの岩清水(いわしみず)だ。くいっと持ち上げられた二枚のレンズが照明の白い光を反射する。

「もち！　ウチ、そんな無防備(ムボービ)じゃないってば。そもそもドア閉めたら勝手に掛かるし」

「……そうか。ならばこの部屋は、密室だったということになるが」

「ええ～。密室って、マコっち大袈裟(おおげさ)じゃん？」

「マコっち。……マコっち、とは？」

「え、あだ名だけど？　ほら、誠(まこと)だからマコっち。イヤなら変え――」

「――良い、実に良い！　この岩清水誠、感動したッ！　ぜひとも使ってくれたまえ！」

男泣きする岩清水。入学式の朝から思っていたけれど、メガネに似合わず熱い男だ。

まあ、それはそれとして――〝密室〟。

リボンの盗難、というと事件の規模としては些細（ささい）なものだけど、シチュエーションが密室となれば話は別だ。古今東西、ミステリー小説の帯に書いてありがちな二字熟語の殿堂入り。どんな事件でも一気に不可能犯罪に早変わり……なんて、ことはない。

（その辺が才能犯罪の難しいところなんだよな……）

――ここで、改めて今回の宿泊研修メンバーを紹介しておこう。

「マコっち……素晴らしい……メガネ関連でないあだ名は初めてだ……」

昨日から仕切り側に回っている、規則を愛する男こと岩清水誠。

彼の《転念水（サブマリン）》は水を支配下に置けるため、たとえばコップ一杯の水を生物みたいに操って、扉の隙間から侵入させることだってできる。決して麻婆豆腐（まーぼーどうふ）が美味（おい）しく作れるだけの《才能（クラウン）》じゃないんだ。汎用性は恐ろしいほど高いと言っていい。

「うへぇ……口紅だけで十本もある。あたしのスパイクとどっちが高いんだろ、これ？」

続いて現場検証もそこそこに、化粧台のメイク道具に興味を示している箕輪飛鳥（みのわあすか）。

陸上部に所属しているスポーティーな彼女の《輪廻転送（ゲート）》は、ざっくり言えば〝瞬間移動〟の《才能（クラウン）》だ。離れた場所にある二つの物体の位置を一瞬で入れ替えてしまう。密室なんて言葉は彼女の前では何の意味もない。

「へいへい、さっそく動くとは大胆不敵な犯人だぜ！　うぉおお、燃えてきたぁ！」

さらには相変わらずコロ○ロの主人公みたいなノリを見せる虎石銀磁。

何かと目立つ彼の《磁由磁在》は、五月雨事件でも便乗させてもらった通り、任意の引力や斥力を対象の物体に付与する。深見のリボンに触れる隙が一度でもあったなら、部屋の中に入らずとも容易に釣り上げることができたはずだ。

「……ん……」

ついでに、今しがた遅れて合流してきた天咲輝夜も《森羅天職》でピッキングくらいお手の物。また、深見の隣にいる（副作用のせいで目立たないけど）鳴瀬小鞠は、友人である彼女を起こすために早朝の部屋を訪れていたらしい。制服のポケットに入っていたというリボンを《遠隔共鳴》で探し当て、こっそり盗んだのかもしれない。

つまり——深見瑠々の自作自演説も含めれば、実に十人中六人が密室を破れた計算だ。

（めちゃくちゃな話だよな、やっぱり……）

研修の犯人役が誰なのかは知らないけど、思わずそんな感想が浮かんでしまう。いくら捕獲者全盛の世の中とはいえ、物理法則を超越する《才能》は凄まじい。というかそもそも、警察も探偵も裁判所も揃って匙を投げたから【ＣＣＣ】が生まれたんだ。

「——あ、あの！　あのあのあのっ！」

と、そこで一生懸命に声を張り上げながら部屋の真ん中でぴょんぴょん飛び跳ねたのは鳴瀬小鞠だった。突然の奇行に隣の深見が目を丸くする。

「ちょわ！　どしたのコマリン、急にジャンプなんかしちゃって……」

「急じゃないです、急じゃ！　瑠々さんが気付いてくれないからじゃないですかぁ！」

ぷくう、と頬(ほお)を膨らませる鳴瀬。……どうやら少し前から手を挙げて自己主張していたらしい。目立たないという副作用はなかなかに性質(たち)が悪そうだ。

ともかく、むくれた鳴瀬はポニーテールを揺らしながらデバイスを取り出して言う。

「えっと……とりあえず、みんなで〝臨場登録〟だけでもしておきませんか？」

「あ、確かに！　すご、コマリンってば天才じゃん？」

「！　……えへへ、そうですか？　えへへ～……そっか、天才か～……えへへへ」

「天才的にちょろくて天才的にかわゆいぞコマリン～！」

おだてられて一瞬で機嫌を直す鳴瀬と、大きな瞳をキラキラさせながらそんな友人にむぎゅうと抱き着く深見。女子同士のスキンシップを眺めているのも気が引けるので、俺はそそくさと視線を逸(そ)らしながら鳴瀬の提案通りにデバイスを開く。

そうして起動したのはコアクラウン01こと《裁判(ジャッジ)》だ。

この世界の秩序を司(つかさど)る、制裁機能付きの絶対的な正誤判定システム。これを実行するには、まず該当の事件に〝臨場〟する必要がある。犯行から三日以内に現場を訪れて、臨場コマンドを選択。様々な証拠を基(もと)に捜査を進めていき、最終的に臨場している中で最もランクの高い捕獲者(ハンター)が全員の意見を踏まえて指名先を決定する。指名された相手が真犯人なら有罪(ギルティ)が宣告され、直ちに拘束・無力化までしてしまうという寸法だ。

　そしてこの際、多くの事件ではもう一つの殿堂才能(コアクラウン)を併用する。

　それこそが、コアクラウン03——《選別(リスト)》。

《裁判(ジャッジ)》の役目が才能犯罪の解決なら、こちらはその補助となる殿堂才能(コアクラウン)だ。事件現場に残された《才能(クラウン)》の痕跡を辿(たど)り、犯行に関わった可能性が少しでもある人間を自動的にリストアップしてくれる。いわば容疑者リストを作ってくれる。

　何故(なぜ)これが定番化したかと言えば、それこそ〝才能所持者(ホルダー)には常識が通じないから〟に他ならない。もし《選別(リスト)》がなかったら、たとえば〝瞬間移動〟や〝時空操作〟を可能とする才能所持者(ホルダー)は世界中のどんな事件でも容疑者から外せなくなってしまう。

　その点、コアクラウン03が生成する容疑者リストは絶対的なもの。

　情報自体は【CCC】管理のデータベース……つまりは《解析(アナライズ)》の結果を参照しているため■■■■(アンノウン)表記になっている箇所はあるものの、このリストの中にそもそも犯人がいなかったという事例は世界中のどこでも聞いたことがない。通り魔的な犯行だろうが何だろうが素知らぬ顔はできないんだから、こちらも極めて強力な殿堂才能(コアクラウン)だ。

「…………」

……やっぱり、どう考えても捕獲者側が有利すぎるような気がするんだけど。

そんな俺の溜め息なんか知る由もなく、デバイスの画面には既に今回の容疑者リストが表示されている。人数はざっと四十人、といったところか。

ちなみに、

①事件前の三日間で犯人と15m以内に接近している才能所持者、または犯人自身。

②事件前の三日間で犯人の声を聞いている（電子媒体越しを含む）才能所持者。

③事件前の三日間で犯人から《才能》を行使されている才能所持者。

――コアクラウン03《選別》で追跡される〝容疑者〟の定義はこんな感じだ。

三日という期間が設定されているため、研修参加者以外の――たとえば射駒先生や他クラス生徒の名前なんかも載っている。それでも見知らぬ名前、もしくは■■■表記の人物が紛れていないなら、その時点で外部犯の可能性はごっそり排除していい。

よって、居合わせた捕獲者の《才能》や起こった事件の内容次第では、臨場の直後に犯人が確定してしまう例も少なくない……のだけど、

「う～む……」

そこで困ったような声を上げたのはリボン盗難の被害者、深見瑠々だ。

彼女は肩の辺りで内側に巻かれた赤の髪を人差し指にくるくると巻き付けて、薄っすらメイクが施された桜色の唇をちょこんと尖らせる。

「でもさ、今回は犯人なんか分かんないよね？　割と誰にでもできちゃうし……ミキミキがさっきウチの服ガン見してたから、ちょっと怪しいかも〜って思ってるけど」

「え。……ミキミキって、もしかして積木来都のことか？」

「ガン見の自覚があるならそうなんじゃん？」

赤とオレンジで彩られた太陽みたいな瞳で俺を見つつ、すぐににゃははと破顔して「冗談冗談！」と笑い飛ばす深見。拗ねたようなジト目からの急転直下だ。一軍女子の仕草はいちいち可愛い。……可愛い、のだけれど、もちろん事件解決には寄与しない。

あまりの手掛かりのなさに何となく弛緩した空気が流れ始めて――

「――……、あら？」

その時だった。

ハンガーラックの下を漁っていた天咲輝夜が、これ見よがしな声を上げたのは。

「「「？」」」

当然ながら、室内にいる全員の視線が彼女へ集中する。お伽噺に出てくるような、ふわりと広がる銀色の髪のお姫様。四方八方からの注目に晒されながらあくまでマイペースに立ち上がった彼女の手に握られていたのは、紙の切れ端――のような何かだ。

まるで、B6サイズの白いカードをハサミで切り分けたような紙片。

俺にとっては非常に見覚えのあるそれを片手に、天咲はにこにことした笑顔で続ける。

「ラックの下にこんなものが落ちていました。犯人からのメッセージ、でしょうか？」

「……ほう？　天咲君、そこには何と？」

「はい。何でも【次はもっと大きなものを〝消失〟させる】――だそうです」

「「――！」」

天咲が読み上げた端的なメッセージに、ひときわ大きな衝撃が室内を駆ける。

そこには様々な感情が混ざっていたことだろう。予告状とでも言うべき一文に「おぉおお……意外に本格的、っつーか……」とビビり始めるお調子者もいれば、ロマンを感じたのか「我も、我もこういうのやりたい！」と目を輝かせる中二病系女子もいる。

「え……えぇ!?」

だけど、中でも群を抜いて驚いた表情を浮かべていたのは、後輩系黒髪ポニテ女子こと鳴瀬小鞠(なるせこまり)だった。さぁっと顔を青褪(あおざ)めさせた彼女は慌てて天咲の元へ駆けていく。

「か、輝夜さん！　それ、それって本当にそこにあったんですか……!?」

「はい、間違いなく。キャスターの下に挟まっていましたよ？」

「そ、そう……なん、ですか」

天咲から件(くだん)のメッセージカードを手渡され、煮え切らない相槌(あいづち)を打つ鳴瀬。

動揺が隠し切れていないその背を見て、直感する――深見瑠々(るる)のリボン盗難事件。宿泊研修二日目の早朝に発覚した事件の犯人は、おそらく鳴瀬だ。彼女は与えられた役割に沿って事件を起こし、たった今、仕掛けた覚えのない犯行予告に驚愕しているんだろう。さらには、カードの裏面に描かれた謎の模様を見て眉を顰めているんだろう。

(……まあ、そりゃビビるよな)

昨日から何かと不憫な鳴瀬に心の中で謝罪しておく。

もちろん、カードを仕掛けたのは天咲だ。仕掛けたというか、何なら拾ったフリをしただけ。例のメッセージカードは最初から天咲輝夜が隠し持っていた。

犯人役の鳴瀬ですら予定していなかったであろう〝連続消失事件〟の前振り。

(さて……)

ここから先は——俺たち完全犯罪組織が、このカリキュラムを乗っ取らせてもらう。

##

一通りの調査を終えた俺たちは、ひとまず深見の部屋を後にした。

歴戦の捕獲者なら違った視点があるのかもしれないけど、見習いの立場からすれば現時点ではどうしようもないというのが正直なところだ。あまりにも些細な事件、継続的な犯行を匂わせるメッセージカード。……待機、の選択が妥当だと思う。

部屋を出る際、廊下でくすんだ金髪の不良少年——追川蓮とすれ違った。

「……チッ」

聞き耳を立てていたのだろうか。

俺たちと慣れ合いたくないというだけで、全く興味がないわけでもないようだ。

そして――、
食堂に戻ってみると、つい一時間前まであった西洋甲冑が跡形もなく消滅していた。

「え……」

ポカン、と呆(ほう)けたような誰かの声が耳朶(じだ)を打つ。

甲冑(かっちゅう)なんて日常生活には縁のないモノだ。もしかしたら記憶の方が間違っていて、そんな武骨なインテリアは最初から館のどこにもなかったのかもしれない……いっそのことそう考えた方が自然(マシ)に思えるくらい、大掛かりで理解不能な異変。

けれど甲冑があった場所には、さっきと同じようにメッセージカードが落ちていて。

そこに刻まれていた文面は――**【次は最も強き者を〝消失〟させる】**。

「――……さっそく、か」

永彩(えいさい)学園特別カリキュラム第一弾。

第二の事件が勃発したのは、宿泊研修二日目の午前中だった。

＃6

不意打ちのように発生した〝第二の事件〟――。

改めて状況を整理しておくと、消えたのは金属製の西洋甲冑(かっちゅう)だ。食堂の壁際にインテリアとして置かれていた。実際に抱えてみたわけじゃないけれど、そこそこの重さはあるだろう。深見(ふかみ)のリボンと比べて遥(はる)かに〝消失〟難度が高いのは間違いない。

……今朝、俺たちが一階に集まっていた時、甲冑は確かにあったはずだ。

つまり事件が起こったのは、みんなが深見の部屋に行っていた最中(さなか)——となる。

「「「…………」」」

しばらく、誰も言葉を発さなかった。

色々なニュアンスが感じられる沈黙だけど、メインの感情はきっと〝警戒〟だ。密室とはいえ実際には過半数の生徒が実行可能だった第一の事件と違い、第二の事件は消えた物もタイミングも相当にシビア。お遊びの域を超えている。捕獲者(ハンター)見習いとしてそろそろギアを入れ直さなきゃいけない段階だ、というのがはっきり分かる。

だけど、俺の沈黙はそれとはちょっと意味が違う。

当たり前だ。だって俺は、とっくに真実を知っている。

(この事件の犯人は、天咲輝夜(あまさきかぐや)……【怪盗レイン】だ)

ちらり、と食堂の隅に立つからかい上手のお姫様にさりげない視線を送る。

天咲の持つ《森羅天職(アームズ)》は、あらゆる武器を達人級の腕で使いこなせるようになる《才能(クラウン)》だ。ボールペンで窓を切り裂けるくらいだから、ハンマーやドライバーなんかの工具があれば鬼に金棒。金属製の甲冑をバラバラにして廊下のダストシュートにぶち込むくらい、大した時間は掛からない。

「……ん……」

深見の部屋に意味深なメッセージカードを残し、甲冑を消し去ったのは俺たちだ。

けれど、それは誰にもバレちゃいけない。完全犯罪にしなきゃいけない。何しろ、これは三年後の極夜事件を食い止めるための第一歩なんだ。世界の崩壊を防ぐため、最悪の未来を回避するため。こんなところで躓(つまず)いてなんかいられない。

──まずは、俺たちにとっての〝敵〟の存在を明確にしておこう。

甲冑消失事件。この騒動の真相に……つまりは〝天咲輝夜の犯行〟という真実に辿(たど)り着きそうな《才能(クラウン)》を持つ捕獲者(ハンター)見習いは鳴瀬小鞠(なるせこまり)、それから久世妃奈(くぜひな)の二人だ。

「また、メッセージカード……何でしょう、どういうことなんでしょう？」

鳴瀬の方は言うまでもない。《遠隔共鳴(ハウリング)》を操る彼女は探し物の達人だ。１０ｋｍ以内にあるものなら何となくの方角だけ、１００ｍ以内にあるものなら方角も距離もドンピシャで突き止められる。この状況では断トツで厄介な捕獲者(ハンター)だろう。

「むぅ、我の臣下に配備しようと思っていたのに……やられた……」

黒ローブの下でしゅんとしている中二病系女子、久世妃奈。彼女の持つ《劇中世界(ワールドエンド)》は効果音や照明を操作できる演出特化の《才能(クラウン)》……だけど、その延長線上で〝光〟と相性がいい。ダストシュートの中を軽く照らせば、消えた甲冑はすぐに見つかる。

……捕獲者は強い。たとえ見習いでも、これほどまでに。

それでも、否、だからこそ。

誰かが《才能》を使って真実に辿り着くより早く、俺はあっさりと禁忌を犯した。

「っていうか……犯人って、天咲じゃないのか？」

「「「!?」」」

静寂の中に投げ込まれた第一声。

それは水を打ったように広がっていき、居合わせた捕獲者見習いたちの表情に驚愕の色を灯した。示し合わせたわけでもないのに、全員が揃って同じ方向へ身体を向ける。そこにいるのは、サファイアの瞳を輝かせるお姫様だ。

「──私、ですか？」

天咲の銀髪がふわりと波打つ。

「どうしてそう思うのでしょうか、積木さん？」

「どうしても何も。深見の部屋に移動した時、天咲だけちょっと遅れてただろ？」

「……はい、そうですね。エレベーターに乗り遅れてしまって」

「食堂で一人になる時間があった、ってことだ。で……天咲の《森羅天職(アームズ)》なら、甲冑を解体できると思うんだよな。ちょうど持ち運びできるくらいのサイズにさ」

二人でいる時より随分と他人行儀な、というより悪戯(いたずら)っぽさが完全に鳴りを潜めた天咲輝夜(かぐや)に少しだけ新鮮さを感じながら、俺は捕獲者(ハンター)視点での推理——ではなく〝事実〟を口にする。何しろここまで、一つとして嘘(うそ)はついていない。

……疑惑濃厚。

もしもこの段階で殿堂才能(コアクラウン)《裁判(ジャッジ)》が起動されれば、彼女の犯行は即座に証明されてしまうだろう。《裁判(ジャッジ)》はどんな《才能(クラウン)》でも改竄(かいざん)できない絶対的な正誤判定システム。天咲は紛(まぎ)れもなく真犯人なんだから、判定結果は〝有罪(ギルティ)〟以外に有り得ない。

ただ。

（来いよ、詐欺師……このままじゃ、せっかくの研修が呆気(あっけ)なく終わっちまうぞ？　もちろん【ラビリンス】との縁も切れちまう。それじゃ〝つまらない〟だろ）

ごくりと、人知れず唾を呑(の)む。

これは、ある意味で賭けだった。後(のち)に天下を取る詐欺師を誘い出すための釣り餌(ルアー)。見習いとはいえ捕獲者(ハンター)を何人も相手にしなきゃいけないんだ、下手な弁解じゃ意味がない。だから俺たちは真実を使って、お前に〝嘘〟で護ってもらう。

（まあ、ここでスルーされたら一巻の終わりなんだけど……！）

いつの間にかドキドキと早鐘を打っている心臓。

じわり、と手のひらに滲んだ嫌な汗。

実際にはほんの数秒だったんだと思うけれど、処刑台に上らされているかのようなその時間は、体感にして何分にも何時間にも錯覚してしまうほどで。

だから。

「――待った」

その声が聞こえた瞬間、俺は込み上げる安堵を表に出してしまわないよう、平常心を保つので精一杯だった。まさに首を刎ねられる寸前で出された恩赦。緊張感は既に限界を突破していたものの、どうにか一命を取り留めた。

「確かに、ライトの推理は筋が通ってる……今のところ、矛盾はないよ」

男子にしては少し高めの、聞き取りやすい透明な声。

テーブルに寄り掛かって鷹揚に両手を広げているのは、当然ながら永彩学園1－Aに所属するクラスメイトだ。整った顔立ちに、若干のチャラさと胡散臭さが感じられるベージュの髪。特徴的ではあるけれど、そこまで目立つタイプじゃない。

(でも、俺は知ってる――)

――音無友戯。

彼の正体は、かつてワイドショーを賑わせた〝日本中を騙した子役〟だ。そして三年後の未来では、歴史上類を見ないほどの天才的詐欺師に至っている。

そんな音無は、微(かす)かな笑みを含んだ瞳で俺を見ながらゆっくりと首を振る。

「だけど残念、違うんだよ。カグヤちゃんは犯人じゃない」

「……そうなのか、音無？」

「うん。だって――」

軽い調子で頷(うなず)いて、それから彼は一瞬だけ不思議な仕草をしてみせた。持ち上げた右手で顔を覆うような、隠すような、何かを切り替えるような所作。すぐに手を降ろした音無友戯の外見は、もちろん何も変わっていないけれど……

（……雰囲気が、変わった？）

ゾーンに入った、とでも言えばいいのか。

見る間に迫力を増した音無は、演技派で知られた元天才子役は、そっと口元を緩めて。

「――カグヤちゃんには、、、、、アリバイ、、、がある」

自信満々に、有り得ないことを言った。

＃7

宿泊研修二日目の昼、一階食堂。

特殊なルーティーンで〝演技モード〟に入った音無友戯の声が朗々と響く。

「僕の《才能(クラウン)》は知ってるかな、ライト？　《四次元音響(エコーノイズ)》っていうんだけど」

「……それは、まあ」

　隠す必要もないので素直(すなお)に頷(うなず)いておく。

【音無友戯(おとなしゆうぎ)――才能名：四次元音響(エコーノイズ)】
【概要：自身が録音(セーブ)している音声を任意の地点から再生(ロード)することができる】

　彼の《才能(クラウン)》は、平たく言えば〝超便利なボイスレコーダー〟だ。自分の耳で聞いた音をストックしておいて、見える範囲のどこからでも流すことができる。

　対面の音無が小さく肩を竦(すく)めた。

「僕はね、日頃からちょくちょく録音(セーブ)をするようにしてるんだ。クールタイムがあるから本当は控えた方がいいんだけど、どこに面白いネタが転がってるか分からないから」

「面白いネタ？」

「うん。実は僕、ちょっとＭっ気があるんだよねぇ。怒り狂った人の声とかが聞こえてくると、編集して罵声系ＡＳＭＲにできるかなぁって思っちゃうんだ」

「性癖に忠実すぎる……」

「僕くらいになるとね。……さて」

　褒めたつもりはなかったのだけれど、音無には称賛の言葉に聞こえたらしい。得意げに口角を上げた彼は、それから視線をすっと窓の方へ向けた。館の外の大自然を切り取る湾曲した窓――そこを、今回の〝再生場所（スピーカー）〟に設定したんだろう。この場にいる全員の視線が誘導されるのを待ってから、音無は気取って言う。

「これは、僕たち全員――おっと失礼、レン以外の全員がルルちゃんの部屋に集まってすぐの音声なんだけど。ちょっと聞いてみてくれるかな？」

――〝再生（ロード）〟。

ざわざわとしたノイズ混じりの喧騒（けんそう）。靴下越しの柔らかい足音。

『むむ！　そこ、なんかえっちぃ目で見てない？』

『見てない、見てない』

深見瑠々（ふかみるる）がむすっと腕を組む衣擦（きぬず）れの音。慌てて否定する俺の声。

『もう……ちょっとだけ、心配です』

そして、そんな俺に苦言を呈しているかのような、そよ風みたいな天咲輝夜の声。

「うわ、デジタルタトゥー……ミキミキの悪行（アクギョー）、永久保存版じゃん」

「だから見てないんだって」

嫌な言い方をしてくれる。

二度目のジト目を向けてくる深見に俺が反論を試みる中、音無の《四次元音響（エコーノイズ）》による演奏会は幕を引いた。会話内容からして、間違いなく俺たちが深見の部屋に入った直後の場面。あまり覚えはないけれど、確かに天咲（あまさき）の声が入っている。

「これがカグヤちゃんのアリバイだよ」

相変わらずテーブルに腰を預けた体勢の音無は、大袈裟に首を振って続ける。

「合流が遅れたって言ってもせいぜい十秒か二十秒ってところじゃない？　いくらカグヤちゃんの《森羅天職》が優秀でも、さすがに厳しいと思うなぁ」

「……ふふっ。証言ありがとうございます、音無さん。ただ……」

「ただ？」

「〝カグヤちゃん〟は止めていただけますか？　ちょっとだけ、不快です」

「はぐぅあっ⁉」

童話のお姫様みたいに柔らかな笑顔のまま繰り出されたストレートな暴言を受け、テーブルから転がり落ちたかと思えば掻き毟るように両手で制服の胸元を掴む音無。

「こ、このボディブローの如き一撃……遠慮も躊躇いもない罵倒……あ、あなたが、僕の探していた神……？」

「ふふっ。私のことは、カグヤちゃん様で」

「仰せのままに、カグヤちゃん様！」

にこにこ笑顔でピンと人差し指を立てる天咲に、音無が片膝立ちで応える。……【怪盗レイン】が天下の武闘派だとは聞いていたけど、何だか色んな意味で強キャラすぎる。

とはいえ、今は感心している場合じゃない。

「えっと……あのさ、音無。天咲じゃないなら、犯人は誰なんだよ？」

「犯人？　…………………ああ」

「忘れてただろ、お前……」

「忘れてないよ。ただ、あまりの衝撃で記憶から飛んでいただけだ」

それを世間では忘れるっていうんだけど。

　俺だけでなく鳴瀬や深見からも奇異の目で見られながら——そしてそれすらも興奮に変えながら——制服のズボンを払って立ち上がる音無。天咲のボディブロー（比喩）を食らってから迫力は消え失せているけれど、それでも彼は平然と言う。

「犯人なら決まってる。こんなことができるのは、アスカちゃんしかいないよ」

「——へ？」

呆けたような声を上げるスポーティーな女子生徒、箕輪飛鳥。

　小麦色に焼けた肌、健康的に引き締まった筋肉。入学早々に陸上部への所属を決めた彼女は、朝練にも全て参加して〝心身ともに強い捕獲者〟を目指していると聞く。エピソードを聞く限り、悪事を働く側にはとても思えない。

だけど、持っている《才能》の性質を考えれば妥当な指摘だ。

【箕輪飛鳥——才能名：輪廻転送】

【概要：選択した二つの物体の位置を、距離や障害物を全て無視して入れ替える】

【ルール：使用には発声が必須。効果対象は実物、または写真に触れることで選択できる】

「――要は、犯行可能性の問題だね」

まるでドラマの探偵役みたいに、音無は淀みなく〝根拠〟を口にする。

「食堂にあった甲冑は金属製。女子はもちろん、男子にだってとても運べない。人力じゃ無理なんだから《才能》が使われているのは自明……適した才能所持者はカグヤちゃん様とアスカちゃんの二人だけだ。そして、一人はアリバイがある」

「……箕輪の《輪廻転送》なら、重い甲冑でも平気で飛ばせるってことか」

「そうだね。というか――そもそも、ライトは武器があれば本当に甲冑をバラバラにできるの？　十数秒で、音も響かせずに？　僕には無理だよ、間違いなくね」

高圧的に責め立てるわけでも強い口調で押し切るわけでもなく、音無は絶妙な距離感で天咲を庇う。……もちろん俺だって無理だけど、天咲はできる。何故なら彼女はブラックリスト筆頭、泣く子も黙る大悪党【怪盗レイン】なのだから。

「「…………」」

ただし、そんなことを知らないクラスメイトたちはすっかり音無のペースに乗せられていた。スポーツ系女子、箕輪飛鳥を見る目がだんだんと疑いの色を帯びていく。

「ちょ、ちょっと……ちょっと待ってくれよ、みんな！」

その辺りで、箕輪が初めて抗議の声を上げた。

「あたし、絶対に犯人とかじゃないからな!?　確かに《才能(クラウン)》的にはできるけど……選手としても捕獲者(ハンター)としても、正々堂々がモットーなんだ！」

「大丈夫だよ、アスカちゃん。犯人役なら事件を起こすのが〝正々堂々〟だから」

「や、だから違うんだってば……！」

　わ〜っと両手で頭を掻(か)く箕輪(みのわ)。

　絶体絶命の立場に追い込まれた彼女はしばらくああでもないこうでもないと策を巡らせて、それからパッと顔を持ち上げた。

「——じゃあ！　じゃあさ、あたしのこと監禁してくれよ!?」

「え……監禁？」

「あたしの部屋の椅子かなんかに縛り付けとくんだよ。見張りもいていい、別に男子だって構わねえ。……だってこれ、連続消失事件なんだろ？　あたしが監禁されてる間に第三の事件が起きてくれたら、それで完璧に疑いが晴れるじゃんか！」

　ぎゅっと拳を握りながら、箕輪が形振(なりふ)り構わない提案を繰り出す。

　もしもこれが本物の才能犯罪なら——実際にどこの誰とも知らない才能犯罪者(クリミナル)を相手取っているなら、そんな悠長なことはしていられないだろう。犯人を泳がせている間に、取り返しのつかない被害が出てしまうかもしれない。

　だけど、これはあくまでも研修で。

彼女が犯人だという推理も、言ってしまえば消去法でしかなくて。

「……分かった。じゃあ、そうさせてもらおうかな」

結局、反対の声は誰からも上がらなかった。

#8

「ふにゅうにゅ……あぶないところだった。もう少しで、餓死。だいぴんち……」

宿泊研修二日目、午後。

俺と天咲(あまさき)は、残る組織メンバーである潜里羽依花(くぐりういか)と合流を果たしていた。

永彩(えいさい)学園1-B所属の彼女がどういう理屈でここにいるのか。……そんなものは、サボリ以外の何物でもない。体調不良を言い訳に自分自身のカリキュラムをすっぽかした彼女は、ついさっきデバイスのGPSを辿(たど)ってこの館に（もっと言えば俺の膝の上に）到着したところ。堅牢(けんろう)な電子錠も、潜里の《電子潜入(シグナル)》の前では意味を成(な)さない。

「……一応訊(き)くけど。大丈夫なのか、いきなりサボって？」

今さらながら尋ねてみる。

伝説の暗殺者組織(マーダーギルド)【K】に所属する潜里だけれど、捕獲者(ハンター)としての評価ｐｔは俺と同じく一桁台の〝見習い〟だ。特別カリキュラムをサボってしまうと加点はゼロ、下手したらマイナス。ランクEを目指すうえではかなりの痛手に違いない。

それでも俺の膝を占拠した潜里は、星空みたいな瞳でこちらを見上げて首を振る。

「よゆう。だってわたしは、てんさい。まだ、本気だしてないだけ……それに、パパもお兄ちゃんも、ゆっくりやすみなさいって。めいれいだから、いたしかたなし」

「命令って」

彼女を溺愛している暗殺者たちにお伺いを立てたら当然そうなるだろう。

「まあ、元はと言えば俺が頼んだんだけど……でも、退学だけは気を付けてくれよ？」

「ぶいぶい」

「積木さん、積木さん。それも、ある意味〝死亡フラグ〟になるかもしれません」

ベッドの縁で微笑みながらふわりと銀色の髪を揺らす天咲。……確かに、言われてみればそんな気もする。成績不振でメンバーの一人が退学したから【ラビリンス】に対抗できなくなりました、なんて、ちょっと洒落になっていない。

不安な前途を憂いながら遠い目をした――ちょうど、その時。

「……お」

部屋の扉が外から解錠される音を聞きつけて、俺は直ちに思考を止めた。

続けてガチャリと扉が開く音。普通なら異常事態だけど、驚く必要はない。むしろ、驚くとしたら〝彼〟の方だろう。だってここは、俺でも天咲でもなく〝彼〟の部屋。俺たちは潜里の《才能》を悪用した単なる侵入者でしかないんだから。

「ん……」

　ゆっくり部屋へ入ってきた彼の姿を捉えつつ、堂々と椅子から立ち上がって……一言。

「よう、音無。……待ってたよ」

＃9

〝彼〟――もとい、音無友戯(おとなしゆうぎ)の私室にて。

　天咲が右隣に、潜里がすぐ後ろに控える中、俺は部屋主である音無と向かい合う。

「悪かったな、勝手に侵入して」

「……いいや？　そんなことはいいんだ、別に」

　悄然(しょうぜん)と肩を竦(すく)める音無。

　ついさっきまで対立していた俺と天咲が一緒にいることで、既に大まかな状況くらいは察しているんだろう。絶妙にチャラくて胡散臭(うさんくさ)いベージュの髪が軽やかに揺れる。

「ねえライト。僕は……もしかして、嵌められたのかな？」

「ま、そういうことになるのかもな」

　後ろの潜里がちらちら顔を覗(のぞ)かせたり服を引っ張ったりしてくるためイマイチ威厳が出ないけど、なるべく虚勢を張りながら一つ頷(うなず)く。

「ちょっとした事情があってさ。天咲が《裁判(ジャッジ)》で指名されたらめちゃくちゃ困る。だから俺は、あえて『天咲が犯人だ』って責め立てたんだ」

「……いきなり矛盾してない？」

「してないよ。だって……そうすれば、お前が無罪にしてくれるだろ？」

——音無友戯の《四次元音響》は〝録音〟と〝再生〟からなる《才能》だ。

任意の音を記憶して、それを好きなタイミングで流すことができる。多くの《才能》と同じくクールタイムはあるものの、一定時間内であれば連続で再生したり、録音と再生を並行でこなしたりもできる。もちろん切り貼りだってできる。

だから、

「お前が〝アリバイ〟だって言ってた天咲の声……あれって、確か五月雨事件の時に言ってたやつだよな？　お前はそれをたまたま録音してて、今朝の音声と重ねて録り直しただけだ。やっぱり、あの場に天咲はいなかった」

「はい。だって私、甲冑をバラバラにするので忙しかったので……二分ほど遅れて合流しているはずです」

黒レースの手袋に包まれた右手で可愛くピースを、じゃなくて数字の〝2〟を表現しながら上品に笑う天咲。……普通は二分あっても金属製の甲冑なんか分解できるわけがないんだけど、彼女は【怪盗レイン】なので仕方ない。

つまり——天咲輝夜のアリバイは、音無友戯によってでっちあげられたニセモノだ。

「……ライトは、それを狙ったの？」

微かに眉を顰めた音無が怪訝な顔で尋ねてくる。

「そんなの、賭けじゃない？　もしも僕がカグヤちゃん様を庇わなかったら……」

「今ごろ大慌て、だな。お前が乗ってくれなかったら、きっと全部の計画が破綻してた」

苦笑の代わりに右手の指先で頬を掻く俺。

「だけど、分は悪くないとも思ってた。……なあ音無。お前、研修が始まる前にどっかの誰かから妙な指示を貰ってるだろ？　追川蓮の秘密を探れ、とか何とかさ」

「！　よく知ってるね、ライト」

「まあな。ちなみにそれ、どうするつもりだった？」

「甲冑が消えたりしなければそろそろ動こうと思ってたよ。何しろ僕は、いつでも面白そうな方に乗るって決めてるから。……それが、どうしたの？」

「どうもこうも、それが博打の根拠だよ」

「――……、え？」

「お前は宿泊研修を終わらせたくなかったんだろ？　例の指示をクリアするには時間が必要だった。だから、俺は早々に事件を終わらせに掛かったんだ――あのまま《裁判》が起動されて事件が解決されたら、研修は一瞬で終わる。そうなったら困るから、お前は必ず止めに来ると思った。アリバイでも何でもでっちあげて、さ」

「そっか。……ああ、なんだ。そういうことか」

ポツリと、小声で呟（つぶや）いて。

掲げた右手でそっと顔を覆った音無（おとなし）は、またも一気に雰囲気を変えた。さっきまでの困惑や驚愕（きょうがく）とはまるで違う、すっきりしたような、あるいは嬉（うれ）しそうな表情。

嘘（うそ）をこよなく愛する彼は、大いなる歓喜と共に告げる。


「なるほどね——久しぶりに、騙された」


……騙される、というのは、一般的に喜ばしいことじゃないだろう。

だけど音無友戯（ゆうぎ）は、皮肉ではない純粋な笑顔を浮かべながら無邪気に言葉を継ぐ。

「確か、ライトの《才能（クラウン）》は《限定未来視（セカンド）》だっけ。それで僕の事情も知ってるの？」

「全部じゃないけど、多少は」

「やっぱり。まあ、こんな大胆な賭けに出られるくらいだもんね」

納得したように頷（うなず）く音無。

そうして彼は、おもむろに制服のポケットに手を突っ込むと、捕獲者統括機関（CCC）から支給されているデバイスを取り出した。殿堂才能（コアクラウン）を内包する小さな精密機器。多くの捕獲者（ハンター）にとっては命の次に大切なそれを、音無はぽいっと適当にベッドへ投げ捨てる。

「――僕、実は捕獲者なんかどうでもいいんだよねぇ」

微かに歪められた口元。

演技ではない素の表情と素の声で、音無友戯は朗々と語る。

「〝日本中を騙した子役〟……例の事件で数千万人を騙した僕は、嘘に取り憑かれた。人を騙すことに快感を覚えるようになった。……ついでに言うと、嘘がバレた後に向けられる白い目も好きだし、罵倒も好きだよ。愛していると言ってもいい」

「無敵かよ、こいつ……」

「うん。その代わり、普通に褒められてもあんまり嬉しくないんだけどね」

小さい頃から〝褒められる〟のが当たり前だったのだろう元天才子役は緩やかに首を横に振る。捉えようによっては切ないエピソードなのかもしれないけど、残念ながらドMのせいで台無しだ。涙なしでも余裕で語れてしまう。

「そんな僕が永彩学園に入ったのは、ここなら手強い相手がたくさんいるからだ」

入試面接の想定解答とは大きくかけ離れた、特殊な志望動機が紡がれる。

「僕はもう、並大抵の嘘じゃ満足できない。厄介な《才能》を持つ相手を……捕獲者たちをまとめて騙すために、僕はここに来たんだよ」

右手で髪を掻き上げるようにしてニヤリと笑う音無友戯。

そんな彼の事情を、性格を、俺は――全てとは言わないまでも――知っていた。面白そうだと感じればどんな誘いでも構わず乗ってしまう、生粋の悪党にして詐欺師。

だからこそ、俺はこのやり方を選んだんだ。

「なあ音無。それなら——そんな野望があるなら、俺たちの仲間にならないか？」

「……仲間？」

いかにも不思議そうな声が零れる。

ただし、そこに〝疑問〟はあっても〝疑念〟はない。だって、一つの事件を通して実証してきたからだ。俺たちが彼と同じく、捕獲者に牙を剥く存在であることを。

「詳しく聞かせてよ、ライト」

「ああ」

興味津々に問われ、俺は以前に天咲と潜里にもした解説を冒頭から繰り返す。スカウトも三人目となれば説明くらいは手慣れたものだ。

「——だから俺は、最悪の未来を変えるための秘密結社にお前の力が欲しいんだ」

一通りの事情を伝えた上で、真っ直ぐに音無友戯の顔を覗き込む。

「別に、大層な信念なんか要らないよ。そんなモノがなくても、お前にとっては悪い話じゃないはずだ。だって俺たちはこの三年間、永彩学園を……【ＣＣＣ】を騙し切る。人の秘密を探らせるような小狡い連中より、こっちの方が〝面白そう〟だろ？」

「なるほど、そうだねぇ……」

ふむ、と考え込む音無。……理屈だけなら高確率で乗ってくれるはずだけど、とはいえ100%の保証はない。詐欺師の思考は読み切れない。

そんな俺の内心を知ってか知らずか、音無は返事の代わりにこう尋ねてきた。

「ライトたちは、僕に接触してきた悪い人——通称〝X〟だったっけ？　そのXの組織と対立してる、ってことなんだよね」

「【ラビリンス】だな。そいつらが、三年後に極夜事件を起こすことになる」

「ふぅん……そんなに大した相手だとは思えなかったけどなぁ。サブデバイス越しに通信してただけだけど、偉そうで騙されやすそうで、単なる小悪党っていうか」

「………」

人物評がなかなかに捻じ曲(ねじま)がっているけれど、それはそれとして。

「……まあ、本当なら〝対抗勢力〟なんて最後までいなかったわけだからな。向こうからしたら上手(うま)くいく確信があって、だから末端の構成員が動いてるのかもしれない」

「ライトの《限定未来視(セカンド)》が予想外だったってことか。……なら」

不意に右手でそっと髪を持ち上げて、何やら〝悪い〟顔をする音無。

そうして彼は、史上最強の詐欺師（候補）は、露骨に口端を上げて提案してくる。

「彼らの接触を利用するっていうのはどうだろう、ライト？」

「……利用？」

「うん。ライトの計画に合わないなら無理にとは言わないけど……〝完全犯罪〟をするんでしょ？　せっかくなら僕たちが《裁判》から逃げ延びるだけじゃなくて、ついでに【ラビリンス】側にも打撃が入った方が気持ちいいんじゃないかなって」

「――ふふっ、なるほど。《裁判》の指名先をXさんに押し付ける、ということですね」

と。

　そこで横合いから口を挟んできたのは天咲輝夜、もとい【怪盗レイン】だ。振り返るまでもなく、その声にはスリルを期待するワクワク感が滲み出ている。

お姫様みたいな銀色の髪がふわりと揺れた。

「私も賛成です。目指すは完全犯罪ならぬ完全勝利……もちろん、作戦構築の部分は積木さんの負担になってしまいますが。いかがでしょう？」

「そう、だな……ちなみに音無、Xの《才能》は分かったりするか？」

「《睡魔招来》だね。特定の範囲内にいる人間を眠らせることができるんだけど、副作用もある。副作用っていうか、一種の防衛策かな。《才能》を使った瞬間に〝片目を瞑って片足立ちしてる〟相手には効かなくて、その分だけ反射を受けるみたい」

「……訊いといてアレだけど、何で知ってるんだよ？　■■■■表記の才能犯罪者だぞ」

「いやだなぁ、ライト」

何故か照れたように頬を掻く音無。

「僕を誰だと思ってスカウトしたのさ？　今ごろXは、僕のことを〝【ラビリンス】に興味津々（しんしん）で頼れる先輩を慕いに慕っている謙虚な後輩〟だと思ってくれてるよ。まだ顔も合わせてないっていうのにねぇ」

飄々（ひょうひょう）と言う。……これが天才詐欺師の片鱗（へんりん）、というやつか。

（まあ、それはともかく――《睡魔招来（ドリーマー）》ね）

末恐ろしいモノを感じながらそっと胸元で腕を組む俺。

俺の《限定未来視（セカンド）》ではXの《才能（クラウン）》まで掴（つか）めなかったため元々の作戦には組み込んでいなかったものの、そういった系統なら〝巻き込む〟ことはできそうだ。それに音無と天咲の言にも一理ある。せっかく事件を起こすんだから、ただ【ラビリンス】の思惑を妨害するだけじゃもったいない。罪状自体をXに被（かぶ）せて彼らの勢力を削りにいく。

（……ん？　っていうか……あれ？）

そこで俺は、微（かす）かな違和感に気付いて顔を持ち上げる。

けれど、そんな俺に構うことなくピンと人差し指を立てたのは天咲だ。

「音無さん。Xさんとは、今でも連絡が取れるんでしょうか？」

「通信用のサブデバイスなら持ってきてるよ。ただ、この館だと外とのやり取りが――」

「むむ。それなら、わたしの出番……じゃみんぐなんて、いちころの巻」

「……いや、ちょっと待て」

嬉しそうに声を弾ませる天咲と、俺の背中からひょこっと顔を出す潜里。順調に話を進める仲間たちに思わず口を挟んでしまう。内容には文句なんてないのだけれど、だからこそ疑問がある。何しろ、肝心の返事をまだ貰っていない。

「結局どうなんだよ、音無。俺たちの組織に入ってくれるのか？」

「？　今さら変なことを訊くね、ライト」

わずかな戸惑いを含んだ俺の問い。

それを受けた音無は、何なら意外そうな表情で口元を緩めて——言い放つ。

「僕はこれでも、嘘に誇りを持ってるんだ。だから、僕に騙される小物なんかより僕を、騙したライトに乗る——当たり前すぎて、返事なんか要らないと思ってたよ」

……音無友戯。

いずれ史上最強の詐欺師に至る男は、もうとっくに俺たちの仲間になっていたらしい。

【サイドミッション①：1－A所属、音無友戯をスカウトすること】——正規達成

【ミッション③：1－A所属、追川蓮の歴史的特異点を書き換えること】——続行中

嘘に魅入られた
天才詐欺師

音無友戯（おとなしゆうぎ）

誕生日：4月1日

才能（クラウン）：《四次元音響（エコーノイズ）》

自身が録音（セーブ）している音声を任意の地点から再生（ロード）することができる

第四章　夢見がちな一軍女子と完全犯罪組織の初陣

Shadow Game

##

音無のスカウトに成功した後、軽く仮眠していた俺はものの五分で目を覚ました。

《限定未来視》が残酷な夢を見せてくるのは、何も夜に限らない——。

追川蓮の秘密が暴かれるのを回避したことで、この宿泊研修における彼の闇堕ちは未然に防がれたはずだ。だけど、ざっと見た限り未来は何も変わっていない。時間稼ぎにはなったにしても、根本となる原因を絶たない限り歴史的特異点は改竄できない。

（……そんなことは、分かってる）

同じ部屋にいる仲間たちに気取られないよう小さく息を吐く。

音無を止めるだけなら、そもそもこんな大掛かりな計画は必要なかったんだ。特別カリキュラムに被せる形で完全犯罪を行うと決めたのは、この先へ繋げるため。

俺たちの〝初陣〟は——まだ、始まったばかりなんだから。

#1

「私、実は【怪盗レイン】なんです」

「えっ」

「ん……ちなみにわたしは、暗殺者組織【K】所属の殺し屋さん。ぴーす、ぴーす」

「ええ!? じゃ、じゃあ……じゃあまさか、ライトも！」

「俺は、別に何でもないけど」

「うぇぇぇぇぇぇぇ!?」

——音無友戯の混乱と絶叫が室内に響く。

宿泊研修二日目、午後。第二の事件を通じて〝仲間〟になった俺たちは、今さらと言えば今さらながら、手近なベッドの上で円になって自己紹介に興じていた。

「むふぅ……落ち着きの極み……らいと、らいとぉ」

……いや。だらけの権化こと潜里羽依花が俺の背中にもたれ掛かっているため、円ではなく三角形というのが正しいかもしれないけど。

「へえ。そっかそっか、なるほどねぇ……」

ともかく音無は、一頻り驚いてから納得したように頷いている。

「【CCC】を騙し切る、なんて言うくらいだ。戦力は充分、って感じなのかな？」

「その通りです、音無さん」

ちょこんと上品に正座した天咲輝夜が、ふわりと目も眩むような銀糸を揺らす。この先に控えた大事件パートを前に、サファイアの瞳はわくわくと輝いているようだ。

「私、とってもとっても楽しみです。【怪盗レイン】としての活動はしばらく自粛していましたから……うずうずして仕方ありません」

「……自粛、してたか？　五月雨事件は……」

「せいぜいスナック程度のスリルでした。あのくらいでは、もう満足できませんよ？」

聞き覚えのない尺度で例の事件を評しつつ、恋焦がれるような妖しい瞳で俺を見つめる天咲。火遊びを望む彼女は時折やけに色っぽくて、心臓がドキリと跳ねてしまう。

それでも俺は、一条さんへの忠誠心をフル動員して「いや……」と首を横に振った。

「前にも言っただろ？　まだ仲間が揃い切ってない。追川の闇堕ちを防ぐためにも、俺たち組織の戦力としても、欠かせないやつがもう一人いる」

「あ、そういえば。……一応訊きますが、積木さん？　焦らしているわけでは……」

「違うって」

ジト目で見られても、這い寄られても、むぅっと頬を膨らませられても困る。

俺たちの組織には――三年後の極夜事件を防ぐための秘密結社には、あと一人だけ必要不可欠なメンバーがいる。次で最後だ、これ以上焦らすつもりは全くない。

「四人目の仲間候補。そいつの名前は……深見瑠々、だ」

「――!!」

彼女の名前を口にした瞬間、天咲と音無が示し合わせたように目を見開いて驚きを露わにした。後ろにいる潜里(くぐり)の表情は見えないものの、小声で「るる……るんるん……るるるる」みたいな歌声（？）を奏でている辺り、特に覚えはないんだろう。

──深見瑠々(ふかみるる)。

それはつい数時間前、第一の事件でリボンを盗まれた1‐A屈指の美少女だ。肩の辺りまで伸ばされた赤の髪はくるんっと内側に巻かれていて、アイドルもかくやというほどに整った容姿はメイクやらネイルやらでさらに底上げされている。赤とオレンジが混ざったキラキラの太陽みたいな瞳、制服の上に重ねている白のカーディガンも特徴的だ。

性格は純粋、素直(すなお)。底抜けに明るくてコミュ力が高い。

嘘(うそ)がつけない真っ直(す)ぐな気質を持ち、自分の感情を取り繕ったりもしないため、態度の悪い相手とは──ちょうど昨日の追川のように──衝突することもある。

「うーん……あのさ、ライト。こう言っちゃなんだけど、何でルルちゃんが必要なの？」

ここまでのプロフィールで〝引っ掛かる〟部分が特になかったからだろう。元天才子役の音無友戯(ゆうぎ)が、やたら形の良い眉を小さく顰(ひそ)める。

「ルルちゃんの《才能(クラウン)》って、確か《好感度見分(キューピッド)》だよね？　人から人への〝好感度〟を数字で確認できる《才能(クラウン)》……あれが、そんなに魅力的？」

「まあ、それもないとは言わないけど」

曖昧な相槌(あいづち)を打ちながら、手元のデバイスでコアクラウン02《解析(アナライズ)》を起動する。

【深見瑠々（ふかみるる）──才能名：好感度見分（キューピッド）】
【概要：対象Aが対称Bにどれだけの好感度を持っているか計測することができる】

……前提として。

個々人で全く異なる効果を実現する《才能（クラウン）》に〝強弱〟なんて概念はない。だけど《森羅天職（アームズ）》や《電子潜入（シグナル）》といったトンデモ技がある中で、好感度を測るだけ……という深見の《才能（クラウン）》が強力なのか、と問われると微妙なところだろう。

けれど彼女には、それを補って余りある能力があった。

「深見の趣味が〝アイテム発明〟だってのは知ってるだろ？　教室にもよく試作品を持ち込んでるけど……あいつ、三年後にはその分野で覇権を取ってるんだよ」

デバイスの画面表示を《解析（アナライズ）》からメモ帳へと切り替える。

そこに刻まれているのは、深見瑠々が成し遂（な）げる偉業の数々だ。強力な《才能（クラウン）》に恵まれなかった彼女は以前から無限の知識欲と行動力で《才能（クラウン）》をベースにした武器やアイテムの開発に手を出しており、いずれ文字通り世界を変えてしまう。

好奇心旺盛な天才少女──。

ただし、彼女の探求心はちょっとばかり度が過ぎていた。

輸入が禁じられた植物の使用、取り扱い厳禁とされる薬物の導入、才能所持者（ホルダー）である自分自身を利用した人体実験まがいの研究。これらが問題視され、彼女は【CCC】から追跡される身分になる。自由な研究の一切を禁じられる。

「だから、まあ……要するに〝マッドサイエンティスト予備軍〟って感じだな」

一通りの情報共有を済ませ、デバイスを引っ込めながら肩を竦める。

「今はまだ無邪気に発明を楽しんでるだけだけど、俺が知ってる未来では偉人級の大物になってる。才能犯罪絡みで使われる全アイテムの生みの親、ってくらいにな」

「ふむふむ……」

そよ風みたいな声音で相槌を打ちながら、天咲がぴとっと片手を頬に添える。それから彼女はくすっと楽しげに笑って、悪戯っぽいサファイアの瞳を向けてきた。

「伝説の怪盗に、ポンコ――ではなく凄腕の暗殺者に、史上最強の詐欺師に、天才マッドサイエンティストの候補生ですか。スカウトの計画を聞いた時から思っていましたが、積木さんの作る完全犯罪組織はとっても豪華なメンバーなんですね？」

「む。……ダメダメ怪盗は、負けたくせに生意気の極み」

「負けていません。積木さんは今も生きていますから、あの勝負は引き分けです」

「ふぅん？　引き分けなら、そっちもポンコツだけど……？　うぷぷ、やーいやーい」

「……むっ……」

「まあまあまあ」

天咲と潜里を同時に宥める。いつも涼しげな表情の天咲がぷくっと頬を膨らませているのも珍しいし、常にダル甘な潜里(くぐり)が俺の背中からおんぶの要領でちょこんと顔を出しつつ煽(あお)り返しているのも珍しい。何かと馬の合わない二人だ。

「いいなぁ、カグヤちゃん様にポンコツ呼ばわりされるなんて。録音しとけばよかった」

……面倒なドMは放っておいて。

【サイドミッション②：1－A所属、深見瑠々(ふかみるる)をスカウトすること】

天才マッドサイエンティスト候補生・深見瑠々――彼女を仲間に引き入れるのは俺たち組織にとって必須課題だ。重要度は相変わらず最高レベル。これを達成できなければ目の前の歴史的特異点(デスポイント)は回避できないし、その先の未来も当然変えられない。

「じゃあどうやってスカウトするのか、だけど。……深見は、割と好奇心だけで動くタイプだ。興味があることなら、善悪とか倫理はあんまり気にしない」

「……んむ……」

体勢が変わったことで俺の背中に抱き着くような格好になっている潜里がもぞっと身体(からだ)を捩(よじ)らせて頷(うなず)く。吐息と一緒に、良い匂いのする黒髪が少しだけ頬(ほお)を撫(な)でた。

「過去のでーたも物色中……小学校の卒業文集に、将来の夢は〝魔法少女になって秘密結社に入ること〟って書いてある。きっと、きょうみしんしん……あめあられ」

「性格的にはな。ただ、一つ問題がある」

「……？　るるは、かわいいけど？」

じ、と超至近距離から俺を見つめる星空のような瞳。この一瞬でSNSのアカウントまで特定したのか、手元のデバイスには深見の写真がずらりと並んでいる。

「……知ってるし、可愛くないとスカウトしないわけじゃない」

「びっくり。わたしは、とんでもなく可愛いから選ばれたのだとばかり」

「どんな選考基準だよ」

天咲にも似たようなことを言われたけど。

「そうじゃなくて……問題なのは、俺たちの方だ。この組織は未熟どころか未完成。いくら深見が純粋でも、正面から誘っただけじゃさすがに信じてもらえない」

あぁ～、という反応が三人から零れる。

深見瑠々は確かに純粋で騙されやすく、性格的にもスカウトの難易度は低いはずだ。それでも『俺たち悪の組織やってるんだけど一緒にどう？』なんて誘いに乗るかどうかと言われたら、いくら何でも否だろう。……いやまあ、もしかしたら無警戒で飛びついてくるかもしれないけど。その可能性に一点賭けするのは怖すぎる。

「では積木さん、何か策があるのでしょうか？」

天咲の問い掛けに「ああ」と首を縦に振る。

正面から誘っても信じてもらえないなら、発想を逆転させればいい──向こうに〝気付いて〟もらえばいいんだ。深見自身に俺たち組織の存在を嗅ぎ付けてもらえばいい。自分で探り当てた秘密なら、きっと疑う余地もないから。

というわけで。

「なあ音無。ちょっと、お前の《才能》を貸してくれ」

♭♭ ——〈side：深見瑠々〉——

「……ふぁ」

暇だった。もう、ビックリするくらい退屈だった。

永彩学園の特別カリキュラム、宿泊研修。いつもの授業がないのは楽でいいけど、外との通信が断たれているというのはつまらない。ベッドに寝転がってだらだらデバイスを弄っていても、SNSもネットも使えないんだから大して時間も潰せない。

解決すべき事件はもう起こってる、けど——正直、あんまり乗り気じゃなかった。

「どうせ、ウチの《才能》じゃ大した捕獲者になれるわけないし……」

……ウチは、幼い頃からド派手なことが好きだった。

たとえば特撮とか、ヒーロー漫画とか、魔法少女アニメとか。キャラクターたちが巨大な力で大暴れして強いヤツをぶっ飛ばすような、そんな物語が大好きだった。主人公を必要としてくれる誰かにムリヤリ手を引っ張られて、無茶で無謀でワクワクする冒険に繰り出す。ずっと、そういう世界に憧れていた。

だから、この《才能(クラウン)》に目覚めたときはちょっと複雑な気持ちだった。

物理法則を超越する異能の力。それだけ聞くとテンションが上がるけど、ウチが欲しかったのは《好感度見分(キユーピッド)》なんて地味でつまらないものじゃない。炎とか、光とか、爆弾とか。もっと派手で楽しそうな《才能(クラウン)》なら良かったのに。

「むむぅ……、えい」

枕元に置いていたお気に入りのぬいぐるみを唐突にモフる。

この子は、ウチが世界一のアニメだと思っている『魔法少女☆フェアリーライト』の登場人物だ。主人公たちと違って魔法の才能に恵まれなくて、最初は親友の魔法少女（正体がバレちゃいけないんだけど五話でたまたま見つかっちゃう）をこっそり心配してるだけだった。いわゆる友達(ともだち)ポジションみたいな、ただの良い子だった。

——だけど、この子は。

誰よりも魔法の才能に恵まれなかった女の子は、誰よりも勉強熱心だった。

『魔法少女☆フェアリーライト』の世界で、魔法の才能は生まれもってのモノ。どんなに努力しても身に付けられないから、この子は別の方法を探した。いつもボロボロになって帰ってくる親友のために盾を作って、武器を作って、アイテムを作って、ついには秘伝の魔導書を解読してそれを扱えるようになった。魔法が使えなかったのに自分の力だけで親友たちと同じ舞台に立って、最後には手を取り合って戦った。

ウチの最推しだ、人生の。

この子に憧れて色んなことをした。色んなモノを作ってきた。つまらない現実を変えるための武器を、アイテムを、ひたすら追い求めてきた。

そんな学校生活は、楽しい——だけど、まだ足りない。まだまだ、燻っている。

「なんか面白いこととか、起こんないかなぁ……」

欠伸交じりにうーんと伸びをして。

いつものクセで指先にくるくると髪を巻き付けた、その時だった。

『——っていうのが、次の作戦だ』

「えっ」

どこからか声が聞こえて思わず目を丸くする。……壁、薄くない？　音漏れとかそういう次元の話じゃない。スピーカーか何かで直接流しているみたいな声量だ。

狼狽えながらもベッドを降りるウチを置き去りにして、不審な声はなおも続く。

『第二の事件——甲冑消失事件は《レイン》のおかげで上手くいった』

『続く第三の事件も、計画自体は完璧だ。……だけど、やっぱり戦力不足だな』

『せっかく完全犯罪組織を作ったってのに、これじゃ実行に移せない』

「……計画……事件……完全犯罪、組織？」

壁の薄さなんて、もうどうでも良くなっていた。

気になるのは内容の方だ。甲冑消失事件？　じゃあこの声の主は特別カリキュラムの犯人役？　だけどそれなら、完全犯罪組織なんて言葉は相応しくない。それに台詞のトーンは深刻そのものだ。まるで、本当に大きなことを企てているかのような。

——というか、

「この声、ミキミキ……だよね。な、なになに、どーゆーこと？」

ウチの疑問に応えてくれる人は、もちろんどこにもいない。

でも、間違いない——階下から聞こえる怪しい声の主は積木来都だ。今朝はウチの部屋着を見てコーフンしてたりもしたけど、基本的には教室で軽く挨拶するくらいの関係。何かを隠していたとしても、全然知らずに過ごせてしまうような距離感の相手。

盗み聞きの背徳感と緊張感にドキドキと心臓が高鳴る。

……ドキドキ？　いや、違う。違わないけど、これは多分〝ワクワク〟の方だ。不安じゃなくて期待がメインの高揚感だ。変に物音を立てて下の会話を邪魔してしまわないように、ウチは自分の部屋にも関わらずこくんと静かに唾を呑む。

『ん……もう一人、なかまが必要』

別の声が聞こえた。聞き覚えがあるようなないような、淡々とした女の子の声。

『それで、完璧……秘密結社、ばくたん』

『だな。俺たちの組織に必要な最後のピース——実は、もう目星も付けてある』

「……誰、なんだろ……？」

良くないことだと分かっていても、すっかり聞き入ってしまう。

完全犯罪組織にスカウトされるような人。……どういう人が選ばれるんだろう？　やっぱり、強い《才能(クラウン)》を持ってることが条件なのかな。魔法少女になれるのは才能に恵まれた子だけなのかな。こんなにワクワクしてるのに――ウ、ウチじゃ、足りないのかな。

「…………」

気持ちが萎(しぼ)んでいくのを感じながらぬいぐるみをぎゅうっと抱き締めて。

――その時、だった。

『深見瑠々(ふかみるる)。……あいつが、どうしても欲しい』

「！！！！」

ぺたん、と、いつの間にかフローリングの床にへたり込んでいた。

部屋に流れるのは、さっきまでのやり取りが嘘(うそ)だったみたいな静寂だ。どういうわけか声は途中で切れてしまっている。だけど、もう充分だった。

「すごい話……聞いちゃった、かも」

できたばかりの――違う、これから生まれる完全犯罪組織。

知っての通り、世界の秩序を守る【CC】は超優秀だ。最強の殿堂才能(コアクラウン)《裁判(ジャッジ)》とそれを操る捕獲者(ハンター)たちの活躍で、才能犯罪組織(クリミナルギルド)の九割以上が設立直後に解体されると授業でも習った。そうなったら、一瞬にして牢屋(ろうや)行きだ。お先真っ暗だ。

それでも、

「……ウチが仲間になったら、楽しいことができるかもしれないんだ」

100％信じたわけじゃない。安全の保障があるわけでもない。

ただ、ウチの《好感度見分(キューピッド)》という《才能(クラウン)》の副作用は〝感度最大〟——人や物に対する興味関心がちょっとしたきっかけで乱高下する、制御が難しいモノだ。嫌いな相手はとことん嫌いだけど、一度興味を持ってしまうともう抜けられない。

というか、そもそもだ。

ウチの手を引っ張って、無茶で無謀でワクワクする冒険に連れ出してくれる仲間……ずっとずっと待っていた存在かもしれない誘い(それ)を無視するなんて、できっこない。

「……よし」

覚悟なら、とっくに決まっていた。

#2

コンコンコン、と、やや乱暴に扉がノックされる音が響いた。

『――ねえ！　ウチさ、深見……深見瑠々、なんだけど。ミキミキ、いる？　あれ、でもこの部屋ってユーギの……と、とにかく開けて！　今、誰もいないし！』

「来てくれましたね、瑠々さん」

扉の向こうから聞こえる必死な声に天咲がふわりと銀色の髪を揺らす。

展開としては思惑通り、と言っていいだろう。音無の《才能》を介して深見の部屋に意味深な音声を流し、向こうから自発的に〝気付いて〟もらう算段。

ちなみに例の会話は、俺が何となくの雰囲気で台本を書いたものだ。潜里が棒読みすぎて何度か撮り直しはしたものの、結果的にはテイク7くらいで上手くいった。最もスリリングだったのは、音声を流す瞬間だろうか。何しろ音無の《四次元音響》は〝見える範囲から〟しか音を再生できない。

扉の下にわずかな隙間があったのと、音無が誇り低きドMだったのが幸いした。

「……だな」

天咲に促されて一つ頷く。部屋主は音無友戯だけど、確かにここで出るべきは俺の方だろう。ベッドから降り、緊張を押し隠しながら入り口へ向かう。

「ぁ……」

ガチャリと扉を開けると、そこでは深見瑠々が所在なさげに立ち尽くしていた。

肩の辺りでくるんと内側に巻かれた鮮やかなピンクレッドの髪、薄っすらメイクでキラキラに際立つアイライン、思わず息を呑むほど抜群に整った顔立ち――。

少し街を歩くだけでモデルにアイドルにと引っ張りだこになりそうな美少女は、俺を見るなりパッと顔を明るくして、それから思いきり距離を詰めてくる。

「ねえ――ねえ、ミキミキ？」

……多分、声を潜めて話したいだけなんだと思うけど。

明るくてコミュ力お化けの素直バカ、なんて称される深見は、それでも1-A屈指の人気を誇る一軍女子だ。あっという間に気圧される俺に対し、彼女は控えめな口紅で彩られた唇をそっと耳元へ寄せ、吐息交じりに追撃して――じゃなくて、囁いてくる。

「あのさ。さっきの話、ちょっと聞こえちゃって。それで、ウチ……」

「……ちょっと待ってくれ、深見。続きは中でもいいか？」

「ん、ん！」

こくこくっ、と頷く深見瑠々。

扉を外に開け放ち、彼女を部屋へ招き入れる。とはいえ宿泊施設のワンルームだ、五人全員が座れるようなテーブルなんてあるはずもない。招待した側の俺たちは思い思いの場所に散り、一応は客人である深見にベッドを譲ることにした。

「へえ……なんか、意外なメンバー……かも」

当の深見はきょろきょろと俺たちの顔を見回している。

　肝が据わっているようにも見えるけど、もしかしたら緊張を紛らわせようとしているだけなのかもしれない。左手は短いスカートの上でぎゅっと握られていて、右手はくるんと内側に巻かれた赤の髪を引っ切りなしに弄っている。

「……えっと、それで」

　そんな深見と目が合った。

　太陽みたいな赤とオレンジの瞳で俺を見上げた彼女は、少しばかり言葉に迷うような素振りを見せながら、それでも懸命に口を開く。

「あのね？　なんていうか、さっきの話なんだけど……」

「さっきの話、ってのは？」

「えと、完全犯罪組織がどうとかってやつ。……ゴメン、盗み聞きするつもりはなかったんだけど、ウチの部屋ってこの上で……なんか、聞こえちゃって」

「――……、へえ？」

　ザッ、と一歩だけ前に詰め寄って。

　右手で顔を覆うようにしながら微かに口元を緩めたのは、俺じゃなくて音無だ。元天才子役による演技開始のルーティーン。普段はへらへらとした軽薄（ドM）男子だけど、その雰囲気がほんの一瞬でガラリと底知れない〝何か〟に切り替わる。

「僕たちの秘密を知っちゃったんだ、ルルちゃん」

「え、う……あ？　ゆ、ユーギ……だよね？　なんか、いつもと印象ちが――」

「ふふっ、残念ですね」

音無の本性を知らない深見が混乱に目をぐるぐるさせる中、くすっと微笑んだ天咲も便乗する。上品な仕草で掲げたのは黒の手袋、ではなく、そこに仕込まれた極細のワイヤーだ。蕩けるような恍惚の表情で、彼女はふわりと銀色の髪を揺らす。

「お友達である瑠々さんを手に掛けるのは心苦しいですが……口封じ、です」

「ええ!?　ちょ、ちょっと……ちょっと待って、違うから！」

「？　ですが、聞いてしまったんですよね？」

「き、聞いたけど！」

「じゃあ違くありません」

「～～～!!　待って待って、待ってってってばぁ！？！？」

嗜虐的な性質が見え隠れするニコニコの笑みで武器を構える天咲から逃れるべく、慌ててベッドの隅にずり下がる深見。その拍子にただでさえ短いスカートが乱れ、あられもない格好になる。……ちょっと怖がらせ過ぎたかもしれない。

（〝悪の組織〟って部分に真実味が出れば充分だったんだけど……音無だけじゃなくて天咲もノリノリだっただろ、今の）

内心で溜め息。ちなみに俺の隣にいる潜里も悪そうなサングラスを掛けて「どやぁ」としているのだけど、他二人のインパクトが強すぎて多分気付かれていない。

ともかく、だ。

「一旦ストップだ、天咲。とりあえず、話くらいは聞いてみよう」

「む……そうですか、分かりました。積木さんが言うなら仕方ありません」

「み、みきみきぃ～！　助けてくれるの遅いんだけど!?　でもありがと超感謝！」

大人しくワイヤーを引き上げた天咲を見て、既にベッドの縁ギリギリまで追い詰められていた深見がうるうると瞳を潤ませながら全力の感謝を向けてくる。深見瑠々という少女はいつも感情表現がストレートで、時にちょっとだけオーバーだ。

「……おお。らいとのマッチポンプ劇場、だいせいこう？」

そこ、うるさい。

大きめのサングラスをずらしながら余計なことを言う潜里の身体をひょいっと隣へどかしてから、俺は改めてベッドの上の深見に向き直ることにした。

「あー、えっと……それで深見、結局どういうつもりで乗り込んできたんだよ？　見た感じ、俺たちを【CCC】に売ろうって腹でもなさそうだけど」

「そう、それ！　その話！」

ぐいっと膝を使って器用に距離を詰めながら。

セミロングの赤い髪を揺らした深見瑠々が、さっきよりも真剣な表情を浮かべる。

「ミキミキさ、さっき……ウチのこと、欲しいって言ってくれてたでしょ？　なんか、告白みたいな……プロポーズみたいなやつ。……………ぁう」

「……自分で言って照れるなよ」

「て、照れてないし！　バカじゃん!?」

　意外にも純情な深見がぶんぶんと真っ赤な顔を振る。さすがの一軍女子も、プロポーズはまだ経験がなかったらしい（プロポーズじゃないけど）。

　とまあ、それはともかく。

「あのね——ウチ、興味があるの！」

　続けて語られたのは、彼女の抱えていた憧れと挫折の歴史だった。

　特撮や魔法少女のようなド派手な世界を夢見ていたこと。自分に与えられた《才能（クラウン）》ではそれが難しくて、でも諦められなかったから道具（アイテム）で力不足を補おうとしたこと。今は大人しく捕獲者（ハンター）を目指しているものの、どこか燻（くすぶ）った毎日を過ごしていること。

「だから……ホントに、嬉（うれ）しかったんだよね」

　照れ隠しのためか、深見は右手の指先にくるくると髪を巻き付ける。

「ずっと、そういうのに憧れてたから……ウチの名前を呼んでもらえて、嬉しかった」

「……そうなのか」

「うん。……でも、でもね？　ここでなし崩し的に仲間になるのは違うと思う。ウチ、そんな軽い女じゃないっていうか、誰とも付き合ったコトとかないっていうか……」

「何の話だ、それ……？」

「何でもない！　えっと……だから、えっと！」

むむ、と言葉に詰まっては、いかにも困ったような表情を浮かべる深見(ふかみ)。……まあ、それも当然だろう。意味深な会話を聞いて飛び込んでみたはいいものの、深見の方が俺たちを信じるに足る根拠なんか一つもないんだ。迷ってしまうのだって当たり前。

だからこそ、俺も少しだけ〝予習〟をしてきていた。

「じゃあさ。――入団試験、ってのはどうだ？」

「入団試験(ニューダンシケン)？」

「ああ。聞いての通り俺たちは次の事件を計画してて、そこに深見の協力が欲しいと思ってる。できればその先も、仲間として活動したい。……だから、最初の一回だけ〝仮メンバー〟として俺たちの作戦に参加してみてくれないか？」

ピン、と一本だけ人差し指を立てる。

深見を仮メンバーに据えた上での完全犯罪――それを、入団試験の代わりとする。

「もちろん一方的な試験じゃない。俺たちも深見も、お互いの実力を何となくしか知らないはず……だから一旦手を組んでみて、お互いにお互いを試せばいいんだ。事件を上手(うま)くやり遂げられたら、そこで初めて俺たちは〝本物の仲間〟になれる」

「！　そ、それ……『魔法少女☆フェアリーライト』第二十三話と全く一緒じゃん⁉」

そんな俺の提案を受けて、ベッドの上の深見が驚いたように目を丸くした。

「ウチの推しがみんなの仲間になる神回！　ミキミキ、見てるの⁉」

「ちょっとだけな」

深見の鞄(かばん)に付いていたキーホルダーから原作を追ってみただけだ（ちなみに泣いた）。

そして彼女の言う通り、入団試験というのは当の魔法少女アニメでも使われていた手法である。合理的で楽しげで、深見の性格を考えれば乗ってもらえる可能性が高い。

「〜〜〜！　やっぱ、勇気出して正解だったかも！」

その証拠に、同志を見つけた彼女はキラキラと目を輝かせている。

「ちなみにミキミキ、ウチはどんな協力(キョーリョク)すればいいの？　《才能(クラウン)》を使った武器とかアイテムなら、今のところ三種類は実用化できてるけど！」

「そうだな。探知系の《才能(クラウン)》から隠れられるような道具か、それがなければ——」

「あるある！　だって、大学の研修室に忍び込むために最優先(サイユーセン)で作ったもん！」

えっへん、とばかりに大きな胸を張る深見。そして、

「だから——だからさ、ウチが欲しかったらムリヤリにでも手に入れてよ」

底抜けの明るさと可愛(かわい)らしさと頼もしさを併せ持つ未来のマッドサイエンティストな彼女は、太陽みたいな瞳で俺を見つめて挑発的にこう囁(ささや)く。

「その代わり、ウチもちゃんとみんなを信じたいって思ってるから！」

……と、いうわけで。

【試験項目①――深見瑠々の開発したアイテムが正しく効果を発揮すること】

【試験項目②――それを用いて捕獲者たちにバレることなく第三の事件を完遂すること】

互いに互いの実力を測るために、互いの信頼を勝ち取るために。

次なる事件は、深見瑠々の〝入団試験〟を兼ねるものと相成った――。

＃3

宿泊研修二日目の夜、館一階の食堂に揃っている生徒は七人だけだった。

……こう聞くと残虐な連続殺人事件でも起こっているみたいだけど、何もそういうわけじゃない。第二の事件で最大の容疑者となった《輪廻転送》持ちの箕輪飛鳥が自室で軟禁されており、現在の監視担当がちんまりとした中二病系女子・久世妃奈。追川蓮は相変わらず一匹狼を気取っているため、これで全員集合だ。

「はい、どーぞ！」

ちなみに、料理当番は真っ白なエプロンの似合う深見瑠々。

《才能》の副作用で好き嫌いが異様に多い――と豪語していた通り、出てきたのはニンジン抜きの超甘口カレーだった。子供っぽい味ではあるものの、マイルドというかフルーティーというか病み付きになる美味しさで、意外にも大好評を博している。

……いや待て、病み付きになる？

「なあ深見、このカレーのレシピって……」

「え？　あー……ミキミキは、聞かない方がいいと思うけど？」

さっと目を逸らされた。マッドサイエンティストの作るカレーほど怖いものはない。

（ったく……）

副菜のコーンスープに口を付けながら、何となく辺りの様子を窺ってみる。

食堂内の空気はどこか弛緩していた。深見のリボンが消えた第一の事件、食堂の甲冑が消えた第二の事件。それらが立て続けに起こってから既に半日近くが経っているというのに、異変という異変は起きる気配すらない。

——やっぱり、箕輪が〝犯人役〟の一人だったんだろう。

誰かが断言したわけじゃないけど、そんな認識が固まりつつあるようだった。

と、そこで。

「ごちそうさまでした！　とても、とっても美味しかったです！」

ぱちん、と胸元で手を合わせながら幸せな笑顔でそう言って、黒髪ポニーテールの鳴瀬小鞠が席を立った。食器を持った彼女は続けて深見の方へ身体を向ける。

「瑠々さん！　瑠々さんって、お風呂もう入っちゃいましたか？　ついさっき、輝夜さんから一緒に行こうってお誘いを受けたんですが……」

「お風呂？　まだだけど……んー、ウチは後にしとこっかな。ほら、あっすーとヒナちもいるし。監禁って言ってもお風呂くらい良いでしょ、マコっち？」

「む……そうだな。この岩清水誠、女性に湯浴みを禁じるほど野暮な男ではない。念のため、箕輪君の動向には注意を払っておいてもらいたいがな！」

「りょー」

んぐ、とカレーを掬ったスプーンを口の中に突っ込む深見。気が利くというか視野が広いというか、何かと頼れる女の子だ。コミュ力お化けは伊達じゃない。

そんなこんなで、夕食直後に大浴場（女湯）へと連れ立ったのは鳴瀬、天咲の二人。

――だけじゃなく、俺も続けて席を立った。

「あれ。ライト、覗き？」

失礼なことを訊いてきたのはへらへらとした笑みが似合う軽薄男子、音無友戯だ。食が細いのかほとんどカレーに手を付けていない彼は、冗談交じりの声音で続ける。

「僕も行こうかな。カグヤちゃん様に見つかって身も心もズタボロにされたいし」

「……動機が独特すぎるけど、普通に犯罪だから《裁判》で一撃だぞ？」

「それは困っちゃうなぁ。まあ、さすがに嘘だけど」

頭の後ろで両手を組みつつ適当な調子で零す音無。

「で、実際のところは？」

「ちょっと部屋に戻るだけだよ。……っていうか音無(おとなし)、もうすぐ監視の当番だろ？　久世(くぜ)のやつが腹空(す)かしてるだろうから忘れてやるなよ、お前」

「いやだなぁ、忘れるわけないじゃないか。元素周期表もアメリカの大統領も全部覚えてる僕だよ？　記憶力には並々ならぬ自信があるんだから」

「…………」

「まあ、お察しの通り嘘(うそ)だけど」

……何というか、詐欺師との会話は妙に疲れる。

ひらひらと手を振ってくる音無を放置して、俺は一人で食堂を後にした。腹ごなしも兼ねてエレベーターではなく隣の階段を使う。滞在二日目となる館。裏門側も全く同じ構造になっているため、たまに自分の現在地を見失うことがある。

そんなことを考えながらせっせと足を動かして——

二階へ行くと、潜里羽依花(くぐりういか)が久世妃奈(くぜひな)の身体(からだ)をずるずると引き摺っていた。

「え」

「あ、らいと」

俺の姿を認めるや否やぽいっと久世――黒ローブを纏った小柄な中二病系女子だ――を手放し、とっとっと子犬みたいなモーションで駆け寄ってくる潜里。それに伴って上からの力を失ったため、久世の手がぱたりと床に崩れ落ちる。

「お、お前、まさか……殺ったのか？」

「……ん……」

満天の星空みたいな瞳がさっと明後日の方向へ逸らされる。

「違う。これは、不幸な事故……あんらっきー。ちょっと、手がすべっただけ」

「おい」

突っ込んだところで「うぅ……」と久世が呻いた。どうやら生きているらしい。

改めてジト目を向けると、落ちこぼれ暗殺者は今度こそ本当のことを教えてくれた。

「手刀で、気絶させただけ……わたしの手にかかれば、一瞬のできごと。捕まってた女の子も、今ごろすやすやたいむ」

「それならいいんだけど……でも、監視カメラは？」

「らいとは、わたしの《才能》をなめすぎ。あんなの、おもちゃだけど？」

どや、と口に出しながら無表情ダブル横ピースという大技（？）を決める潜里。

「……言われてみれば、確かに」

彼女にとっては要らぬ心配だったみたいだ。

とはいえ、今この瞬間に誰かが廊下を通りすがるとマズい。二人して久世妃奈の身体を持ち上げ、潜里の《電子潜入》で解錠した空き部屋へ運び込んでおく。方法が少しばかり派手だっただけで、久世を気絶させること自体は作戦通りだ。

その後、哀れな久世妃奈は、潜里によってガムテープでぐるぐる巻きにされていた。

「だ、大丈夫なのか、それ……？　口も塞いでるみたいだけど」

「騒がれると、こまるから。……だいじょうぶ。鼻は開いてるし、ごはんも持ってきてあげる。殺し以外なら何でもお任せの天才暗殺者……それが、わたし。えっへん」

淡々とふざけ倒す潜里羽依花だけれど、彼女が胸を張るとどうしても視線が〝そこ〟へ持っていかれてしまうので、なるべく自重して欲しい。

「ん……それより、なにより」

全体的に幼い印象のある彼女の幼くない部分に圧倒される俺を他所に、潜里が何やら久世の身体（ガムテープでぐるぐる巻きにされた状態でベッドに転がされている）の上で両手を広げたり狭めたりし始めた。意図の読めない謎の所作……じゃなくて、もしかして身長を測ろうとしてるのか？

「や、家具じゃないんだから……調べてあるよ。久世の身長は153cmってとこだ」

「む。……わたしは、いつもこっそり背伸びして、あと健康診断のデータもちょっとだけかいざんして、やっと148cmくらいのさいずかん。おしい」

「改竄してるなら惜しくはないだろ」

ぴょん、っとベッドの上に飛び乗って高さをアピールする潜里に苦笑しつつ。

俺はポケットからあるモノを取り出した。見た目はボードゲームで使う駒みたいな、ビビッドカラーの小さな人形。A組の研修メンバー全員に支給されたアイテムだ。

「らいと、これなに？　結婚指輪……の代わり？」

「時期尚早なんてレベルじゃないし、もしそうだとしたら安物すぎる」

「わたしは、らいとの稼ぎがへぼへぼでも平気。貯金残高書き換えられる系女子だから」

「一瞬で大問題になるぞ、それ……」

捕獲者統括機関に地の果てまで追い掛けられる未来しか見えない。

「そうじゃなくて……こいつは〝ダミータグ〟だ。傷付けられると一気に膨らんで、全身を包む着ぐるみみたいな状態になる」

「！　もしや、もこもこ？」

「もこもこだ。だから、生地の厚さの分だけサバを読める。……ま、バレはしないだろ」

潜里にダミータグを手渡しながら久世の黒ローブをちらりと見遣る。

まさか、彼女が中二病であることに感謝する日が来るとは夢にも思わなかったけど。

「とりあえず、監視交代の時間はもうすぐだ。そろそろ準備しないと間に合わない」

「む。じゃあ……その前に」

とた、っとベッドから華麗に飛び降りて、そのまま俺の前に立つ潜里。少し頭を下げている――否、頭を差し出しているというのが正しい表現だろうか。

「……何してるんだ？」

「なにって、おれはなでなでをようきゅうしてるだけだが？」

「何でラノベ風……っていうか、急になでなでとか言われても意味が――」

「わたしは、お仕事をした」

淡々とした表情を小さく持ち上げて、潜里は傍らで気絶している久世妃奈をびしっと指差す。……確かに、その通りだ。久世の排除と黒ローブの奪取は〝第三の事件〟遂行に欠かせない一幕で、もっと言えば潜里羽依花にしかできない芸当だった。

潜里は、じぃっと夜空みたいな瞳で俺を見る。

「報酬があって然るべき……パパなら、ぜったいやってくれるけど？」

「……分かったよ」

懇願に負けてぽふっと彼女の頭に右手を乗せた。

さらさらとした黒髪を漉くように指を通してやると、いつもダウナー気味でローテンションな潜里の表情が猫みたいにふにゃふにゃと緩んでいく。

「らいと、らいとぉ…………んぅ」

零れる声もまた、徐々に甘く蕩けていくようだ。

気付けば潜里羽依花の右手は俺の左手に絡められていて、身体は〝密着している〟と言っても差し支えないくらいの距離にまで近付いている。鼻孔を撫でるのは、幼さと妖艶さの混ざったミルクみたいな甘い匂いだ。

「もっとぉ……もっとして、らいと？」

吐息交じりの切ない声。

理性を溶けさせる魔力に思わず一歩後ずさって、それでも逃れられなくて。

(これ、マズ――)

――コンコン、と。

「！」

「お取込み中悪いね」

俺が目を瞑りかけた刹那、軽やかなノックの音と共に扉から姿を現したのは音無友戯だった。いつも通りへらへらとした笑みを貼り付けた彼は、抱き合っている（ようにも見える）俺と潜里を順に見比べて大袈裟に肩を竦める。

「大変だよ、二人とも。ライトのプレイが激しすぎるせいか、ウイカちゃんの喘ぎ声が下の階まで響いちゃってる。みんな大騒ぎだよ？」

「てれてれ、てれり」

「何で嬉しそうなんだよ……あと音無、お前もとんでもない嘘をつくな」

「あれ、バレちゃった」

おかしいな、とばかりに頬を掻く元天才子役な嘘つき常習犯。

彼はベッドで寝ている久世の姿をちらりと見遣ってから、天咲輝夜を被写体にした一枚の写真をデバイス上に表示させて――相変わらず軽薄な笑みで、こう言った。

「監視役交代の時間だよ。つまり、そろそろ――本番開始、だね」

♭♭――〈side：鳴瀬小鞠〉――

「ぶくぶくぶく……」

――私、鳴瀬小鞠には悩みがある。

悩みというのは、目立たないことだ。教室の最前列にいても先生から見つけてもらえないし、待ち合わせ場所に着いているのに友達と会えないことだって珍しくない。

だからこそ、目立つ人がとっても羨ましい。

（だって……瑠々さんも、飛鳥さんも、妃奈さんも……）

個性豊かな研修メンバーの顔を思い浮かべてしまう。瑠々さんは明るくて可愛いし、飛鳥さんは陸上部のスター候補だし、妃奈さんは黒いローブを纏ってる。それぞれ抜群に魅力的で、雑踏の中にいてもすぐに見つけられると思う。

そして、もう一人はさらにとんでもない。

「小鞠さん？　……上せてしまったのですか？　いけません、倒れてしまいますよ」

優しくにこっと笑いかけられただけで「ふわ！」と声が出てしまった。

輝夜さん。お姫様みたいな銀色の髪に、宝石みたいな目。胸は瑠々さんの方が大きいけど、それでもスタイルは抜群だ。そして何よりオーラが凄い。

まるで注目されるのに慣れているような。

追われることに慣れているかのような、洗練された余裕すら感じてしまう。

「ううう……私も、私も輝夜さんみたいになりたいです……」

「私みたいに？　……ええと、小鞠さんは立派な捕獲者を目指しているんですよね？」

「……？　はい、もちろんです！」

「でしたら、私みたいにはならない方がいいと思いますよ」

くす、っと意味深な笑みが零れる。

あまりピンと来なかった私が「それってどういう——」と尋ねようとした瞬間、輝夜さんはミステリアスな笑顔のまま小さく首を横に振った。

「すみません。髪を乾かすのに時間が掛かるので、先に上がっていますね」

ちゃぽん、と水面を揺らしながら均整の取れた身体を私の前に晒し、湯けむりの中をペタペタと軽やかに去っていく輝夜さん。……芸能人でもないのに、あんな綺麗な人がいていいのかな？　ちょっと、あまりにも凄すぎる。

だけど、落ち込んでいても仕方がない。

尊敬の眼差しで輝夜さんを見送った私はしっかりお湯に浸かって、それから脱衣所へ向かった。輝夜さんから遅れること一分か二分くらい。身体を拭き終わっているかどうかも微妙な時間だ。あわよくば、髪のお手入れなんかも参考にさせてもらいたい。

そんなことを企みながらスライド式の扉を開けて、

「――……えっ？」

変な声が出た。でも、きっとそれが当然の反応だったと思う。

だって――そこに、輝夜さんは、いなかった。

はらりと落ちるバスタオル。包まれていたはずの輝夜さんはどこにもいなくて、消失していて、代わりに落ちていたのは見覚えのあるメッセージカード。

【次は世界の一部を〝消失〟させる――】

……特別カリキュラム、宿泊研修。

第三の事件は何の前触れもなく、犯人役であるはずの私の目の前で起こったのでした。

＃4

――天咲輝夜が消失した。

　そんな報告を受けて宿泊研修第Ⅱ班のメンバーが件の脱衣所に集まったのは、事件発生から少し経ってからのことだった。

　監禁されている箕輪飛鳥と監視担当の音無友戯こそいないものの、今回ばかりはやさぐれ不良の追川蓮も（いかにも興味なさげな顔で）入り口近くの壁に背中を預けている。ついでに中二病系女子もとい久世妃奈に関しては、何故か一言も発さないまま、黒のローブで完全に顔を隠した状態で俺の近くに身体を寄せてきていた。

　ちなみに、第一発見者である鳴瀬小鞠ももちろん着替えは完了済み。

　女子の脱衣所といっても、男子が使っている反対側の部屋と大して変わりはない。

「天咲君が消えた、という話だが……」

　そこで、真っ先に話を切り出したのは頼れる堅物メガネこと岩清水誠だ。

　高い湿度のせいで微かに曇ったレンズをきゅっきゅっと拭いた彼は、右手を顎の辺りに添える名探偵ポーズと共にキラリンとメガネを光らせる。

「まずは確認だ。彼女が自らの意思でどこかへ去った、という可能性はないのか？」

「……いえ。それは、そんなことは有り得ないと思います！」

　ぶんぶんと首を横に振る後輩系ポニテ少女、鳴瀬。風呂上がりにも関わらずジャージの類でなく制服に戻った彼女は、しっかりとした口調で状況を説明する。

「輝夜さんがお風呂を出てから、私もすぐに追い掛けたので……そんな時間は絶対にありませんでした。ただ、検証は！　検証は、してほしい……です！」

「ほう、なるほどな」

鳴瀬の要望を受けて生真面目（きまじめ）に腕を組むマコっち、もとい岩清水誠。

「…………」

ここで、第三の事件の犯人である俺たちの立場からすれば。

事件現場が大浴場に繋（つな）がる脱衣所ということで、一番の警戒対象に挙げなきゃいけないのは岩清水だ。彼の《転念水（サブマリン）》は水を支配下に置いて自由自在に操る《才能（クラウン）》。水滴の一つからでも大まかな状況を辿（たど）れるため、現場検証にはうってつけと言える。

「この岩清水誠、了承した。では、少しばかり調べてみるとしよう――《転念水（サブマリン）》」

凛（りん）、と真面目な声が響き渡って。

【岩清水誠――才能名：転念水（サブマリン）】

【概要：あらゆる状態にある〝水〟を意のままに操ることができる】

「っ……!?」

彼が《才能（クラウン）》を行使した瞬間、ぶわっと目の前の景色が揺らいだ気がした。望遠鏡のピントがズレたみたいな、もしくはゴーグルなしでプールに飛び込んだみたいな感覚。室内の水滴や水蒸気といった諸々（もろもろ）がまとめて岩清水の支配下に置かれる。

戦闘にも調査にも応用が利く非常に強力な《才能（クラウン）》――。

けれど、結果はあまり芳(かんば)しくなかったようだ。

「うぅむ……痕跡の類(たぐい)は何も残っていないな。扉から出たわけでも、どこかに隠れたわけでもなさそうだ。天咲(あまさき)君は、この部屋から魔法のように消えているッ！」

神隠しにも似た状況に岩清水(いわしみず)が唸(うな)る。……比喩にするなら魔法じゃなくて《才能(クラウン)》だろうとは思うけど。とにもかくにも、これで第一関門は突破だ。

その時、視界の端で鮮やかなピンクレッドの髪が揺らめいた。

「ってか……とりあえず、カグちんが見つかれば進展(シンテン)はするんだよね。だったらコマリンの《才能(クラウン)》でパパっと探しちゃった方が手っ取り早くない？」

「あ、えっと……」

深見(ふかみ)の提案を受け、逡巡(しゅんじゅん)した鳴瀬(なるせ)がちらりと岩清水の表情を窺(うかが)う。

その反応で、確信する——この宿泊研修における犯人役は、鳴瀬と岩清水の二人だ。

鳴瀬からすれば第三の事件は〝相方（＝岩清水）が起こしたもの〟というのが最も自然な解釈で、それを《遠隔共鳴(ハウリング)》によって暴いてしまうと彼女自身も窮地に立たされる。きっと、そういうニュアンスの迷いだろう。《転念水(サブマリン)》を使った岩清水の方も——態度にこそ出していなかったものの——似たような躊躇(ためら)いはあったに違いない。

ただ、それでも。

「——はい。はい、やってみます！」

視線を持ち上げた鳴瀬は、覚悟を決めたようにこくりと頷く。

難しいところだけど、それが妥当な判断だとは思う。ここで拒否してしまえば犯人役としての疑いが濃厚になってしまうし、そもそも天咲輝夜の消失は岩清水の《転念水》じゃ説明できない。友人として、この状況ならきっと〝心配〟の方が勝つ。

「《遠隔共鳴》――！」

そっと両目を閉じて、鳴瀬が真剣な面持ちで自身の才能名を口にする。

【鳴瀬小鞠――才能名：遠隔共鳴】

【概要：ある人物が思い浮かべたヒトやモノの現在地を特定することができる】

彼女の《才能》は探し物に最も適した効果だ。探索の精度は対象との距離が近付くほどに高くなるようで、１００ｍ以内なら距離も方角も正確に分かる。

そのため、当然ながら館内に潜んでいる天咲は、鳴瀬の《遠隔共鳴》によってほんの一瞬で見つけ出されてしまう――はず、だったのだけど。

「え。…………いない、です」

居場所の代わりに紡がれたのは、少し掠れた驚きの声だ。

「なん、で……変です、おかしいです！　私の《遠隔共鳴》は、遠くても１０ｋｍまでなら方角だけは突き止められます。なのに、全く反応しないなんて……」

「ほう。鳴瀬君、考えられるのはどういった可能性だ？」

「可能性……たとえば、たとえば妨害系の《才能》が使われていたり、10km以上離れた場所にいたりするのかもしれません。あと、は……」

「……あとは？」

「っ……輝夜さんが、、、もうこ、の世界にいない、可能性、、、くらいです」

「お、おいおい……嘘だろ？　それは、ちょっと洒落にならねーっていうか……」

真っ青な顔の鳴瀬が紡いだ見解に普段はお調子者な虎石がごくりと唾を呑み、釣られるように全員が――追川蓮を除く全員が――ざわざわとし始める。

……鳴瀬の《遠隔共鳴》でも見つからない天咲輝夜。

状況的に最も疑わしいのは《輪廻転送》持ちのスポーツ系女子こと箕輪飛鳥だけど、軟禁されていた彼女は自室から一歩も外へ出ていないし、監視役だって常にいた。それにそもそも、彼女の《才能》では10kmなんて距離は飛ばせせない。

一体どういうことだ――？　と。

いよいよ不可能犯罪じみてきた第三の事件に混乱する捕獲者見習いたちを横目に、俺は密かに胸を撫で下ろす。……天咲を隠しているのは、深見瑠々が用意してくれた《まもるくん試作2号》だ。探索系の《才能》を一度だけ無効化できる便利な隠れ蓑。天咲を消失させたうえで事件自体を〝完全犯罪〟に変えるための発明品である。

（これで、深見の実力は証明完了……あとは、俺たちが捜査を混乱させるだけだ）

　そんなことを考えながら、内ポケットから取り出したデバイスを起動する。

　――〝臨場〟。

　コアクラウン01《裁判(ジャッジ)》に伴う必須の処理を済ませた俺は、続けざまにコアクラウン03《選別(リスト)》にアクセスした。各事件の容疑者リストを作成する殿堂才能(コアクラウン)。小さな画面に並ぶリストには、妙なことが――じゃなくて、狙い通りのことが起こっている。

「……なあみんな、ちょっとこの事件に〝臨場〟してみてくれないか？」

「臨場……？　だが積木(つみき)君、今は天咲君を探すのが何よりも――」

「いいから。……見れば分かる」

　多くは語らずに押し切ってしまう。

　岩清水(いわしみず)を始めとする捕獲者(ハンター)見習いたちは怪訝(けげん)な表情を浮かべていたものの、やがてデバイスを取り出してくれた。そうしてついさっきの俺と同じように、手早く臨場登録を済ませてから第三の事件における容疑者リストを展開し――

「「「なっ……!?」」」

　そこに刻まれた■■■■(アンノウン)表記の存在に、これ以上ないくらい目を見開く。

　……繰り返すようだけど。

　超重要な殿堂才能(コアクラウン)である《裁判(ジャッジ)》や《選別(リスト)》は、全てコアクラウン02《解析(アナライズ)》を介して構築された【ＣＣＣ】のデータベースと連携している。ここに膨大な情報が蓄積されているからこそ、多くの事件で〝容疑者リスト〟が役に立つわけだ。

その点、■■■(アンノウン)表記は捕獲者(ハンター)にとって最悪の証明。

【CCC】が何の情報も持っていない未知の相手が容疑者の中にいる——という意味だ。

「お、おい、おいおいおいおいおい……」

意外にもビビりな虎石(とらいし)が全力で慄(おのの)いているけれど、まあ無理もない。

外で起こっている事件ならともかく、閉じられた環境で実施されている宿泊研修に〝外部犯〟が、それも【CCC】に一切の足取りを掴(つか)ませていない凶悪犯が介入してくるなんて、普通に考えれば有り得ない。加えて第一の事件、第二の事件では■■■(アンノウン)表記の容疑者なんかリストにいなかったのに、その人物は第三の事件で唐突に現れた。

——ならば。

天咲輝夜は、研修に便乗した外部犯に誘拐された可能性すらある。

「い、射駒(いこま)センセに連絡した方が……良くね？　さすがに……な、なぁ？」

頬(ほお)を引き攣(ひ)らせながら逃げ腰の提案をする虎石。もちろん、捕獲者見習い(ハンター)としては大正解だ。もし外部犯が紛(まぎ)れ込んでいるなら、未熟な生徒だけで対処すべきじゃない。

「うぅむ……どうだろうな」

だけど、いかにも難しい顔でそれに異を唱えたのはマコっちだ。

「脱衣所や大浴場はさすがに例外だが、この館には数え切れないほどの監視カメラが仕掛けられている。そんな場所に外部犯が侵入しているなら、連絡などせずとも学園側がとっくに動いているのではないか？　明らかに研修の範疇を超えているからな」

「そ、それは…………言われてみれば、確かにそうか」

「うむ。これが犯人役生徒の起こした事件なら、先生を呼んだ時点で捕獲者側の敗北が決まることになる。この岩清水誠、迂闊に白旗を上げるわけにはいかないッ！」

ぐぬぬ、とばかりに複雑な心境を反映した言葉。

（――違うだろ、岩清水）

けれどそれは偽りだ。

宿泊研修の犯人役である鳴瀬と岩清水。少なくとも彼ら二人の視点では、今回の騒動がとっくに犯人役の手を離れていることは分かっているはず。

ただし、このカリキュラムには〝個人指令〟というオマケ要素がある。

捕獲者役の全員に与えられた、犯人の特定を難しくするための行動指針。誰も彼もが怪しい動きをしかねない。……岩清水からすれば、甲冑消失も天咲の消失も〝捕獲者役の誰かが個人指令をこなした上で犯人役に容疑を擦り付けようとしている〟と考えれば普通に辻褄が合ってしまうんだ。カリキュラムに則った理屈で納得できてしまう。

だから、虎石よりも冷静でいられて。

だから、研修を中断するという判断には至れない。

（虎石はとっくに戦線離脱……鳴瀬と岩清水は役割が邪魔してなかなか構造には気付けない。ずっと監禁されてる箕輪は戦力外で、久世は……）

すぐ隣の黒ローブを見遣る。……久世も、同じく警戒する必要はないだろう。

宿泊研修の陰に隠れた連続消失事件。第三の事件が終了した段階で、クラスメイトである捕獲者見習いたちは一人残らず真実を見失っている。本当なら〝見習い〟以外に一人だけ、非常に厄介な人物がいるのだけれど……彼がここで動くことはない。

「…………」

――追川蓮。

くすんだ金髪のCランク捕獲者は、やはり冷めた態度で事件を見守るばかりだった。

【サイドミッション②：1－A所属、深見瑠々をスカウトすること】――正規達成

#5

草木も眠る丑三つ時――。

コンコン、と軽やかなノックの音を響かせて、深見瑠々が部屋に飛び込んできた。

「うぅ……疲れたよみきみきぃ～！　じゃなくて、だんちょー！」

扉を閉めるなりぐったりと廊下に座り込み、うーんと両手で伸びをする深見。大袈裟な仕草のせいか、ふわりと微かに香水の匂いが漂ってくる。

「……って、団長？」

「ん！　だってウチ、合格なんでしょ？　ウチの発明品はちゃんとカグちんを隠してくれたし、みんなもバレずに事件を完遂したし……試験項目はどっちも達成。入団試験が無事に終わったんだから、ウチとミキミキはもう仲間じゃん！」

にぱ、っと心の底から嬉しそうに頬が緩められる。

「……っ……」

深見瑠々という少女は1-Aどころか学年全体でも筆頭クラスの人気を誇っているのだけど、その理由は〝とにかく素直で純粋で嘘がつけないこと〟――らしい。

こうして喋ってみると、言わんとしていることはよく分かる。

「それでね、だんちょー」

癖なのだろう。ぺたんと床に腰を下ろした深見は、肩口で巻かれた赤の髪をくるくると人差し指に巻きつけながらナチュラルな上目遣いで報告してくる。

「見回りの結果は上々だよ！　だんちょーの言ってた通り、全員ちゃ、ちゃ、ちゃんと寝てた。もしものために、前に教室で試した《ねむくなくなーるくん試作3号》を改良した《ねむねむくん4号》を持ってってたんだけど、残念ながら使う機会ナシ！」

「へえ……そんなアイテムもあったのか」

さすがは未来の天才マッドサイエンティスト。

ちなみに、眠っていた——というのは、音無(おとなし)の提案を受けて改変した部分の作戦だ。彼を唆(そそのか)してこの研修を【ラビリンス】勢力拡大の契機にしようとしていたX。第三の事件開始前にXと連絡を取った音無は、この時間に《才能(クラウン)》を使うよう依頼していた。範囲内の人間を眠らせる《睡魔招来(ドリーマー)》。ただし、俺たちだけは防衛策も知っている。

……字面(じづら)だけだと〝どうしてそんな要求が通るんだ〟と思ってしまうけど、音無なら上手(うま)くやるだろう。煽(おだ)てるのも乗せるのも媚びるのも、全部彼の得意技だ。

まあ、とにもかくにも。

深見(ふかみ)は太陽みたいに明るい瞳で俺の顔を覗(のぞ)き込みながら朗らかに言葉を継ぐ。

「でね！　ついでに、ちょっとウチの《才能(クラウン)》も使ってきたんだけど……今んところ、ミキミキとかユーギのことを疑ってる人はほとんどいないかも。好感度が超低いのはレンだけで、レンの場合はクラス全員にマイナス数値〜、みたいなカンジだから」

「……なるほど、な」

予想を確信に変えてくれるありがたい情報提供に、俺は安堵(あんど)と共に一つ頷(うなず)く。

深見瑠々(るる)の《才能(クラウン)》は、弱い——。

彼女のスカウトを始める直前に音無はそう言っていたし、事実として活(い)かしどころはほとんどない。嫌な言い方だけど、いわゆるハズレの《才能(クラウン)》に分類される。

だけどそれは、あくまでも捕獲者として見た場合の話だ。

【深見瑠々――才能名：好感度見分(キューピッド)】

【概要：対象Aが対称Bにどれだけの好感度を持っているか計測することができる】

彼女の持つ《好感度見分(キューピッド)》は、あらゆる人物間の感情をマイナス100からプラス100までの〝好感度〟という指標で測ることができる。友情も恋愛も尊敬も一緒くたなので曖昧な数値にはなるものの、少なくとも〝嫌疑〟はマイナスの感情だ。

つまり俺たちに疑いを向けている捕獲者(ハンター)がいるかどうか、客観的に調べられる。

俺たちが完全犯罪組織である限りずっと重宝する《才能(クラウン)》と言えるだろう。

「……っていうかさ、だんちょー？」

と。

そこで深見（未(いま)だに床に座っているので何だか叱っているみたいな気持ちになる）が不意に少しだけ身を乗り出して、唇から紡ぎ出す音を囁(ささや)くような小声に切り替えた。わずかに躊躇(ためら)うような間を取ってから、彼女は迷いを振り切って尋ねてくる。

「ちょっと気になってたんだけど。だんちょーってさ、たまに……朝だけめっちゃウチのこと嫌いになる時、ない？」

「――……何で、そんなこと？」

「や、えっと、気のせいかもだけど！」

わたわたと手を振る深見(ふかみ)。白いカーディガンと赤の髪が俺の視界で揺れる。

「あのね！　ウチ、こんな《才能(クラウン)》だから、何となく周りのみんながウチのことどう思ってるのか見ちゃったりするの。変に嫌われてないかな〜とか、そーゆーの！」

「……まあ、そりゃ気になるだろうけど」

「ん、ん！　で、だんちょーは大体平均的(ヘーキンテキ)っていうか、フツーのクラスメイトって感じの数字なんだけど……たまに、マイナス100とかまで振り切れる時があって」

それで……と言葉尻を濁して、深見がちらりと視線を持ち上げる。

「…………」

——そうか。

それは、気付いていなかった。

「あー……その、不快な思いをさせたなら悪かったな」

俺はズキリと刺すような痛みを胸に感じながら、それを隠して首を振る。

「俺、持ってる《才能(クラウン)》が夢に関係あるからさ。起きてすぐは、割と機嫌が悪くなりがちなんだ。別に深見がどうこうって話じゃない」

「あ……そっか、そだよね！　ゴメン、なんか変に勘繰っちゃった！」

あからさまにホッと胸を撫(な)で下(お)ろして、吹っ切れたような笑顔と共にひょいっと立ち上がる深見。これを訊(き)くことで険悪になる可能性も考えたのだろうけど、仲間になったのだからわだかまりを残すのも嫌だ、という判断だったのかもしれない。

（隠し事ばっかりで申し訳ないけど……）

ともあれ深見が良いやつだというのは再確認できた。

彼女を引き連れて部屋の中へと戻る――俺に与えられた宿泊施設の一室。そこには、ようやく全員揃った完全犯罪組織のメンバーがいた。

天咲輝夜、潜里羽依花、音無友戯、深見瑠々、そして俺……積木来都。

潜里と深見なんかほとんど初対面だし、その他のメンバーだってせいぜい知り合ってから一ヶ月程度の間柄。結束なんてまだあるはずもない。実績も信頼も、役職もコードネームも合言葉も、何一つ構築できていない。

それでも歴史に名を刻む予定の組織は、これにてスカウト完了だ。

（やっと、か……）

……感慨深い気持ちはあった。

俺だけが知っている三年後の未来。そこで【ＣＣＣ】を壊滅させて世界を混沌の渦に叩き落とす才能犯罪組織【ラビリンス】――その勢力拡大を止めるための必須項目。

ここから、始まるんだ。

世界の滅亡を防ぐ第一歩は、ここから始まる。

俺たちが始める。

「さぁ、そろそろ宿泊研修も大詰めだ――」

――だからこそ、俺は。

頼もしい仲間たちをぐるりと見回して、自身を奮い立たせるためにも口角を上げた。

「これから連続消失事件の締めになる〝最後の事件〟を起こす。目的は、もちろん【ラビリンス】の思惑を妨害すること……極夜事件に繋がる歴史的特異点を書き換えること。追川蓮の闇堕ち原因を潰して、まともな捕獲者になってもらう。そのうえで、殿堂才能《裁判》の指名先をXのやつに押し付ける――要は、完全犯罪をやり遂げる」

「スリル満点ですね、積木さん。今でこそやさぐれていますが、傍観している理由がなくなってしまったら追川さんはきっと手強いですよ？」

「そりゃな。……というか、これからもそうだよ。俺たちは【ラビリンス】に流れるはずだった戦力を【CCC】に留め続けるんだ。三年間、ずっとハードモードだよ」

神隠しに遭った（ことになっている）天咲の笑顔に神妙な表情でこくりと頷く。

――相手は見習いじゃない、英才教育を受けたCランクの捕獲者。

だけど【ラビリンス】を止めるためには、こんなところで躓いてなんかいられない。

「ん……ねえねええらいと、ねえらいと。ほんとに、ほんとに大丈夫？」

そこで、妙にリズミカルな拍子でつんつんと俺の制服を引っ張ってきたのは潜里羽依花だ。どうやら心配してくれているらしい――というのも、彼女だけはこの研修の参加者じゃないからだ。この後の〝仕込み〟が終わったら、一足先に館を去ってしまう。

満天の星々みたいな黒白の瞳がじっと俺を覗き込む。

「らいとが帰ってこなかったら、わたしは女子高生の未亡人。そんなの……」

「そんなの？」

「逆に、そそる？」

「そそらねえわ」

「――ご安心ください、羽依花さん」

不謹慎なことを言い出す潜里に対し、くすっと微笑むのは天咲輝夜に他ならない。黒い手袋に覆われた人差し指を立てた彼女は、上品に銀色の髪を揺らして一言。

「何か問題が起こったら、私が力づくで〝有耶無耶〟にしますから」

「……？　武器屋は、今は亡き人だからむり」

「武器屋ではなく輝夜です。確かに今は行方不明という扱いになっていますが……私、泣く子も黙る【怪盗レイン】ですよ？　ＡランクやＳランクの捕獲者ならともかく、見習いの方々くらいは姿を隠したままでも殲滅できます」

「……こわ。がくがく、ぶるぶる……」

俺の身体を盾にする潜里だけれど、戦闘能力なら多分こいつも負けてない。

「いいなぁ、カグヤちゃん様に殲滅されるなんて……待てよ、僕も今から寝返れば!?」

あと詐欺師、お前は面倒だから口を挟むな。

「んむぅ……」

潜里はそれからしばらく考え込んで、やがて結論を出したらしい。ひょこ、っと俺の脇から顔だけ覗かせると、犬猿の仲のライバルに向けて告げる。

「そういうことなら、らいとをお願い。……かぐや」

「輝夜です。……と訂正しようと思っていたら、合っていました」

ぱちくり、とサファイアの瞳を瞬かせるお姫様。

「宗旨替えですか、羽依花さん？　それとも、もう心を開いてくださったんですか？」

「なんのことか分からない。かぐやはあほ。ひゅーひゅるひゅひゅー」

「……ふふっ」

誤魔化すように下手くそな口笛を吹く潜里を見つめて、天咲は堪え切れないといった様子で笑ってみせた。一度は潜里に泥を掛けられている最強の武闘派【怪盗レイン】。彼女は煌めく銀糸をそっと耳に掛けながら優雅に頷く。

「お願いされてしまったら仕方ありませんね。元より私、羽依花さん以外に後れを取るつもりはありませんから。……もっとも」

くす、っと笑って俺を見る天咲。

「私たちのリーダー、秘密結社の頭脳は積木さんです。三年後の惨劇を食い止めて世界を救う〝正義の黒幕〟がいるのですから、戦う必要はないと思っていますが？」

「……ああ、そうだな」

覚悟を示すべく同意する。

もちろんそうだ、その通りだ。俺たちは【ラビリンス】の思惑を妨害するため、今後も捕獲者(ハンター)のフリをして永彩(えいさい)学園に居続けなきゃいけない。つまり、基本的には戦闘が発生した時点で終わっているんだ。最後まで《裁判(ジャッジ)》を躱(かわ)し切ることが絶対条件。

だから俺たちは、闇に紛(まぎ)れる。そういう戦い方をする。

「本番は明日、だけど……」

そこまで思考を巡らせた俺は、改めて口を開くことにした——連続消失事件、最後の一幕。最も派手で大掛かりで、だからこそ追川蓮(おいかわれん)が動かない限り解けるはずのない事件。この館の構造を利用した完全犯罪(トリック)は、夜のうちに人知れず遂行される。

「——まずは、力仕事だな」

＃6

次の日の朝。

一階の食堂に降りると、他の研修メンバーがざわついていた。

いつも通り嫌な夢を見たせいで出遅れてしまったらしく、既にほとんど全員が揃(そろ)っている。消息不明（扱い）の天咲輝夜と中二病系女子こと久世妃奈の姿だけは見当たらないものの、昨日まで監禁されていた箕輪飛鳥や追川蓮も顔を出しているようだ。

「どうなってんだ!? お、オレの《磁由磁在》はホラー展開にだけは弱いんだって！」

「……っ……」

取り乱したように頭を抱える虎石銀磁と、沈痛な表情で黙りこくっている鳴瀬小鞠。

彼らが何故こうまで怯えているのかと言えば――答えは、窓の外にあった。


……いや。

窓の外には、何もなかった。


食堂の片側一面を覆うわずかに湾曲した窓。ここからは、大きな山や深い森といった豊かな自然が一望できていたはずだ。少なくとも昨日の夜までは。それなのに今、窓から見えるのはただただ広大な平原。山も、森も、何もない。

まるで世界の一部が消失してしまったかのように、景色が様変わりしている。

「……何があったんだ、これ？」

「どうやら〝連続消失事件〟の一環らしいな」

ポツリと零した問いに答えを返してくれたのは、メガネの真ん中に指を遣って溜め息を吐くマコっち、じゃなくて岩清水誠だった。さすがに疲労の濃くなった表情を浮かべる彼は、もう片方の手の指先に挟んだメッセージカードを掲げてみせる。

「これが窓枠に刺さっていた。【次は《裁判》の権利を〝消失〟させる】……だそうだ」

「《裁判》の権利を……？」

「宣戦布告だよ、積木君。《裁判》の権利消失――それは紛れもなく、捕獲者が犯人の指名に失敗することを指す暗喩だ。完全犯罪宣言、とでも言うべきか」

やれやれ、と肩を竦める岩清水。

「さすがに今回の〝消失〟は、箕輪君の《輪廻転送》の範疇を超えている。故にこの岩清水誠が、これ以上の監禁は不要だと判断させてもらった」

「あ、ああ……なるほど」

箕輪が解放されているのはそういう事情だったらしい。

岩清水の説明が終わった途端、食堂内に聞こえるのは虎石が「ぎにゃぁあああ！」と苦悶する声だけになった。他の全員は一様に黙り込んでいる。

――もう、誰もが理解していた。

これは、明らかに異常事態だ。カリキュラムの枠を超えた立派な〝事件〟だ。見習いとはいえ捕獲者の勘が、肌に突き刺さらんばかりの危機感がそう告げている。

だからこそ、彼女が名乗りを上げるのは自然な流れだった。

「っ……白状します、白状しちゃいます！　私、宿泊研修の〝犯人役〟でした！」

……鳴瀬小鞠。

目立たないという副作用に対抗するため大きく大きく右手を掲げた彼女は、ポニーテールを背中で跳ねさせながらぎゅっと下唇を噛んで続ける。

「ごめんなさい、瑠々さん。瑠々さんのリボンを盗ったのは、私です！　研修が終わったらちゃんと、ちゃんと洗ってお返しします！」

「へ？　えっと、うん……ありがと？」

「いえ、犯人ですから！」

律儀に罪を自白してぶんぶんと首を振る鳴瀬。

だけどそれでも、彼女が犯行を認めたのは〝第一の事件〟だけだ。

「甲冑の消失、輝夜さんの消失、世界の消失……変です、おかしいです。こんなの私にはもちろん、もう一人の犯人さんにだってできません。捕獲者役の個人指令だとしても規模が異常じゃないですか。明らかに、明らかに外部犯ですっ！」

バッ、と広げた右手を窓の外に向けて、鳴瀬は真剣な口調で言い放つ。

犯人役であることの暴露——それは、今回の研修において非常にリスキーな選択だ。ろくに評価ｐｔが入らないんだから、特別カリキュラム一つを捨てているようなもの。当面の目標であるはずのＥランク昇格が大きく遠ざかることになる。

「協力してください、皆さん。私たちで、私たちで真犯人を見つけましょう──！」

それでも鳴瀬が自白を選んだのは、やはり確信しているからだろう。もはやカリキュラムどころじゃないと、犯人役であることを伏せていても仕方ないと。

一人の捕獲者(ハンター)として事件に対処するため、彼女は自ら〝人狼(じんろう)ゲーム〟を終わらせた。

「……やれやれ、鳴瀬君の心意気には完敗だ」

次いで上がったのは硬派な声。

「そういうことなら白状せざるを得ない──二人目の犯人役は、この岩清水誠(いわしみずまこと)だ。鳴瀬君と同じく、第一の事件以外は全く身に覚えがないな」

「じゃ、じゃあ……ホントに外部犯、ってことになるのかよ？　……マジでか？」

「大マジだ、箕輪(みのわ)君。長らく監禁していて済まなかった」

「や、それはあたしが言い出したことだから別にいいんだけどさ……」

マジかぁ、と片手を腰へ遣(や)る箕輪。

ともかく──二人の犯人役が相次いで自白したことにより、宿泊研修を舞台にした特別カリキュラムは実質的に破綻した。発生した事件は計四つ。そのうち鳴瀬たちが起こしたのは第一の事件だけで、第二の事件以降は謎のまま。

「………………」

謎のまま、というか……もちろん、犯人はどれも俺たちだ。

甲冑の消失、天咲輝夜の消失、大自然の消失。いずれも俺たち完全犯罪組織が秘密裏に起こした事件である。それでも深見瑠々の《好感度見分》によれば、ただ一人を除いて俺たちのことを疑っている捕獲者はいないらしい。

そう、ただ一人——追川蓮を除いて。

「……チッ」

窓の外を忌々しげに眺めつつ、やさぐれ御曹司は小さく舌打ちをする。

きっと。きっと彼は、誰よりも真相に近付いているんだろう。カリキュラム外の騒動が起こっていることには最初から気付いていて、不可解な消失のトリックも察していて、その上で〝無視〟を決め込もうとしているんだろう。

——何故か？

（やっぱり、問題はそこだ……）

追川蓮がこの期に及んで動かない理由。

俺が見ている三年後の未来において、追川は【ラビリンス】の手先になっている。裏切り者になっている。それは、彼がこれまで〝捜査補助〟の名目でしか評価ｐｔを貰っていないという秘密が暴かれてしまうため——そこまでは、間違っていない。

でも、だとするとおかしいことがある。

実績がないことが闇堕ちの原因なら、それほどまでに耐え難い事実なら、彼はいつでもそれを解消できる立場にいたはずなんだ。ランクCの捕獲者(ハンター)なら臨場要請は日常的に回ってくる。事件の一つでも解決すれば、彼が隠してきた弱点(ひみつ)は消滅する。

なのに追川蓮は動かない。未(いま)だにおこぼれでしか評価ｐｔを獲得しておらず、だからこそ闇堕ちしてしまう。……だとしたら、そこには何か理由があるのだろう。彼が一歩を踏み出せない原因。それを知らなきゃ決して先へは進めないはずだ。

つまり――今ここが、最初の歴史的特異点(デスポイント)。

（俺は天咲みたいに強くない……潜里(くぐり)みたいに器用じゃないし、音無(おとなし)みたいに演技ができるわけでもないし、深見みたいに素直(すなお)じゃない）

だけど。

（それでも、俺には《限定未来視(セカンド)》の《才能(クラウン)》がある）

……追川蓮の闇堕ちを回避して、才能犯罪組織(クリミナルギルド)【ラビリンス】の脅威を削るために。

そのためだけに、俺は――一条光凛の死を、、、、、、、、、、四十七回も目撃したんだから、、、、、、、、、、。

――《side：積木来都(つみきらいと)（回想）》――

夢を見ていた。

ざぁざぁと降りしきる雨。四方から聞こえる喧騒(けんそう)と爆音。世紀末みたいな灰色の空。

永彩学園を象徴する円形の校舎は半壊していて、建物としての機能を失っている。

暴動。反乱。裏切り者。

だけど、そんなものは……視界の端にも入らない。

「……ッ……!!」

俺の前に横たわっているのは憧れの少女だ。

憧れの少女——だったものだ。

血の海だった。足の踏み場もなかった。それでも俺は彼女の傍らに両膝を突いて、何もできずにただただ嗚咽する。だって、間に合わなかったから。俺にはどうすることもできなかったから。彼女は、とっくに命を散らしてしまっているから。

血に濡れた金糸——。

史上最悪の事件を止めるために立ち上がって、あえなく討たれたSランク捕獲者。

一条光凛は、俺の目の前で殺された。


「——いとさん、来都さん。あの、聞こえてますか来都さん?」

不意に、身体が揺らされた。

強制覚醒。目を開けた瞬間に強烈な吐き気に襲われて、洗面台へ駆け込む代わりに右の拳をぎゅっと握る。……寝覚めは最悪だ。当たり前だけど、この夢は何度見ても慣れるものじゃない。慣れていいようなものじゃない。

【積木来都（つみき）――才能名：限定未来視（セカンド）】

【概要：特定の人物に関わる特定の未来を、就寝時の〝夢〟として見る（自動発動）】

俺の《才能（クラウン）》は、特定の人物（＝一条光凛）に関わる特定の未来（＝命の危機）を就寝時の夢として見る……という、超局所的な〝予知〟の能力だ。

まあ、そう言えば聞こえはいいかもしれない。何しろ全人類の至宝である一条さんの危機を前もって察知できるんだ、こんなに素晴らしいことはない。

だけど危機は危機だ。それも、命の危機だ。現時点では予測かもしれないけれど、まだ現実になっていない未来（IF）の話かもしれないけれど、場面としては最悪だ。

――だから俺は、寝る度（たび）に。

夜になる度に、夢の中で大好きな人を殺される。

「……っ……」

「またそんな怖い顔をして……全く、これでも食べて落ち着いてください」

ベッドサイドから突き出されたのは三粒のチョコレート。

青空みたいな水色の髪を揺らした少女の名前は、不知火翠（しらぬいすい）――いつも一条さんの隣にいる捕獲助手（サポーター）の女の子で、俺の《才能（クラウン）》の詳細を知っている人物だ。

極夜事件は規模が異常なため、捕獲者統括機関（CCC）にも内通者がいると予想される。

よって、安易に他の捕獲者を頼るわけにもいかない。……そんな中、彼女だけは完全に利害が一致した協力者だった。心の支え、と言っても大袈裟じゃない。

ぶっきらぼうに差し出された手のひらから緩慢な仕草でチョコを受け取った。

「……助かる」

「掠れてますけど、声」

「別にいいよ。声なんか、掠れてても掠れてなくても変わらないだろ」

糖分を補給して少しだけ目を瞑る。

フラッシュバックは――ない。気持ちの切り替えは上手くいったみたいだ。

「もっかい頼む、不知火」

「……はぁ」

俺の頼みにわざとらしい溜め息を零す少女。呆れたような瞳がじとっと俺を見る。

「何度目ですか、来都さん。そのうち精神がイカれて死にますよ？」

「分かってる。だけど……もう、宿泊研修まで時間がない」

デバイス内のスケジュール帳と傍らのメモに視線を落とす。

《限定未来視》で見る未来はいつも全く同じもの――ということはない。未来を知っている俺が取った行動により、夢の内容は変化する。特に不知火の副作用は重要で、自身に課す約束を変えることでこの先の未来にわずかながら干渉できる。

極夜事件の詳細も【ラビリンス】の台頭も、試行錯誤の末に掴んだモノ。

歴史的特異点についても同様だけれど、毎晩の夢だけじゃ間に合わなかったから睡眠薬も導入した。そうやって突き止めた最初の分岐点。史上最悪の事件が発生する一つの要因は、永彩学園1－A所属のCランク捕獲者・追川蓮の闇堕ちだ。才能犯罪組織【ラビリンス】が本格的に動き始めたと目される極めて重要な事象。

そこで追川が闇堕ちするのは、Xの干渉によって〝秘密〟を暴かれてしまうため。

だからこそ、俺たちは彼の秘密を――否、その原因を潰さなきゃいけない。いつまでも事件に臨場しようとしない追川の背中を押してやらなきゃいけない。

「追川は、極夜事件の終盤で学園に投入される。あいつの情報が集まってないのは、俺がいつも途中で目を覚ましちまうからだ。一条さんが殺さ――倒れた後も夢を見続けてれば会えるはず。そこで、あいつが抱えてる事情ってやつを掴んでくる」

「まあ、感情が昂ってる状況なら本心が見えるかもですけど。そう上手くいきますか？」

「上手くいくまでやるだけだって」

「……来都さんがそこまで言うならもう止めません」

淡い水色の髪を揺らすと共に、不知火が「はぁ……」と再び溜め息を吐く。

「ヒーローですね、相変わらず」

「……相変わらず？」

「何でもないです。全くもう、来都さんは……睡眠薬、取ってきますね」

何故かムッと頬を膨らませながらそう言って立ち上がる不知火。……何だか不思議な発言だ。俺がヒーローだったことなんて、まだ一度もないはずなのに。

そうして俺は、もう一度夢を見る。

見たくない部分は目を瞑る——なんてことは当然できないから、心を殺して。

終わった世界を見る。一条さんの死を見る。

心が引き裂かれそうになっても目を覚まさずに、もう少し先まで耐えて耐えて……。

三年後の追川蓮を、視る。


『チッ……クソが、クソが。クソどもが!!』

彼は暴走していた。

永彩学園に集結しつつある高ランクの捕獲者。その中には彼の姉にあたる追川杏の姿もあった。それでも、否、だからこそ。追川蓮は心の底から吠えていた。

『オレは、怖かったんだ……!』

——それは、きっと【ラビリンス】による〝洗脳〟で増幅された負の感情なのだろう。

だけど、どうしたって彼の苦悩はそこにある。

『ずっと怖かった。才能犯罪者と正面から対峙するのが、事件を解決できなくて周りの連中から冷ややかな目で見られるのが！』

『親父も姉貴も凄すぎるから――比べられるって分かってるから』

『だから、オレは臨場するのが怖かった。才能犯罪に挑むのがとにかく怖かった』

瞳を赤く光らせる追川蓮。

尊敬する姉が必死で声を掛けるものの、彼はうるせぇと一蹴して歪に口角を上げる。

『でも気付いたんだよ……【ラビリンス】が気付かせてくれた』

『対峙しようとするから悪いんだ』

『オレ自身が才能犯罪者になれば、失敗を恐れる必要なんかどこにもねぇ――だから』

そうして彼は、数多の裏切り者を牽引する才能犯罪者は、号令の如く片腕を振り下ろす。

『オレたちが、テメェら【CCC】を――ぶっ壊してやる!!』

#7

（……ん……）

思い出す。三年後に訪れてしまう最悪の未来を脳裏に描く。

永彩学園1-A所属のエリート捕獲者にしてやさぐれ系御曹司、追川蓮――彼が抱えていた苦悩の正体は、平たく言えば恐怖心だ。優秀過ぎる父と姉に囲まれて育った彼は、だからこそ重いプレッシャーを抱えていた。失敗することを恐れていた。

身内がいない状況で事件に挑んで、もし犯人を特定できなかったらどうする？

才能犯罪者(クリミナル)によって無様に欺かれてしまったらどうする？

エリートなのに、Ｃランクの捕獲者(ハンター)なのに、あの追川杏(おいかわあん)の弟なのに。……無限の陰口を想像できてしまうから、だから彼は臨場を避(さ)けていた。ミスをしないために、完璧であり続けるために、追川蓮(れん)はいつまでも最初の一歩を踏み出せなかった。

だからこそ〝家族のおこぼれでしか評価ｐｔを稼いだことがない〟という事実は彼にとって手痛い弱点で、自分では解消できなくて――いずれ、闇堕(やみお)ちしてしまう。

（でも……）

それでも、今の俺は知っている。

追川蓮の慟哭(どうこく)を夢の中で聞いていた俺は、それを解決するための策を持ち込んでいる。


「――ねえ、レン」


放たれたのは、少しムッとしたような短い声だった。

肩口でくるんと内に巻かれた赤のセミロング、アイドルと見紛(みまが)うくらい整った容姿。リボンを失くした一軍女子こと深見瑠々(ふかみるる)が、太陽みたいな瞳を追川に向ける。

「レンなら解けるんじゃないの？　第二の事件とか、第三の事件とかも」

「……あァ？　んだよ、それは」

チッ、と鋭い舌打ちを一つ飛ばして追川が顔を上げた。

「適当なこと言ってんじゃねぇ。どうせテメェも、オレが追川家の人間だから適当に持ち上げてるだけだろうが。無責任な期待を押し付けんな」

「へ？　……えっと、何それ？」

けれど深見は動じない。それどころか「む？」とばかりに眉を顰（ひそ）める。

「レンの家とか知らないんだけど……ってゆーか、○○（なんちゃら）家とか仰々（ギョーギョー）しくない？　昔の貴族じゃないんだからさ」

「っ……まさか、知らねぇのか？　オレの父親は追川修治（しゅうじ）で、姉貴は追川杏だ」

「オラオラ系のくせにファザコンでシスコン、ってこと？　うわぁ……」

明らかに〝本気〟のジト目をしている深見に圧倒され、呆然（ぼうぜん）と目を見開く追川。

そんな彼の前で、深見は「全く……」と不服な様子で両手を腰に当てた。

「別に、レンが何家の人でもいいんだけど……今までの《才能（クラウン）》実習とか見てる感じ、明らかにレンが1-A（ウチら）のエースじゃん。最強の捕獲者（ハンター）じゃん」

「……うるせぇ。オレは――」

「ふぅん？　……あ。もしかしてレン、怖いんだ？」

あくまで拒絶しようとする追川に対し、深見が唐突に態度を変えた。にぱ、と口端に微（かす）

かな笑みを交えた、どこかからかうような表情。突然の図星に「！」と言葉を詰まらせる追川(おいかわ)の対面で、深見(ふかみ)はカーディガンの裾をゆらゆらと揺らす。

「なるほどね。うん、分かる分かる。ここで間違えたらちょっとダサいかもだし、ってゆーか『魔法少女☆フェアリーライト』第十四話でも似たような展開あったし」

「……何の話だ？」

「こっちの話！　しょーがないなぁ、もう……言っとくけどこれ、いつもは頼まれても絶対教えないんだよ？　トクベツだから感謝すること！」

キラキラのネイルが施された指先を追川蓮(れん)に突き付けて――。

鮮やかなピンクレッドの髪をくるんと跳ねさせた彼女が、得意げな声音で言い放つ。

「コマリン、プラス６９！　マコっち、プラス９３！　虎石(タイガー)、プラス７４！」

「あァ……？」

「ちなみにレンのお姉さんは上限(カンスト)のプラス１００。……知らなかったでしょ？　みんなからレンに対する好感度、羨ましいくらい超高いんだから。お世辞とか無責任(ムセキニン)な期待なんかじゃこんな数字にはならないんですけど」

「……ッ……」

「だから、もしレンが何か間違えても笑わないって。完璧(カンペキ)な捕獲者(ハンター)なんか一条(いちじょう)さんくらいしかいないし……むしろ、ここで動かない方が好感度(コーカンド)低いってゆーか？」

真正面からぐいぐい踏み込む深見瑠々。

彼女の言葉に一切の嘘はない——というか、コミュ力お化けの素直バカなんて称される深見は感情を取り繕うのが大の苦手だ。俺が伝えたのは、この場で《好感度見分》の結果を発表してほしいという旨だけ。今のやり取りに嘘や演技は含まれていない。

（しょっちゅう授業をサボってる追川だけど……あいつが教室を抜け出して一、人で、こ、っ、そ、り、《才能》の訓練してることくらい、1－Aのみんなら知ってるからな）

だからこそ、その点に関しては〝真実〟をぶつけるだけで良かった。

「っ……」

——追川蓮が抱えている恐怖は相当なものだ。いずれ裏切り者になるくらいには。

それでも深見瑠々なら、彼女の持つ《好感度見分》の《才能》なら。

追川の思い込みを、間違えたら失望されるという恐怖心を……正面から、破壊できる。

「そうか——オレは、い、つ、の、間、に、か、視、野、が、狭、く、な、っ、て、た、み、た、い、だ」

瞬間。

追川蓮の瞳に微かな光が宿った。

「礼を言わせてくれ、深見……テメェのおかげで覚悟が決まった。何もしねぇうちから失敗を怖がってても仕方ねぇ。オレは――オレが、この事件を解き明かす！」

……ぞくり、と背筋が震える。

捕獲者統括機関(CCC)において〝一人前〟とみなされるCランク捕獲者(ハンター)、追川蓮(おいかわれん)。彼は間違いなく、紛(まぎ)れもなくこのクラスで最も優秀な捕獲者(ハンター)だ。

完璧主義であるが故に最初の一歩を踏み出せずにいたやさぐれ系御曹司――。

そんな彼が今、明確に覚悟を決めた。闇堕(やみお)ちルートから外れた。歴史的特異点(デスポイント)が書き換えられた。最悪の未来が、世界の崩壊がほんの少しだけ遠ざかった。

（いや――いや、まだだ！）

左手首をぎゅっと握って全身の震えを抑え付ける。

追川蓮の闇堕ち回避。それは確かに重要な改竄(かいざん)だけど、それだけで【ラビリンス】の計画を完全に潰せるわけじゃない。破滅に繋(つな)がる歴史的特異点(デスポイント)は無数に存在する。それらを全て塗り替えるためにも、俺たちが今ここで捕まるわけにはいかない。
▼正規達成(コンプリート)【ミッション③：追川蓮の歴史的特異点(デスポイント)を書き換えること】
▼緊急更新(アップデート)【ミッション④：宿泊研修の事件において《裁判(ジャッジ)》を躱(かわ)し切ること】
（ッ……）

ごくりと唾を呑(の)み込む俺の心境なんか知る由(よし)もなく、追川は低い声音で宣言する。

「――《彼方追憶(メモリア)》」

それは、彼が有する《才能》の名だ。

【追川蓮──才能名：彼方追憶】

【概要：ある時点における自身の記憶を五感全てで正確に思い出すことができる】

遡れる期間は最大で一週間。その時、その瞬間の記憶を五感全てで振り返る──つまりは一切の欠落なく復元するという、いわば完全記憶の《才能》だ。

「まずは、第二の事件……甲冑消失」

──《才能》が発動していることを示すサイン、なのだろうか？

目付きの悪い瞳を紅蓮の如き〝赤〟に染め上げながら、追川蓮は静かに切り出す。

「アレは《森羅天職》の才能所持者──天咲輝夜がやった。一応〝思い出して〟みたが天咲の合流は確実に遅れてやがる。それも秒単位じゃねぇ、二分以上だ」

「そう……なのか？　だがしかし、天咲君には音無君による音声のアリバイが──」

「いいや。オレの〝記憶〟にねぇんだから、音無の偽造か何かじゃねぇか？　個人指令に絡むのか天咲に気があるのか、単なる変人なのかは知らねぇが……」

ドスの効いた声と視線を向けられて、音無は「さぁてね」とばかりに肩を竦める。

追川の方も、ここでまともな返答が得られるとは思っていなかったんだろう。ふん、とぶっきらぼうに鼻を鳴らしてから、再び昏い瞳を煌々と光らせる。

「次に、第三の事件──天咲輝夜の消失」

「あ、ああ」

相槌と共にくいっとメガネを押し上げたのはまたもや岩清水誠だ。追川の豹変に気圧されながらも、真面目な彼は必死で状況に食らいつく。

「脱衣所に出た天咲君が一瞬にして消えた、という……だが、第二の事件と違ってこちらは容疑者すら挙がっていない。正真正銘の不可能犯罪に思えるが……？」

「不可能犯罪なんかじゃねぇよ、オシャレメガネ」

「おしゃっ……!?　くぅ、分かってくれるか追川君！　良いセンスをしているな！」

「……貶したつもりだったんだがな」

微妙な顔をする追川。気持ちは分かるけど、マコっちは感涙しがちなので仕方ない。

「とにかく、天咲の消失は大して難しいトリックじゃねぇ。……おい、箕輪」

「へ!?　あ、あたし!?　待て待て、あたし犯人とかじゃねぇって！」

小麦色の肌を持つスポーツ系女子こと箕輪飛鳥がぶんぶんと首を横に振る。

「だってあたし、監禁されてたんだぜ!?　ずーっと椅子に座らされてさぁ！」

「犯人だ、とは言ってねぇ……が、犯人に利用された可能性はある。箕輪、テメェの《輪廻転送》は〝声〟が発動キーなんだよな？」

「……？　そうだよ、あたしの声」

「起動の合図が下された瞬間、指定された二つの物体が位置を入れ替える。飛距離の限界は500m。対象の指定にはテメェが〝触れる〟必要がある——ただし、それは実物じゃなくてもいい。写真でも映像でも、モノが特定できれば構わねぇ。……そうだな？」

「う、うん。だからあたし、教室の備品とか色々撮ってて、おかげで遅刻ナシなんだ」

制服の内ポケットからデバイスを取り出し、カメラロールを縦に流す箕輪。

「……む？　待てよ、箕輪君の《輪廻転送》が写真と声で発動するなら……」

岩清水のメガネがキラリと光る。

そう——そんな前提を踏まえれば、実は箕輪自身が現場にいる必然性なんか全くない。

「必要なのは天咲輝夜の写真と、位置を交換したい何か……十中八九、例のメッセージカードだけだ。あとは、箕輪が《輪廻転送》を使う瞬間の〝声〟を再生できる準備がありゃいい。……そういや音無、テメェの《才能》は《四次元音響》だったな？」

「うん、そうだけど。それが何？」

「天咲が消失した瞬間、箕輪は居眠りか何かで簡単に手を取れる状況じゃなかったか？」

「どうだったかな。レンと違って、僕はそこまで記憶が確かじゃないんだけど……」

右手でそっと顔を覆ってから飄々と首を横に振る音無友戯。

「もし、もしだよ？　もし仮に僕が一連の事件の犯人だったとして、第四の事件——大自然の消失はどうやって実現したのさ？」

「そ、そうです。そうですよ、追川さん……！」

ポニーテールを小さく跳ねさせた鳴瀬(なるせ)が追随する。

「私はここにいる方々の《才能(クラウン)》を《解析(アナライズ)》で隅から隅まで確認しました。だからこそ断言できます、こんなことができる方は一人もいません！」

「一人もいない？　違(ちげ)えな、こんなのは誰にだってできる」

「はにゃっ⁉　……な、なぞなぞですか？　困ります、困ります！」

「小鞠(こまり)だけにか」

「追川(おいかわ)さん！」

ぷくぅ、と膨れる鳴瀬。一生懸命な彼女に詰め寄られ、元やさぐれ不良系御曹司こと追川蓮(れん)は「……悪い」と視線を逸(そ)らしてから会話を巻き戻す。

「トリックとしちゃあ、第四の事件が一番単純だ。才能所持者(ホルダー)じゃなくたってできる。別に山やら森が消えたわけじゃねぇ……この館が、１８０度回転してるんだ」

「――……へ？」

「内装だけ、だけどな」

トン、と食堂の窓に手を突いて、追川は淡々とした口調で真実を解き明かす。

「この館は円柱構造だ。一階には玄関と裏口が正反対の位置にあって、食堂と遊戯室、男女の大浴場がそれぞれ対称。二階、三階は十部屋ずつで、こっちも綺麗(きれい)に点対称だ。ついでに言えばオレたちは男女五人。二階も三階も、円柱の片側半分だけを使ってた」

「う、うむ……扉にネームプレートが掛かっていたからな」

「ああ、だからプレートがなかった側の空き部屋には一度も入ってねぇ。……んで、オレたちの部屋があったのは食堂と同じ側だ。遊戯室の窓は、見たことがねぇ」

分厚いカーテンとダーツボードのせいでな、と続ける追川。

つまりこの宿泊研修において、俺たちが見ていた窓の外の景色は全て〝円柱の片側〟から覗(のぞ)いたものだ、ということになる。

「その円柱の中身がぐるっと回ってんだ――オレたちが寝てる間、夜の間に全員の部屋が五部屋分スライドしてる。対角線上に移ってる。人も荷物も、食堂と遊戯室の内装も、まだ見てねぇが男女の大浴場も。全部、丸ごと入れ替わってやがるんだよ」

「そ、そんなの……でも、でも！」

「無理だと思うか？　……鳴瀬。昨日の夜、やけに快眠じゃなかったか？」

「あ、はい。って……まさか」

「んなドタバタ劇があったのに誰も気付いてねぇんだから、さすがに何か盛られてたんだろ。あとは人手と、各部屋に侵入する方法さえあれば誰でも窓の外の景色を１８０度変えられる。■■■■(アンノウン)表記の外部犯じゃなくて、この中にいる誰にでもな」

ぐるり、と、《才能(クラウン)》の行使を終えて元の色を取り戻した瞳が食堂内を巡る。

鮮やかな推理。一片の隙もない完璧な論理。

Cランク捕獲者・追川蓮が解き明かした連続消失事件のトリックは――

(くそ……やっぱり凄いな、コイツ!?)

――大正解、だった。

西洋甲冑の消失、天咲輝夜の消失、大自然の消失。俺たちが企てた三つの事件は、どれも彼が推測した通りの方法で実行された。ただ自身の記憶を辿っただけで、ただ本気になっただけで、追川はあっさり真相に辿り着いてしまった。

これが捕獲者だ。

俺たち才能犯罪者が対峙しなきゃいけない、騙し切らなきゃいけない相手だ。

予想していた展開ではあるものの、手のひらに嫌な温度の汗が滲む。……クラスメイトの捕獲者見習いたちはすっかり追川のペースに呑まれているようだ。現時点で最も怪しいのは音無なんだから、このまま《裁判》が起動されれば判定は〝有罪〟になる。

「《転念水》――」

……と。

そこで異変が起こった。昨夜の脱衣所で見たのと似たような揺らぎ。室内に存在する水蒸気の一部が凝固して、廊下に繋がる扉をたちまち氷漬けにする。

直後、冷気でキンキンになった銀縁メガネがすっと得意げに押し上げられた。

「ふっ……氷の牢獄、と名付けた。この中に才能犯罪者が紛れているのであれば、みすみす取り逃がしたくないのでな。……さて、追川君。いや、蓮君！」

「……んだよ、馴れ馴れしいなオシャレメガネ」

「馴れ馴れしく呼ばせてもらうとも！　何故(なぜ)ならこの岩清水誠(いわしみずまこと)、蓮君の実力にすっかり感服した！　未来を背負う捕獲者(ハンター)として、共に真犯人を確保しようではないかッ！」

室内の温度とは対照的にめらめらと熱い正義に燃える岩清水。

対する追川は満更でもなさそうな仕草でやれやれと肩を竦(すく)めて、そして――

「――おい。それで、どうなんだ音無？」

静かに一歩、音無友戯(ゆうぎ)に近付いた。

「状況証拠からすりゃテメェが一番怪しいんだが……弁明は？」

「うーん、弁明って言われてもねぇ。一体、僕に何を話せっていうのさ？」

「こんなことをしやがった理由に決まってんだろ。個人指令(オーダー)絡みならいい。ふざけただけだってんなら教師連中の説教を食らうだけだ。が……」

「が？」

「……テメェが捕獲者(ハンター)の面を被(かぶ)った〝悪〟なら、一秒でも早く排除する」

威圧的に放たれる低い声音と、テストモードではない《裁判(ジャッジ)》の画面。

食堂内にはいつしか静寂が満ちていた。誰に命令されたわけじゃなくとも、言葉を発する権利を持っているのは追川か音無の二人だけ。ごくりと唾を呑む音すら憚(はばか)られ、誰も彼もが緊張気味に会話の行方(ゆくえ)を見守っている。

そんな空気を隠(かく)れ蓑(みの)にして、俺は——完全犯罪組織の黒幕は。

（……来い）

手のひらの汗を制服のズボンで軽く拭い、ポケットの中のデバイスに触れる。

画面を撫(な)でるだけで送信されるよう準備してあったメッセージが、俺の元を離れる。

「……ん……」

確かに捕獲者(ハンター)は強い。《転念水(サブマリン)》で作られた氷の牢獄(ろうごく)は俺や音無(おとなし)に突破できるものじゃないし、何より《裁判(ジャッジ)》が振るわれたらその瞬間に全ての計画が破綻する。今や鳴瀬(なるせ)も虎石(とらいし)も、音無が犯人だったのだと信じ始めている頃だろう。

だけど——それでも、俺たちの方が一手先だ。

「……むっ⁉」

そこで岩清水誠(いわしみずまこと)が怪訝(けげん)な声を上げたのは、他でもない。ドンドンドンッ、と凍った扉が叩(たた)かれたからだ。もちろん内側からじゃない、廊下側からの強襲である。

「不審者か‼」

『ちがう、我だ！　不審者なわけがあるもんか！　不敬だぞ、開け——冷(ちめ)たっ⁉』

「む？　……久世(くぜ)君、か？」

虚を突かれたように呟(つぶや)いて、岩清水は《転念水(サブマリン)》を解除し扉を開け放つ。

そうして姿を現したのは一人の少女だった。中二病系女子、久世妃奈（ひな）――いつもは黒のローブを頭からすっぽり被（かぶ）っている彼女だけど、今は珍しく完全に素顔を晒（さら）している。童顔で可愛（かわい）らしい顔立ち、そして何やら憔悴（しょうすい）しきった表情。

「う、うぅ……頼む、闇の眷属（けんぞく）たち。我に、我にお水を与えてくれ……」

「それは、構わないが……どうしたんだ、久世君？　朝から姿が見えなかったようだが」

「朝から？　……何を言っているのだ、オマエは」

きゅう、とばかりに手近な椅子に座り込んだ彼女の一言は、食堂内に集まった捕獲者見習（ハンター）いたちにこれ以上ないほどの混乱を与えた。

「我は、何者かに拘束されていたのだ……昨日の、昼過ぎから」

＃8

追川蓮（れん）による真相究明の真っ最中に食堂の扉を叩いた久世妃奈――。

ごくごくごく、と美味（おい）しそうにコップの水を飲み干した中二病系女子によれば、彼女は昨日の午後……第二の事件が起きてから第三の事件が起きるまでの間に気絶させられ、二階の空き部屋に閉じ込められていたらしい。

「外から鍵が掛かってて、ずっと出られなかったのだ。それが、ついさっきガチャンって急に開いて……うぬぬ、我を閉じ込めるとは不届きなやつめぇ」

ローブがないと威厳も何もないのだけれど、久世はいつも通りの口調で言う。

それを聞くクラスメイトたちの表情が一段と神妙なものになっているのは、何も闇の眷属として主である彼女に敬意を払っているからというわけじゃない。

有り得ないからだ。

彼女が昨日の午後から空き部屋に閉じ込められていたという主張は、矛、盾、している。

「……おかしく、ないか？」

きらり、とメガネが光った。つまり、真っ先に疑問を口にしたのは岩清水だ。

「久世君は……昨日の夜の捜査にも、加わっていただろう？」

「へ？……寝ぼけているのか、我が眷属よ。そんな馬鹿なことがあるわけ——」

「いや、いたぞ」

ポカンとした顔で首を振ろうとする久世だけど、それを遮るような形で俺も岩清水に同調する。……馬鹿なこと、でもないんだ。昨日の夜に発生した天咲輝夜の消失事件。脱衣所で行われていた調査の際にも、確かにいた。

「それも、俺のすぐ隣にさ」
ロ、ー、ブ、で、顔、を、隠、し、た、誰、か、が、と、心の中で付け加える。
——ネタ晴らしをしよう。

　実は、久世の主張は何も間違っていない。潜里が手刀で彼女を気絶させ、その後《電子潜入》で抉じ開けた空き部屋に放り込みつつ黒のローブだけ拝借した。

だから昨日の午後、久世妃奈として研修に参加していたのは潜里羽依花だ。

久世は1－A女子の中でも背が低い部類。けれど潜里はもっと小柄で、だからこそ足りない分の身長はダミータグを膨らませることで補填した。

「どういう、ことだ……？」

いよいよ混迷を極める状況に、マコっちこと岩清水誠がメガネの奥で眉を顰める。

「この岩清水誠は昨夜、確かに久世君の姿を目撃している。けれど久世君はその時間、空き部屋に監禁されていたのだという。ならば、昨日の彼女は……誰だ？」

「……待てよ、オシャレメガネ。久世は昨日もローブで顔を隠してただろ？　なら、この中にいる真犯人がそいつに成り代わることだってできたんじゃねぇのかよ」

「うーん、それはどうだろうねぇ」

　ここまで堅実な推理を積み重ねてきた追川蓮。そんな彼が紡いだ無理筋の理屈に付け込むようにして、稀代の詐欺師が肩を竦める。……追川の反論は織り込み済みだ。そしてそれを正面から叩き折れるのは、元天才子役である彼しかいない。

「昨日、脱衣所にはほとんどの研修メンバーが揃ってたんだよね？　いなかったのは僕とアスカちゃんの二人だけで、どっちもヒナちゃんよりずっと背が高い」

「うむ！　我、今まさに成長期だからな！」

「間違いないね。……だから、いくらローブを使ったってヒナちゃんに変装なんかできっこないんだよ。この中にいる誰にも、ね」

「……〝擬態〟系の才能所持者(ホルダー)か何かが事件に絡んでる、とでも言いてぇのか？」

「むしろ、それ以外に成(な)り立つ説明があるなら聞いてみたいくらいだよ」

チャラくて軽薄なベージュの髪を揺らしながら、音無(おとなし)はポケットから自身のデバイスを取り出す。苛烈に責め立てるでもなく、あくまで冷静に論理的に。史上最強の詐欺師候補は、押し黙るクラスメイトたちの共感を引き込むように騙(かた)って語る。

「やっぱり、犯人は■■■■(アンノウン)表記の外部犯なんじゃないかな？　レンの言う通り、消失自体は工夫さえすれば誰にでもできる。なら、僕たちを撹乱(かくらん)してたのが真犯人だ」

「あァ？　久世(くぜ)に化けるだけで捜査が撹乱できるってのかよ」

「いやいや。レン、それは認識が甘いんじゃない？　僕たちが把握してるのがヒナちゃんだけ、なんだよ。相手の《才能(クラウン)》次第だけど、今ここにいる誰かがニセモノだって可能性も普通にある。何なら、レンだって……ね？」

「……ぐっ……」

疎ましげな表情で下唇を噛(か)む追川蓮(おいかわれん)。

その瞳はいつしか紅蓮(ぐれん)の〝赤〟に染まっている——彼はきっと、久世の登場で自分の推理が破綻したことに気付いているんだろう。そしてまさに今、高速で論理を再構築しようとしている。使える武器は自身の記憶を追体験する《彼方追憶（メモリア）》だ。……昨日の夜、ローブを被（かぶ）って久世に扮（ふん）していたのは誰なのか？　他に〝擬態〟されていた捕獲者（ハンター）見習いはいなかったか？　状況を吟味して、改めて真実を掴（つか）み取ろうとしている。

――もしかしたら。

充分な時間を掛けて検討を繰り返せば、彼は真相に辿（たど）り着くかもしれない。俺たちの背信行為に気付くかもしれない。それは、きっと捕獲者（ハンター）としてあるべき姿だろう。

だけどその先にある未来が〝破滅〟に繋（つな）がっていることを、俺は知っているから。

「なあ」

だから――俺は、何食わぬ顔で追川蓮に追い打ちを掛ける。

「天咲がまだ見つかってない。これが外部犯なら一刻を争う事態だ――犯人が分かったんだから、これ以上迷う必要はないだろ？　さっさと《裁判（ジャッジ）》を使っちまおうぜ」

……コアクラウン01《裁判（ジャッジ）》。

才能犯罪によって崩壊しかけた秩序を再び取り戻した正義の刃（やいば）は、本当に強力だ。名前や容姿が分かっていなくても、指名した相手が犯人であるなら有罪（ギルティ）を宣告し、直ちに相手を無力化する。だから俺たちは、ただ《裁判（ジャッジ）》を下すだけでいい。

本当に研修参加者の中に犯人がいないなら。

本当に■■■表記の外部犯による犯行なら、それで全てにケリが付くんだから。

「うむ、積木（つみき）君の言う通りだ！　外部犯だと確定した以上、ここで《裁判（ジャッジ）》を先送りにする理由は一つもない！　この岩清水誠（いわしみずまこと）、殿堂才能（コアクラウン）の使用に賛同するッ！」

「そ、そうですね、そうですよね！　輝夜（かぐや）さんが心配ですし……虎石（とらいし）さんも、元気出してください！　もうすぐ万事解決、ですから！」

「お、おお……くうっ、情けねぇぜ！　鳴瀬（なるせ）ちゃんに励まされるなんてよぉ！」

俺と追川（おいかわ）とのやり取りで〝結論〟らしきものが下されたことに安堵（あんど）したのか、岩清水を始めとする捕獲者（ハンター）見習いたちが一斉にデバイスを取り出す。

複数の捕獲者（ハンター）が事件に臨場している場合、殿堂才能（コアクラウン）《裁判（ジャッジ）》を実行する権限を持つのは最もランクの高い捕獲者（ハンター）――指揮官と呼ばれることが多い――だけだ。その他の捕獲者（ハンター）は犯人と思わしき相手に〝投票〟することで意思を表明する。指揮官は捕獲者（ハンター）たちの総意を裏切ることもできるけれど、その上で間違えた場合はペナルティが発生する。

「…………」

瞬（また）く間に■■■（アンノウン）表記の容疑者へと票が集まる様を、追川はじっと見つめていた。次いで、逡巡（しゅんじゅん）を覗（のぞ）かせつつもデバイスの画面に指を触れさせる――と思いきや、

「……なぁ、積木」

低い声と共に、《才能（クラウン）》の顕現で微（かす）かな〝赤〟に染まった瞳を真っ直（す）ぐ俺に向けて。

「テメェは、今回の事件が本当に外部犯の犯行だって……本気で、そう思ってるのか？」

――ひゅう、と、思わず呼吸が止まりそうになった。

単なる質問なんかじゃない。こいつは鎌を掛けてきたんだ。ずっと疑っていたはずの音(おと)無(なし)じゃなく、衝突していた深見(ふかみ)でもなく、最後の最後で議論を誘導した俺にピンポイントで嫌疑を向けてきた。俺が動揺を見せたら周りの意見を無視してでも《裁判(ジャッジ)》の指名先を変えるつもりで、イチかバチかの賭けを放ってきた。

（やっぱり、お前は優秀な捕獲者(ハンター)になるよ――追川蓮(れん)）

……それでも。残念ながら今回は、追川(おまえ)に疑われるところまでが〝想定内〟だから。

デバイスを片手に小さく肩を竦(すく)めた俺は、何でもない口調で答えを返す。

「どうだろうな。少なくとも、内部犯って可能性よりは遥(はる)かに高いと思ってるけど」

「――……そうか、ならいい」

しばらく〝赤〟の瞳で俺を観察していた追川は、そう言って素直(すなお)に引き下がって。

「それじゃあ、改めて――《裁判(ジャッジ)》の時間だ」

凛(りん)とした宣言と共に、胸元に掲げたデバイスの画面を静かに撫(な)でる。

捕獲者統括機関(CCC)が誇る最強の武器、殿堂才能(コアクラウン)《裁判(ジャッジ)》――追川が■■■■(アンノウン)表記の容疑者を選択したことで、その効力が発揮される。指名された相手が真に犯人ならば直ちに該当の人物を拘束・無力化し、犯した罪の度合いまで徹底的に暴き尽くす正義の刃。

……そして、もちろん。

デバイスの画面に表示された判定結果は――〝有罪〟だった。

「ッ……うぉおおおおおおお!!」

少し前まで絶望のどん底にいたはずの虎石が現金にも高らかな歓声を上げる。

「さっすが蓮！　マジで、マジですげぇよお前！　1-Aのヒーローだ！」

「うむ！　どこに潜んでいるのかは知らないが、殿堂才能《裁判》が有罪を宣告したからには真犯人も拘束されていることだろう！　素晴らしい手腕だ、蓮君！」

安堵の表情を見せながら、メガネの岩清水も虎石に続いて感涙に咽ぶ。……奇妙な事件の最中に放り込まれていたからだろう。解決の安心感は計り知れない。

だけど、それでも。

「……ちげぇよ」

歓喜の中心に立つ追川蓮はと言えば、自身の手元を見下ろしながら複雑な感情を吐露していた。苛立たしげに歪んだ表情。舌打ち交じりに彼は告げる。

「《裁判》の指名機能がまだ生きてやがる」

「……む？」

呆けたように眉を顰める岩清水。

「ど、どういうことだ……？　《裁判》は一つの事件で一度しか使えないのだろう？」

「普通はな。だが、それじゃ複数犯に対処できねぇ。殿堂才能《裁判》で選んだ容疑者が有罪だった場合、そいつの貢献度が分かるんだ。要は責任の割合……罪の程度って言ってもいい。１００％なら単独犯、それ未満なら他にも一人以上の犯人がいる」

「な、なるほど。では、今回の外部犯は――」

透明なレンズ越しにデバイスの画面を覗き込んで、岩清水誠が静かに息を呑む。

何故なら、だ。

【コアクラウン01《裁判》――〝有罪〟。罪状確定：貢献度１０％】

【最大一時間の追加指名権が発生します】

「……１０％」

「ああそうだ。こいつは確かに実行犯だが、単なる鉄砲玉に過ぎねぇ……黒幕がいるんだよ、後ろに。一連の事件を計画して■■■を動かした本当の犯人が」

低い声音でそう言って、再び鋭い舌打ちをする追川。

ランクＣの捕獲者であり偉大な親や姉を持つ彼からすれば、この結果が満足だとはとても言えないんだろう。限られた時間で更なる真実を追求しようとする。

「っ……充分です、充分ですよ追川さん！」

けれどその時、傍らにいた鳴瀬小鞠が取り成すように懸命な声を張り上げた。

「大規模な才能犯罪組織が関わっている場合、犯人が〝首謀者〟と〝実行犯〟に分かれていることも確かにあります。ですが、ですが今回の容疑者リストに載っていた■■■■表記は一つだけ……なら、首謀者は本当に計画だけを担っていて、残る９０％の方はそもそも私たちの手が及ばない場所にいるのかもしれません！」

「……そうだな。だとしたら、そいつを《裁判》に掛けるのは現状不可能だ」

「はい！　なので、もう充分——今回は追川さんの勝利です！　実行犯が捕まったのは事実ですから、あとは【ＣＣ】の皆さんに協力してもらいましょう！」

「だが……」

「だがじゃないです！　それより早く、早く輝夜さんを助けてあげないと……！」

握った両手を胸元へ遣り、必死に力説する鳴瀬。

彼女の発言は正しい。いつかの授業でも習ったけれど、才能犯罪における複数犯というのは一般的に〝組織〟のことだ。《裁判》を介して実行犯の一人でも検挙することができれば、そこから芋づる式に大勢の才能犯罪者を捕まえられる可能性がある。

（ただ……）

残念ながら、今回に限ってはろくな情報が出てくる見込みはない。

——ネタ晴（ば）らしをしよう。

■■■（アンノウン）表記の容疑者とは、すなわち【ラビリンス】の刺客〝X〟を指すものだ。彼は自分自身の《才能（クラウン）》の反射を受け、今も館の近くで熟睡しているに違いない。

そして、彼は間違いなく〝連続消失事件〟に関与している。……けれど、それはX自身の意思じゃない。音無（おとなし）からの要望で、追川蓮（れん）の秘密を探らせるために《睡魔招来（ドリーマー）》を館全体に掛けただけの話だ。Xはあくまで【ラビリンス】の構成員であり、俺たち組織のことなんか存在すら掴（つか）んでいない。そこから事件の詳細が漏れる道理はない。

唯一音無とだけは接触しており、だからこそ第三の事件から彼が容疑者リストに登場しているのだけれど、交流は履歴（データ）の残らないサブデバイスを介してのみ。

音無の方はXの姿を見たこともないし、そもそもXが音無に近付いていたのは【ラビリンス】に引き入れるためだ。彼が音無を告発するためには【ラビリンス】の詳細に触れなきゃいけなくて、そんなことは起こるはずもない。小物だというXが云々（うんぬん）というより、極夜事件を引き起こすほどの組織が何の対策も講じていないとは思えないから。

……つまり、

（連続消失事件はこれで幕引き、だ。実行犯には有罪判決（ギルティ）が下ってるんだから、別に捕獲者（ハンター）側の負けってわけじゃない……それなら、天咲（あまさき）の救出が優先だろ？）

「――……ああ、そうだな」

俺の内心、もといクラスメイトの意見を聞き入れ、追川(おいかわ)が渋々ながら首肯する。

けれど、彼はまだ大きな〝違和感〟を抱えていることだろう――何せ、これが外部犯による犯行なのだとしたら動機はなんだ？ 捕獲者(ハンター)見習いばかりが参加している1－Aの宿泊研修なんかに■■■(アンノウン)表記の凶悪犯が紛(まぎ)れ込んでいる理由は、一体なんだ。

くすんだ金髪の追川蓮(れん)は、そのまましばらく思考を巡らせて。

そこで、不意に「！」と弾(はじ)かれるように顔を上げた。

「おい、オシャレメガネ。……例のメッセージカードは持ってるか？」

「メッセージカード？ あ、ああ、確かにこの岩清水誠(いわしみずまこと)が保管しているが……」

懐から革製のパスケースを取り出す岩清水。そうして食堂のテーブルに広げられたのは計四枚のメッセージカードだ。それぞれ次の事件の前フリが刻まれた、煽(あお)りにも似た予告状。けれど実を言えば、それだけが役割というわけじゃない。

（ん……）

――俺たちは、完全犯罪組織だ。

三年後にとんでもない事件を引き起こす【ラビリンス】の勢力拡大を防ぐために、永彩(えいさい)学園から、もっと言えば【ＣＣＣ】からたっぷり警戒してもらわなきゃいけない。【ラビリンス】の連中が動きづらくなるように、好き勝手に振る舞えなくなるように。

そのためには、知ってもらわなきゃいけないんだ。

俺たちはここにいるぞ、って。

未来を担う捕獲者(ハンター)たちに、思い知らせてやらなきゃいけない。

(だから……気付いてくれて助かったよ。それ、天咲(あまさき)と一緒に徹夜で考えたんだから)

俺たちが仕掛けた四枚のメッセージカード――。

その裏には、奇妙な模様が描かれている。意味を為(な)しているとも思えない、けれどどう考えても意味ありげな、まるで落書きみたいな何か。

目付きの悪い瞳でそれを睨(にら)んだ追川は、乱暴な仕草でカードに触れると四枚の位置を並べ替えた。中途半端だった線と線が繋(つな)がって、枠と枠が繋がって、文字になる。

現れたのは、手書きのロゴマークだ。

「完全犯罪組織、【迷宮の抜け穴(アナザールート)】――」

忌々(いまいま)しげな声がポツリと紡がれる。

そう――これは、産声だ。【迷宮の抜け穴(アナザールート)】による最初の口上だ。俺たちはこれから三年間、永彩(えいさい)学園で次々に完全犯罪を起こし続け、捕獲者(ハンター)たちを騙し切る。それを知らしめるための、思い知らせるための宣言だ。それこそが〝動機〟なんだ。

「………」

宿泊研修全体を通して仕込まれていた挑発的なメッセージを受け、追川(おいかわ)はしばし無言のまま【迷宮の抜け穴(アナザールート)】のロゴマークに視線を落としていた。……意味が分からない、なんてことはないはずだ。俺たちからの宣戦布告(メッセージ)を、彼はきっと正しく受け取った。

「……畜生」

くしゃ、っとカードを握り潰すCランク捕獲者(ハンター)・追川蓮(れん)――。

彼の瞳に浮かぶのは後悔でも羞恥でもなく、誇り高くて眩(まばゆ)い闘志の〝赤〟だった。

【ミッション④、および本歴史的特異点(デスポイント)に関連する全ミッション】――正規達成(コンプリート)

#9

――永彩(えいさい)学園特別カリキュラム、1-Aクラス宿泊研修。

俺たち第Ⅱ班の人狼(じんろう)ゲームは、結局三日目の途中で切り上げられることになった。

無理もない、何しろ才能犯罪組織(クリミナルギルド)の関与が疑われる連続消失事件だ。すぐに緊急用回線で射駒(いこま)先生に連絡し、学園側から迎えが寄越(よこ)される流れになった。Xが確保されたのはその直後だ。館近くの森で寝ているところを発見され、しきりに『俺は騙されただけなんだァ!!　あのクソガキ!!』と喚(わめ)いていたらしい。

先生曰(いわ)く――。

館内の監視カメラは常にチェックしていたものの、最初から最後まで異変は全くなかったとのことだ。映っていたのは何の変哲もない研修風景だけ。……そう。俺たち組織の犯行は、潜里羽依花(くぐりういか)の《電子潜入(シグナル)》によって完璧に隠された。

ちなみに天咲輝夜(あまさきかぐや)は、両手両足を縛られた状態でクローゼットから発見された。

拘束の実行犯はもちろん俺。相当に背徳的な気持ちになったことと、隣で見ていた音無友戯(おとなしゆうぎ)（ドM）が羨ましそうにしていて鬱陶しかったことだけは明記しておく。

そんなわけで、研修の方は中途半端に終わってしまったのだけど……連続消失事件については、実行犯の摘発に成功という形で決着。追川蓮を始めとするクラスメイトたちの対応は称賛され、臨時の評価ｐｔが発効されることになった。

そして、捕獲者統括機関(CCC)に所属する俺の協力者・不知火翠(しらぬいすい)によれば。

完全犯罪組織【迷宮の抜け穴(アナザールート)】は、早くもＥランクの警戒対象に入ったらしい――。

「おかえり、らいと」

寮の自室に帰ると、そこには潜里がいた。

だぼだぼっとサイズの大きい制服。低い位置から俺を見上げる星空みたいな瞳。餅のように真っ白でぷくっとした頬(ほお)は今日もすべすべと柔らかそうだ。

「……いや。何でお前がいるんだよ、潜里?」

「らいとは、いけず。合鍵、もらってるから……入り放題。ぴーす、ぴーす」

「あげてないって。どうせ《電子潜入》で無理やり抉じ開けたんだろ?」

「ぎくり。……ひゅー、ひゅるひゅるひゅー」

いつもの無表情のまま下手な口笛を吹き、誤魔化しアピールを始める潜里。

彼女はそのまましばらく独創的なメロディを奏でていたものの、やがて満足したのかほうっと一つ息を吐いた。そうして(元から近かった)俺との距離をさらに一歩だけ詰めてくる。くいくい、と制服の裾を何度か軽く引いてくる。

そして、

「ねえらいと。事件完了……これで、らいとの目的はたっせい?」

——紡がれたのはそんな疑問だ。

今回の宿泊研修において、生まれたばかりの俺たち【迷宮の抜け穴】は少しだけ大胆な行動に出た。特別カリキュラムを乗っ取り、追川蓮をやる気にさせ、最後には《裁判》の指名先をXに押し付けたうえで名乗りを上げた。デビュー戦としては大成功だ。潜里以外の組織メンバーも、祝勝会を兼ねて夜にはこの部屋へ来てくれるらしい。

「……馬鹿言うなって」

だけど、こんなものじゃ【ラビリンス】は——極夜事件は止められない。

「最悪の未来に繋がる歴史的特異点はまだまだいくらでも残ってる。俺たちが踏み出したのは最初の一歩だけだよ。今、やっと始まったところだ」

「ん。りかい」

分かっているのかいないのか、潜里は淡々とした無表情のままこくんと頷く。

そうして彼女は、わずかに逡巡しつつも真っ直ぐ視線を持ち上げて。

「……わたし、誰かの役に立ててうれしかった。今までは、誰も殺せなかったから……はじめて、誰かのなかまになれた。……かも？」

「そっか。……そうだよな」

「わぷ」

今回は要求されるより早く、俺は潜里の頭にポンと手を置いた。撫でられ好きの彼女は猫みたいに目を細めては〝もっともっと〟とせがんでくる。……無垢なる殺し屋。伝説の暗殺者組織【K】に所属する彼女は、けれどまだ誰も殺してなどいない。

だから俺は、不格好な笑みを作って。

「じゃあ……最後まで、俺の仲間でいてくれよ？」

――祈るように、そんな言葉を放つのだった。

マッドサイエンティスト
（候補）な一軍女子

深見瑠々（ふかみるる）

誕生日：１２月３１日

才能（クラウン）：《好感度見分（キューピッド）》

対象Ａが対称Ｂにどれだけの好感度を持っているか計測することができる

RESU

エピローグ

Shadow Game

♭♭　――〈side：不知火翠〉――

「～～～♪」

ドライヤーの音に混じって、今日もご機嫌なお嬢様の鼻歌が聞こえてきます。

永彩学園――【CCC】の傘下であるこの学校は全寮制となっていますが、全生徒に同じレベルの部屋が与えられているわけではありません。史上最年少のSランク捕獲者である一条光凛さまの私室は、ホテルのスイートルームさながらです。

それはもちろん、浴室のクオリティに関しても言えること。

広さ、装飾、機能だけでなく、不届きにも《才能》を用いた覗き等の被害が懸念されることからセキュリティも万全。よって、お嬢様の捕獲助手にして護衛であるわたしも、入浴タイムだけはのんびりと羽を伸ばすことができるのでした。

（本当はお風呂もご一緒したいところなのですが……）

お嬢様は大変な恥ずかしがり屋さんです。

浴室への同伴は、わたしですらたまにしか許してもらえません。

――と。

「ん～！　今日も最高に良いお湯だったわ。お待たせ、翠」

心地良さを余すことなく表現する声と共に、お嬢様がリビングへ戻ってきました。透き通るような金色の髪はヘアゴムで緩やかにまとめられ、ほんのり上気した肌を包むのはスウェット生地のパジャマ。身体のラインが見事に浮き出ています。

「……ふむ」

相変わらず、お嬢様の愛らしさは留まるところを知りません。

世の男性が見たら悶絶すること間違いなしのオフモード。無数に抱えている肩書きを一旦下ろして素の表情を覗かせたお嬢様は、冷蔵庫からパックの牛乳を二本取り出して、るんるんな足取りでわたしのいるテーブルまで歩いてきました。

「あげる。翠も飲むでしょ？」

「ありがとうございます、光凜さま。ちょうど喉が渇いていました」

「じゃあナイスタイミングね。……って、何見てるの？」

お嬢様が首を傾げるのと同時に甘いシャンプーの匂いがふわりと広がります。

綺麗な碧色の瞳が見つめているのは、わたしの手元――スタンドを使って斜めに固定した少し大きめのタブレットでした。個人用のデバイスとは別に【ＣＣＣ】から支給されている、お仕事用の端末……のようなものです。

（……そうです、お仕事用です）

いつもは映画を見たり漫画を読んだりＳＮＳを巡回したりするのにしか使っていませんが、名目上はそうなのだから仕方ありません。

そんなこんなで現代の最強暇潰しアイテムと化しているタブレットは、今日も今日とてとある映像を垂れ流していました。映っているのはどこかの館。わたしやお嬢様と同じ制服を着た数名の男女が、何やらわちゃわちゃとしています。

　つまり、

「――宿泊研修です」

　端的に言えば、そういうことでした。

「一般クラスで行われる特別カリキュラムの一種ですね。何やら問題が起こったとのことで、検証用に映像をお借りしました。ちなみに1-Aの第Ⅱ班です」

「！　そ、それって……もしかして」

「はい。……積木来都(つみきらいと)のいる班、ですね」

「わ、わわわ、わわわわわ……私も、見るっ！」

　澄んだ碧の瞳がこれ以上ないくらいに見開かれて。

　次の瞬間には、お嬢様がわたしの隣に座っていました。目にも留(と)まらない早業、とはこのことを言うのでしょう。少しでも近くで画面を見るため、お嬢様は身体の半分をわたしに押し付けてきます。ぷに、と頬(ほお)の柔らかさまで感じられる勢いです。

「来都だ……」

　囁くような声がダイレクトに聞こえます。

「ねえ翠、来都がいるわ」

「知っています、光凛さま。先に見ていたのはわたしなので」

「来都が動いてる……」

「動いていなかったら死んでいます」

「！　今、来都がこっち見た！　もしかして、私に気付いてる……とか⁉」

「監視カメラの録画映像なので、おそらく気のせいかと思います」

　首を振ろうとしましたが、お嬢様がくっついているので振れません。

　ちら、と視線だけを隣に向けてみます。……目をキラキラと輝かせて、食い入るようにタブレットを見つめるお嬢様。憧れと、尊敬と、純情と、恋慕。わたしに擦り寄せられた頰は薄っすらと赤く染まっていて、心なしか温度が高いように感じます。

「……はぁ」

　思わず、これ見よがしな溜め息を吐いてしまいました。

　見ての通り、お嬢様は――【ＣＣ】における最年少Ｓランク捕獲者でありながら才色兼備、成績優秀、眉目秀麗な理想の美少女こと一条光凛さまは、積木来都という少年にべタ惚れしています。好きとか何とか、そういう次元ではありません。暇さえあれば彼のことを想っているくらい、心の底から愛しています。

　高嶺の花と称されるお嬢様は、一人の恋する女の子。

　そんなギャップは可愛らしいと思うのですが……何となく、文句を言ってしまいます。

「あの冴えない男のどこが良いのでしょうか」

「あら」

　これまで何度口にしたか分からないわたしの苦言に対し、お嬢様はほんの少しだけ身体を引いて、それから可愛らしくぷくっと頬を膨らませました。お決まりのやり取り。碧の瞳をタブレットに向けたお嬢様は、切なげな声音でポツリと呟きます。

「翠には何度も言ってるじゃない。来都は、私の——命の恩人なんだから」

「……そう、でしたね」

　複雑な気持ちを抱えながら、わたしもお嬢様に倣って画面の中に視線を落としました。

　——《限定未来視》という《才能》があります。

　所持者は積木来都さん。コアクラウン02《解析》由来のデータベースには【特定の人物に関わる特定の未来を就寝時の〝夢〟として見る（自動発動）】とだけ記されているのですが、この〝特定の人物〟とは紛れもなく一条光凛さまを指しています。

つまり《限定未来視(セカンド)》とは、お嬢様の未来を、それも危険を予知する《才能(クラウン)》。

数年前――小学生の頃に、来都さんはこの《才能》でお嬢様の命を救っています。強力な《才能(クラウン)》に目覚めた直後のお嬢様を狙った誘拐事件。来都(らいと)さんの《限定未来視(セカンド)》がなければ、お嬢様はとっくに亡くなっていたかもしれません。……今もお嬢様の口から彼の武勇伝が語られていますが、もう百回以上聞いているので無視します。

「いい？　来都は私の幼馴染(おさななじ)みで、初恋の相手で、片想(かたおも)い中の男の子で、将来的には旦那さんにしたい人で、格好良いヒーローで、白馬の王子様で、あとは……」

「無視しているのですから強引に続けないでください、光凛(ひかり)さま」

一途(いちず)にもほどがあります。

ともかく、お嬢様が今も無事に生きているのは間違いなく来都さんのおかげで。

元から仲良しだった二人の絆(きずな)は、そこでさらに強固になって。

……だけど。

（やはり、残酷なものですね……〝副作用〟というのは）

来都さんに与えられた《限定未来視(セカンド)》。

その副作用は――【未来を決定的に改変した場合、その人物に関する記憶を全て失う】。

「ん……」

要するに、です。来都さんとお嬢様は幼馴染みで、互いに互いが初恋の人で、お嬢様は

来都さんにとって憧れの女の子で、来都さんはお嬢様の命の恩人で。これだけ運命的な要素が揃っているのに、誘拐以前のことを覚えているのはお嬢様だけなのです。来都さんはお嬢様を助けたのに……助けたせいで、その一切を忘れてしまっています。お嬢様に関する記憶の全てを、思い出を、幼馴染みであることすらも。

(……だから)

お嬢様が捕獲者になったのはそのためです。

捕獲者統括機関に入ってたくさんの才能所持者と関わっていけば、どこかで〝失った記憶を取り戻す〟ことができる人物と出会えるかもしれないから。史上最年少のSランク捕獲者は、初恋の少年のためだけに数多の才能犯罪者と渡り合っています。

そして来都さんもまた、お嬢様を追い掛けるように永彩学園を受験して、捕獲者見習いになって……数ケ月前を境に、新たな〝悪夢〟を見始めました。

——三年後。

二〇XX年三月九日火曜日に光凛さまが惨殺されるという、最悪な未来を。

「っ……」

だから彼は、高校生活の全部を投げ打ってお嬢様を助けようとしているのです。完全犯罪組織なんか作って。バレたら、捕まるのは自分の方なのに。あまりに無茶で無謀な計画なのに。お嬢様を救えたら——救えても、また全部忘れてしまうだけなのに。

茨の道に繋がる第一歩を、この研修で踏み出したのです。

もちろんお嬢様にも他の誰にも事情を明かすことなく、こっそりと。

（全く、本当に来都さんは……）

隣でうっとり画面を見つめている一条光凛さまの横顔を眺めながら、わたしは——お嬢様の捕獲助手にして護衛にして、ひょんなことから来都さんの協力者もやっている多忙なわたしは、密かに吐息を零すことにします。

これ以上、お嬢様の心を掴むのは止めてほしいものですが……それよりも。

（……失敗したら、許しませんから）

わたししか知らない隠れたヒーローの思いが、覚悟が、信念が。

今度こそ成就して欲しいと、そう願ってしまうのでした。

##

……夢を、見ていた。

《限定未来視》——それは、特定の人物に関する特定の未来を夢に見る《才能》だ。

今から三年後、二〇XX年三月九日火曜日に、Sランク捕獲者（ハンター）・一条（いちじょう）さんが殺される。

次いで【CCC】が壊滅し、世界が破滅への道を突き進む。

そんな未来を改竄（かいざん）するために、俺は才能犯罪組織（クリミナルギルド）【ラビリンス】の勢力拡大に繋（つな）がる歴史的特異点（デスポイント）を片っ端から書き換えていくことにした。最初の一歩に当たるのが追川蓮（おいかわれん）の闇（やみ）堕（お）ち回避だ。例の連続消失事件を通じて、夢の細部は確かに変わってくれている。具体的には、裏切り者の軍勢から追川蓮の姿が消えている。大きな、大きな前進だ。

けれどそれでも、決して変わらないことが二つ。

一つは、夢の結末だ。一条さんが殺されて、捕獲者統括機関（CCC）が崩壊すること。

Sランク捕獲者（ハンター）というのはただ優れた《才能（クラウン）》を持っているだけでなく、組織の存続に欠かせない重要な殿堂才能（コアクラウン）の使用適性を有しているそうだ。その一人を失ってしまったことがきっかけとなり、世界の秩序を支える【CCC】もまた壊滅してしまう。

そしてもう一つ、変わらないのは犯人だ。

【ラビリンス】の中枢幹部にして、三年後に極夜事件を引き起こす主犯格。

そもそも《絶対条例（エンペラー）》の《才能（クラウン）》を持つ一条さんは捕獲者（ハンター）の中でも抜群に強い。それでも殺されてしまうのは、相手が並大抵の才能犯罪者(クリミナル)じゃなかったからだ。

俺の目の前で血に濡(ぬ)れる一条さんの身体(からだ)……それを取り囲むのは、四つの影。

――天咲輝夜(あまさきかぐや)。

――潜里羽依花(くぐりういか)。

――音無友戯(おとなしゆうぎ)。

――深見瑠々(ふかみるる)。

「ッ……！」

彼らの姿が鮮明になったところで跳ね起きた俺は、そのまま洗面所へ駆け込んだ。強烈な吐き気。微(かす)かに感じる血の味。胃の中身が空っぽになるまで耐え続ける。

……俺が、まだ組織メンバーの誰にも明かしていない秘密。

それは、他でもない彼らこそが一条さん殺しの主犯であるという残酷な事実だ――天咲輝夜、潜里羽依花、音無友戯、深見瑠々。三年後の彼らは【ラビリンス】の幹部メンバーになっており、極夜事件の中心人物と目されている。夢の中でいつも一条さんを手に掛けるのは、暗殺者組織(マーダーギルド)【K】随一の殺し屋・潜里羽依花に他ならない。

ただ。

(だけど――それは、未来の話だ)

俺だけは既に何度も何度も何度も、吐き気がするほど見ている場面だけれど。

それでもこれは未来の話だ。今ならまだ間に合うんだ。止められるんだ。

「ふぅ……」

こきゅ、と水を喉に流し込む。

ついさっき見た夢を思い出す限り、最悪の未来は変わっていない。……だけど、そんなことは百も承知だ。天咲たちを【ラビリンス】より先にスカウトしたくらいで、追川蓮の闇堕ちを止めたくらいで極夜事件が防げるなら、きっと世界は滅んでいない。

何しろ、歴史的特異点は一つじゃないんだ。

才能犯罪組織【ラビリンス】の勢力拡大に関わる危険な出来事――だとしたら、そこには天咲や潜里が〝裏切り者〟に転じてしまう過程も必ず含まれる。

だったら俺は、俺たちは、それすらも改竄して未来を変えなきゃいけない。

……最後まで抗い続けるための〝組織〟なんだ。

一条さんを救うため――あいつらを敵じゃなく、本物の〝仲間〟に変えるため。

完全犯罪組織【迷宮の抜け穴】は今日、この世界に名乗りを上げたんだから。

♭♭　――〈side：？？？？〉――

「……ふぅん」

捕獲者統括機関本部、一条光凛と同じく〝Sランク〟に位置する捕獲者の執務室にて。

■■■は、手元の報告書を見下ろしてポツリと呟いた。

「偶然、なのかなぁ……ううん、そんなことないよね。都合が良すぎる。捕獲者の宿命に押し潰されて裏切るはずだった子が、あっという間に立ち直っちゃうなんて」

永彩学園の宿泊研修に派遣していた男が無様にも失敗した、という報告。

楽勝のはずだった。簡単な任務だった。何の障害もないはずだった。……なのに、失敗した。歴史を変える壮大な計画の第一歩があっさり挫かれた。

偶然なわけがない。

とはいえ、普通の方法で防げるはずもない。

「なら――誰か、別の結末を望んでる〝黒幕〟でも生まれたのかなぁ？」

……捕獲者統括機関に所属する、たった七人のSランク捕獲者。

その実、後に極夜事件を引き起こす【ラビリンス】の長は、興味深げに頬杖を突いた。

史上最年少のSランク捕獲者(ハンター)
一条光凛(いちじょうひかり)
誕生日：6月12日
才能(クラウン)：《絶対条例(エンペラー)》
対象に取った相手の行動を意のままに操ることができる

RESUM

あとがき

こんにちは、もしくはこんばんは。久追遥希と申します。

この度は『黒幕ゲーム　学園の黒幕ですが完全犯罪で世界を救ってもいいですか？』をお手に取っていただき、誠にありがとうございます！

いかがでしたでしょうか!?　ネタバレになってしまうので内容にはあまり触れられないのですが、秘密結社×異能×完全犯罪×未来視×学園×疑似ループ×ラブコメ……などなど、面白い要素を詰め込んだ作品にできたと思っています。前作から追ってくれている方も初めて読んでくれた方も、気に入っていただけると嬉しいです！

続きまして、謝辞です。

神懸かり的なイラストで作品を彩ってくれた、たかやKi先生。キャラデザも表紙も挿絵も何もかもめちゃくちゃ魅力的で最高です……！　ありがとうございます！

担当編集様、並びにMF文庫J編集部の皆様。久々の新作ということもあり、今回も大変お世話になりました！　引き続きどうぞよろしくお願いいたします。

そして最後に、この本をお読みいただいた皆様に最大限の感謝を。

新作『黒幕ゲーム』！　ぜひぜひ末永く推していただけると幸いです……!!

久追遥希

第2巻2024年夏発売予定！

※2024年3月時点の情報です。

―― 次巻予告 ――

未来を救うために「完全犯罪組織」の
黒幕となった来都。
次号、まさかの一条さんと急接近……！？

黒幕ゲーム

Shadow Game

MF文庫J

黒幕ゲーム
学園の黒幕ですが完全犯罪で世界を救ってもいいですか？

2024年3月25日　初版発行

著者　久追遥希

発行者　山下直久

発行　株式会社 KADOKAWA
〒102-8177 東京都千代田区富士見2-13-3
0570-002-301（ナビダイヤル）

印刷　株式会社広済堂ネクスト

製本　株式会社広済堂ネクスト

Printed in Japan　ISBN 978-4-04-683473-7 C0193

◇◇◇

【ファンレター、作品のご感想をお待ちしています】
〒102-0071 東京都千代田区富士見2-13-12
株式会社KADOKAWA　MF文庫J編集部気付「久追遥希先生」係「たかやKi先生」係

ワンコは今日から溺愛されます

夏乃穂足

幻冬舎ルチル文庫

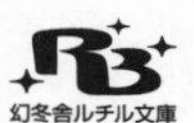

CONTENTS ✦目次✦

ワンコは今日から溺愛されます

✦カバーデザイン＝コガモデザイン
✦ブックデザイン＝まるか工房

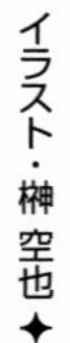
イラスト・榊 空也✦

嫌われワンコのお気に入り

第一章

千装鈴（ちぎらりん）が最初に気づいた異変は、音だった。

鈴のビーグル犬に似た大きな耳は、並の人間より遙かに聴覚が鋭い。その耳をもってしても、いつもだったら母屋（おもや）の方向から響いてくるはずの雑多な生活音——廊下の床が軋（きし）む音、台所からの水音、庭を掃く箒（ほうき）の音——が、まるで聴こえてこない。

（耳がおかしくなったのかな？）

初めはそう思って、耳を澄ませてみたりした。けれど、壁を隔てた庭からは小鳥達の囀（さえず）りが聴こえてくるし、葉と葉が風で擦（こす）れ合う音もしている。鈴の耳がおかしくなったわけじゃない。敷地全体から人の気配が消えているのだ。

そう言えば、いつもだったら使用人が日に二度運んでくる食事も、昨日の夕食の分から運ばれてきていない。もっとも、母屋の方が忙しい時には食事を忘れられてしまうこともよくあったから、ひもじいのには慣れっこなのだけれど。

昨夜は夜中だというのにずっと慌ただしい物音がしていて、なかなか寝付けなかったことも思い出す。

（何かあったのかな）

逡巡（しゅんじゅん）しながら、非常時用の呼び出しボタンをじっと見つめる。

鈴がもっと小さかった時、酷（ひど）くお腹を下したことがあった。何度吐いても楽にならず、熱も出てきたようで、初めてこのボタンを押すと、やってきたのは新入りの女中だった。

——食べ残しをお出ししたのは、そうするようにと奥さまに命じられたからです。うちは私の働きなしでは立ち行かないんです。だからどうか、どうか罰（ばち）を当てないで……！

女中はがくがく全身を震わせて、怯（おび）え切っていた。

この人は鈴が怖いのだ。使用人たちの間で、自分は罰を当てるような化け物だと思われているのだと気づき、こんなにも怖がらせてしまったことを申し訳なく思った。

——呼び出したりしてごめんなさい。このことは、他の人には内緒にしてください。

鈴は女中にそう言い含め、治るまでの二日、じっとひとりで悪寒（おかん）と嘔吐（おうと）に耐えたのだった。

それ以来、一度もこのボタンを押したことはない。

物心がついた時にはもう、鈴はひとりだった。両親や使用人達は母屋に住んでいるが、鈴は座敷牢と呼ばれているこの離れに隔離されて久しい。

腰まで届く長い髪と同じ、明るい栗色をした垂れ耳。白と栗色とで染め分けられたしっぽ。犬のような、この異形の容姿を疎（うと）まれたせいだ。

千装家は長く栄えてきた豪商の末裔（まつえい）だが、その裏で、狗神憑（いぬがみつ）きの家系として人々に恐れられてきた一族でもある。千装家の繁栄は全て、先祖が憑かせた狗神の力によるものだと、代々伝えられてきた。だが、海外貿易から手を広げて権勢をふるったかつての勢いは見る影もなく、時代の流れに乗り遅れて、今では没落の一途を辿(たど)っている。

もう何年も顔を見ていない両親も、最初のうちは鈴に何かしらの期待を抱いていたようだ。百年以上前には、鈴のような犬の耳としっぽを持つ人は時折見られたそうだし、この家でも間を空けてそういう赤ん坊が生まれていたようだ。鈴の誕生当初は、狗神さまの先祖返りだ、一族再興を示す吉兆だと歓迎したらしい。

もっとも、鈴が役立たずだとわかるまで、そう時間はかからなかったのだけれど。

一番古い記憶は、おそらく三歳頃のもので、鈴は母屋の一階の奥にある「開かずの間」にいた。背後に立つ両親からの圧に怯えながら、漆塗りの匣(はこ)を手に立ち尽くしている。匣とは言っても、つるりとした真っ黒なその直方体には蓋(ふた)も継ぎ目もなく、何とか彼らの期待通りに開けてみようとはするのだが、どうしたら開くのかわからない。

とうとう両親は匣を鈴から取り上げ、逆さにしたり叩(たた)いたりして、何とか開けようと試みた。彼らの顔が深い失望に変わり、やがて憎しみに似た表情へと変化していく様を、今でもよく覚えている。小さな鈴にも、自分がしくじったのだということがわかっていた。

怖くて泣いていると、母が腕を振り下ろした。勢いよく床に叩きつけられた背中が酷く痛み、口の中に血の味が広がっていく。ぶたれた頬(ほお)が焼けるようだった。

——それじゃ何のためにこれを授かったのよ？　産後にこれを見せられた時の私の気持ち

がわかる？　自分の腹を痛めた子が、こんな……！

——泣いてどうなる。それより、こうなったら匣を壊すしかないだろう。

泣き崩れた母の隣で、父が苛立ったように匣を机に置き、手にしていた金槌を大きく振り上げた。

と、その時、父に異変が起こった。獣のような唸り声を上げて床に倒れ、泡を吹いてのたうち回っている。母は顔面蒼白となり、助けを呼ぶことも忘れている。

幼い鈴だけが、その部屋にいる両親と自分以外の「何か」の存在を察知していた。酷く嫌な臭いが部屋に充満しており、獣めいた形をした無数の影が、部屋の四隅から押し寄せてきて、倒れた父に群がっていく。

——やめて！　もうやめて！

鈴が叫ぶと、影達は薄れ、やがて消えた。影が消えると同時に、耐えがたいような臭いも部屋から消えていた。

母も、正気を取り戻した父も、恐ろしいものを見る目で鈴を見ていた。

——なんておぞましい子。父親に狗神をけしかけるなんて。

狗神とは、あの獣めいた影のことだろうか。彼らがしたことを、自分がけしかけたのだと思われているのがわかったが、幼さゆえに、自らの潔白を証明する言葉を持たなかった。

——……あの、……鈴じゃないの。鈴は……。

——香也子。もうこれ以上、そいつに構うな。それは人外の化け物だ。

そのことがあったすぐ後から、鈴はこの離れに隔離され、今に至っている。

当時のことはほとんど覚えていないが、外から閂をかけられた扉に取り縋って泣いていた時の絶望だけは、ありありと思い出せる。鎧戸を下ろされた真っ暗な部屋の中にひとりぼっちでいると、四隅の闇から得体の知れないものが襲い掛かって来るようで、怖くてたまらなかった。

人の気配があるのは、猫用に作られた小さな上げ下げ扉から、日に二回、食事が差し入れられる時だけ。何に謝っているのかもわからないまま、ごめんなさい、ごめんなさいと、去っていく足音に向かって声を限りに叫んでも、扉を開けてはもらえなかった。

そんな夜を幾晩も過ごし、どれだけ自分が泣き喚こうが、この扉が開いて鈴が両親に受け入れてもらえる日はもう来ないのだと悟った時、鈴は泣くことを忘れた。悲しむことを手放した時、笑うことも忘れてしまっていた。

それからも、何年かに一度離れから出され、開かずの間に連れていかれて同じことが繰り返されたけれど、両親からの要求に鈴が応えられたことは一度もなかった。

それにしても、静かだ。

窓を塞がれた離れの中は昼でも暗く、高い場所にある換気用の小窓からしか昼夜を窺えない。小窓から差し込んでいた光が赤味を帯びて弱まっていき、やがて青白く変わる段になってようやく、これは尋常ではないと思い始めた。

思い切って呼び出しボタンを鳴らしてみると、母屋の方角からブザー音が聴こえてきたが、誰かが反応する様子はない。間をおいて数度、ボタンを押してみたけれど、結果は同じで、ブザー音が絶えてしまえば、ただ虫の音が夜の静寂を満たしているばかりだ。

もう、認めざるを得なかった。この屋敷には今、鈴しかいないのだ。

使用人も含めてこの館が無人になったことは、鈴が覚えている限り一度もない。人々がすぐに戻ってくる気でいるのか、もう戻ってくるつもりがないのかは不明だが、誰ひとりとして、残された鈴が飢えることを気にかける者がいなかったことは明らかだった。

離れの扉には外から閂がかけられており、小さな明かり取りの窓を除いて、開口部は全て鉄格子で塞がれている。独力でここから抜け出すことは不可能だと言っていい。

（このまま飢え死にするんだろうか）

そう思ってみても、感情が枯れきっているからか、恐怖は湧いてこない。

鈴は次の五月五日で二十歳になる。長過ぎるぐらい生きたし、もういいか、と思う。役立たずの化け物と両親から詰られたことがあるが、自分でもその通りだと感じる。

薄暗いこの離れの中で、誰とも話さず、与えられたものを食べて眠ることを繰り返すだけ。

生きているだけで両親には負担を強(し)い、使用人達からは恐れられる。誰からも存在を望まれていない。

それなら、このまま命尽きるのが、誰にとっても一番いいことなのかもしれない。

ただ一つ、心残りがあるとするならば。

「……改(あらた)兄さま」

その名前を舌に乗せただけで、真っ暗闇の世界の中に、温かな光が点(とも)ったようになる。

斑鳩(いかるが)改。この世でただひとり、醜い爪弾(つまはじ)き者である自分を気にかけてくれた人。

もしもこのまま死んでしまうなら、一目だけでいい、改の顔を見てから死にたかった。

＊＊＊

改と初めて会ったのは、鈴が八つになったばかりの頃、十二年前の五月の頭のことだ。

その日、鈴の聡(さと)い耳は、母屋に客が来ていることをとうに聞きつけていた。

心の病を患った大叔父(おおおじ)のために建てられたというこの離れには、水回りが備えられており、南側に小さな中庭があって、縁側から庭に下りられる造りになっている。

当時はまだ窓も塞がれておらず、鈴がおとなしく離れの暮らしに順応してからは、昼に中庭に出ることが許されるようになっていた。

鈴にとって、その手入れのされていないジャングルのような庭が、世界の全てだった。猛々しい雑草の香りや、草むらに生息する虫の姿、柿の木に集まる鳥達の囀り、木々の彩りが、四季の移り変わりを伝え、鈴の五感を満たしてくれる。

ただ、来客がある時にはけっして姿を見せてはいけないと固く言い聞かされていた。客が帰るまでは、庭に下りるのは勿論のこと、窓から顔を出すのも駄目だ。鈴はいつもそうするように、全ての窓の障子をぴったりと閉めて、じっと時が過ぎるのを待っていた。

だが、離れをぐるりと取り囲む高い生垣のすぐ外で、玉砂利を踏む音が聴こえてきた時、鈴の耳は僅かに持ち上がり、浴衣の中でしっぽが足の間に張り付いた。

普段は野良猫ぐらいしか訪れる者のない離れの周囲を、何者かの靴が踏みしめながら移動していく。鈴は一度聴いた音は忘れないから、足取りも靴の感じも知らない人のものだとわかる。

見知らぬ侵入者が、生垣に沿って歩いているのだ。

警戒して息を殺していると、砂利を踏む音の合間に、耳慣れない音が聴こえてきた。風の音に似ているけれど、軽快に上がったり下がったりして、何だかひとりでに体が動き出しそうな感じのする、不思議な音。

その音に耳を澄ませているうちに、そわそわしてきた。顔を見られてしまうのは絶対に駄目だとわかっているのに、不思議な音の主をこっそり見てみたいという衝動に抗えなくなる。

鈴は庭側の障子を音がしないようにそろそろと開けて、自分の体一つ分の隙間を作ると、裸足のまま庭に忍び出た。音に引かれるようにして生垣に近づき、緑の隙間に目を当てる。

そこに誰かの目があったので、「ひっ」と息を飲んで尻餅をついた。

「ああ、ごめんごめん。びっくりさせるつもりはなかったんだ。君、この家の子?」

若々しい声に一層驚いて、声も出せないでいると、

「この生垣、俺の背よりも高い上に、隙間がないんだよな。たぶん、屋敷の渡り廊下からしかそっちに行けない造りになってるんだ。生垣に登ろうと思えば登れるけど、枝を折ったら怒られそうだし。どうすればいいかな」

考え込むような間があって、足音が塀から遠のく。

侵入者は諦めて帰っていったようだ。ほっとしながらも、それを少し残念に思っている自分が不思議だった。

すると今度は生垣のすぐ傍でガサガサと音がし始め、思いがけない高い位置から「やあ!」と声がかかる。見上げてみれば、二階の高さがある木の枝に座って、ひとりの少年がにこやかにこちらを見下ろし、手を振っているのだった。

少年は木の枝から勢いをつけて飛び降りると、生垣の内側に降り立った。雑草の草むらの中に座り込んだままでいた鈴の手を引いて立ち上がらせてくれる。

中年以上の大人の顔しか見たことがない鈴の目には、少年の顔は信じられないぐらい瑞々

しいものに見えた。伸びやかな四肢に滑らかな肌、凜々しい眉や花びらのような色をした唇。何より、キラキラと輝いている瞳が、黒い星のようだと思った。青空みたいな色のシャツを着ていて、それがとてもよく似合っている。

「君の耳、それは本物？　それともおしゃれでつけているのかな」

問いかけられてやっと、自分が見知らぬ相手に姿を晒してしまった失態に気づく。

きっとまた、両親に打ち据えられる。この人も、両親のように自分をぶつかもしれない。

せっかく助け起こされたのに、また地面にしゃがみ込むと、みっともない耳を少しでも隠そうと、両手で押さえた。

「……ごめん……さい……ごめんなさい……」

「そんなに怯えないで。君と友達になりたいだけだ。俺の名前は斑鳩改。君の名前は？」

異形の姿を見ても、恐れたり嫌悪したりする様子がまるでない。信じられない思いで、恐々と言葉を返す。

「……鈴」

「鈴。君にぴったりのいい名前だね。その耳もとても似合ってる。可愛いよ」

生まれてこの方一度も言われたことのない言葉に、仰天してしまった。この醜い姿を見て気味悪がらないどころか、可愛いだなんて。この人は、随分と変わっている。

ふたりは縁側に座って、いろいろな話をした。

改が十四歳で中学生であるということ。中学では弓道部に入っていること。

今日は商談に来た父親に連れられてこの家を訪れたこと。大人同士の会話が退屈だったので早々に客間を抜け出し、庭を探検しているうちに、高い生け垣を見つけたこと。『秘密の花園』みたいな庭が隠されていたらいいなと思って、入れる隙間を探していたこと。

「本当に秘密の庭があるなんてびっくりだ。その上、風変わりで可愛らしい住人まで見つけた。抜け出してきて正解だったな」

そう言って改は楽しそうに笑った。

改の話はまるでお伽噺のようだった。テレビすらない部屋で過ごしてきた鈴には、想像も及ばないことの連続だったけれど、改を通して、世界は屋敷の外へ、さらにその先へと、無限とも思える広がりを持っているのだということを知る。

物凄くわくわくして、息が深く吸えるような心持ちになる。

「ずっとここにひとりでいるの？　幼稚園には行っていないの？」

鈴は体が小さくて言葉も覚束ないから、まだ学齢に満たない年齢だと思われていたらしい。八つになると言ったらとても驚いていた。

改は自分のことを語る合間に、鈴のこともいろいろ訊ねてきた。どうして学校に行っていないのか。離れで暮らしているのは何故なのか。こんな状態を続けているのに、外部の人間、例えば児童相談所の職員や小学校の担任教師等が介入してくることはないのか。

そう言われてみれば、何度か見知らぬ大人の人が家を訪問してきたことがある。そういう時は前日に女中達から髪や爪を切られ、全身を磨き立てられるのが常だった。初めて袖を通す洋服は、固い生地で肌が擦れてひりひりするし、無理やり足の間に押し込んだしっぽが窮屈だったから、鈴はあまり好きではなかった。

鈴の耳を初めて見た大人は皆怯み、言葉を失う。

——こんな容姿が世間様に知れたら、見世物扱いを受けるに違いありません。くれぐれもご内密に。

そう言って母がハンカチで目元を押さえて見せると、決まってその人は鈴に一言二言言葉をかけてから、そそくさと立ち去るのだった。客が帰ってしまうと、鈴はお仕着せからいつもの色褪せた浴衣姿に戻り、離れに帰される。

改の問いは、鈴には答えられないことばかりだ。

「わかりません。ごめんなさい」

「君はすぐに謝るんだね。何も悪いことをしていないのに、何故謝るの？」

ひとたび両親が怒り始めると、謝る以外の選択肢はなかったから、唇が開けば謝罪の言葉が零れるようになってしまっている。

「ごめんなさい……」

「ほら、また。これからは謝ったら罰ゲームにしようかな」

罰、と言われて、やはりこの人もぶつのかなと気持ちが沈んだけれど、改は楽しげに、「そうだな、謝るたびに歌を歌ってもらおう」と言った。

「……うたってなんですか？」

「歌を知らないの？　じゃあ、教えてあげようか。何がいいかな」

改は、いくつかの歌を歌ってくれた。『山の音楽家』、『さんぽ』、『ふしぎなポケット』。続いて歌うように言われ、夢中になって言葉と音を追いかける。

『山の音楽家』の歌詞に出てくる「こりす」や「うさぎ」を知らないと言うと、改は掌(てのひら)ぐらいの大きさのすべすべした板状のものを取り出し、鈴に見せてくれた。これが兎(うさぎ)だよ、と指し示された指の先にある豆粒ほどの動物より、心底驚かされたのは、その動物を抱いている指ほどの大きさの人間だ。

「……小さい人が！　この中に！」

板の厚みを考えると、中にいられることが信じられなくて、画面や側面を交互に確かめてしまう。鈴の様子を見ていた改が、ついに我慢できなくなったように笑い出した。

「大丈夫だよ。この人は小人じゃないし、閉じ込められてもいない。信号化された映像を受信することで、こんな風に見える仕組みになっているんだ」

屈託のない笑い声が、鈴の心の深い場所を心地よく震わせる。なんで笑われているのか、改が言っている言葉の意味もよくわからないけれど、鈴と一緒にいて楽しそうにしてくれていることがたまらなく嬉しい。

改の気安い様子に安心し、気になっていたことを訊ねてみることにした。

「さっきの、ぴゅーぴゅーっていうのも、うたですか？」

「さっき？　……ああ、あれは口笛だよ。さっき吹いたのは『My Favorite Things』」

改は口笛で、あの曲を吹いてくれた。自然とリズムに合わせて鈴の体も揺れる。

「君もやってみる？」

改は口笛も教えようとしたけれど、何度やっても小さな唇からは息が漏れるばかりで、改がまた笑い出した。

（なんて素敵な音だろう）

鈴は夢見るような心地になる。歌も口笛も痺れるように素敵だけれど、改のたてる笑い声が一等耳に心地よい。

「鈴には食物アレルギー、食べてはいけないと言われてるものはある？」

鈴が頭を振ると、改はポケットから畳まれた懐紙を取り出した。紙を開くと、中には花の形をした色とりどりの綺麗なものが五粒、入っている。

「琥珀糖。さっきお茶受けに出されたんだ。食べる？」

この綺麗なものは、食べ物なのか。恐る恐る、淡いピンク色の一粒を指先で摘まみ、舌の上に乗せてみる。途端に甘い味が口の中に広がり、全身がとろけそうになった。少し硬い外側が崩れてくると、甘さが一層濃厚に溶け出してくる。

こんなに美味しいものがこの世にあっていいのだろうか。日に二回の食事は、あからさまに歯形がついた残り物であることもあったし、菓子を与えられたこともなかったから、琥珀糖と呼ばれた甘く綺麗なものは、天上の食べもののように鈴には思われた。

ふるふると耳を震わせて多幸感に耐えていると、改がくすりと笑う。

「そんなに喜ぶならもっともらってくればよかった。全部鈴にあげるよ」

信じられないような贅沢に戸惑いながらも、誘惑に抗えず、一つ、また一つと口に運ぶうちに、懐紙の上には何もなくなる。

鈴の様子をじっと眺めていた改が、思案顔になってゆっくりと話し始めた。

「ご両親にも何か考えがあるのかもしれないけれど、君のような小さな子が、ひとりきりで長い時間を過ごしているのは、俺には酷く間違ったことに思えるんだ。ねえ、もし君が――」

その言葉を終いまで聞くことはできなかった。渡り廊下から大きな足音が聴こえてきて、離れの扉の閂が外される音が響き、鈴の父が飛び込んできたのだ。

「お前という奴は！　あれほどお客様の前に出ないようにと言ったのに！」

自分に向けられた鬼のような形相を見て、心臓が縮み上がった。父か母がこういう顔つきをしている時には、必ず後で酷く打ち据えられる。鈴は縁側から飛びのくと、さっきと寸分違わぬ仕草で庭先にしゃがみ込み、耳を手で覆った。

「ごめんなさ……、……めんなさい……」

すると、改が鈴の父の前に立ちはだかり、険しい視線から鈴を守った。

「鈴くんを叱らないでください。悪いのは私です。私が勝手に庭に入り込んだんです」

遅れてやってきた客人と思しき紳士が、焦った顔をして改を叱りつける。

「改！　他人様のお屋敷で何をやっているんだ！」

だが改は、鈴の父に強い視線を向けたまま、こう言い放った。

「千装さん。聞けば鈴くんはもう八つになるとか。満六歳から満十五歳まで、子供に教育を受けさせるのは親の義務だと習いました。もし鈴くんが置かれている環境が改善されないのなら、私は然るべき方面に報告するつもりです」

今度こそ、改の父親が蒼褪めた。

「どういうつもりだ。千装家の御当主に向かって、そんな無礼な口をきくなんて」

鈴の父は、酷く冷たい眼を改に向けている。

「我が家の不幸にどうしても嘴を突っ込まずにいられないなら、勝手にしたまえ。ただし、君の言う然るべき方面とやらが、市の福祉課や児相を指しているなら、これの状況は先方でも把握している。その上で、これは自宅で過ごすのが穏当だという判断が下されたんだ」

「申し訳ありません。この馬鹿は、自分が何を言っているかわかっておらんのです。改、謝りなさい！　早く！」

　何とかとりなそうとする自分の父親には目も向けず、さっきまでとは人が変わったような張り詰めた声と表情で、改はこう続けた。

「ご家庭の事情に口を差し挟みたいわけではありません。ただ、鈴くんにもっと家庭的で教育的な環境を与えていただきたいだけです。外部の介入が見込めないなら、……家庭教師をつけるという考えはどうでしょう。もし私を雇っていただけるなら、この家の中でのことは他言しませんし、お金も要りません。誰にとっても損のない話だと思いますが？」

　何が起きているのか理解できないまま、鈴が固唾を飲んで見守っていると、長い沈黙の後に鈴の父が言った。

「斑鳩さん。息子さんはなかなかの交渉上手だな。度胸も見上げたものだ。我が家と違い、将来有望な跡継ぎに恵まれて羨ましい限りだよ。ただし、家同士の関係や家格についても、そろそろ学んでいい頃ではないかな」

　鷹揚に笑って見せてはいるが、こめかみに浮いた筋や改を射殺しそうな視線が、父の激しい怒りを物語っている。父の怒りの恐ろしさを知っている鈴は震え上がってしまっていた。

　改の父親は、額に浮いた汗をハンカチで拭いながら、何度も頭を下げている。

「度重なる非礼を、愚息に代わってお詫びいたします。ものの道理も弁えておらん青二才の戯言と、お聞き流しください。後できつく叱っておきますので」

恰幅が良く立派な身なりをしている改の父親が、鈴の父に対して異様なまでに低姿勢でいるのが、鈴には不思議だった。改の父親の平身低頭の様子に留飲を下げたのか、

「まあ、これにもそろそろ教育を受けさせねばと思っていたところだ。いつでも、改くんの都合のいい時に来なさい」

と言って、鈴の父は矛を収めた。

「ありがとうございます」

改は深く頭を下げると、元の優しい表情を鈴に向けた。

「また来るからね。次に来た時に、君の好きそうなお菓子と、動物の図鑑を持ってきてあげる。約束だよ」

頭に載せられた掌の重みと、「次に来た時」という言葉に、じんと痺れたようになる。

(本当かな。次なんてあるのかな)

鈴を訪ねてきた大人は皆、一度きりしか現れなかったから、あまり期待してしまうのは怖いような気持ちがある。

もしも本当に改が会いに来てくれるなら、この先どんなことがあっても我慢できるような気がした。

それからの鈴は、寝ても覚めても改のことを考え続けていた。

彼が教えてくれた歌や口笛。指先サイズの人間と兎の動画。甘くて綺麗な琥珀糖。改のちょっとした仕草や表情。胸が震えるような、素敵な笑い声。

とうとう熱まで出てきたけれど、思い出すのをやめることなどできなかった。辛いことや侘しいこと以外で、鈴の胸がここまでいっぱいになったのは、初めてのことだったからだ。

魔法のようだった数時間を、あまりにも熱心に反芻し続けたせいで、全ては都合よく作り上げた夢だったのではと思いそうになってきた頃。

食事の運搬には中途半端な昼頃に渡り廊下の板が鳴って、誰かがこの離れに近づいてくるのがわかった。女中達のものではない、弾むような足取りに気づいた時、鈴の胸が激しく高鳴り始めた。続いて門が軋み、外開きに扉が開く。

そこに、期待通りの明るい笑顔があるのを知った時、喜びの余り気が遠くなりかけてしまった。今日の改は、前回とは違って白いTシャツとデニムのラフな服装だ。

「今日から毎週土曜日に、君に勉強を教えに来ることになったよ。よろしくね、鈴」

感動のあまり逆に無反応になっている鈴を見て、改が少し困ったように笑う。

「もしかして、もう俺のこと忘れちゃった?」

忘れるどころか、夢にまで見ていた。一生懸命頭を振ると、「よかった」と言って、頭を撫でてくれる。喜びを表現する術を知らない鈴が、体を固くして身に余る幸福に耐えていると、改のきりりとした目が優しそうに細くなって、白い歯が零れた。

「鈴は本当に可愛いな。俺はひとりっ子だから、君みたいな弟がいたらいいなってずっと思ってたんだ。ほら、約束していた図鑑とお菓子だよ」

そう言ってリュックから取り出したのは、動物の写真が表紙になった分厚い本と、透明な袋に入った淡い色合いの板状のものの詰め合わせだった。

「うちに来てくれているタエさんに鈴の話をしたら、これを焼いて持たせてくれたんだ」

改がアイシングクッキーだと教えてくれたそれらは、様々な動物の形をしていて、食べてしまうのが惜しいぐらい凝った細工が施されている。

それからは、その動物を図鑑で突きとめたら食べていいルールで、二人並んで動物図鑑のページを繰りながら、クッキーを食べた。

グレーのお砂糖でデコレーションされた一番大きなクッキーは、鼻の長い大きな「ぞう」。この黄色と栗色の細長いのは、首と脚の長い「きりん」。この白いのは、この前動画を見せてもらった耳の長い「うさぎ」。美しい焼き菓子はとてもよい香りがして、幸せそのもののような味がする。

犬のページになると、急に鈴の動きが止まった。「いぬ」のクッキーを片手に持ったまま、写真をじっと見つめる。毛足の短い栗色の垂れ耳に、途中から白に変わるすんなりしたしっぽが、見れば見るほど自分にそっくりだ。

「鈴は、いぬですか？」

そう問いかけると、改が驚いたように目を瞠る。

「鈴は人間だよ、勿論」

「それなら、いつか鈴の『いぎょう』も治りますか？」

期待を込めてそう言った途端、改の顔色がさっと変わった。

「そんな言葉、誰が君に言ったの？」

「ごめ……さい……」

思いがけない剣幕にショックを受けた鈴に気づき、改ははっとした様子になった。

「大きな声を出してごめん。鈴に怒ったんじゃないよ。鈴は少しも悪くない」

改はおいで、と手を広げ、おずおずと近づいた鈴をしっかりと抱きしめてくれた。

「よく聞いて。鈴の見た目は他の人とは少し違っているかもしれないけど、その耳はとてもよく聴こえる働き者のいい耳だ。俺は今のままの鈴が可愛いと思うし、大好きだよ」

抱きしめてくる体の温かさが、火傷するほど熱いものに感じられた。誰からも顧みられてこなかった鈴は、改と出会うまで、こんな風に触れられたことも、好きだと言われたこともない。

目の裏が痛くなって、喉の奥に途轍もなく辛くて熱い塊が込み上げてくる。

この、全身を絞り上げてくる感覚は何だろう。改にしがみついて声を限りに叫びたくなる、この衝動は何だろう。

「鈴にはしっぽもあるんです」

抱きしめられたまま、着古した浴衣の裾を上げると、下着をつけていない小さな尻としっぽが露わになる。だらりと垂れたしっぽごと、体が小刻みに震えてしまう。

（それでも、今のままでいいと言ってくれますか？）

「……可愛いしっぽだ。言葉にならない鈴の気持ちを、正直に伝えてくれてる。俺はもっと鈴のことが好きになったよ」

より一層強く抱きしめられて、弾けてしまう、と感じた。大きすぎる幸せを納めきれずに、体が張り裂けてしまう。

自分を醜いと思う気持ちは、そう簡単に拭い去れるものではない。それでも鈴は、優しい人を哀しませたその言葉を、二度と自分からは口にすまいと心に誓ったのだった。

「ごめんね、鈴。俺が何とかするから。鈴がこれ以上寂しい思いをしなくて済むように、できるだけ早く大人になるからね」

「今のごめんは、何のごめんですか？」

心から不思議に思って問いかけた。改は何も鈴に悪いことをしていない。悪いことをしていない時には謝らなくていいのだと、教えてくれたのは改なのに。

「……そうだね。今のごめんは罰ゲームものだ」

改は笑いながらそう言って、前に口笛で吹いてくれた『My Favorite Things』を、今度は歌ってくれた。海を渡った遠い国の言葉は、鈴にはまるで魔法の呪文のように聞こえる。

「この歌は、自分のお気に入りを一つ一つ挙げて、哀しい時にも好きなもののことを思い出せば気分がよくなるって歌ってるんだ」

そう説明してくれてから、改は「鈴にも、歌の長さに収まり切れないぐらい、お気に入りが増えていくといいね」と優しい声で付け加えた。

「一つ提案があるんだけど。次からは勉強の前に、二人で少しずつ庭の手入れをしてみない？秋になったら、鈴の好きな花をたくさん植えよう」


それから改は本当に、週に一度、鈴の部屋を訪ねてくれるようになった。

改が部屋を訪れると、まず初めに二人で庭の雑草を抜く。それが終わると、改が持ってきたランチとおやつを食べてから、勉強に入るのがお決まりの流れだ。

庭がすっかり見違える頃になると、酷く疲れやすかった鈴にも体力がつき、おどおどしていた表情も、すっかり明るいものに変わっていた。

それは体を動かしたためばかりでなく、斑鳩家の家政婦であるタエが改に持たせてくれた、バスケットいっぱいの手料理や菓子のお陰もあっただろうし、何より、夜を七つ数えればまた改に会えるという希望が生まれたことが、一番の要因だったに違いない。

自分のことは「鈴」ではなく「ぼく」と言った方がかっこいいことも、正しい箸の持ち方も、髪を洗った後には垂れ耳の内側を丁寧に拭った方がいいことも、全部改が教えてくれた。ひとりで洗いやすいようにと、髪を顎までの長さに切り揃えてくれたのも、改だ。

夏の終わりから冬にかけて、改と二人で作った庭の計画図通りに、たくさんの種を撒き、球根を植えた。覚えたばかりの平仮名で小さな札に花の名前を書き、地面に刺して回るのは、心躍る作業だった。

「想像してごらん。春になってこの庭に出るとね、いい匂いがして、どこを見ても綺麗な花が咲いてるんだ」

楽しそうにそう話す改ががっかりするところを見たくなくて、与えられたじょうろで水をやりながら、お花が咲きますようにと祈るのが、鈴の日課になった。

祈りは聞き届けられ、春になるのを待ちかねたように、庭は花々で埋め尽くされていった。空色のネモフィラと青紫のアネモネが咲く傍らで、クリスマスローズがひっそりと頭を垂れ、夕焼け色のラナンキュラスが誇らかに空を仰ぐ。

改が一番楽しみにしていたのはスズランだ。

「清らかで可愛らしくて慎ましくて。この花は君にそっくりだ。鈴の花だね」

そう言って、振ると高い音で鳴り出しそうな可憐な花が咲いたことを、ことさらに喜んでいた。

気温が高くなるにつれ、花の種類は増していく一方だ。兎みたいな姿が愛らしいフレンチラベンダーに、斑(まだら)入りの葉とふっくりした蕾(つぼみ)のシレネ、競うように次々と咲く西洋マツムシソウ。

改が鈴に与えてくれたのは、美しい庭だけではなかった。

鈴が心の中で魔法のカバンと呼んでいた改のリュックの中からは、毎週驚くようなものが取り出される。

ある週は、子供の頃の愛読書だったというマーク・トウェインやジュール・ヴェルヌが出てきた。またある週は、自分のおさがりだという電子辞書やラジカセが離れに持ち込まれた。子供向けの化学キットの時もあれば、折り紙と折り方の本の時も、スケッチブックとクレヨンの時もあった。『海底二万マイル』を読んだ後には、物語の中に登場した天気管(ストームグラス)を持ってきてくれたし、ラジオから『しゃぼんだま』の歌が流れた次の時には、シャボン玉セットを用意してきてくれた。

縁側に座って、二人で交互にストローを液に浸して、たくさんのシャボン玉を吹いた。

咲き匂う花々を映しながら空に消えていく儚(はかな)く綺麗なものを、惜しむ気持ちで見上げていると、ふいに改が手を上空に差し伸べて、シャボン玉の一つを捕まえる仕草をした。

鈴の目の前で広げられた掌の中に、透明な球体が消えることなく留(とど)まっている。不思議に思って首を傾げた鈴に、改がそれを手渡してくれた。シャボン玉かと思っていたそれは、硬くひんやりとしたガラス玉に変わっている。

「あげる。通りすがりの雑貨屋で見つけたんだ。かざしてごらん」

言われた通りに庭に向かってかざしてみると、さかさまになった楽園が直径三センチの中に閉じ込められている。いくら眺めていても見飽きることがなかった。

「ありがとう、改兄さま。宝物にします」

一年と少し前まではからっぽだった座敷も、今では宝物で溢れている。

鈴に日課をくれたストームグラスやじょうろ。知識の泉である図鑑や電子辞書。ひとりの夜の恐怖を払い、喜びで満たしてくれるラジカセ。いつも枕元に置いている万華鏡は、一つ一つビーズを選んで二人で組み立てたものだし、その隣に置いた星座板は、一緒に星座を探した思い出に繋がる大切なものだ。

目を閉じれば、凍えるような夜空を指さしていた改の声を、やすやすと思い出せる。

――三つ子の星が並んでいるのがてんびん座。その右上がおうし座で、オレンジ色の星がアルデバラン。左下がおおいぬ座で、あのひときわ眩しく輝いている白い星がシリウス。

急に胸がいっぱいになって、思わず「ごめんなさい」と言っていた。

「何に謝ってるの？」

「ぼくには改兄さまにあげられるものが何もない」

「もらってるよ。たくさんもらってる。鈴の目を通して見る世界は、新鮮でとても綺麗なものに見える。家業を継ぐのは生まれた時から決まっていたことだけど、今では俺にも自分なりの目的が生まれた。人が人からもらえるものは、形あるものだけじゃないんだよ」

しみじみとした声でそう言った後で、「鈴。罰ゲームだよ」と茶目っ気たっぷりに歌うことを促してくる。

鈴は少し考えた後、細く澄んだ声で歌い始めた。

琥珀糖にアイシングクッキー
シャボン玉にストームグラス
星座　口笛　花の種
全部大好き　宝物

本当は、こんな短い歌には到底収まり切れない。改がくれたものは、立派なものもそうでないものも、後に残るものも残らないものも、等しく鈴の心に燦然と輝く宝石だ。

『My Favorite Things』のメロディに乗せた歌を、改は染み入るような目をして聴いていた。

「……鈴は本当に可愛いね。素敵な歌をありがとう」

囁くような声で落とされた言葉を聴いて、鈴は、とてもとても幸せだと思った。

二人の幸福な時間が突如終わりを告げたのは、鈴の十歳の誕生日まであと一週間ほどとなった、四月の末にしては妙に底冷えのする夜半のことだった。

縁側の鎧戸が外から開けられる音に驚いて飛び起きると、「鈴。俺だよ」と聞き慣れた声がかかる。それが大好きな人の声であることにほっとしたのも束の間、改の緊迫した様子と物々しい大荷物に気づき、何か普通でないことが起きようとしていることを察知した。

「夜中に驚かせてごめん。今から大事な話をするからよく聴いて。俺は九月からアメリカの高校に行けと言われてる。親父が勝手に手続きを進めていて、このままだと来週には日本を発たなくちゃならない。でも、君をこんな場所に置いては行けない。鈴、この家を出て、俺と一緒に逃げよう」

鈴は深く考えることなく、すぐに頷いた。詳しい事情がわからなくても、迷いはない。改が一緒に行こうと言うなら、地獄の底でもついていく。

「ごめんね。持ち物を全部は持って行けないんだ。落ち着き先での暮らしが軌道に乗ったら、必ず同じものを手に入れてあげるから。友達のうちの別荘が軽井沢にあって、そこにしばらく居させてもらえることになってるんだ。少しなら貯金もあるし、バイト先も当たりをつけてある」

持って行けるのは一つだけと言われて、酷く迷ったけれど、シャボン玉の思い出がこもったガラス玉を選ぶことにした。庭を閉じ込めて見せてくれたこれがあれば、いつでも大好きな庭にいる気持ちになれると思ったからだ。

動きやすいようにと、改から与えられた薄手のスエットの上下に着替え、コットンニット地の帽子で目立つ耳をしっかりと隠した。高い生垣を改の助けを借りてよじ登り、足音を潜めて屋敷の敷地を移動する。

塀の内側には、どこから持ってきたのか梯子(はしご)が立て掛けられていて、先に上まで登った改が、鈴に手を差し伸べてくれる。大きな手につかまって梯子を上ると、星空がぐんと近くなった。

塀のてっぺんからは、月光に光る家並と、まばらな街の灯(あか)りが見える。改と一緒なら少しも怖くはなくて、冒険への期待で胸が弾むばかりだ。

「手をこうしてつかんでいてあげるから。鈴が先に下りるんだ」

この塀の向こうに降り立てば、未知の世界へと踏み出せる。

と、思ったその時。

塀の上に跨(またが)って鈴を手助けしていた改が、急に苦しみ始めた。喉の奥から尋常でない唸り声を出し、胸をかきむしりながら、塀の内側に落ちていく。

「改兄さま！」

夜の闇よりもっと濃い影が、改の上に折り重なっていくのを見て、心臓が冷たくなった。これは開かずの間の匣を壊そうとして、父が襲われた時と同じ。

狗神が改を襲っているのだ。

「やめて！　改兄さまから離れて！」

鈴が大声で叫ぶと、母屋のあちこちで灯りが点(つ)いた。塀の上から飛び降りて、倒れた改に取り縋り、黒い無数の影を細い腕で追い払おうとする。

前の時には、鈴が叫んだら狗神は消えたのに、折り重なる影は増えていくばかりで、退く気配はない。泡を吹いて痙攣(けいれん)している改が今にも死んでしまいそうで、恐ろしくてたまらなくなる。

怖い。どうしよう。どうすれば助けられる？

「あっちに行け！　……誰か！　誰か兄さまを助けて！」

複数の足音が響き、二人の周囲に人垣ができると、黒い影達が消えた。もがき苦しんでいた改の動きも止まり、ようやく狗神が去ったらしいことを知って、心底ほっとした。

「何の騒ぎだ。そこにいるのは、斑鳩の倅(せがれ)か？」

月を背中に背負った黒々とした姿は、鈴の父だ。その後ろに、胸元で両手を握り合わせている母の姿も見える。

地面に落ちた大きな荷物と鈴の身支度をざっと眺めた父が、冷ややかな声で使用人達に命じた。

「二人を客間に連れていけ。暴れるようなら縛ってしまえ」

それからのことは、まるで悪い夢のように現実感がなかった。改が放せと何度も叫んでいたこと、そのたびに取り押さえられて、最後には鼻血と擦り傷で血塗れになってしまったことを、断片的に覚えている。最後には二人共縄で縛られ、閉じ込められた。

一時間ほどしてやってきた改の父親は、憔悴しきった顔をしていた。床に押さえつけられた改と鈴を一瞥するなり、ソファに座っている鈴の父の足元に這いつくばった。

「このたびは、息子がとんだことを……！」

床に額を擦り付け、懇願する。

「お怒りはごもっともです。私が同じ立場でも、簡単に許せることではないと思います。ですが、ボストン留学を前にして、息子なりに思いつめたあげくの愚行です。今後は二度とお屋敷にもご子息にも近づかせません。向こう七年は日本の土も踏ませないと誓いますから、どうか、警察沙汰にだけは……！」

その必死の様子を見て、この人は息子を心から愛しているのだと鈴は思った。それに対して、鈴の父の態度は、息子をさらわれかけた親としては冷静すぎるほどだ。

「謝罪の言葉はもうたくさんだ。それより、この件の落とし前をどうつけるおつもりか。まさかとは思うが、頭を下げただけで済むとでも？」

「勿論です。すぐに動かせる動産が三千万あります。それで――」

「三億。勿論、条件を飲むも拒むもそちらの自由だ」

鈴には父の表情が、舌舐めずりでもしそうなものに映った。改の父は、絞るような汗をハンカチで拭い、掠(かす)れた声で言った。

「少し猶予をいただければ、二つほど不動産を手放します。ご指定の金額を揃えましたら、息子の不祥事はここだけの話にしていただけますか？」

大人二人の金の話に、依然として床に押さえつけられたままでいる改が割って入った。

「父さん。そんな必要はないよ。俺が逮捕されれば、鈴の存在は公になる。むしろその方がいい」

「馬鹿なことを言うんじゃない。そんなことをしたって何も状況は変わらんし、坊ちゃんだって辛い思いをされるだけだ。まだそれがわからないのか。本来なら高校入学と同時に留学する予定だったのに、お前のわがままで延び延びになってしまったんじゃないか。お前だって将来のある身なんだぞ」

「こんなことを見過ごしにして築いた将来に何の意味がある？　この家の人は誰も鈴を愛していない。ただ狗神が怖いからという理由で、座敷牢に閉じ込めて、飼い殺しにしているだけだ。どうして誰も立ち上がらない？　どうして誰も、この子を本気で救おうとしないんだ。信じられないよ。こんなことが現代の日本でまかり通っているなんて」

改の声が、だんだん悲痛なトーンを帯びる。

「千装さん、お願いです。鈴を俺に下さい。人生を賭けて鈴を幸福にすると誓います。俺が鈴の家族になります」

「いい加減に聞き分けろ、改」

息子を諭そうとする改の父親の声は、酷く疲れていた。

「斑鳩グループは、千装家の御用聞きからここまで大きくなった。お前がやろうとしていたことは誘拐なんだぞ。大恩がある千装家に仇をなす行為だ。しかも、その坊ちゃんは狗神さまに守られているそうじゃないか。お前も今夜こそ身をもって知っただろう。初めからお前の手に負えることではなかったんだ。一度日本を離れて、頭を冷やせ」

改の父親が放った言葉に、はっと胸を衝かれた。「狗神さまに守られている」という一言が、黒い光となって、恐ろしい真実を照らし出す。

狗神が改を襲ったのは、鈴を逃がそうとしたからだ。鈴がこの屋敷の敷地から出ようとすれば、それを手伝った人間に災いが降りかかる。

鈴を疎んじているはずの両親が、この屋敷から鈴を出そうとしなかったのは、ただ外聞のためばかりではなく、それが不可能なことだと知っていたからかもしれない。

狗神が自分の味方なんかじゃないことは、本能的にわかっている。その証拠に、鈴が殴られていようが、食中毒を起こして苦しんでいようが、狗神が反応したことは一度もなかった。

狗神は、鈴が苦境にあっても平気で見殺しにするのに、屋敷の敷地から出ることは許さないのだ。

（どうして、……どうして）

何もしてはくれないのに、どうして自由にしてはくれないのか。

塀の上から一瞬だけ見えた、月に光る家並が、瞼の裏に蘇る。あの瞬間、世界は確かに触れられそうなほど近くにあって、視線のさらに先へと限りなく広がっていた。

あの果てしない世界のどこかでひっそりと、改と一緒に暮らすことができたなら。想像の中の光景に激しい憧憬を覚えて、胸が締めつけられたが、鈴はその憧れを手放そうと心に決めた。

改がこの家から鈴を連れ出そうとすれば、今夜のようなことが何度でも起きるだろう。あんなことを繰り返したら、改は今度こそ死んでしまうかもしれない。

そんなことになるぐらいなら、鈴は一生、籠の鳥でも構わない。

「改兄さま。ぼくは行けません。この家が、ぼくの居場所だから」

「……鈴」

改の顔が酷く歪むのを見ていられなくて、正座の形で折り畳まれた己の膝を見つめる。自分のために手段を選ばずここまでしてくれた人を、失望させてしまったことが辛い。きっと自分の発した言葉は、改にとっては裏切りにも等しいものだったに違いない。

「俺は諦めない。なにか方法があるはずだ。必ず迎えに来るから待っていて。鈴、鈴！」

廊下を引き立てられていく間も、改はずっと名前を呼んでくれていた。

(兄さま。改兄さま)

ごめんなさい。今日までありがとう。どうか、どうかお元気で。

敏い耳が車の走り去る音を聞いた時、急に体から力が抜けて、後ろ手に縛られたまま床にくずおれてしまった。

「末恐ろしいわ。まだ子供のくせに、ああまで男をたらし込むなんて」

「それで三億手に入ったと思えばいい。これにかかった金も、充分元は取れた」

頭上で聴こえる両親の声が、やけに遠い。

父は温度のない声で、「離れに連れていけ。二度と逃がすな」と使用人達に命じると、妻を伴って居間を出て行った。両親が床に倒れている息子に関心を示すことは、一度もなかった。


長い夜が明けた時、鈴にはもう、中庭に出る自由すらなくなっていた。

全ての窓の鎧戸は釘で打ち付けられ、さらに外から鉄格子が嵌(は)められた。庭に続く掃き出し窓も、完全に開口部を塞いで壁にされてしまった。

改と会えなくなっても、鈴は教えられた習慣を守っていた。

朝一番にストームグラスを眺めて外の天気を想像し、食事の後は歯を磨く。それから、持っている教材で自分なりに勉強をして、足腰が弱ってしまわないように、座敷の拭き掃除をする。

義務感からしていたことではない。体の洗い方も歯の磨き方も、自分の中に蓄えられた知識は全部、改がくれた大事なものだから、どんなに小さな欠片(かけら)だってなくしてしまいたくはなかったのだ。

時々、改が柱に取りつけてくれた身長計で、背の高さも測った。改と出会ったばかりの頃には百センチにも満たなかった身長は、離れ離れになるまでの約二年で、百二十五センチにまで伸びていた。それからも印は刻まれ続けていったが、百六十センチに達した頃に、とうとう頭打ちとなった。

日課にしていることを済ませてしまうと、昼でも照明が必要な部屋の中で、ニュースもラジオ英会話も音楽番組も、手当たり次第にくまなく聴いた。鈴にとって外との繋がりは、改がくれたラジカセから流れてくる音だけだったからだ。

ある夜、ふいにラジオから『My Favorite Things』が流れてきたことがあった。

そのメロディを耳にした途端、全身が搾(しぼ)り上げられたようになり、痛みのためにこのまま死んでしまうのではないかと思った。慟哭(どうこく)するように体がしゃくり上げても、泣けない鈴には、痛みの塊を涙で押し流すこともできない。

鈴にできることは、ただひたすらに祈ることだけだった。

どうか、改が遠い異国の青空の下で笑っていますように。鈴のことなど忘れてしまって構わないから、あの優しい人に相応しい幸せの中にいますように、と。

＊＊＊

屋敷に閉じ込められたまま置き去りにされたことを知ってからは、水を飲む時以外は布団に横たわって過ごしている。

胃を握りつぶされるような空腹の痛みはもう感じなくなったが、入れ替わるように体力が衰えていくのがわかる。今朝、枕元のストームグラスを確認しようとして取り落としそうになったことで、それに気づいた。

屋敷が無人になってから、二日が過ぎた頃から日を数えることを止めてしまったから、何日が経過したのか、もうわからない。まだ四月？　それとももう五月に入っただろうか。

何かが起きるのは、いつも春だった。いいことも、悪いことも。

自分の命に価値を感じていないし、死ぬのもさして怖くない。なのに、無意識のうちに少しでも体力を温存する選択をしているのが、我ながら謎だった。本心ではまだ生きていたいと思っているということか。だとすれば、それは改の顔を一目見たいという思いが、強い未練になっているせいだと思う。

あれからずっと改のことを考えている。六つ年上だった改は、もう二十六になっているはずだ。今頃は、どれだけ立派な青年になっていることだろう。

ずっと握りしめているせいで温くなったガラスの玉を覗き込むと、瞼の裏に、二人で丹精した美しい庭が蘇る。庭の情景はそこにあるようにありありと思い出せるのに、改の顔は思い出そうとすればするほど、うまく像を結ばないのがもどかしい。写真の一枚も持っていないのが、残念でならなかった。

かつて改に歌ったことのある、鈴バージョンの『My Favorite Things』を、かさかさになった唇に載せてみる。

「……琥珀糖にアイシングクッキー、シャボン玉にストームグラス……」

それにしても寒い。春だというのに酷く寒くて、奥歯が鳴る。

「星座、口笛、花の種、……全部大好き、宝物……」

改には聞かせることの叶わなかった続きの歌詞を、ひとりぼっちの冷たい座敷で、そっと口ずさんだ。

「寒くて、ひもじくて、寂しくても、……思い出すんだ宝物、ぼくは大丈夫」

そうだ。自分にはこの部屋いっぱいの宝物と、改の授けてくれたたくさんの知識、そして思い出の中の庭がある。

（だから大丈夫）

誰に向かって言っているのか。立ち上がることも難しいほど衰弱しながら、何を大丈夫だと言うのか。自分でもわからないまま、ただ頭の中で歌詞をリフレインして、大丈夫、大丈夫だと繰り返す。

やがて、意識が遠くなったり近くなったりし始めた。気を失ってしまったらそのままになってしまうような気がして、改の顔を思い出すことに集中する。思い出せるのは、男らしくきりりとした眉や、まるで黒い星のように輝いていた両の瞳、少し骨ばった指や四角い爪といったパーツばかりだ。

覚えているパーツを組み合わせて、何とか二十六歳になった彼を想像しようと試みていると、母屋の玄関扉を開ける音が響いた。

（誰か、帰ってきた……？）

弱った体を布団から起こし、聴覚を研ぎ澄ませる。

続く複数の足音は、荒々しく覚えのないものだった。土足で上がったのか、靴底が板を鳴らす硬い音の合間に、部屋のドアを開ける音、引き出しを引く音が響いてくる。部屋に入っては中を確認しているようだ。

「ほとんど空だな。金目のものは全部運び出しやがった」

「家屋敷だけで充分回収できる。なにしろ高級住宅街にこの広さだ」

「この辺りじゃ『狗神憑きの化け物屋敷』で通ってんだろ？　買い手がつくのかよ。……何だ？　この真っ黒い匣は」

「置いてったぐらいだ、どうせ金にもならねえがらくたさ。この屋敷の買い手なら、もういたってよ。なんでも市価の三割増しの価格で買い取るって話らしい」

廊下の床板が軋む音が、少しずつ近づいてくる。緊張のあまり、喉がごくりと鳴った。

侵入者は二名、どちらも男のようだ。

彼らがどんな人達なのかはわからない。酷く怖い人達かもしれないが、それでも、ここに取り残されたままでは、確実に死に至る。まずは見つけてもらうことが先決だ。

鈴は勇気を振り絞って声を出した。

「……ここに、います」

長い間人と話していないせいで、蚊の鳴くような声しか出ない。今度はふらつく体に力を入れて、懸命に叫んだ。

「閉じ込められています！　助けて！」

「……今、声がしなかったか？」

「よせや。化け物屋敷で」

聴こえているらしいことに勇気を得て、「助けて！　ここから出して！」と声を限りに叫ぶと、今度こそ男たちの動きがぴたりと止まった。

「嘘だろ。誰かいやがる」

渡り廊下が重く軋み、閂を抜く音がして、離れの扉が十年ぶりに開く。十年の間、薄暗い座敷の中でだけ暮らしてきた眼には、差し込んできた陽光が強烈すぎて、視界が真っ白になる。眼がようやく慣れてくると、男達の姿が鮮明になる。どちらも体格はいいが、人相が悪い。ひとりは半袖から覗く丸太のような腕に裸の女の絵が描かれていて、もうひとりは口に金属の輪がいくつも嵌まっている。

「……これが噂の化け物か。厄介なものだけ置いていきやがって。どうする？」

「獣姦もので荒稼ぎしてる知り合いなら、いい値で買ってくれそうだ」

「これ、本物か？」

腕に絵のある方の男が、いきなり鈴の耳をつかみ、強く引っ張ってきた。思わず「痛っ」と声を上げると、

「マジかよ。気持ち悪ぃ」

突き飛ばされて床に叩きつけられ、浴衣の裾が乱れて、真っ白な脚とその奥が露わになった。

「しっぽまでついてやがる。その上、雌かと思ったら雄かよ。こんな眼ばかりでかいガリガリのガキ、本当に金になるのか？」

粗野な男が鈴を「雌かと思った」と言ったのは、栄養不足で小柄な体と、十年の間鋏を入れられることのなかった腰まで届く髪のせいだろう。

「ゲテモノ好きはいるからな。それに、その知り合いはスナッフビデオも扱ってるから、誰にも探される心配のないガキなら、喜んで引き取るさ」

「獣人らしさを出すなら、耳は立ってた方がいいんじゃねえか？　切ってみるか。ドーベルマンみたいに」

品定めする目でじろじろと眺められ、角度を変えるために靴先で転がされる。自分が物になってしまったような気がした。

ずっと、ひと目で他の人とは違うとわかってしまうこの耳が嫌いだった。せめて耳だけでも人並みだったらと、何度願ったか知れない。

でも懐かしいあの人は、働き者のいい耳だ、可愛い、大好きだと言ってくれたのだ。この耳を切られたら、改との繋がりがまた一つ消えてしまう。

(改兄さまに会えても、ぼくだとわからないかも)

「とりあえず商談用に何枚か撮っとくか。ほら立てよ」

口に輪をつけた男が乱暴に鈴の細い腕をつかみ、壁際に立たせようとしたが、絶食と恐怖のせいで足がわななき、立ち上がることができない。

「ふざけてんじゃねえぞこの化け物が。とっとと立てや！」

蹴り(け)つけられる痛みに備えて、掌の中のガラス玉をぎゅっと握りしめた、その時。

渡り廊下を走ってくる足音が響き、開いたままだった戸口から、誰かが室内に向かって叫

んだ。

「その子から離れろ！」

薄暗い室内を、鋭い声が射抜く。

逆光になっていて、長身のシルエットしかわからない。だが、その声を聞いた途端、雷に打たれたように動けなくなり、血潮が激しく渦巻き始める。

（そんな、まさか）

期待してはいけない。だって、もし違っていたら、今度こそ心が折れてしまう。

でもこの十年、日毎夜毎に頭の中で再生してきた声を、聴き間違えるはずがない。

男が部屋の中に入ってきて、力強い腕が鈴を助け起こした。ふわりと浮き上がる感覚がして、光差す場所で男と向かい合わせになる。男の全身にも陽光が当たり、ようやくその姿がはっきりと見えた。

肉体は十年前よりずっと精悍になり、瑞々しかった肌も大人の男のものに変わっていて、別人のように見える。でも、それだけは以前と少しも変わらない声で、「鈴」と慈しむように名前を呼んでくれた。

「遅くなって済まなかったね。もう大丈夫だから」

「……改、兄さま」

掠れた声で、世界一好きな名前を呟くと、ずっと押さえつけてきた蓋が内圧で弾け飛ぶように、全ての抑制が効かなくなる。

「ああ……、あああああ、ああああああ！」

泣けない鈴にできるのは、腹の底から絶叫することだけだった。長い叫びが途絶えると同時に、硬直していた体がぐにゃりと崩れる。抱きとめられて、覚えていたより厚くなった胸の温かさに気が遠くなった。

「誰だァお前？」

「そいつは俺らの商品だ。舐めた真似（まね）してっと頭の皮を引っ剝がすぞコラ」

男達が剣呑（けんのん）な声を出して詰め寄ったが、改は男達に怯む様子もなく、一枚の紙片を突き付けた。

「この屋敷を購入した者だ。中の品ごと引き渡す条件で、話はつけてある。勿論この子も購入条件のうちだ。疑うなら上の人間に確認しろ」

改を睨めつけたまま誰かに連絡を取っていた口輪の男が、二言三言話した後、「間違いねえようだ」と言った。

「それじゃ俺らは帰りますんで」

脅したことなどなかったような顔で、粗野な男達が離れを出ていく。

「立派な肩書並べた男前が、ゲテモノ好きの変態かよ」

ひとりが聞こえよがしにそう言い、もうひとりが下卑（げび）た笑い声をあげた。

男達が去ると、改は鈴の乱れた髪を顔からかき上げてくれた。

「随分大きくなったね。こんなに弱って……。千装家が売りに出されたと連絡を受けて、すぐに帰国したんだが、手遅れになる前でよかった。もう何も心配しなくていい」

体に力が入らないでいると、横抱きに抱き上げられて、布団の上に横たえられた。力が抜けた手から、大事なガラス玉がささくれた畳の上に転がっていく。

「……これは……」

「宝物、……ぼくの、大事な宝物」

改は拾い上げたものをじっと眺めてから、布団の上に力なく置かれた薄い掌の上に載せてくれた。手に馴染んだ滑らかな感触にほっとする。

「医者を呼んでくるから、待っていなさい」

そう言って立ち上がりかけた改を、必死の思いで呼び留める。

「行かないで」

「すぐに戻るから」

緊張の糸が切れたのと栄養失調とで、もう意識を保っていられそうにないが、目覚めた時に改がいなくなっていたらと思うと、目を閉じてしまうのが怖い。

改は再び枕元に座り、鈴の肩まで毛布を引き上げてくれた。

「わかったよ。ずっと傍にいる。だから安心しておやすみ」

穏やかな声が疲れ切った全身を抱きとると、鈴は今度こそ、抵抗できない深い眠りへと落ちていった。

第二章

瞼を開くと、天井飾りのクリーム色の濃淡が目に入った。シャンデリアのガラスにカーテン越しの光が当たり、七色の光を壁に投げかけている。

（……改兄さまは？）

慌てて飛び起きようとした鈴に、「急に動いては危ない」と声がかかる。それが世界で一番聞きたかった声であることを知って、安堵の吐息が漏れた。

「点滴の針が抜けてしまうからね。君は酷い低血糖で、二日も昏睡していたんだよ」

そう言われて、自分の腕に透明な管が繋がれているのに気づく。続いて、自分が着ているのがいつもの古い浴衣ではなくタオル地のガウンであること、いつもの薄い布団ではなく、小柄な鈴には大きすぎるような立派なベッドに横たわっていることを知った。

母屋に入ること自体が数年振りで、「開かずの間」以外の屋敷の部屋を見たのも三歳の頃以来だが、朧な記憶を辿って、ここは客用寝室のどれかだろうと当たりをつける。

「眩暈はする？　寒気は？」

鈴が頭を振ると、改は「よかった」と言って表情を和らげた。

こんな顔をした人だっただろうか。そう思いながら、鈴はベッドの傍らに座る男の顔をまじまじと見つめた。

秀でた額に高く通った鼻筋、意志の強そうな眉と、くっきりと硬そうに見える薄い唇。パーツはよく知っていた少年のものと違いはないのに、同じブロックを使って別の形を組み立てたかのように、全体の雰囲気はまるで違っている。

昏睡に陥る前に見た時は、極限状態でよくわからなかったけれど、改は鈴が漠然と想像していたよりずっと大人になっていた。上等そうなスーツを着て、かつての少年らしい潑溂とした明るさに、落ち着きと近づきがたさ、そしてある種の翳がとって代わっている。

「お腹が空いただろう。今、お粥を作ってもらっているから」

青年になった改は、いかにも裕福そうで威厳があった。昔からの縁がなければ、鈴など話しかけることすら憚られただろう。そっくりな顔立ちの別人だと言われた方がしっくりくるほどだ。

それでも、この人が懐かしい改兄さま、十年の間、鈴が焦がれ続けてきた人なのだ。

(夢みたい……)

そう思っていると、ドアをノックする音がして、小柄な婦人がトレーを持って部屋に入ってきた。低い位置で結われたグレーの髪を見て、お年寄りかと思ったが、柔和な丸顔に目立った皺はなく、艶々として血色もいい。

「鈴。この人はこの家のことを任せることになったタエさんだ。昨日から住み込みで来てもらっている」

「はじめまして。大村タエと申します。何でも遠慮なさらずに言ってくださいね」

タエ、という名前に聞き覚えがあった。

「……昔、アイシングクッキーを作ってくださった？」

「まあ。覚えていてくださったんですね。そうですよ。昔、ぼっちゃんがこちらにお持ちしたお菓子を作っていたタエです。斑鳩家のお屋敷で働いていましたが、こちらに来ることになりました」

改が「ぼっちゃんはよしてくれ」と弱ったように眉を下げる。

「あらあら。タエにとっては、ぼっちゃんはぼっちゃんですよ。夜泣きの時には奥様と交代で抱っこしましたし、おしめだって替えて差し上げたんですから」

参ったな、と言って髪をかき上げる改に、タエが愛情深い母親のような、まあるい笑顔を向けている。優しそうな人だ、と思った。話し方もおっとりと楽しげで、怖いところがどこにもない。そして、改のことをとても好いている。

鈴が体を起こそうとすると、改が手を貸してくれた。鈴は居住まいを正すと、タエに向かって頭を下げた。

「あの、たくさんのお菓子やお料理を、ありがとうございました。どれも本当に美味しくて、毎週とても楽しみにしていました。ぼくはあの二年で、二十五センチ背が伸びました」

タエは「まあ……」と喉を詰まらせたが、湿っぽくなりかけたのを振り払うように明るく言った。

「それなら、これからもっと楽しみにしていただけるように、腕によりをかけないといけませんね。さあ、冷めないうちに召しあがってくださいな」

改がトレーを受け取り、木製のスプーンで白粥を掬った。そのまま鈴の口元に運んでくる。あまりにも迷いのない動作だったので、鈴もつられて口を開いた。

とろりと半透明なお粥の、素材の甘みとだしの風味、ほんのりした塩味。これまでに食べたどんなものより美味しくて、貪るように食べた。一口ごとに滋味が染み渡る。

「美味しい？」

餌を求める雛のように夢中で食べながら、改の問いかけにこっくりと頷いた。

「よかったですねえ、ぼっちゃん。長年の夢が叶って」

二人の様子を見守っていたタエが、しみじみとした口調でそう言うと、改が憮然としたような面持ちになる。

「後は俺がやる。ここはもういいから」

「はいはい。邪魔者は消えますから、どうぞごゆっくり」

笑いながらタエが退出し、ドアが閉まる。

「まったく。いつまで子供扱いするつもりだ」

改は、どんな顔をしたらいいのかわからないような曖昧な表情を浮かべている。

こういう顔をしていると、厳めしさすら感じる大人の顔に、かつての兄のようだった人の面差しが二重写しになる。

(ああ。本当に改兄さまなんだ。夢みたいだけど、夢じゃないんだ)

懐かしさと慕わしさで胸がキュッとなった。お粥のお陰でお腹はいっぱいになったけれど、長い間の心と目の飢餓感は簡単には癒えなくて、改の顔を飽きることなく眺めてしまう。

なんて素敵な人だろう。なんと立派になったことだろう。

「俺には母親が二人いるようなものでね。実母は九年前に亡くなって、タエさんにはずいぶん世話になった。そのせいで今も頭が上がらないんだ」

鈴にとって母とは慕わしい人ではなく、ほとんど顔を合わせることもない他人同然の存在だったから、改の気持ちを自分のもののように感じることはできなかった。それでも、母を亡くした話をした時に改の顔がふっと翳ったことで、彼にとっては実母がとても大切な人だったのだということをぼんやりと理解し、彼のために胸を痛めた。

そこで改は表情を改めて「鈴。もうすぐ二十歳の誕生日だね」と言った。

「今日は何日ですか?」

「四月二十八日だよ」

離れに閉じ込められて置き去りにされたことに気づいた時、誕生日まであと二週間だと思った記憶がある。この二日、昏睡していたと聞いたから、救出されるまでに五日経っていたということか。

「元気になったら誕生日のお祝いをしよう。その時に話したいこともある。でも今は、ゆっくり休むことだ」

横になるように促されたが、さっきから尿意を覚えていた。

「あの、おしっこがしたいです」

「ああ、そうか。点滴スタンドもあるし、ひとりでは難しいだろう」

改に付き添われてトイレに行き、ガウンの裾を持ってもらいながら用を足した。長い間人と交わることなく育ってきた鈴は、精神的に幼いままで、人前で陰部を露出することにも、羞恥(しゅうち)や抵抗を覚えない。

部屋に戻って肩まで毛布を引き上げられ、寝かしつけられる瞬間まで、ただただ幼児のように無敵で幸福な気分に包まれていた。

これからは、何もかも改の言う通りにしていればいいのだ。改のすることに間違いなどあるはずがないのだから。

鈴はめきめき回復していった。

点滴が外れ、食事も柔らかいものから普通食に変わる。腕を振るうと言った言葉通り、タエが用意してくれる食事はどれも信じられないぐらいに美味しくて、毎日の食事が鈴の大きな楽しみになった。

ダイニングテーブルはとても大きかったが、鈴と改は隣り合って座る。改が鈴に食事の仕方を教えたり、世話をするためだ。

子供の頃に改が教えてくれたから、箸はかろうじて使える。けれど、孤食が当たり前だった鈴は、テーブルマナーもまるで知らなかったし、ナイフもうまく使えない。

改はそんな鈴のために、口いっぱいに頬張らなくても食べ物は逃げていかないことや、会話は咀嚼(そしゃく)が終わってからでも間に合うことを、ゆったりと優しく、時にユーモアを交えて教えてくれた。そして食事のたびに、鈴の分の煮魚の骨を外してほぐし、肉を一口サイズに切り分けてくれるのだ。

給仕しながら、タエは鈴の好みや苦手なものを知ろうとした。

「子牛のカツレツは、生ハムとバジルを挟んで揚げてあります。ソースには白ワインを使っていますよ。お口に合うといいんですけど」

あー、と精一杯口を開けて、改によって切り分けられた一片をフォークで口に運ぶ。さくり、という軽い食感と共に香草の香りが鼻を抜け、じゅっと染み出した肉汁の旨味が口の中いっぱいに広がる。鈴の耳が飛行機の翼みたいになり、ただでさえ大きな目がまんまるく見開かれた。

　肉は驚くほど柔らかかったし、下敷きになったトマトの味のソースにはマッシュルームやパプリカがゴロゴロ入っていて、絡めて食べると一層風味が豊かになる。

　鈴は食べることに夢中になってしまい、返事をすることすら忘れてしまった。

「返事は聞くまでもないようだね」

　愉快そうに笑う改の声ではっとなる。

（いけない。お返事してなかった！）

　慌てて「おいひいれふ」と言ってから、口いっぱいに頬張った状態で話すことは無作法だったと気づき、一生懸命に急いで咀嚼して飲み下してからもう一度、「美味しいです」と答えた。

（美味しいなあ……、美味しいって凄く幸せ）

　カツレツだけでなく、自家製ドレッシングをかけたサラダも、生野菜がパリパリシャキシャキしていて、口が幸せだった。

　離れで食べ残しを出されていた時にも、特に不満は持っていなかった、というかいつも空腹でそんな余裕すらなかったのだけれど、毎日のように史上最高に美味しいものが更新されていくから、鈴の好物は今のところ、タエが作ってくれた料理全部だ。

「鈴さんは本当に美味しそうに食べてくださるから、作り甲斐がありますね」

そう言いながらタエがメロンを出したので、鈴の耳はほとんど水平になる。

「作り甲斐がなくて悪かったな」

拗ねたような改の言葉にタエが笑う。

「給仕をありがとう。さあ、タエさんもこちらに来て一緒に食べよう」

ひとりぼっちでの食事しか知らない鈴は、三人で賑やかに食卓を囲んでいると、たまにぐっと喉が押し上がってくることがある。凄く幸せなのに、喉が辛くて苦しいような、不思議な気持ち。それが泣きたい気持ちであることも知らず、そんな時鈴は水をたくさん飲んで、正体不明の塊を飲み下すのだった。


まだふらつくこともある鈴がひとりで転びでもしたら大変だと言って、改は風呂も一緒に入ってくれた。

こうして狭い空間に裸同士でいると、再会以来、以前より少し近づき難い気がしてしまうこともある人との距離が、ぐっと近くなったように感じられる。

改の体は鈴とは全然違っていて、厚みのある胸板や硬い腹、黒々とした茂みやどっしりした性器をまじまじと見つめてしまった。

（ぼくのと、全然違う）

自分の細くて白い腕や脚、無毛の幼げな性器を見下ろすと、同じ生き物ではないように見える。改がいかにも立派でかっこよく見えて、鈴は憧れを覚えた。

「いつかはぼくも、改兄さまのようになりますか?」

「どうだろう。鈴は骨格からして細いから、同じようにはならないかもしれない」

少ししょんぼりしてしまった鈴を慰めるように、こう付け足した。

「俺のようになる必要は全くないと思うけどね。たくさん食べてよく動くようにすれば、きっと今より肉がついて力も強くなるよ」

そう励まされて、鈴は今以上にたくさんご飯を食べていっぱい運動もしようと心に誓った。

長すぎる髪を丁寧にシャンプーされるのも、その後ドライヤーで乾かしてもらうのも、とても可愛がられている感じがして、気持ちがよかった。丁寧に耳の内側やしっぽの付け根をタオルで拭われると、なんだかお尻がもぞもぞする。

(自分で拭いてもこんな感じにはならないのに、どうしてかな?)

酷く落ち着かなくなるけれど、それはけっして嫌な感じではなかった。

タオルドライの次には、バスタオルを巻いた姿で鏡台の前の椅子に座って、腰まで届く髪がさらさらのまっすぐになるまでブラッシングされる。毛足の短い耳用のブラシで耳を優しく梳(と)かされるのは酷く気持ちがよくて、しっぽが座面を叩くぱたぱた音が忙(せわ)しなくなる。

かさついていた肌は、栄養たっぷりの食事とベビーローションのお陰でふっくらと瑞々しくなり、ぼさぼさだった髪は、入念な手入れのせいでみるみるうちに艶を増していった。

「綺麗な髪だ。鈴は髪が長い方が好き？」

鈴の髪を梳かしながら、改が訊ねてくる。

「改兄さまは？　兄さまがお好きなのはどんな髪の毛ですか？」

少しでも好いてもらえるところを増やしたくて、熱心に訊ねると、何故か改は少し困った顔になる。

「俺がどう思うかを気にする必要はない。鈴の好みを訊いているんだよ」

そう言われて、一番快適だった頃のことを思い浮かべる。

「改兄さまが前に切ってくださったぐらいが好きです」

「君の中庭で、文房具用の鋏で切ったんだったね。思い出してみると、毛先ががたがたで酷い出来だったな。今度、ヘアスタイリストを呼んで、君に似合う髪型にしてもらおう」

それを聞いて、鈴は少しがっかりした。

（改兄さまが切ってくれるんじゃないのか）

知らない人にこの耳を見られるのは嫌だし、髪を弄（いじ）られるのも不安だ。改が切ってくれるなら、毛先なんかどんな風でも構わないのに。

その朝、往診してくれた医師から起きていいと許可が出されると、鈴はさっそく改の姿を探し求めた。

（ぼくが立って動いているのを見たら、改兄さまはなんて言うだろう。よかったねって、言ってくれるかな）

弾む気持ちで屋敷の中を探索する。三歳まではここで暮らしていたし、物心ついてからも何度か入ったことがあるはずなのに、家具もほとんどないがらんどうの家は、見知らぬ家のような感じがした。

そう感じたのは、屋敷の中のいたるところで行われている改装工事のせいも大きかっただろう。ずっと大きな物音や人声がしているなとは思っていたけれど、多くの場所で作業が行われていて、足の踏み場もない状態だ。そんな中を一部屋一部屋巡り、改装業者らしきヘルメット姿の男達に気づかれないよう、こっそり覗いていくのだが、どこにも改の姿はなくて、次第に心細くなっていく。

迷子の幼児みたいな情けない表情になってきた頃、廊下の奥からバターの香ばしい香りが漂ってきた。匂いに惹（ひ）かれて覗き込んだ部屋にいたタエが、鈴の姿を認めてにっこり笑う。

部屋の中央にある作業用テーブルでは、今まさにオーブンから何かが取り出されたところのようだった。網の上に等間隔に並べられたそれらが、美味しそうな匂いの元であるらしい。

奥にシンクやコンロやオーブンがあり、壁際の棚では磨きこまれた鍋達が光を放ち、天井まである食器棚には様々なサイズの器が出番を待ちながら整列している。

がらんどうの屋敷の中でも、ここだけは活気と温かな雰囲気があって、とても居心地がよさそうだった。

「鈴さん、ちょうどいいところに。お昼にお出しするスコーンが焼けたところなんです。ここで焼きたてを召し上がって行かれませんか？」

「タエさん。改兄さまを知りませんか？」

「ぼっちゃんならお仕事に行かれましたよ」

ここから車で三十分ほどのところにある、彼が経営している食品会社『イカルガフーズ』に行ったのだと言う。これまでは鈴の付き添いのために出社せず、家で仕事をしていたのだが、さすがに社でしかできない仕事が溜まってしまったようだと、タエが説明してくれた。

よほど鈴が不安そうな顔をしていたのだろう。タエが慰めるようにこう言った。

「大丈夫ですよ。見ていてごらんなさい。きっと定時になったら、すっ飛んで帰ってこられますから。働き過ぎのあの方には、帰りたい理由ができたのはいいことですよ。さ、まずはお着替えしましょうね」

寝室にしている客間に一旦戻ると、タエが着替えを持ってきてくれた。

「今は工事の方の出入りが多いですから、鈴さんが気兼ねせずにいられるようにというぼっちゃんのお言いつけで、こんな風にお直ししてみたんですけど。着心地が悪いようでしたら教えてくださいね」

そう言い置いて、タエが部屋から出ていくと、鈴はさっそく用意された服に袖を通してみることにした。

まずは下着だ。これまでは素裸の上にそのまま浴衣を着ているだけだったから、最初は締め付けられるような気がして、妙な心持ちだった。

だが、下着一枚で屈伸したりその場で軽く飛び跳ねたりするうちに、鈴は下着を気に入ってきた。何も履いていないより収まりが良くて安心感があるし、下着のしっぽの位置に穴があって、しっぽを出して着られるようになっているのも着心地がいい。

続いて、ブルーのシャツとグレーのサスペンダーパンツ、パンツとお揃いの生地でできたキャスケット、それらと色合いがマッチした靴下を身に着ける。

思っていた以上に服の腰回りにはゆとりがあって、しっぽを収めてもまったく窮屈ではない。そして履く時に気づいたのだが、後ろに開閉できる開きが作ってあって、そのつもりがあれば、しっぽを出して着ることもできるようになっている。

その時の鈴にはよくわかっていなかったのだが、服も下着も同じブランドの市販品を、タエが上手に手直しして特別仕様にしてくれたものだった。

姿見の前に立った鈴は、その服がすっかり気に入ってしまい、何度も角度を変えて己の姿を眺めた。シャツには細かな星の刺繍(ししゅう)がしてあって、改と二人で眺めた星座を思い出させたし、上下共に、出会った日に改が着ていた服と色合いがそっくりだったからだ。

何より、その一揃いを身に着けてしまうと、犬のような耳やしっぽにまるで気づかれないで済む。これなら工事の男達の視線から逃げ隠れをしなくても済みそうだった。

嬉しさのあまり、鈴の大きな瞳はきらきらと輝き出し、頬が白桃のように上気していく。後ろからよく見れば、サスペンダーパンツの中でしっぽが振れるにつれて生地の膨らみも左右に動いているのだが、鈴にはそれはわからない。

（普通の人、みたい）

タエに見せるためにキッチンに戻ると、鈴の着姿を見て、大層喜んでくれた。

「とてもお似合いですよ。上品なお顔立ちが一層引き立って見えますね。御髪（おぐし）もまとめておきましょうか」

鈴がスコーンを食べている間に、タエは鈴の長い髪を後ろで緩めに編み込んで、青いリボンを結んでくれた。

スコーンはとても美味しかったが、食べ終えた途端、またやることがなくなってしまう。こんな時には我流の勉強でもしたいところだが、改がくれた勉強道具を置いてきた離れそのものがぐるりとビニールシートで覆われていて、取りに入れそうもない。

鈴が手持無沙汰でいる様子に気づいたのか、タエがこんな提案をしてくる。

「よろしければキッチンの仕事を手伝ってくださいませんか？　今日はパーティー用のお菓

子をいくつか作る予定なんです」

「パーティーがあるんですか？」

問い返すと、悪戯めいた表情で、ふふ、と笑う。

「ぼっちゃんに叱られますから、これ以上はお訊きにならないでくださいな。ひとりでたくさんのお菓子を作るのはなかなか骨なので、お手伝いしていただけると助かります」

鈴に否やがあるはずもない。嬉しくなって頷くと、タエは砂糖のまぶされたオレンジ色の細長いものが綺麗に並んだトレーを鈴の前に置いた。

「お一つ召し上がれ」

言われた通り食べてみると、程よい弾力のある食感が歯に触れる。柑橘の爽やかな酸味と甘さが口の中に広がり、舌の裏側から唾液が染み出してきゅっとなる。

「美味しい……」

「オレンジピール。昨日の朝、オレンジのジュースをお出ししたでしょう？　あの皮を何度も茹でて、たっぷりのお砂糖で煮込んでから、乾かして糖をまぶしたものがこれなんですよ。チョコレートをまとわせてもっと美味しくしたら、オランジェットの出来上がり。鈴さんには溶かしチョコレートをつける係をお願いしますね」

タエが刻みチョコレートを溶かしたものを用意してくれた。ボウルを湯煎にしたり、氷水につけたりと、目まぐるしくて緊張したが、「固まらないうちに」と促されて、できるだけ手早く浸しては、オーブンシートの上に並べていく。

「仕事が丁寧ですね。鈴さんはお菓子作りに向いていますよ」

タエが仕事の出来栄えを褒めてくれたのが嬉しくて、頬が薄桃色に染まり、ひとりでに顔が笑ってしまう。

「次は、こちらをお願いしましょうか。鈴さんが覚えていてくださったクッキーのアイシングがけです。元の図案はこれですけど、お好きに絞っていただいて構いませんよ。ラッピングして、お客様へのお土産（みやげ）にしたいと思っているんです」

作り方の本には、可愛らしい動物と花を組み合わせた美しいデザインが何種類も載っている。鈴がそれをめくって見惚（みと）れているうちに、タエは粉砂糖と卵白を手早く練り合わせてアイシングを作り、クレヨンみたいな色合いのそれらを次々に小さなコルネへと詰めていった。

「こちらが塗りつぶし用。線を描くには固めのこちらをお使いください」

張り切って始めた鈴だったが、はみ出たり線が太くなったり途切れたりして、少しも図案のようにはいかない。綺麗な形のクッキーだったのに。さっき褒めてくれたタエのために、これもちゃんとやりたかったのに……。お化けみたいになってしまった栗鼠（りす）を情けない顔で見つめながら、泣き言を漏らした。

「できない……、ぼくがやると、せっかくのお菓子が台無しになってしまいます」

「大丈夫ですよ。味に変わりはないんですし、お客様とは言っても、身内同然の方だけですから。それでも気になる時には、食べちゃえばいいんです。つまみ食いは作る人の特権ですもの」

食べちゃえばいい？　本当にそんなことをしても許されるのだろうか？

その言葉に励まされて鈴は再びコルネを手にした。開かれたページの図案通りになるよう、細心の注意を払って絞り続けているうちに、少しずつ成功率が上がり、無心になっていく。集中しきっていて、並べたクッキー全てにアイシングをかけ終わるまで、タエが傍で見守っていることにも気づかなかった。

一区切りがついて、ほう、と息を漏らした時、感嘆の声がすぐ傍で弾けた。

「なんて綺麗な出来栄えなんでしょう。長年お菓子を作ってきた私でも、こんなに繊細には描けないわ」

離れの暮らしでは遊びが少なかったために、鈴にとっては改がくれたクレヨンとスケッチブックはとても貴重なものだった。白いところを埋め尽くすように庭の草花を何度も描き、紙とクレヨンが尽きてからは頭の中でスケッチを続けた。もしかしたら、そんな経験が少しは生きているのかもしれない。

「鈴さんは本当にお菓子作りの筋がいいですね。秘伝のレシピをいろいろお教えしたくなってしまいます」

鈴を褒めてくれる人なんて、これまで改しかいなかったから、こんなに立て続けに褒められると、足元がふわふわしてしまう。自分でも締まりのない顔になっているとわかるほど、頬が緩んでしまった。

「随分長時間手伝わせてしまいましたね。床上げしたばかりでお疲れになったでしょう」

「いいえ、凄く楽しかったです」

それは心からの言葉だった。自分が関わったのは仕上げのほんの一部分だけれど、こんなに綺麗で美味しいものが自分にも作れるのだと知って、とても嬉しかったのだ。タエが言うように筋がいいのかどうか、本当のところはわからないけれど、お菓子作りはとても好きだと思った。

そして何より、改以外にも隔てのない態度で自分を受け入れ、犬耳を知っても普通の人のように扱ってくれる人がいるのだという事実に、とても驚いていた。

鈴の返事を聞いて、タエはそれがトレードマークの、つやつやしたりんごみたいな笑顔になる。

「お陰様でオランジェットもアイシングクッキーも大成功でしたし、私もご一緒できて楽しかったですよ。もしお嫌でなければ、明日もお願いできますか？　ドライフルーツやナッツを入れた焼き菓子を、どっさり作る予定なんです」

鈴の顔がぱあっと輝いた。手伝いなんて言ってはいるけれど、タエひとりでやる方が楽で速いだろうことは、鈴にだってわかっている。それでも、また手伝わせてやろうと思ってくれた気持ちが嬉しい。

「ぜひ、明日もお願いします！」

勢い込んで答えた声は、鈴自身の耳にも明るく弾んで聞こえた。


改装業者達が引き上げて屋敷に静寂が戻り、日の入りまであと僅かとなった頃。

鈴はそわそわしながら、玄関の三和土の前にいた。もう一時間も、ここでこうしている。

――病み上がりに障ります。お帰りになったら、すぐにお知らせしますから。

タエが何度か部屋でゆっくりしているよう言いに来たのだが、鈴はこの場所を動かなかった。改の帰宅が楽しみで、一秒でも早く顔が見たくて、じっとしていられなかったのだ。

門扉が上がる電動音が響いてくると、鈴の耳が僅かに持ち上がった。敷地内に車が入ってくるのが音でわかると、一気にボルテージが跳ね上がる。

玄関扉が開いて、待ち人の顔が覗いた瞬間、鈴は大きな声でこう言った。

「改兄さま、お帰りなさい！」

改が帰ったらそう言えばきっと喜ぶとタエに教えられて、何度もひとりで練習した言葉だ。

「ただいま。待っていてくれたのか」

改は昔のままの大きな笑顔を見せてくれた。タエが言っていた通り、「お帰りなさい」は魔法の言葉なのだ。

「体が冷えるから、明日からは部屋で待っていなさい」

「早く改兄さまに会いたかったんです」

「可愛いことを言ってくれるね。俺も会いたかった。ひとり暮らしが長かったから、お帰りなさいと迎えてくれる人がいるというのは、嬉しいものだな」

そう言って頭を撫でてくれる。もうそれだけで嬉しくてたまらず、サスペンダーパンツの中のしっぽが激しく左右に触れ、その場で軽く足踏みしてしまう。

「その服、着てみたんだね。想像通りよく似合ってる。適当に見繕って何着か用意してしまったが、次からは鈴の好みを言うといい。本当はいろいろな店に連れて行って、その場で好きなものを買ってやりたいんだが……」

その先は言わなくてもわかっている。鈴はこの屋敷の敷地を出られない。でも、今の鈴はこの家の中で完璧に幸せだから、特に外に出てみたいとも思わなかった。

「この服、大好きです」

「それはよかった。この髪はタエさん？　とても可愛いね」

廊下を歩きながら、鈴の編み込みの髪の先を摘まんでくる。工事の人達が帰ったから帽子は脱いでいたけれど、服や髪型は朝のままだ。

鈴はお留守番の仔犬さながらの喜びようで、廊下を前に行ったり後ろに行ったりしながら、改の周りをうろうろしていた。

「寂しくなかった？　よく寝ていたから起こさずに出てしまったけど、出社してから後悔したんだ。目が覚めた時、心細い思いをしたんじゃないかって」

鈴はずっと後ろ手に隠していたセロハンの袋を改に差し出した。

「あの、あのね、……これ、タエさんと一緒に作ったんです。ぼくがやったのは、オレンジにチョコレートをつけるところと、クッキーに模様を描くところだけですけど」

それから思いついて、「リボンも、教わって結べるようになりました」と言い添える。

「これを俺に？」

何度もこくこくと頷いた鈴の前で、改がリボンを解き、オランジェットを一本、口に含んだ。

「美味しいね。仕事の疲れが消えていくよ。ありがとう、鈴」

その途端、ぱあっと鈴の顔が輝いた。

（嬉しい嬉しい嬉しい。改兄さま、大好き）

「いい匂いがしているな。鈴も夕食はまだだろう？　着替えてくるから一緒に食べよう」

「はい！」

気持ち同様、声も弾む。一日中楽しくて嬉しくて、こんなに幸せでいいのだろうかと鈴は感じていた。

何やら内緒めかした「パーティー」の当日。

その日は朝からタエを手伝って、やっと全ての台所仕事が終わったところだった。タエから言われた通り新しい服に着替えるために、寝室にしている客間に戻る。

今日着るようにと手渡され、ベッドの上に広げたのは、白いセーラーカラーのシャツに、紺色の薄手のコットンカーディガン、たっぷりした筒の紺の七分丈パンツだ。それらを身に着け、確認のために姿見に向かう。

家に来たヘアスタイリストによってカットされた髪は、顎の辺りまでに短くなり、窓からの陽光を反射して艶々と輝いていた。日曜日だというのに、離れの方では大きな物音が続いているけれど、母屋の改装工事はお休みだから、帽子は被(かぶ)らなくてもいいと判断する。最近、身内だけの時には、服の後ろの開きからしっぽも出している。この家にいる人は誰も鈴のしっぽを気にしないし、出している方が窮屈でなくて心地よいからだ。

鈴自身には自覚のないことだが、大きな瞳を持つ繊細な顔立ちや、小柄で華奢(きゃしゃ)な体格からは、年齢や性別を曖昧にする服装や髪型の印象も相まって、妖精のような独特の魅力が醸し出されていた。

他に手伝うことがないか訊こうとキッチンに戻ると、タエはいなくて、その代わりに小さい人、――子供がいた。

短い髪と半ズボンを見て、男の子かなと思ったけれど、確信は持てない。自分もかつては子供だったから、相手がまだ幼い子供だということはわかるのだが、実際にこんな小さな子には会ったことがなくて、どきどきしてしまう。手も足も小さく、頭も頬も眼も丸くて、凄く可愛い、と鈴は思った。

鈴の姿に子供が気づいた。ただでさえ丸い眼がさらに大きく見開かれる。

（いけない。帽子を被っていないんだった。怖がらせてしまう）

ひやりとして手で耳を覆った次の瞬間、突風のような勢いで、子供が鈴に突進してきた。どしん、という衝撃は、体のサイズから予想していたよりずっと強い。

「ワンダマン！」

（わんだまん？）

いきなり意味不明の言葉を投げかけられて戸惑ってしまった。

「ぼくの名前は鈴だけど」

「ワンダマンじゃないの？　じゃあ、にこわんビームは使えないんだ……」

（にこわんビームってなんだろう？）

鈴の犬耳を見ても全く怖がらないことには驚いたけれど、あからさまにがっかりした様子になったのを見て、なんだか申し訳なくなる。困った鈴は、作業台に残ったオーブンシートに目を止めた。

正方形になる長さに紙を切り、手早く紙を折った。改のくれた折り紙の本を飽きずに眺めては折り、紙が尽きたらまた開いて折ってを繰り返してきたから、本に載っていた折り方なら、全部手が覚えている。

「にこわんビームは使えないけど、こんなのは好き？」

「お星さまだ！」

立体的な星をもらった子供はすぐに上機嫌になって、星を飛ばせる真似をして遊び始めた。鈴にとっての遊びとは、子供の頃に改に遊んでもらったことを除けば、ひとり遊びのことだったから、目の前で幼児が遊んでいる様を見ているだけで楽しく、自分が折ったものを喜んでくれていることが嬉しかった。

ほっこりしながらしばらく眺めていたが、ふと肝心なことを思い出す。

いったいこの子は何者で、どこから来たのだろう？

「あの、君は誰？」

「おれは龍之進（りゅうのしん）。五歳！」

と言って、右手の五本の指を突き出してくる。彼の「おれ」は、「蛸（たこ）」や「鰐（わに）」と同じ抑揚で、子供に接するのが初めての鈴には、そんなところまで新鮮だった。

「龍之進って、立派な名前だね」

「龍ちゃんって呼んでもいいよ。お耳、触っていい？」

耳に関しては、嘲られたり引っ張られたりと、いい思い出が少ない。それでも子供からまるで害意は感じとれなかったから、鈴は頷いた。

幼児は想像よりずっと慎重な手つきで耳に触れてきた。

「わりと冷たい！　ぴこぴこ動く！」

犬耳を触ってもまだ鈴のことを気味悪がっても怖がってもいない。それが嬉しくて、続いてドラゴンを折ってやる。

「ドラゴン、龍ちゃんの龍だよ」

「わあ、かっこいい！　鈴は？　鈴のも作って」

犬も折ってやると、二人で「戦いごっこ」をしようと言う。

「鈴はワンダマンで、おれがアクマドンね」

ワンダマンというのは犬耳しっぽを持つ正義の味方で、地球征服を目論む宇宙怪獣アクマドンとその仲間から、日々世界を守っているのだと言う。

龍之進の指導を受けながら、折り紙をキャラクターに見立てて遊んでいると、

「龍。ここにいたのか」

という声がして、すらりとした見た目のいい男がキッチンに入ってきた。鈴は咄嗟に耳を手で隠したが、男は平然とした様子で鈴に向かって会釈する。

今日は立て続けに二人も、この耳を見て驚かない人に出会ってしまった。びっくりだ。

「パパ！」

　龍之進が声を弾ませる。改と同年代に見える男は、龍之進の父親であるようだった。改とはまた違ったタイプの都会的な美男だ。

「鈴と戦いごっこしてたんだよ」

　幼児が自慢げに折り紙を見せると、男は「鈴じゃなくて、鈴くんだろう？」とたしなめてから、鈴の方に向き直った。

「君のことは改から聞いているよ。龍と遊んでくれてありがとう。僕は長谷井聡視、改の古くからの友人で、今は『イカルガフーズ』であいつの秘書をしています」

　鈴の犬耳を見ても、少しも驚いた様子がなかったのは、改からあらかじめ鈴の話を聞いていたからだろうか。人慣れしていない鈴は、知らない大人の登場にすっかりどぎまぎしてしまい、小声で挨拶するのが精一杯だ。

「……千装鈴です。はじめまして」

「この家にもよく出入りすることになるから、顔を合わせることも多いと思うけど、どうぞよろしくね。ところでパーティーの用意が整ったようだよ。ダイニングに移ろう」

　長谷井と龍之進と一緒に、ダイニングルームへと向かった。今朝から入るなと言われて締め切られていた部屋の扉が、今は開け放たれている。

　部屋は美しく様変わりしていた。

入り口付近にスズランと春の花々のスタンドフラワーが置かれ、カーテンのタッセルにもスズランのミニ花束があしらわれている。廻り縁を白や薄緑のリボンやオーガンジーが彩っていた。奥側中央のダイニングチェアには、パステルカラーのバルーンがいくつも結び付けられ、窓からの風を受けてふわふわと揺れている。

「風船だ！　一個もらっていい？」

はしゃいで走り出そうとする龍之進の服の背中を、長谷井がつかんだ。

「おっと。あれはお誕生席の飾り。主役である鈴くんの席だから」

「ぼくが主役？」

初耳に戸惑っていると、長谷井は明るく笑いながら答えた。

「もしかして秘密だった？　これは鈴くんのバースデーと全快を祝うパーティーで、僕達親子もお招きに預かったんだよ。それにしても、ちょっとしたウェディングパーティーと言ってもいいぐらい気合が入ってるな。あいつ、はしゃぎ過ぎだろ」

「気合が入り過ぎていて悪かったな」

そこで入ってきた改が、鈴の背中にそっと手を添えた。

「みんな、着席してくれ。鈴は今日の主役だから、風船の席だよ」

クロスの掛けられたダイニングテーブルの中央にスズランがたっぷりと生けられ、所狭しとご馳走が並んでいる。目が忙しくて、動悸が止まらなくて、鈴はしばらく言葉を発することができなかった。こんな夢のように素敵なことが、全部自分のためだなんてことがあり得るのだろうか？

テーブルの上は、まるで万華鏡を覗き込んだようだった。

巻き寿司の上には、花の形に巻かれたサーモンやローストビーフが香味野菜と共にトッピングされ、初めて食卓に上ってから大好物になったプチサイズのコロッケは、赤や緑のプチトマトをアクセントにツリーを形作っている。グラスに盛られた目にも鮮やかなサラダ。食べきれないほどのカヌレやマカロン。鈴もチョコがけを手伝ったオランジェットやシトロネット。透明なまんまるゼリーに閉じ込められた宝石みたいなフルーツ。

どれもカップを持つなどして手軽に食べられるようになっているのは、まだナイフが上手に使えない鈴や、幼い龍之進への配慮かもしれない。

（凄く綺麗。凄く嬉しい。夢の中にいるみたい）

脳がバグでも起こしたように、そんな思いばかりが渦巻いて言葉にならずにいると、ケーキがサービングカートで運ばれてきた。

なんて美しいケーキだろう。淡いペパーミントグリーンの台が二段になっており、白いレース模様と立体的なリボン、スズランがあしらわれている。

初見で圧倒され、リボンも花も砂糖細工でできているから全部食べられるのだと教えられ、また驚いてしまった。その様子を見ていたタエが嬉しそうに笑う。

「スズランが鈴さんの花だとぼっちゃんから伺ったので。これがわたしからのバースデープレゼントです。キッチンを出入りすることの多い鈴さんから隠しておくのが、一番大変でしたよ」

「……凄い……。魔法みたい……、綺麗……」

胸がいっぱいになってしまって、そう言うのが精一杯だ。

「鈴さんなら、じきに私より上手に魔法を使えるようになりますよ」

「これは見事だな。食べる前に写真を撮っておこう。さすが元パティシエ」

長谷井が気安い口調で言った。

「タエさんはフランスで修行して、自分の店も構えてたんだよ」

不思議そうにしている鈴に、改が優しく教えてくれる。

「むかーし昔の話ですけどね」

「それにしてもタエさん、随分張り切ったな」

からかうように言う長谷井は、タエにも馴染んでいるようだった。

「そりゃあ張り切りますよ。私の料理が楽しみだったって、鈴さんが言ってくださったんですもの。誕生日会を開くのも初めてだと伺って、思い出に残るような特別な日にしなくちゃって。お菓子は鈴さんが手伝ってくださいましたしね」

ケーキに火の灯(とも)ったろうそくが立てられ、願い事をしてから吹き消すように促される。

今日が最高で、最高すぎて、もうこれ以上望むことなんか何もない。だから鈴は祈った。

（この人達といられる日が、少しでも長く続きますように）

火を吹き消そうとしたが、二十本もあるろうそくは一度には消えない。龍之進にも手伝ってもらって、ようやく全てのろうそくが消えると、長谷井が、「じゃあ、そろそろいいかな？せーの」と掛け声をかけた。

パン、と軽い破裂音がいくつもして、キラキラしたリボンが空中を舞う。驚きが収まる間もなく、龍之進が幼児特有の可愛い声で歌い出す。

「ハッピバースデーりーんー、ハッピバースデーりーんー」

途中からは皆も声を合わせて歌ってくれた。身に余る幸福を受け止めきれず、真っ赤になって震えている鈴に向かって、改が優しく言った。

「鈴。二十歳の誕生日おめでとう」

タエがケーキを切り分けていく。鈴のケーキプレートにだけは、チョコペンで英文字が添えられている。

「これは何て書いてあるんですか？」

鈴の質問に改が答えてくれた。

「『Happy 20th Birthday,Rin!』と書いてあるんだよ」

（『鈴、二十歳の誕生日おめでとう』だ）

鈴は英語を読むことはできなかったが、ラジオをずっと聴いていたせいで、知らぬ間に英語を含む九か国語の聴き取りができるようになっていた。ラジオからの音声が唯一の気晴しだった副産物だ。

龍之進のプレートにもスマイルマークを描いてやった後でタエが席に着くと、長谷井がリボンをかけた家具のカタログを鈴に手渡してきた。

「プレゼントは改に相談して決めたんだ。君には宝物のコレクションがあるんだってね。それを並べる棚を贈るよ。もうこの家のどこかに届いているはずだから、後で見てね」

「おれのプレゼントはこれ！」

龍之進からの包みを開けると、犬とも人間ともつかぬマント姿のぬいぐるみが出てきた。

「ごめんね、鈴くん。大人はワンダマンなんて欲しくないって言ったんだけど、どうしてもこれだって言ってきかなくて。受け取るだけ受け取ってやって」

困ったように眉を下げる父親に向かって、「ワンダマンいらない子なんていないよ！」と龍之進が断言する。

「これがワンダマン……」

なるほど、耳やしっぽが少し鈴に似ているけれど、鈴とは違って元気いっぱいで強そうだ。ぎゅっと胸に抱きしめると、温かさが沁みてくるようだった。しっぽが無意識のうちに左右に振れて、椅子の座面でぱたぱたと音を立てる。

「ワンダマン、ぼくも大好きになりました。ありがとう、龍ちゃん。長谷井さんも、ありがとうございます」

「最後は、今日一番張り切っていた人、この会の主催者からだね」

長谷井が改にもプレゼントを渡すようにと促す。

「成人になる日のプレゼントについてずっと考えていたけど、これしか思いつかなかった」

そう言って改が取り出したのは、黒くて大きな本のようなものだった。

「この屋敷の権利証だ。この家の名義人は君になっている。つまり君は、この館の当主になったんだよ」

鈴は何とも言えない気持ちになった。正直なところ、今日もらったものの中で、一番どう捉えていいのかわからない贈り物だ。

この家にあるいい思い出は改とのものだけで、後は怖かったり哀しかったりするものばかりだ。この家を自分のものにしたいと思ったこともなかったから、困惑してしまう。

でも、きっと改はこのために、とてもとてもたくさんのお金を使ったのだろう。そう思うと酷く申し訳ない気持ちになる。

「……ありがとうございます、改兄さま」

「全くお前は無粋(ぶすい)な男だな。鈴くんが面食らっているじゃないか。もっと普通に喜ぶものにすればいいのに」

長谷井に突っ込まれて、改は憮然とした面持ちになる。

「別のものも用意してある。間に合わなかったんだ」

「ぼくにはもう、改兄さまが下さった宝物が抱えきれないほどあるんです。兄さまがいなかったら、ぼくは死んでいたかもしれない。だから、この命も兄さまからの贈り物です」

至極当たり前の事実を言っただけなのに、その場がしんみりした空気に包まれたのが、鈴は不思議でならなかった。

「俺のしたことなんて、たいしたことではないよ。鈴こそが、天からの最良の贈り物だ。鈴、君と一緒に二十歳の誕生日を祝えてよかった」


セロハン袋に詰めたアイシングクッキーを長谷井に土産として手渡し、ついでに残った料理も必要な分を持ち帰ってもらうことになった。

「父子家庭には何よりありがたいよ」

と言って長谷井は喜んでいた。最後に持てるだけの風船を龍之進に持たせてから、二人の乗る自家用車を見送った。

タエと改と三人でパーティーの後片付けをし、残ったものは密閉容器に詰め替える。夕食だけでなく、明日の朝まで新たな料理を作らなくても、食べる物はたっぷりありそうだ。

今日一番大変だったタエに、今夜はもう休むよう言ってから、改は鈴を離れへと誘った。

龍之進からもらったワンダマンを抱いて、改の後ろに続く。

「やっと全ての作業が終わったと、先程連絡があったんだ。これが俺からのもう一つのプレゼントだよ」

さっきまで周辺をぐるりと囲んでいた養生シートが外されていて、離れの全貌が露わになっていた。

高い生垣は腰までの高さに刈り込まれ、荒れ放題だったはずの庭には季節の花々が植え込まれて、十年前と寸分違わぬ状態が再現されている。

鉄格子と鎧戸が外されて新しい素通しガラスが入り、壁にされていた庭側もそっくり足元までのサッシに変えられて、離れは非常に開放的で明るい建物に作り替えられていた。新しい木肌が目に心地よく、壁紙も畳も新しいものに換えられて、離れの中いっぱいにい草の青い香りが漂っている。

何より素晴らしかったのは、一番奥の壁一面に、飾り棚が据え付けられていたことだ。さっき長谷井が贈ったと言っていたのは、きっとこの棚のことだろう。その棚に、鈴の大事な宝物達が一つ一つ、スペースを取って収められている。

毎日、見るのを楽しみにしていたストームグラス。二人で組み立てた万華鏡。星空観察の思い出が詰まった星座版。鈴を夢想の中で世界中に連れて行ってくれた図鑑や絵本達。

部屋には柔らかいクッションソファやデスクも入っていて、デスクの上には大事なラジオと電子辞書があり、新しい本が何冊も立てられていた。

鈴の脳内では、さっきからずっと『My Favorite Things』が鳴り響いていた。これはきっと、『小公女』が屋根裏部屋で体験した魔法の類。バースデーパーティーの開始から、いや、改が救出に来てくれたその日から、ずっと覚めずにいる夢なのだ。

「君の遊び部屋だよ。昼間はひとりにさせてしまうけど、ここで読書でも花の世話でも、君の好きなことをして過ごせばいいと思ったんだ。どうしても今日に間に合わせたくて、だいぶ無理を言って半月で工事を終わらせてもらったんだが、気に入ってもらえたかな？」

鈴がずっと黙っているので、最後の方は少し心配そうな響きを帯びる。

「気に入るなんて言葉じゃ、とても足りないです。素晴らしすぎて……、怖いんです」

幸せ慣れしていない鈴は、本当に身震いしていた。屋敷中の人間から疎んじられていた頃から、自分は何一つ変わっていないのに、優しい人に囲まれてこんなに良くしてもらってばかりいたら、いつか大きなしっぺ返しがあるんじゃないかと感じてしまう。

改は鈴にクッションソファを勧め、自分はデスクのチェアに座った。

「君が元々持っているべきだったものを、返しただけだ。この程度で怖がっていてはいけないよ。君はこれから、もっともっと幸せになるんだから。九年前に法律が改正されて、同性婚ができるようになったのは知っている？」

少し改まった調子で改が話し始めたので、鈴は知らないという意味で頭を振った。

「鈴は二十歳になったね。自分の意志で結婚できる年齢だ」

「はい」

話の行方が見えないまま、素直に頷く。

「どうだろう。俺と結婚するっていうのは」

「……えっ？」

結婚という言葉なら鈴も知ってはいる。

だが年齢的には成人を迎えたとはいえ、これまで生きるのに精一杯で精通も迎えていない、心身共にまだ子供同然の鈴には、結婚と言えばお伽噺の王子と姫の婚姻のイメージしかない。両親だって結婚しているはずだが、肉親との縁が薄い鈴には、その時彼らのことなど少しも頭に浮かばなかった。

お伽噺では、求婚された姫君はみんな愛されて幸せになる。美しい高貴な人にしか起こらないロマンティックで素敵なことが、人並みとは言い難い自分の身に起こるなど、想像もしたことがない。

（冗談、かな。それとも「結婚」って他の意味もあるのかな？）

鈴の頭の中はクエスチョンマークでいっぱいだ。

「君と俺の家は、古くは主従の関係でね。千装家が狗神憑きの家系で、そのお陰で財を成したという話は、聞いたことがある？」

「はい、小さい頃に何度か聞きました」

久しぶりに聞く「狗神」という言葉に、背筋がざわっとした。

――お前は狗神の先祖返りだ。一族再興のために富をもたらせ。先祖伝来の匣を開けろ。

両親から繰り返し責め立てられてきたせいで、嫌というほど脳裏に焼き付けられた言葉ではある。だが、その術を知らない鈴には責められてもどうしようもないことだったし、父や改を襲った場面を見てしまって以来、鈴にとって狗神とは恐ろしい化け物と同義語になっていた。

「君の将来のことを考えるようになってから、斑鳩の家に残る古文書だけでなく、千装家に近い家系に残る文献や、狗神憑きについて、俺なりにずっと調べてきたんだ。江戸末期辺りまでは君のような耳としっぽを持つ人は少数ながら人々に交じって普通に暮らしていたようだし、千装家にも、戦後ぐらいまではそういった子供がある程度の間をおいて生まれていたようだ」

「人々に交じって暮らしていた？　閉じ込められていたのではなくて？」

自分の境遇とは違っているようで、思わず訊き返してしまった。

「見てみる？　これは千装家ではないけど」

改はスマートフォンというらしい板状のものを鈴に手渡してきた。そこには、鈴がかつて着ていた浴衣のような形の服を着た、奇妙な髪形の人物がたくさん描き出された絵が映っている。

「浮世絵だよ。今から百六十年ほど前の市井の様子が描かれている。ここを見てごらん」

改は画面を指先で操作し、画像の一部を拡大した。

「この人……」

大きな店の暖簾の内側に、鈴によく似た形の犬のような耳を持つ男が描かれている。

「呉服店の大店で接客しているところだね。おそらくこの店の主の家系も狗神筋だったんだろう。写真が発達する時代までに先祖返りの人が急速に途絶えてしまったのか、実写画像は入手できなかったが、それでも、鈴のような形の耳をした人が実在していて、周囲に馴染んで暮らしていたことがわかるよね」

(ぼくのような耳をした人が、本当に他にもいたんだ)

昔はそういう子が生まれたこともあるという話は、謎の匣を開けろと強要されるたびに聞かされてきたが、そのことが実感されたのは初めてだった。

食い入るようにその小さな人物を見つめてしまう。閉じ込められもせず、耳を隠してもいず、普通の人みたいに店で立ち働いているその絵の人物に、生まれて初めての焼けつくような羨望を覚えた。

(……いいなあ。ぼくみたいな人がいっぱいいて、この耳が珍しくない時代に生まれていた

ら、ぼくも嫌われたり怖がられたりしないで済んだのかな）

　改とタエ、長谷井親子以外の人間は怖い。でもいつかこんな風に、自分も人の輪の中に加わることができたら、どんなにいいだろう。人並みを望んだことが一度もなかった鈴の中に、一つの願いが生まれた瞬間だった。

「君の家の盛衰に狗神の力が関わっていて、科学では説明のつかない何かがあることは確かだ。時代が変わって斑鳩家は成長を遂げ、千装家はかつての栄光を失ったが、今でも俺の父は君の家を、いや、狗神の祟りを恐れている。代々刷り込まれてきた通り、逆らったら祟られると信じているんだ。そのために父は俺を海外にやり、君との絆を断とうとした。それが俺を守る唯一の方法だと信じてね」

　そう言った改の表情は苦々しかった。

　汗だくになって土下座をしていた改の父親の姿を思い出す。当時も改への愛情を感じたが、そんな背景を知ってみると、あの時改の父がどれほどの思いでいたのかがわかる。あの人は愛する息子が狗神に祟られることを恐れて、形振り構わずに必死で許しを請うていたのだ。

「君の両親のことを悪く言って済まないが、あの人達は最低だ。親としては言うまでもなく、人間としても屑の部類だと俺は思う。入籍すれば、彼らとは戸籍が分かれるし、法的にも守ってあげられる。君が大人になる日を待って、ずっと準備してきたんだ。鈴、君のことは何があっても俺が一生守ると誓うから、どうか俺と結婚してくれないか」

（改兄さまと、ぼくが、結婚……？）

まるで神から求婚されたように現実味がなかった。鈴の狭くて暗い小さな世界に灯る、たった一つの光だった改が、目の前で愛を乞うている。

（あれ？……これ、本当のことなのかな。ぼく、まだ眠っているのかも）

とても現実とは思えない。誕生パーティーも素晴らし過ぎたし、どうも朝からおかしいような気はしていた。きっと自分はまだベッドの中で、手前勝手な夢を見ているのだ。

「改兄さま。ぼくをぶってくれませんか？」

そう言うと、改がとても驚いた顔になる。

「何を言い出すんだ。俺が君をぶったりするはずないだろう？　何があっても絶対にそんなことはしない」

「だって夢から早く覚めなくちゃ」

「夢だと思っているの？　鈴にとって、これは悪夢？」

鈴はそうじゃないのだと懸命に頭を振った。

「ずっとこの夢の中にいたいです。とても素敵な夢だもの。……でも、こんな夢を見るなんて、改兄さまに失礼だと思うから」

「それならずっと覚めずにいればいい」

改は鈴の目の前に一枚の紙を置いた。

「婚姻届だ。俺のサインはしてあるし、保証人として聡視とタエさんにサインをもらうつもりだ。君はここに名前を書いてくれればいい。ああ、結婚とは言っても、俺達が法的に結ばれるための手続きであって、俺達の関係は何も変わらないからね。養子縁組も考えたけど、これが一番手っ取り早いし、俺の身に何かがあった時にも君を守ることができる」

「改兄さまのお父様は、こんなこと、喜ばれないんじゃないですか？」

ふと気がついてそう言うと、改は至極あっさりした口調で「そうだろうね」と言った。

「だが、父が俺のために被った損失分は働いたはずだし、もう親の許可なく結婚できる年齢だ。それは君も同じだよ」

そこで改がもう一枚、同じような紙を鈴の前に滑らせてきた。

「こちらは離婚届。君の自由を束縛するつもりはないし、一般的な結婚が意味する何かを強いる気もない。その証の意味でこれを用意した。俺から離婚を申し出ることはないけど、君が望んだ時、すぐに籍を抜くこともできるよう、離婚届は君に預けておくからね。なくさないようにしまっておいてくれ」

（本当に、これは夢じゃないの？　本当のことだって信じてもいいの？）

その時の鈴には、改の話す言葉の意味が半分も理解できていなかった。

婚姻関係の維持をも含めて、責任の一切をとる必要がなく、何一つ求められもしない結婚というものが、いかに歪で脆いものか。婚姻届と同時に離婚届を手渡されるのが、いかにイレギュラーなことであるのか。

世間並みの知識や常識がない鈴には、知る由もなく、想像もつかないことだった。

改が鈴の世界の王であり、正義であり法律なのだ。改が間違うことなどあり得ない。

「俺と結婚してくれる？」

嫌だなどと言うはずがなかった。家庭教師として改が通ってきてくれていた頃、帰宅する背中を見送りながら、自分も改の家族だったらどんなによかっただろうと何度も思ってきたのだから。

熱心すぎるほどの勢いで何度も頷くと、改が「よかった」と微笑んだ。嬉しそうに微笑まれれば、一層これでよかったのだと思えて、天にも昇る心地になる。

改に教えられて、所定の欄にたどたどしい文字で自分の名前を書き、手渡された印鑑を押した。

「これに二人からサインをもらって、役所に提出すれば、俺達は家族だ。本当は一緒に出しに行きたいが、これは俺が責任を持って出しておくからね」

途轍もない幸運に見舞われた人がそうなるように、体の震えが止まらない。改がその体を、少しも性的な気配のない兄の気楽さで抱きしめてくる。

「可愛い大事な、俺の鈴。帰国を許されなかったこの十年、俺は君を救い出すために、可能な限り早く大人になろうとしたし、死に物狂いで力を蓄えてきた。もう誰にも君の自由や権

婚姻届

利を奪わせはしない。君の幸福のためならどんなことだってする。これまでの分まで、これからは誰よりも幸せになるんだ」

それから、ふと気づいたように、こんなことを言い出した。

「これからは改兄さまじゃおかしいね。君は斑鳩鈴になって、俺の妻になるんだから。名前を呼んでごらん。改でも改さんでも、君が呼びやすいように」

斑鳩鈴。

改と同じ苗字。家族になった証。

それが最後の一押しだった。改と家族になるという長年の夢が叶おうとしている。その輝かしさの前に、全ての恐れや戸惑いが、真っ白に焼き尽くされて消えていく。

鈴は、まっしぐらに夢の中へと飛び込んでいった。

「改、さん」

言われた通り素直にそう呼ぶと、改は余裕があった表情を崩してはにかんだ。そういう顔は少年の頃そのままで、鈴の胸は切ないような喜びに締めつけられる。

「少し照れ臭いけど、お互いに早く慣れるとしよう」

その時、鈴はただただ幸福だった。世界で一番好きな人の腕の中で、宙のお星さまを全部あげると言われた子供のような驚きに打たれ、酩酊しているばかりだったのだ。

第三章

長かった梅雨（つゆ）が終わり、ようやく鈴の中庭も夏の花々が咲き競う季節を迎えていた。

あらゆる暖色を集めたような、炎の形のケイトウ。青紫のセージの傍には、お揃いの色を白い花弁の縁取りにしたトルコ桔梗（ききょう）。盛りを待つ花々のふっくりした蕾は目に嬉しく、彩り豊かな庭全体が水やりを喜んでいるのがわかって、とても楽しい。

「鬱陶（うっとう）しい季節が終わってよかったな。鈴も嬉しいだろう？」

そう改は言うけれど、雨が続いた日々だって鈴には十年ぶりの光景で、物珍しく楽しいばかりだった。庭に植えられた紫陽花（あじさい）の色の移り変わりを楽しんだり、その葉にとまっているかたつむりを観察したり、天からの贈り物みたいな雨粒を全身に感じたり。嬉しくなって傘を差さずに庭に出ては、風邪をひくと改に叱られたものだ。

梅雨を好ましく思っていた鈴にとっても、やはり夏は格段に心躍る季節だ。肌を焦がすような強い日差しを感じると、それだけで気持ちが浮き立つ。

新しい季節の到来が素晴らしい吉兆であるように、鈴には思えるのだった。

からっぽで冷たかった屋敷も、すっかり様変わりしていた。新しく入った家具は木肌が優しいシンプルなものばかりで、幼い鈴を怯えさせた重苦しい印象は、もうどこにもない。鈴がそこかしこに飾った庭の花々が、インテリアに素朴なアクセントを添えている。

鈴の姓が斑鳩に変わってからも、改との関係に変化はなかった。

いやむしろ、夫婦だという大義名分ができたせいか、一層甘やかしてくるようになったかもしれない。

「行ってらっしゃい」の挨拶の時には、出かける前に軽く抱きしめてくれるし、「お帰りなさい」の時には必ず、「ただいま。可愛い奥さん」と髪にキスしてくれる。

食事の際に、向かい合わせではなく隣に座るのは、前から続く習慣だ。テーブルマナーはほぼ覚えたし、ナイフも使えるようになって、隣で鈴の食事を手伝う必要なんかもうないというのに。

甘いものが好きな鈴が、自分の分のデザートを食べ終えてしまうと、大抵改は自分の分まで勧めてくる。今夜も、「これも食べなさい」と言って、改が自分の前に置かれたガラスの器からバニラアイスクリームを掬い、ごく自然な動作でスプーンを鈴の口元に運んだ。

「どうしたの？　ほら、あーん」

唇を薄く開くと、ひんやりとした金属が舌の上を滑り、上唇で引き留めた濃厚な甘さと冷たさが、口腔(こうくう)内に広がっていく。口の小さい鈴の唇の端から、クリームが溢れそうになったのを、改が指先で拭って、躊躇いもなくその指を舌で舐めとる。

「甘いね」

視線だけで笑んだ人の口元を見つめているうちに、妙にどぎまぎしてきた。口腔の中の冷たい甘味より、改の視線の方がなお甘い。

（かっこいいな、改さん。顔も、指も）

もう何度思ったかわからないことを、また思ってしまう。

最近の鈴は、兄のようだったこの人が、昔読み聞かせてもらった童話の中の王子様みたいにハンサムで堂々とした青年であることを、事あるごとに意識していた。見つめ合っていると、なんだか息苦しくなってくる。

前にはこんなことはなかった。可愛がられれば、改によくしてもらえることがただただ晴れがましくて震えるぐらい嬉しかった。なのに、今はこうしているだけで頬だけでなく体まで熱くなってくる。

年齢相応のデリケートな感情を知らない鈴は、きっと子供でもないのに口を開けて待っている自分が間抜けで、恥ずかしいからだと結論付けた。

結婚して斑鳩鈴になっても、鈴が屋敷から出られない状況は変わらなかった。

入籍してすぐの頃に一度だけ、改にそうするよう求められて、屋敷から出てみようとしたことがある。

恐る恐る屋敷の門から一歩踏み出した途端、改がその場に崩れ落ちて悶え始めた。鈴が敷地内の改に駆け寄った時には、もう彼の苦悶は終わっていたのだが、彼に群がっていた狗神の忌まわしい影がその後も夢に出てくるほどショックだった。

「狗神に関する言い伝えをずっと調べてきて、召喚する条件を突き止めたんだ。『依り代となる狗神の先祖返りが、一人前になり、当主となること』。君はこの屋敷の当主で成人しているし、結婚もした。条件は全部クリアしたから、今度こそ狗神を召喚して君を自由にするための取引ができるんじゃないかと思っていたんだけど」

改は悔しそうだった。

「諦めないよ。何か方法はあるはずなんだ。必ず俺が突き止めるから待っていてくれ」

もういい、突き止めようとしなくていい。こんなことを試してみるたびに、改が苦しむのを見るなんて嫌だ。もう二度と試してみたりしたくないと、鈴は思っていた。

屋敷から出られない鈴を、改は不憫に思うらしく、何度かこう促されたことがある。

「したいことを何でも言ってごらん。何か学びたいことがあれば、通信教育を受けるのもいい。その気があれば、講師を呼んでここで教わることもできるから」

「改さんは？　ぼくが何をしたら嬉しいですか？」

鈴がそう問い返すと、改はいつかと同じ困った表情を浮かべ、こう言った。

「俺の意向なんか気にしなくていいんだよ。鈴は何でもしたいことをすればいい。本当は屋敷の外に出ていけるようにしてやるのが一番なんだが、今はまず、ここで失われた日々を取り返すんだ」

そうは言われても、鈴は今の暮らしに満足していて、この上したいことなど何も思いつかなかった。いつか多くの人の中に交ざって働ける自分になれたら、という漠然とした憧れはあるが、それはまだ遠い夢の領域にある願いだ。

今の鈴は、日中タエの手伝いをして、それが終わると勉強や庭仕事に精を出す。改は鈴の離れにテレビを備え付けてくれたけれど、したいことがたくさんあって、なかなかテレビの前に座る暇がない。夕方になったら改の帰りを待ち、一緒に夕食をとったり風呂に入ったりしながら、その日に起きたことを互いに話す。それだけであっという間に一日が過ぎていく。

狭く守られた世界の中で、もう安全であることを繰り返し心身に染み渡らせ、ゆっくりと遅れを取り戻していくだけで、今の鈴には充分だったのだ。

痩せぎすだった鈴の体は、まだまだ細身ではあるものの適度な肉が付き、服装も中性的なものよりひと目で男物とわかる服の方がしっくりくるようになってきた。無毛だった陰部にも、うっすらとした下生えが生え揃ってきている。

少しずつではあるが、肉体が年齢に追いつこうとしていた。それは心も同じだった。

その日、改から風呂に入ろうと言われた時に強い羞恥心を覚え、反射的にこう答えてしまった。

「お風呂、自分で入れます」

「どうして？」

不思議そうに問われれば、理由が自分でもよくわからない。

正確に言えば嫌なわけではなかった。むしろ前よりもっと一緒に入りたい、ありていに言えば改の裸が見たいという思いが熱っぽく燻(くすぶ)っているのだが、実際に改の前で裸になる段になると臆する気持ちが湧いて、酷くいたたまれなくなる。でも、どうしてこんな気持ちになるのか説明できない。

「だって、……ひとりで入れますから」

「自分ひとりで入りたいの？　じゃあ行っておいで」

風呂から上がると、改がドライヤーを持って待っていた。耳の内側をタオルで丁寧に拭われれば、ぞくぞくと震えるような感覚が走る。

髪を乾かした後は、丁寧なブラッシングだ。鈴の明るい栗色の髪は、改によって入念に手入れをされたことで、周囲を映し出しそうなほど艶々と輝いている。髪の次は毛足の短いブラシに持ち替えて、耳と尻尾を梳かしてくれる。

鏡に映る鈴を満足そうに見つめる改を、鏡越しに見ているのがなんだか面映(おもは)ゆくて、視線をそらしてしまう。しっぽの根元から先にかけて、入念にブラッシングされるうちに、下腹が張ってきた。酷く気持ちがいいのに、わあっと声を上げてしまいそうなほどいたたまれなくなる。この感じは尿意に似ていた。

「さあ、できた。湯冷めしないうちに、ベッドに入ろう」

「おし、……トイレに行ってきます」

おしっこ、と口に出すことに強い羞恥を感じて、咄嗟に回避した自分が、不思議でならなかった。十年前は勿論のこと、つい最近までまるで平気で、用を足しに行くたびに口にしていた言葉だったのに。

母屋にある鈴の居室は、改と続き部屋になっている。自分の部屋の方にもシングルベッドがあるにはあるのだが、改の部屋のダブルベッドで寄り添って眠るのが常だった。

用を足して手を洗い、改の部屋に戻ってみると、部屋の主の姿はなかった。バスルームの方角から水音が聞こえてくるから、風呂に入ったようだ。いつものように改のベッドに潜り込み、戻ってくるのを待つ。

廊下が軋む音は確かに改の足音で、期待通り部屋の扉が開き、ベッドの隣が重みで沈む。

「おやすみ、鈴」

「おやすみなさい」

普段通りの挨拶を交わし、常夜灯だけを残して部屋の灯りが消された。

いつもならすぐに健やかな眠気に襲われるのに、今日はやけに隣に横たわる肉体の存在感が増して感じられる。シャンプーの香りの影に、湯上りの肌の香りを嗅ぎ分けた時、下半身がずくん、と疼くのを感じた。

下腹が疼くだけでなく、用を足し終えたそこが硬く強張っていることに気づき、鈴は激しく狼狽した。

（何、これ）

まだ改の呼吸は寝息に変わっていない。常ならぬ体の状態を相談しようかと思ったが、何故か躊躇われた。代わりに少しだけ腰をにじらせて、隣に眠る人から下半身を遠ざけ、気づかれぬようにと祈りながら、太腿に力を入れて時が過ぎるのを待つ。

鈴は長い時間眠れないまま、未知の底知れぬ感覚に慄いていた。


その夜、鈴は夢を見た。

夢の中で鈴は浴室にいて、ひとりで体を洗っている。と、浴室の戸が開いて、全裸の改が入ってきた。

「改さん？　ぼく、ひとりで入るって」

焦って腰を浮かせながらも、瞬時に鈴の視線は、夫である人の完成された大人の肉体へと惹きつけられる。厚い胸板や引き締まった腹、その下の黒々とした茂みに、鈴のものとはまるで別の器官のような、どっしりと重たげな性器。

結婚当初に何度も見てきたはずの裸なのに、どういうわけか今の鈴には全てが刺激的に過ぎる。

「そんな寂しいことを言わないでくれ。鈴はもう俺とは入りたくないの？」

「……そんなこと、ないです」

大好きな人からそんなことを言われて、拒めるはずがない。むしろ本音では、こうして強引に扉を開けて入ってきてくれるのを、待っていたような気さえするのだから。

改の脚の間に座る形で、浴槽に浸かった。

「鈴は本当に可愛いね。この耳も、しっぽも」

改が垂れ耳の内側をくすぐり、しっぽの付け根をやんわりと握ってくる。そんな風に触られると、また変な風に下腹が張ってきてしまう。

「駄目、改さん」

バスルームの中で、自分の声がやけに甘ったるく反響した。困る、困るのに、やめてほしくはない、そんな矛盾する思いに苛まれるうちに、下腹にわだかまる熱が、いよいよ抜き差しならなくなる。

もう鈴は、これが夢であることに気づいていた。だって本当の改は、こんな弄ぶようなやり方で鈴の体に触れない。早く夢から覚めなくては。

その時、何かが腹の奥から張り詰めた性器を貫き、凄まじい愉悦と同時に緊張が解け、迸った。

はっと飛び起きて、隣に眠る改を確認した。今のが夢であったことを知って安堵したのも束の間、すぐに下半身の違和感に気づいた。べったりとしたものが下着を濡らしている。

「どうしたの？　眠れない？」

眠っているとばかり思っていた人から声を掛けられて、「ひっ」と喉が鳴った。

「見ないで、見ないでっ」

どうしよう。二十歳にもなって、粗相をしてしまった。パニックを起こしている鈴を、改が宥めようとした。

「鈴、落ち着いて」

「ごめ……さ……、お漏らし……、ごめんなさい……」

改は部屋を明るくし、鈴の身に起こったことを悟ったようだった。

「大丈夫だから。まずは着替えよう。気持ちが悪いだろう？」

改は濡らしたタオルを持ってきて、汚れてしまった鈴の下腹を丁寧に拭くと、着替えの下着とパジャマを手渡してくれた。代わりに汚れたものを持って部屋を出て行く。

戻ってきた改はベッドに腰かけて、震えながら正座している鈴の頭を撫でた。

「手洗いをして洗濯機に入れてきたから、もう気に病むことはないよ。鈴は、こういうことは初めてだった？」

優しく世話を焼かれて、やっと震えが止まった鈴は、こくりと頷いた。

「おかしいことは何もないんだよ。男の子なら必ず通る道だ。いつまでも幼い子供のままのように思っていたけど、考えてみれば鈴も大人になっていくんだよな。そこまで気が回らなくて、性教育を怠っていた俺のミスだ。善は急げと言うし、少し話しておこう」

そう言って改はノートPCをベッドの上で立ち上げ、ネットで探した性教育資料を鈴に見せながら解説していった。男女の体の構造や、成長に伴って生殖器がどのように変化していくのかを、資料の絵や図を指さしながらわかりやすく説明してくれる。それによって、今夜自分に起こったことには精通という名前がついていること、誰にでも起こる成長の一過程なのだということを知り、心から安堵した。

性行為についてもざっと説明してもらったのだが、あまりよくわからない。鈴と改は結婚したのだから、いずれはそのセックスというものをして、赤ちゃんが生まれるのだろうか。

小さい子供と言って思い浮かぶのは龍之進だけだ。もし龍之進をさらに小型にしたような可愛い赤ちゃんが自分達の間にもやってくるなら、どんなにいいだろう。

「うちにも赤ちゃんが来ますか？」

わくわくしながら改に訊ねてみたが、「いや、性行為が生殖行為でもあるのは男女間だけだ」と返されてしゅんとなる。この家には赤ちゃんはやってこないらしい。

「それなら、男同士でせっくすはしませんか？」

「する人もいるよ。愛情の確認のためだったり、快楽のためだったりね。……この先の話は、もう少しゆっくり勉強しよう」

そう言って、改はその質問に対する回答を打ち切ってしまった。

「ところで鈴は、マスターベーションをしたことはある？　寝ている時に出てしまっても別に構わないと思うけど、もしも下着が汚れるのが嫌なら、適度に抜くことを勧めるよ」

よくわからないでいる鈴に、改は性器をしごいて刺激をすることだと教えてくれた。下着は汚れないに越したことはない。熱心に頷きながら聞いていた鈴は、小首を傾げてこう訊ねた。

「それはどんな時にするのがいいですか？　毎日決まった時間にするのがいいですか？」

「いや、別に毎日じゃなくていい。たまったと感じた時や、ムラムラした時だけでいい」

「むらむら？」

「何か刺激的なもの、そうだな、人の裸などを見て、興奮したり性器が硬くなったり、そういう時のことだよ。……なんで俺は真夜中にこんな話をしているんだろう」

ずっと生真面目(きまじめ)な様子で質問に答えていた改が、急に我に返ったように憮然として呟いたが、鈴はようやく腑(ふ)に落ちた気分になって嬉しそうに笑った。

「それならわかります。今日、改さんの匂いを嗅いだ時と、改さんの裸を夢に見た時にそうなりました。そのますたあ、っていうのも、歯磨きの時みたいに手を添えて教えてくれますか？」

晴れ晴れとした気分でお願いしたが、改は視線を泳がせ、言葉の歯切れも悪くなった。

「……まあ、俺達は夫婦なわけだし、一向に問題はない。と言うか、他の人間を想起されるよりずっといい。とにかく、次にそうなった時にまた教えてあげる。これで今夜の性教育は終わりだ。朝まで眠りなさい」

安心したのと射精したのとで、急速に眠くなっていく。温かな毛布のような眠りに包まれながら、改に話してみてよかったと心から思う。やはり何でも改に任せておけば間違いない。

（なんだ、よかった。ほんとによかった）

自分の身に起こったことに、少しショックを受けていたけれど、これは誰にでもある、こうやって普通に話題にしてもいいような出来事だったとわかったのだから。


改が言っていた「ムラムラ」はすぐにやって来た。その対象が魅力的な姿ですぐ傍にいて、添い寝までしてくれているのだから、当然と言えば当然だ。

全ては成長に伴う自然なことで、その類のことに罪悪感や羞恥心を覚えなくてもいいと教わったから、鈴はむしろ嬉々として自慰を教えてくれと頼んだ。

その時改は、少しだけ困ったような顔をしたが、すぐに「いいよ」と言ってくれた。

周囲が汚れてもいいように、シーツの上にバスタオルを敷き、鈴だけ下半身には何もつけない姿になって、改の胸に背中を預ける形で密着して座る。もうそれだけで息が浅くなってしまって、鈴のそこは瞬く間に腫れてしまう。

「鈴のここはまだきっと凄く敏感だから、保護のためにローションを塗るよ」

透き通った液体が入ったボトルを、ヨーグルトに入れるシロップみたいだと思っていると、改が鈴の掌にとろりとした液体を垂らしてくる。その手で己の性器を握るように促され、思いがけない冷たさにぴくりと体が弾んだ。

「強く握りすぎないで。気持ちがよくなるように、そう、上手だよ」

鈴の手を、一回り大きな改のそれが包み、上下にスライドしてくる。

「あうっ、あうぅう、あっ！」

全てが未経験だった鈴はあっという間にたまらなくなり、仔犬のような声を上げて三往復で弾けてしまった。

自分の腿に散った白い飛沫（しぶき）を目にしてしまうと、どうしても粗相をしたような後ろめたさに襲われてしまう。だが、改は予め（あらかじ）準備してあった濡れタオルで始末をしてくれ、優しい目で「気持ちがよかった？」と問いかけてくれた。きまり悪い気持ちが消えると、初めて知った愉悦（ゆえつ）の凄さが自覚されてくる。まだ胸を大きく弾ませながら、鈴は何度も頷いた。

気持ちがいいなんてものじゃない。頭と腰が爆発するんじゃないかと思った。

快楽を知らなかった体がひとたびその味を覚えてしまうと、我慢するのは難しい。

鈴は日を置かず自慰の補助を改に頼んだ。三度目までは応じてくれた改だったが、終わった後に具合悪そうに身じろぎして、断りを入れてきた。

「やり方はもう覚えただろう？　次からはひとりでしなさい」

そこからは、雪崩を打つようにもう自慰のことしか考えられなくなった。タエの手伝いはかろうじてしていたが、勉強していても、庭に水巻きしていても、改が手伝ってくれた時の背に触れる感触や肌の匂いが蘇ってきて、勃起してしまう。

——こうして皮を剝くようにしてごらん。大人のペニスになる準備だ。

——ここがカリ、ここが裏筋。ここをこうすると気持ちいいだろう？

剝きたての敏感な箇所に改の指が触れ、痛いぐらいの刺激に悶えたことや、露出するようになった先端を親指で押すようにされながら、いきなさい、と大好きな声で命じられた瞬間のことを思い出すと、何度精を放っても復活してしまう。

「改さん、改、さん……っ」

燃えるような息を吐きながら、改を想って己を摩擦する。あの大きな掌で、性懲りもなく猛ってしまうものを直に握りしめられ、優しく激しく扱いてほしい。何度自分で慰めても熱の去らない体を、硬くて逞しい体に抱きすくめられ、隙間なく押しつぶされたい。

もっと、もっと改に、酷いぐらいの何かをされたら、いつかはこの熱も散ってくれるのだろうか。

（でも、もうひとりでしなさいって、改さんが言った）

自分でも、さすがにこれはおかしいんじゃないかと思った。暇さえあれば刺激された性器はヒリヒリと痛み、亀頭には血が滲んでいるのに、自慰を止められない。痛みと混乱、初めて知る欲望の果てのなさに怯え、啜り泣くような切ない声を上げながら、鈴はまた達した。

夜毎見る淫夢には、現実よりずっと好色そうな表情を浮かべた改と、そして狗神が現れる。鈴の望み通りに改が覆いかぶさってくると、部屋の四隅から黒い影がわらわらと湧き出し、絡み合う二人に近づいてくる。改に危険を知らせたいのに声が出ない。

（気づいて。あいつらが襲ってきてる。改さん、改さん！）

夢を見るたびに狗神の距離がベッドに近づいてくることも恐ろしい。

そんな夢ばかり見るせいで眠りが浅くなり、鈴の眼の下には隈が浮かぶようになった。順調に増え続けていた体重も少しずつ減り始め、改やタエに心配されてしまう始末だ。

ある夜、もう限界だと悟った。寝室で二人きりになった途端、鈴は改に助けを求めた。

「改さん、どうしよう。ぼく、治まらない。おちんちんが痛いのに、ずっとしてしまうんです」

眉をひそめた改が「見せてみなさい」と命じたので、鈴は素直にパジャマと下着を下ろした。傷ついたそれを見て、改が痛々しそうな顔をする。

「可哀そうに。これじゃ痛いだろう。往診してくれたドクターに軟膏を出してもらえると思うから、もらってきたらすぐに塗ってあげる。覚えたばかりで熱中してしまうのは仕方がないかもしれないが、治るまではマスターベーションはしない方がいい」

「……でも、苦しい。教えてもらった時のこととか、一日中考えてばかりいて、我慢ができないんです。ぼくはおかしいの？」

熱がこもって体の奥でとぐろを巻いて、今も苦しい。そんな鈴の様子を気づかわしげに見つめていた改が、頭を撫でながら優しく言ってくれた。

「鈴任せにして、放り出すようなことをして悪かった。ただ鈴は、今まで刺激に乏しい生活をしてきたから、心も体も感じやすいだけだよ。楽にしてあげたいけど、今の状態でペニスに触ると痛むだろう。別のことを試してみようか？」

お願いします、と言いながら、必死の思いで何度も何度も頷くと、改はベッドの上にバスタオルを敷き重ね、四つん這いになるようにと指示してきた。

「上半身はぐったりしていていいよ。お尻は高く上げて。そう」

冷静だったら耐え難かったであろうが、今の鈴には自分がどんな淫らなポーズをとろうとしているのか想像する余裕もなかった。何をされるのかわからないまま、言われた通りに下半身だけ裸になって尻を高く上げていると、冷たいローションを尻の狭間に塗りつけられて、

「ひゃんっ⁉」と声が出る。

「痛かったり気持ち悪かったりしたら言ってくれ」

巻頭カラー
センターカラー
三池ろむこ
猫乃森シマ
★最終話
ARUKU
★注目連載 第2話
せら／吹山りこ
「天国の門番①」発売記念
山本小鉄子 描き下ろし
4P 漫画ペーパー
全プレ実施!!
★大好評連載陣
日高ショーコ
山本小鉄子
カスカベアキラ
雁須磨子
あずみ京平
秋葉東子
コウキ。
田倉トヲル
如月弘鷹
小石川あお
四宮しの
雪代鞠絵＋桜庭ちどり
九號
山葵マグロ
★読みきり
平喜多ゆや／天津ふらら
ルチル
Boy's Cute and Sweet Magazine
Rutile
2020年
11月号
本体予価727円
9月19日(土)発売!
◆奇数月22日発売◆
表紙イラストQUOカード応募者全員サービス
最新情報はこちら→
https://rutile-official.j

スマートボーイズ

スマホアプリ「スマートボーイズ」INFORMATION

DVD スマボ"オリジナル"コメディが待望のDVD化！

サギトリ！～警視庁 特殊詐欺取扱係・船木瑛一～

DVD限定、メイキングMovie収録！

前代未聞「お母さん助け過ぎだよ詐欺」発生！

"自供率96％の天才刑事、「あの手この手で」自供に迫る!!

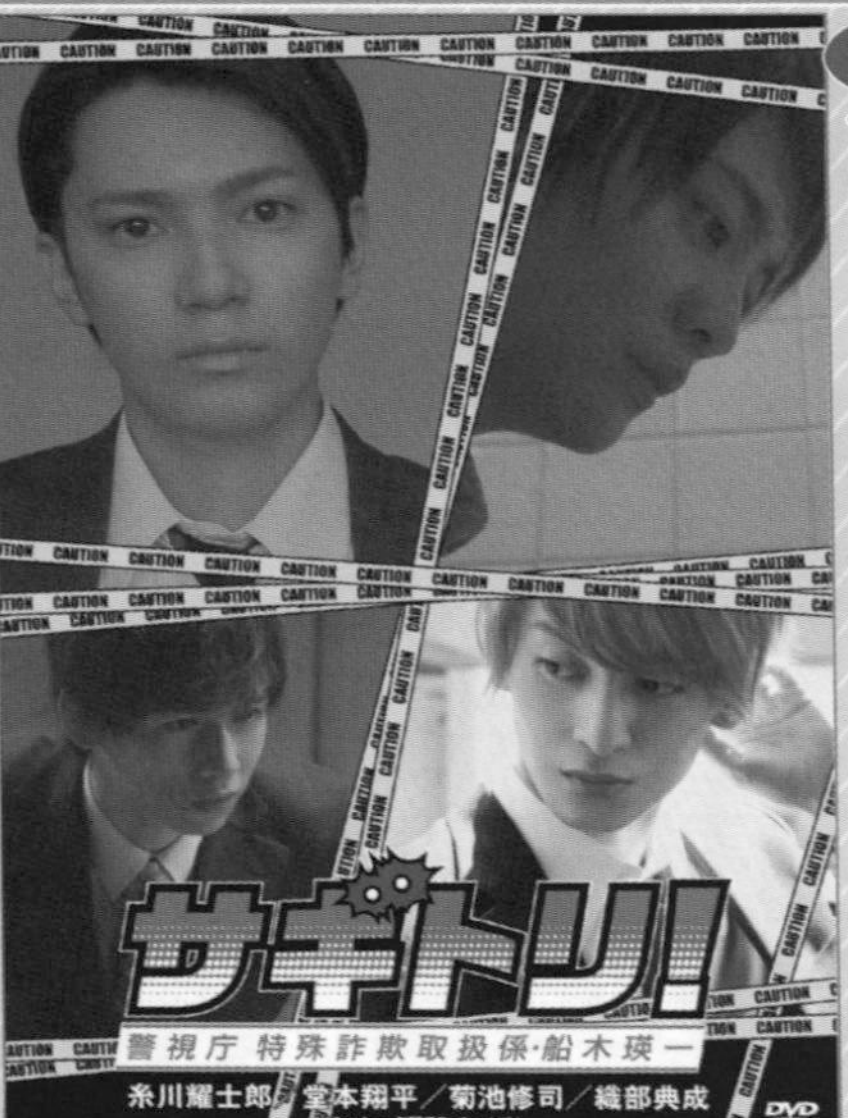

出演
糸川耀士郎 堂本翔平 菊池修司 織部典成
(All cast from 劇団番町ボーイズ☆)

9月10日よりスマボSHOPにて好評発売中!!

※DVDの詳細は【スマートボーイズ】をチェック！

スマートフォンアプリ Appstore、GooglePLAYで無料アプリをダウンロード

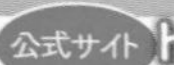

https://sumabo.jp/

●B6判

執着腹黒編集者×腐男子副編集長ラブコメ♥

BLを愛しすぎる編集者・副成は突然「ナレーション枠」が見えて大困惑！
そのうえ新人の柴咲が自分に好意があると知ってしまい…!?

オレがBL漫画のヒロインなんてありえねぇ！

LYNX
ROMANCE

そう念を押してから、改は慎重な手つきで、濡（ぬ）らされた窄（すぼ）みに触れてきた。そんな場所を触られるなんて思いもしなかったから、驚きに身を固くしていると、ぬるり、と細くて硬い何かが、鈴の中に侵入してきた。

「な、何？　何してるの？」

「男にはね、お尻の中にも、気持ちがよくなるスポットがあるんだ。射精まで行けるかわからないけど、少しは発散できるかもしれない」

改の指が、そんな場所に入り込んで中を探っているのだ。それがわかった時、頭の中で何かが爆ぜた。そんなとんでもないことを、改にさせている。されてしまっている。

感じたことのない背徳感でうなじがちりちりしたが、何度もローションを足されながら、撫でるように中を刺激されていくうちに、内側で体が跳ねるほどの感覚が起こった。

「待っ、て、おしっこ、おしっこが」

「大丈夫。尿意ではないよ。ゆっくり息を吐いて。俺を信用して、全部任せて」

吸って、吐いて。抜いては突かれ、優しく執拗（しつよう）に捏（こ）ねられて。数えきれないほどした自慰とは比べ物にならないぐらい不穏なものが、体の奥に生まれていた。とろとろと煮えたぎった何かが、指で犯された内側から腹へ、腹から脳を含む全身へと、流れ込んでいくようだ。

「あぁ、あん、うぁ、あ……」

（なに、これ）

これが始まってどれぐらい経ったのだろう。改の指を咥え込んでいる秘所が、勝手にひくひくして指を締めつけたがってしまう。思わずぎゅっと締めると、そのたびに頭の中がチカチカして、浮かせた腰の前からも透明な雫が滴って、何も考えられなくなっていく。

「うあぁっ、……う、あぁっ、あ！　あぁっ」

「とても上手だね、鈴。しっぽがずっと動いて、腰も中もうねってる。そんなに気持ちいいの？」

改の声が、頭の中でうわん、と膨張する。

抜き差しは速度を上げていく。そうされながらしっぽの根元をねっとりと撫でられると、わけのわからない叫びが止まらなくなった。会陰部を刺激されると同時に、ぐいと中を突かれた瞬間、鈴は吠えるような声を上げながら全身を強張らせた。

全身に霧のような汗をまといながら、ぐったりとシーツの浜に打ち上げられる。意識が飛ぶほどの快感が、遠くなったり近くなったりしながら、いつまでも引いていかない。夜半の部屋を満たす自分の速い呼吸音が聞こえていた。

荒い呼吸が自分だけのものではないことに気づき、肩越しに振り返ると、上気して少し苦しげに見える改の顔が、思いがけないほど近くにあった。熱に浮かされたような視線と、悩ましく寄せられた眉が色っぽくて、ようやく鎮まりかけていた肌がまた熱くなっていく。

「鈴。可愛い俺の鈴……」

聞いたことがない濡れた声で名前を呼ばれ、服越しにも猛っているとわかるものがしっぽの先に触れる。途端に、体より先に心が痺れたようになった。

改もまた興奮している。自分といることで、こうなっている。そのことが嬉しくて、たまらなく興奮した。改になら、滅茶苦茶にされてもいい。いや、されたい。

捩った姿勢で、近づいてくる唇を受け止めようと、本能的に目を閉じかけた、その時。

天井の四隅から、壁から、床から、ざわざわと揺らめきながら立ち上がってくる影が見えた。夢で見たより速い速度で、改の背中をめがけて飛び掛かってこようとしているのに気づき、鈴は大声で叫んだ。

「駄目！」

すると、今しも改を覆いつくそうとしていた影が動きを止め、揺らぎながら薄れて消えた。

いきなり怒鳴られた形になった改は、明らかにショックを受けた様子で、上気していた顔も今は白っぽくなっている。誤解をさせたんじゃないかと気づいた。

「ごめん、なさい、あの……」

嫌だったわけじゃない。改がしてくれることは全部嬉しい。ただ、狗神が。

「謝らなくていい。俺の方こそ悪かった」

あんなに熱を帯びていた視線が気まずそうにそらされ、体ごと離れていく。

「違うんです。改さん、ぼく、嫌だったんじゃなくて」

「うん、わかってるよ。大丈夫。もう鈴が怖がるようなことはしないからね」

鈴が怖かったのは狗神だ。本当にわかっているのか。ちゃんと誤解は解けたのだろうか？もっと言い訳をしたいのに、鈴の体を拭き清めている改の表情が酷く硬く拒絶的に見えて、それ以上どんな言葉を継いでいいのかわからなくなってしまった。

「今夜はもう少し仕事をしてから寝るよ。疲れただろう。先にお休み」

そう言って、改は部屋を出て行った。

ここが改の部屋なのに。仕事道具であるＰＣだってデスクの上に載ったままなのに。狗神に邪魔をされなければ、改は何をしたんだろう。改になら、何をされてもきっと嬉しかったのにと思うと、つくづく狗神の存在が恨めしかった。

(きっと今夜されたことの全てを、今後何度もなぞってしまうんだろうな)

鈴が吐いたため息は、細く長く、震えていた。


バースデーパーティーの日に宣言していた通り、長谷井はたびたび屋敷にやって来るようになった。

時間帯は平日なら夜、休日なら昼間で、必ず龍之進を連れている。仕事の打ち合わせをしに来ているようだが、単に元気いっぱいの龍之進を持て余して来ることもあるようだ。

日曜日のその日も、長谷井とその息子は屋敷を訪れていた。

龍之進は改装した離れをとても気に入り、そこで一緒に遊んだりおやつを食べたりすることも増えた。幼児は鈴の宝物の棚を興味深そうに眺めては、一つ一つ触り、使い方を訊いてくる。ストームグラスを激しく振ろうとしたり、壊れやすいものの傍を走ったりと、ひやひやさせられることもあったけれど、明るいエネルギーに満ち溢れたこの子供の訪問を、鈴はいつも心から楽しみにしていた。

鈴の精神年齢は長らく十歳時点で止まっており、今やっと思春期を迎えた段階にあるから、大人として幼い子供と遊んであげるというより、毎度自分も夢中になって遊んでしまう。

前回遊びに来てくれた時、龍之進が宝物のガラス玉を欲しがったことがあった。

——おっきいビー玉！　いいなあ！　おれのおもちゃと、とりかえっこする？

——ごめんね。これは宝物だからあげられないんだ。

いくら龍之進の頼みでも、これはあげられない。でも、小さな子供をがっかりさせたことが辛くて、あれからずっと気になっていた。

「見て見て！　おれも買ってもらった！」

母屋の方から飛び込んできた龍之進が、大粒のガラス玉を掲げている。鈴の胸のつかえも明るく晴れていくのがわかった。

「よかったね、龍ちゃ、……あっ！」

前ばかり見ていたせいか、幼児はあと少しというところで転んでしまった。持っていた袋の口が開いて、大小の透明なガラス玉が座敷の畳いっぱいに転がっていく。折悪しく、ちょうど床に座ってガラス玉を眺めていたから、全てが混ざって見分けがつかなくなる。

「龍ちゃん、大丈夫？」

龍之進の手足を確認したが、どこも擦り剝いてはいないようでほっとした。

「ごめんなさい。どれが鈴のかわからなくなっちゃった」

しょげてしまった龍之進に、鈴は「大丈夫だよ」と言って、迷わず一つを選びだした。

「ぼくの宝物はこれ」

「なんでわかるの？」

「見覚えのある傷がついてるし、何度も握りしめてきたから」

このガラス玉だけは、たぶん目を閉じていても感触でわかる。

「……やっぱりおれのより、そっちの方がいいものみたいな感じがする」

たくさんのガラス玉を買ってもらったのに、龍之進はまだ羨ましそうだ。

「大丈夫だよ。龍ちゃんがこのガラス玉を大事にしているとね」

と言って鈴は、床に転がっている中で一番大きなガラス玉を龍之進の小さな掌に載せた。

「思い出がガラス玉の中にどんどん貯まっていって、これを覗き込んだだけで思い出を取り出せるようになるんだ。今、ぼくにこれを見せてくれようとして転んじゃったことも、きっとこの中に入ったよ。いつかこのガラス玉が、龍ちゃんには世界で一番いいものに見えるはずだから」

「そっか。おれも宝物、作る！」

（宝物を作る……。確かにそうなのかも）

宝物は作られ育つものなのだ。その人がそれに込めた思いや時間の分だけ。

龍之進が元の元気いっぱいな様子に戻って安心したところで、台所でベルの音が鳴る。鈴の耳がとてもいいことを知ったタエが、おやつや食事が出来上がると、こうしてハンドベルで知らせてくれるのだ。

「今、ランチができたところだって。キッチンに行こうか」

どうしてそれがわかったのかと訝しがる龍之進に、ちょっとだけ得意な気持ちで、ハンドベルの種明かしをしてやる。

「にこわんビームは使えないけど、ぼくは人よりよく聞こえる耳を持ってるんだよ」

「凄い！　おれには全然聞こえなかった！」

龍之進は得心がいったように頷きながらこう言った。

「そっか。鈴の凄い耳のことも、今、このビー玉に入ったんだね」

（凄い耳、って言ってくれた）

ずっと重荷でしかなかった耳だけれど、鈴は初めてこの耳で良かったかもしれないと思った。

昼食は母屋の広いデッキで摂ることになり、鈴もガーデンテーブルにランチを運ぶ手伝いをした。ほぼ食卓が整ったところで、仕事の打ち合わせをしていた改と長谷井が現れた。

自慰にまつわる例の一件以来、改は少しぎこちない。今も視線が絡んだ途端、微妙に改の瞳が揺らいだのを見て、ズキン、と胸に痛みが走る。

あれから、改は鈴の傷ついた性器に塗る薬と一緒に、ローションやゴムも手配してくれた。あまり強く頻繁に擦ると、まだ刺激に弱い鈴のペニスは炎症を起こしてしまいかねないので、ゴムで保護した上でローションを使うといいことを、事務的と言ってもいい口調で説明していく。その後で、とても言いにくそうに早口で付け加えた。

——もし、自分でお尻を触りたくなったら、たっぷりとローションを使って、指にもゴムをするといい。デリケートな場所が爪で傷ついたりすることがないように。

——あの、改さん。あの時、ぼくが駄目って言ったことなんですけど。

もしかして、まだ誤解をさせたままでいるんじゃないかという気がして、謝って事情を話そうとしたのに、あの時の話を切り出そうとすると、即座に遮断されてしまった。

——もうその話はお互いに忘れないか。虫のいい話かもしれないが、この件は今はそっとしておいた方がいいように思うんだ。

（あの時、ぼくは凄く幸せだったけど、改さんはあの時のことを忘れたいの？　ぼくにしてくれたことは、改さんには仕方なしの、そんなに嫌なことだった？）

　そう思うと酷く惨めな気持ちになって、それ以上蒸し返すこともできなくなってしまった。

　改による荒療治のお陰か、自慰への執着は治まり、四六時中そのことばかりということはなくなった。だがそれは、どんなに自分で後孔（こうこう）を弄っても、改にそうされた時のような恍惚（こうこつ）感には至れないことを知ってしまったせいかもしれない。

（あんなことはきっともう、あれっきり）

　ひっきりなしの自慰は収まったものの、鈴はあの時改にされたことを繰り返し再生しては、行き場のない熱を持て余している。

「いい匂いに誘われてきたよ」

　子供の頃から斑鳩家に出入りしていたという長谷井は、タエに対しても遠慮がない。タエもそんな長谷井を可愛がっているらしく、嬉しそうににこにこしている。

「お昼はお野菜たっぷりのガトーインビジブルにしましたよ。今日は暑いですからね、日向夏（ひゅうがなつ）のジュレとアスパラガスの冷製ポタージュもどうぞ」

「だってさ。ほら龍、遊んでないでちゃんと座って。新妻ちゃんは愛する旦那様のお隣へどうぞ」

「自分の家でもないのに当たり前のように仕切るところが、お前らしいよな」

ぼそっと呟きながらも、改が鈴のためにガーデンチェアを引いてくれた。

大好きな人のすぐ傍に座れて嬉しいのに、少し苦しい。改の側の腕の皮膚がピリピリしているように感じられた。

ちらちらと横目に見る大好きな人の横顔には、鈴の顔色と引き換えにしたように、黒々とした隈が居座っている。

(改さん、大丈夫かな。疲れてるのかな)

問いかけたいけれど、臆してしまう。以前はどうしてあんなに無邪気に思ったことをすぐ口に出せたのだろう。鈴の視線に気づいて改が振り返り、にこっと笑った。それだけで心臓を撃ち抜かれ、脳が煮上がったようになった。

「手が届く?　ポタージュをよそってあげようか」

「ありがと、ござい、ます」

上ずっていたせいで妙に片言のようになった返事をどうとったのか、改の眼差し(まなざ)が寂し気に翳ったように見えた。

「……ここに置くからね」

微妙に距離ができてしまったのは、あの時以来気安く触れてこなくなった改のせいか、それとも、うまくしゃべれなくなった鈴のせいなのか。以前のような隔てのない関係に戻りたいのに、どうしていいのかわからない。

長谷井は、つい黙りがちになる鈴にも話を振ってくれる。気安い態度や軽妙な口調には、今より闊達(かったつ)だった少年時代の改を思わせるところがあって、話しやすいし気が楽だ。改とうまくしゃべれない分、鈴は長谷井との何気ない会話に救われていた。

仕事の電話が長谷井に入り、それを改に取り次いだ。改は静かな場所で通話をするためにいったんその場を離れていった。

改がいなくなると、妙に力が抜けたようになり、やっと食事も喉を通るようになる。ジャガイモにパプリカ、枝豆にアボカド、チーズにスモークサーモン。何層にも重なった断面が美しいガトーインビジブルを口に運んでいると、長谷井が鈴に向かって話しかけてきた。

「改のことなんだけどさ。あいつ、結婚してから明るくなったと思っていたけど、最近顔色悪くないか?」

「長谷井さんもそう思いますか?」

(やっぱり改さん、顔色悪いんだ)

最近、ダブルベッドで待っていても、改が朝まで戻ってこないことが多くなった。心配になって家の中を探しに行くと、リビングのソファに横になっていたりする。

そこまでくると、いかに鈍い鈴でも気づかないわけにはいかなかった。鈴と同じベッドでは、改は上手く眠れないのだ。

そう悟った時には、小さな世界の天が落ちてきたぐらいの衝撃があって、哀しさで胸がつぶれそうになった。けれど、鈴の気持ちなんて改の健康や睡眠より優先されるべきものではないから、鈴は最近、改の部屋にはいかず、自室のシングルベッドで休むようにしていた。

　ひとりのベッドを取り戻して、今度こそよく眠れるようになっていたらいいと思っていたのに。

「まあ、新婚さんだもんな。目の下の隈にあれこれ言う方が野暮な話か」

　長谷井が茶目っ気たっぷりにウィンクを寄越したが、鈴は意味が分からずきょとんとしてしまった。

「結婚してから、改さんは明るくなったんですか？」

　再会してからよりも少年時代の方が明るかったと思うが、会わずにいた十年の間の改がどんな風だったかは知らない。

「ああ。ひと頃は真っ暗だったよ。あいつが渡米したのは十六の頃だったけど、転入するタイミングとしては、少し遅過ぎたんだろうね。向こうでのコミュニティは既に出来上がっていて、言葉や人種の壁で随分苦労したらしい。あいつは見栄えも頭もいいから、男女問わずもてたようだが、それを妬(ねた)んだ連中から差別や苛(いじ)めを受けたんだ」

　改は自分がしてきた苦労が具体的にどんなものだったか、語ろうとしない。言葉の端々から、大変な努力をしてきたのだろうなと想像してはいたが、そんな想像など吹き飛ぶぐらいシビアな海外生活だったのだ。

少年時代にはなかった翳りや、眉間に寄りがちな皺のわけが、やっとわかったような気がした。彼の味わった屈辱や苦しみは、鈴には想像することも難しいけれど、今の鈴より若かった改がどんなに辛かっただろうと思うと、胸に重しを置かれたように苦しくなる。

「その上、向こうに渡って一年後に、母親を亡くしているだろう？　死に目に会えなかったことで、父親との間にも溝ができてしまって、十代の頃のあいつはほんとに暗かった」

顔から血の気が引いていくのがわかった。

「……ぼくのせいです。ぼくを助けようとしたから……」

鈴を助けようとしたばかりに、改はあのタイミングで国外に出ることになった。そのために慣れない異国で、苦労を重ねる羽目になった。

あげく母親の死に目にも会えず、あんなに息子を愛していた父親との仲にも亀裂が入ってしまったのだとしたら。

改が元々持っていた幸せを、滅茶苦茶にしたのは鈴だということになる。

手足が冷たくなり、体が震え始める。自分が今享受している幸せは、改の犠牲によって築かれたものなのかもしれないという視点は、ほとんど耐えがたいまでの衝撃を鈴にもたらした。

世界で一番大好きな人が、自分のせいで傷を負った。どうしたら償える？　いいや、償うことなどできはしない。改に失わせたものは取り返しがつかないものばかりだ。

（全部、ぼくのせいだ。ぼくが全身で改さんに寄り掛かったりしなければ）

自分さえ存在していなければ。今こうして息をしていることにすら罪を感じる。

「いやいや、そんなつもりで言ったんじゃないからね？　君にそんな風に思わせちゃうなんて、失言だったな。逆だよ、君のお陰であいつの人生は再びいい循環で回り始めたって言いたかったんだ。改は自分だけの家族を求めていて、長い間、君があいつの生き甲斐だったからね。こうしてその夢が叶ってよかったよ」

自分だけの家族。

ひとかけらの言葉に、鈴の心がしがみつきたがっていた。家族を持つことが改にとって意味のあるものなら、彼の家族でいることを自分の存在意義にしてしまってもいいだろうか。

「あいつは正義感が強くて、虐げられているものを見過ごしにできずに、丸抱えしてしまうようなところがある。不器用で考え過ぎの面倒くさい奴だけど、基本的には善良で優しい人間だ。でも、あいつは普通の男だよ。君が思っているよりずっと、欲望も傷もあれば、間違えることだってある、いたって当たり前の男だ」

長谷井の言葉を咀嚼して何とか理解しようと試みたが、うまくいかなかった。鈴にとって改は完璧で、神にも等しい存在だ。しばらく黙って考えてみたけれど、結局、こう答えることしかできなかった。

「ぼくよりもずっと長く改さんを見てきた長谷井さんがそうおっしゃるのなら、きっとそうなんだろうと思います。でも、ぼくの目には改さんに欠点など見当たらないし、間違えることがあるようにも思えないんです」

「君にそう思ってもらえることが、あいつにとって長らく支えであったことは確かだ。あいつもきっと、君のヒーローであろうとして自分を鼓舞してきたんだろう。でも、結婚した今となっては辛い部分もあるんじゃないかな。君の期待に応えたいと強く願うあまり、自分で勝手に戒律を定めて、雁字搦めになってる」

あの優しい人に、辛いことなどあるべきではないのに、それが自分に起因しているなんてもってのほかだと思った。

「ぼくはどうすればいいですか？　何か間違っていることがあるなら、直したいです」

熱心にそう訊ねると、長谷井は苦笑した。

「ほら。君も自分より改が最優先だろ？　君らは似た者夫婦だね。まるで君らはお互いを唯一神として崇めているたったひとりの信者みたいだ。もっと自分の『欲しい』に正直になったら？　相手の感情を推し量って自分のそれより優先してばかりでは、手に入らないものだってある。君自身の望みは何？　改とどうなりたいの？」

与えられるだけでなく、改の役に立つものに、改の傍にいることに引け目や不安を覚えずにいられるような人間になりたいと切実に思った。

「ぼくのために一緒にいてくれるだけじゃなく、改さんのために必要な人になりたいです」

そうなれたら、何度抑え込んでも湧き上がってくるこの不穏な渇望も満たされるだろうか。

充分な幸せをもらっているのに、改にしがみついてこの熱をぶつけてしまいたくなる衝動も、少しは収まってくれるだろうか。

「既になってるだろ？　あんなに目の下真っ黒にするぐらい、新妻に夢中なんだから」

さっきからどうも話が噛み合わない。

「改さんの睡眠不足の理由、長谷井さんにはわかるんですか？　ぼくにはわからないんです。寝室も別にして、今度こそよく眠ってもらえるんじゃないかと思ったのに」

「え？　寝室別なの？　……まさか、まさかだよな。いくらあいつが朴念仁でも。……まあいいや。その辺はあいつに訊こう」

長谷井は驚いたような顔をした後で、何やら言葉尻を濁した。

「婚姻関係なんて同衾する仲を公言しているも同然の、どのみち恥ずかしいものなんだ。親しき仲にも礼儀ありと言うけど、逆にある種の無遠慮が道理に適う瞬間だってある。改は君が可愛くてたまらないし、君もあいつがとても好き。だろ？　それはとてもシンプルなことのように、僕には思えるんだけどね」

空に星が上り始めてから、みんなで花火をした。

パチパチと爆ぜる火花を鈴が怖がると、改があまり大きな火花の出ないものを選んでくれた。切ったスイカの大皿を持ってきたタエも合流し、龍之進の燃えさしの始末をしてやりながら、自分でも花火に興じている。

ガーデンテーブルの上には、「思い出を貯める」と言って龍之進が置いたガラス玉が、煌めく光を映している。大好きな人ばかりが集い、様々な色の光が宵闇の中で美しく瞬いているさまは、夢の中の光景じみていた。

ガーデンチェアに腰かけて、手持ち花火に次々と火をつけていく長谷井親子の姿を眺めてぼんやりしていると、改が隣に座った。

「鈴はもうしないの？」

「はい、もうたくさんしたし、見ているのも楽しいです」

花火の灯りが照らしている間だけ、大好きな人の穏やかな横顔が浮かび上がる。暗くて向かい合わせではない今の状況が、今の鈴にはありがたかった。

テーブルの上に置かれたガラス玉に、改が目を留める。

「鈴のガラス玉がこんなところにあるね」

「それは龍ちゃんのです。ぼくのはいつもポケットに入れてあります」

ポケットから取り出して見せると、「いつも持ってるの？」と驚かれる。

「はい。一番の宝物だから」

頷いた鈴の頭に改が手を伸ばし、少しだけ躊躇うような間をおいてから、そっと撫でてくれた。久し振りの隔てのない接触に、哀しいような喜びが溢れ出しそうになる。

時間を止められたらいいのに、と鈴は思った。これまでの二十年の人生の中で、今ほど完璧に幸福だと思えた月日はない。一つでも何かが欠けてしまう前に、今、この瞬間に、時を止めてしまえたらいいのに。

「今はこの花火が精一杯だけど、いつか必ず、大きな花火大会に君を連れて行く。花火大会だけじゃなく、世界中君が行きたい場所どこにだって」

改さん、と鈴が呼び掛けた声に、何？　と答える声は、苦しくなるほどに優しい。

「ぼく、何かのお役目が欲しいです。タエさんのお手伝いだけじゃなくて、ぼくにできることで、何か改さんのお役に立ちたい」

「鈴はいるだけで俺の役に立ってるよ。鈴の存在が、俺の心の支えだ。でも、それだけじゃ駄目ってこと？」

頷いた鈴に、改は優しい声のままこう答えた。

「十月に結婚披露宴を催したいと思っている」

「結婚、ひろうえん……？」

「そうだ。内輪のパーティーじゃなく、会社の取引先なども招くそれなりの規模のものを考えている。君がこの屋敷から出られない以上、必然的に披露宴の会場もこの屋敷になる。君が俺の妻であり、千装屋敷の正当な所有者であることを、世間に知らしめるいい機会だ」

鈴は改の言葉を一言も聞き漏らすまいとして、熱心に聞いていた。

「決めなければいけないことは膨大にあるし、やりとりも煩雑だ。勿論、大きな決定事項には俺も参加するが、働きながらだと細かい事柄までカバーしきれないかもしれない。プランナーとの打ち合わせの窓口を、君に任せてもいいかな？」

改はたくさんのものを鈴に与えてくれるのに、鈴には何も望まない。改が好きでたまらなくて、改にも好かれていることは知っているのに、もっともっと好きになってもらいたいという願いには果てがない。でも、鈴が改にしてあげられることはごく僅かで、何をどうしたら喜んでもらえるのかがずっとわからなかった。

もし、その披露宴というものを成功させたら、改の役に立てるだろうか。失わせたものの償いになるとは思わないけれど、今よりもっと、鈴を妻に迎えてよかったと思ってもらえるだろうか。

鈴は、勢い込んでこう答えた。

「はい。是非、ぼくにやらせてください」

第四章

鈴は、季節の訪れを庭に咲く花々の移り変わりによって知る。風にそよぐ秋桜、深い緋色の吾亦紅、庭中を甘い香りで満たす金木犀。明るく奔放な夏の花に比べ、秋に咲く花々はどこか寂しげでいて、口にはしない情熱を奥に秘めているように感じられる。

改から頼まれた結婚披露宴の準備も、少しずつ進んでいた。

夏から月を追うごとに準備の内容も煩雑さを増し、決定待ちの期限が次から次へと迫ってくるにつれ、鈴の緊張は募っていく。

「そんなに緊張しなくても大丈夫。チェックは俺とプランナーの池端さんでするし、仮にミスがあったとしても君のせいじゃないから」

改はそう言ってくれるけれど、『イカルガフーズ』の重役達や、会社にとって重要な取引先も招く披露宴とあっては、ミスは絶対に許されないと思う。改の顔をつぶすようなことだけは避けたい。

幸いだったのは、今回の披露宴を担当してくれるウェディングプランナーの池端が鈴の事情を熟知しており、きめ細やかにサポートしてくれたことだ。あらかじめ改が様々なことを言い含めてくれていたお陰だろう。

改との間に業務的なやりとりが増えるにつれ、鈴と改の間にあった微妙な距離も縮まっていく。それが、鈴にとっては何よりも嬉しいことだった。

想像していた以上に、細かい決め事は無数にあった。

披露宴は屋内か屋外か。

ガーデンウェディングにした場合、雨の際にはどう対応するか。

飾り付けのテーマはどうするか。

演奏家は誰を呼ぶか。

料理はどこに発注するのか。

鈴は一つ一つの事柄を改に相談し、その結果を踏まえて、池端と具体案を練っていった。

年齢相応の知識や常識がない代わりに、時間だけはふんだんにあるから、どんなに小さなことでも独断や感覚で決めることはせず、改の立場に見合った格式が保たれるよう、丁寧に打ち合わせを進めていく。

鈴の懸命さに何か感じるところがあったのか、最初は慇懃(いんぎん)でビジネスライクな態度を崩さなかった池端の様子が、途中から変わった。自社では扱い例の少ないアイディアを出してきたり、可能な限りの過去例やサンプルを持参したりと、単なる仕事を超えた熱を見せてくれるようになった。

招待客リストと席次は改が決めてくれたが、欠席予定だった客が急に出席を申し出てくることもあって、リストそのものがギリギリまでフィックスできなかった。そのたびに多忙な改を煩わせ、席次を入れ替えることをプランナーに連絡するのも、社会経験に乏しい鈴にとっては神経が削れる仕事だ。

　そのようにして秋は少しずつ深まり、披露宴まであと半月となる十月を迎えていた。


　改が在宅している土曜日の午前中に、ひとりの訪問者があった。以前にも採寸のために屋敷を訪れたことのある老舗紳士服店のテイラー、相良だ。持参してきた箱が改と鈴の前で開かれ、中から二人分のスーツが取り出される。

「最終確認のために、試着をお願いいたします」

　仮縫いの時にも老テイラーにはしっぽも露わな下着姿を見られているから、今更躊躇いはない。相良に手伝ってもらいながら衣装に袖を通し、顔を上げると、既に着替え終わった改の姿が目に入った。

　シャンパンベージュのフロックコートが、長身で肩の張った体型によく映え、改を貴公子のように見せている。自分の夫である人が、男性的な美しさを持つ魅力的な男であることに、改めて気づかされる思いがした。

「こういった甘い色は似合わないし気恥ずかしいんだが、今回の主役は鈴だから、鈴の衣装との組み合わせが一番映えるようにと思ってね」

鈴の視線に気づいた改が、少し照れたように言うと、

「そんなことはございません。とてもお似合いですよ。斑鳩様はスーツを着るために生まれてこられたような恵まれた体格をしていらっしゃいますから。奥さまもそうお思いでしょう？」

テイラーにそう水を向けられて、ぼうっと改を見つめていた鈴は、こくこくと何度も頷いた。

「凄く、凄くかっこいいです。童話の中の王子様みたい」

それを聞いた相良が微笑ましそうに笑い、赤面した改が掌で顔の下半分を覆ってしまったから、何か変なことを言ったかと心配になる。

「君の方がずっと似合っている。やはりこのデザインにして正解だったな」

「ぼく、おかしくないですか？」

「おいで」

改に手を引かれ、姿見の前に立たされる。

鈴の衣装は、ヴィクトリアンテイストを加えたロングジャケットスーツで、身頃がタイトに絞ってあり、腰から下がふんわり広がるような作りになっていた。後ろが長くとられているために、フィッシュテールのドレスのようにも見える。真珠色の表地に、ジャケットの襟とベストとリボンタイは淡いマロンベージュ。それより少し濃いベージュが改のタイとポケ

ットチーフにも使われていて、二人が並んだ時の濃淡が計算されている。

非常に手の込んだ美しい衣装だった。前回までは仮縫い状態だったので、しつけ糸が外された完成形を見るのは今回が初めてだ。

デザイン画を見せられた時には、こんな立派な衣装を自分なんかが着たら不釣り合いではないだろうかと思っていたけれど、鏡の中の自分はいつもより上気しているせいか、顔立ちも違って見える。

「見てごらん。君こそ物語の中から現れた妖精のようだ。前から綺麗ではあったけど、近頃の君は庭の花々も恥じらうほどに美しい。こんなに美しい花嫁の夫であることが、心から誇らしいよ」

改は褒めてくれるけれど、自分ではこの衣装に釣り合っているようには思えない。それより肩に置かれた手を意識してしまって、背後からの声にくすぐられた耳が熱い。

「紳士服のテイラーがパニエを扱うことなどまずありませんからね。勉強になりましたし、お作りしていて楽しかったです。ドレスパタンナーの知恵を借りて作ったお衣装を、この上なく素敵に着こなしていただけて、私も満足です」

相良まで着姿を褒めてくれた。

鏡に映る衣装がどんなに豪華でも、首から上には犬耳を持つ自分の顔が載っている。当日はこの姿のまま、多くの人の前に立たなければならない。

——鈴がありのままの姿でいられて、誰からもとやかく言われない世界を実現したい。それが俺の夢であり最大の目標だ。もちろん、披露宴で君が耳を隠したいならそれでいい。君が楽でいられることが一番なんだ。ただ、俺が君のその容姿を誇ることはあっても恥じることなどけっしてないことだけは知っていてほしい。

改がそう言った時に、鈴の覚悟は決まった。

(ぼくが犬の耳をした姿で人前に立つことが、改さんの望む世界に少しでも近づくことになるのなら、ぼくは裸で大勢の前に立ったって構わないんだ)

長い間の刷り込みは根深く、自分を醜くないと思うことは鈴には難しいことだった。それに、外から来た人達の前に出ることは、今でも凄く怖い。

それでも半月後披露宴では、この素晴らしい衣装に恥じない、そして隣に立つ改に恥をかかせない自分でありたい、と鈴は強く願っていた。

披露宴当日に目覚めた鈴は、急いでベッドを下りて窓辺に駆け寄った。空を見上げて、雲一つない晴天であることを確認し、ほっと胸を撫で下ろす。

ガーデンウェディングが難しい悪天候だった場合には、広いロビーからダンスルーム、コンサバトリーまでを開け放って、室内での宴に切り替える準備はしていた。それでも、屋外でのプランよりはどうしても手狭になるのは避けられない。

（これならお外での披露宴ができる。本当に良かった）

誰よりもまず改のために、今日の披露宴の成功をずっと祈ってきた鈴にとって、抜けるような秋空はとても幸先のいいスタートであるように思われた。

ノックの音と共に、「鈴、起きている？」と改の声がかかる。

「はい。起きています」

「今日は慌ただしいから、早めに朝食を済ませておこう」

普段着に着替えてダイニングに下りると、すぐにタエがワンディッシュの朝食を出してくれた。

「今日のキッチンは、プロの料理人さん達のための場所になりますので、こんなものしかご用意できなくて」

「いや、充分だよ。タエさんも今日まで忙しかっただろう。いろいろとありがとう。今日は鈴のサポートを頼む」

「はい。お任せください」

鈴がサクサクしたクロワッサンを食べている間にも、門の外で車が停まる音が聞こえてくる。携帯電話で連絡を受けた改が、最後に一口コーヒーを飲むと、「ゆっくり食べなさい」と鈴に言い置いて立ち上がった。

すぐに屋敷の南側に広がる広い庭園で、物音がし始める。窓から外を眺めてみると、庭を横切っていく改の姿が見えた。その先では池端が、無線を使って誰かに指示を与えているようだ。

さまざまな資材が運び入れられ、その場で組み立てられていく。窓のすぐ下では、フラワーアーチにスポンジや水の容器が取り付けられ、薔薇が生けられているところだった。

その景色を見ているうちにどんどん緊張してきて食欲を失い、食べ物を大事にする鈴には珍しく、クロワッサンを半分残してしまった。

屋敷の中もすぐに人の行き交う音で騒がしくなる。ダイニングに隣接するキッチンからは、今日のコースを担当する創作フレンチ店のメインシェフの声が聞こえてくる。スタッフに檄を飛ばしているようだ。たいして食べてもいないのに胃がむかむかしてきた。

「もう召し上がらないようでしたら、下げてしまいましょうか」

タエに声をかけられてはっとした。

「ごめんなさい。美味しいんですけど、あまりお腹が空いてなかったみたいです」

「お加減は大丈夫ですか。お顔の色が優れませんね」

そう指摘されて、自分の血の気が引いていることを自覚し、思わず弱音が零れた。

「……今日、ぼく、ちゃんとできるでしょうか」

鈴の緊張に気づいたのか、タエは励ますような笑顔を浮かべた。

「勿論できますとも。今日一日、鈴さんの傍にはぼっちゃんが付き添っているんですから。鈴さんに嫌な思いをさせるような人がいたとしても、全部ぼっちゃんが追い払ってくださいますよ。怖いことなんか何もありません」

そうではない。怖いのは、自分が笑われることなどではなかった。そんなことならいくらだって耐えられる。でも。

「ぼく、ぼくがこんな姿をしているせいで、改さんが」

喉に何かが詰まったようになって、舌がうまく動かなくなる。

「改さんまで、変に思われたらどうしよう」

「思いたい奴には思わせておけって、ぼっちゃんならそうおっしゃるのではないですか？緊張するなと言っても難しいでしょうけど、どうかあの方を信じて、今日を楽しんでくださいな。私はとても楽しみですよ。大切なお二人の晴れの日ですもの」

からりと明るくそう言われると、波立っていた気持ちが少しだけ凪いで、体の震えも収まってきた。タエは鈴が落ち着くのを待ってから、「そろそろお支度しましょうか」と優しく促した。

生演奏に合わせて入場した鈴の姿を見た途端、ざわ……、と会場の空気が揺れた。

披露宴の前に執り行われる人前式。庭にしつらえられた席につく全員の視線が自分に、正確に言えば自分の耳に注がれるのがわかる。

（大丈夫。隣には改さんがいる。たくさん練習したし、準備だってしてした。改さんのお仕事の関係者も来ているんだ。失敗なんてできない）

驚き、当惑、好奇、嫌悪。様々な感情を乗せた視線が全身に張り付いて、体が鉛のように重くなる。いったんは治まったはずの胃のむかつきがまたぶり返してきた。大丈夫、ではないかもしれない。

脚が震える。逃げたい。この耳を隠したい。改に恥をかかせたくないという使命感がなかったら、耳を押さえてその場にしゃがみ込んでいたかもしれない。

その時、高く明るい声が、萎えかけている気分を掬い上げた。

「鈴、かっこいーー！」

リングボーイをお願いした龍之進の声だった。

「しーっ、静かに」

この人前式の立会人である長谷井が、焦った様子で息子に注意を与える。

裏のない心からの賞賛の言葉と、よく見知った父子の微笑ましい様子を見ていたら、竦みきっていた気持ちがすっと落ち着き、隣に立つ人だけに意識が集中していく。

繋ぎ合った掌の温みと、隣にある体の確かな存在感が頼もしい。

祭壇の前に二人で立った瞬間から、改はしっかりと鈴の手を握り、掌の確かな感触とまっすぐなその視線で、鈴を励まし続けてくれていた。

（改さんがぼくならできると信じていてくれるなら、必ず今日をやり遂げてみせる）

誓いの言葉の前に、改が長谷井からマイクを受け取った。

「本日はご多用の中、私達二人のためにお集まりいただき、誠にありがとうございます。お客様の中には、鈴に初めてお会いいただいた方が多いかと存じます。そんな皆様に、挙式の前に是非お聞きいただきたいことがございます」

（あれ？　予定ではこんな挨拶はなかったよね？）

少し驚きながらも、改のすることに間違いはないはずだから、鈴に不安はない。何をお話しするのかなと思いながら、始まったスピーチに耳を傾ける。

改は、鈴のような耳やしっぽを持つ人が昔はたくさんいて、当たり前に市井で暮らしていたこと、特に偏見もなく受け入れられていたことを、いくつかの例を挙げながら順序良く話していった。

「特徴ある容姿も含め、私には鈴が誰よりも美しく、愛しく思えます。ここにお集まりの皆様には、私だけでなく鈴とも隔てなく、末永くお付き合いいただけますようお願いいたします」

改が話し終えた後、場の雰囲気が少し和らいだのを肌で感じた。鈴のために偏見を除こうとしてくれた改の思いに、胸が熱くなる。

その後は予定通りに、式が進行していった。

「私は鈴さんを生涯伴侶とし、幸せや喜びを共に分かち合い、悲しみや苦しみは共に乗り越えて、永遠に愛することを誓います」

朗々とした声で、改が誓いの言葉を述べた。鈴が同じ言葉を繰り返すと、長谷井がグローブを受け取ってくれる。

龍之進が差し出しているリングピローから、改が小さい方の指輪を取って、鈴の左手薬指に嵌めてくれる。鈴も同じように、改の指にリングを嵌めた。自分の指にあるのとお揃いのリングが、節のしっかりした長い指で冴えた輝きを放つのを見て、目の前の素晴らしい男性に選ばれてここに立っている不思議に打たれた。

(本当に改さんとぼくは、夫婦の誓いを交わしたんだ。この会場にいる人みんなが、それを知ってるんだ)

予期せぬ小さな変更もあった。

前に改から口づけられそうになった時、狗神が襲ってきたことがあったから、誓いのキスの時に狗神が暴れ出して式が滅茶苦茶になるのを一番恐れていたのだけれど、改は唇ではなく鈴の指輪を嵌めた薬指へとキスしてきた。改もまた不測の事態を危惧(きぐ)していたのだろう。

緊張でガチガチになっていたその時の鈴は、式が無事進んだことに安堵するばかりで、口

づけられなかったことを残念に思うような余裕もなかった。

今日のために招いた管弦楽団が、ミュージカルナンバーを次々に演奏していく。曲が『My Favorite Things』に差し掛かった時、はっと意識が会場へと引き戻された。

宴も滞りなく進行し、ずっと張りつめていた気持ちが少しだけ緩んだのか、鈴は花嫁の席に座って少しの間放心していたようだ。

改が取引先の誰かと会話を交わしているのを見て、そう長い間ぼうっとしていたわけではなさそうだと思い、ほっと息を吐く。

会場を見渡すと、広い庭園だけでなく、屋敷の前階段やバルコニーまでもが花や果実やオーガンジーで飾りつけられていて、どこかお伽の国めいて見えた。

(ぼくにはとっても綺麗に見えるけど、改さんはどう思ったかな。気に入ってくれたかな)

会場のデコレーションのテーマは「実り」だ。改が経営する会社がオーガニック食品を主軸にした事業展開をしていること、改と鈴の長年の思いが実って迎えられた日であること、そして秋という季節のイメージから、花と果実をふんだんに用いたデコレーションを選んだ。

メインカラーのアイボリーに亜麻色とモーヴのアクセントカラーが添えられ、華やかでいてしっとりとしたムードが会場全体に醸し出されている。

この広い会場に、鈴の知人は長谷井親子とタエとウェディングプランナーの池端だけだ。改の父親は列席していたが、鈴は両親すら呼んでいない。と言うか、彼らが今どこにいるかも知らない。

改は彼らを呼びたいか、鈴の意思を確認してくれた。

——正直、君のためにはあの人たちと縁が切れたままの方がいいと俺は思っている。でも、鈴があの人たちとの同席を望むなら、何としてでも彼らを見つけるよ。

それに対して、鈴はその必要はないと答えた。彼らに見捨てられ飢え死にしかけた時以来、彼らは鈴の人生からフェードアウトしてしまっていて、愛着は勿論のこと、怨みすら残していなかった。

親と呼ぶ人が列席していないことを、特に哀しいとも思わない。龍之進は長谷井の実子ではなく甥なのだと先日知った。親子の絆の強弱が血の濃淡で測れないことは、龍之進と長谷井の仲睦まじさを見ていればよくわかる。

頭の中に叩き込まれている進行表を辿り、無事にクリアした項目に脳内でチェックを入れていると、

「疲れた？」

取引先との会話を終えた改が、鈴を気遣ってきた。正直なことを言えば、鈴は大勢の見知らぬ人の前に出るのも初めてなら、こんなに一時に視線を浴びせられたのも初めてで、気力

で何とか姿勢を保っている状態だった。でも、改に心配をかけたくなくて、「大丈夫です」と言った。

「あと少しだからね。そうだ、『イカルガフーズ』のオーガニック食品を使った料理を、何人かのゲストに褒めていただいたよ。鈴がコースの選定を頑張ってくれたお陰だね。ありがとう」

　頑張ったのは自分よりも、多忙でありながら嫌な顔一つせずに決め事に付き合ってくれた改と、プランナーの池端だと思うから、鈴はふるふると頭を振った。それでも褒めてもらえたのが嬉しくて、普段より蒼褪めている頬に血色が戻る。

「お料理もさっきのお皿でほとんど終わりですね。後は」

　コースの最後を飾るデセールだけ、と言おうとした鈴の耳に、ふと母屋の方角からの話し声が入ってきた。

「遅いぞ。後はデセールしか残ってない」

「渋滞したんだから仕方ないだろう。……はソルベにかけるソースに混ぜればいい」

　生演奏や会場の喧騒（けんそう）をかき分けて聞こえてくる声が注意を引いたのは、祝いの席には相応しくない、緊張と苛立ちを含んだ声色だったせいだ。

　声がした方角はキッチンから出た廊下の辺りだ。調理スタッフはほとんど庭の方に出揃っていて、食べ終えた皿を下げ、飲み物をサーブしている。今、キッチンには盛り付け担当のスタッフ数人しか残っていないはずだ。

ざわりとうなじの産毛が逆立った。一部よく聞こえなかったが、「毒」と聞こえたような気がする。

(毒を、ソルベのソースに混ぜると言った?)

「改さん、ぼく、少しだけ外しますね」

一言だけ断ると、鈴は足早に屋敷の中へと入っていった。

ひと気のないロビーとダイニングを通り過ぎ、突然の花嫁の登場に驚いた表情を浮かべているキッチンのスタッフたちに黙礼して、まっすぐ廊下へと向かう。

廊下の先に、配送業者風の服装をした男と盛り付け担当スタッフのひとりがいて、鈴を見てあからさまにぎょっとした顔になった。鈴は躊躇うことなく彼らが手にしているステンレス製のソースポットを取り上げようと手を伸ばした。

奪われまいとする男達と揉み合いになり、あっと思った時にはソースポットが床に落ちて、衣装のジャケットの身頃に赤紫色の飛沫が飛び散った。

それには構わず、鈴はポットを拾い上げた。料理を選定した際にコースで出る料理は全て自分でも食べて確認したのだが、その時ソルベにかけられていたフルーツソースとは明らかに匂いが違う。嫌な、刺激のある匂いが混じっている。

何か良くないものが混入されているのだと確信した。

「……何を入れたんですか？」

これまで怒声を上げたことなどなかった鈴が、今初めて全身で怒っていた。

「この中に、何を入れたんですか！」

鈴の大声に気づいた厨房スタッフが、心配そうな顔を覗かせたのにも気づかない。

「何言ってるんですか。言いがかりはよしてくださいよ。服が汚れたのだって、そっちがつかみかかってきたせいでしょ」

最初は怯んでいた白いコックコート姿の男が、鈴の小柄な体や幼い顔立ちを見て侮(あなど)ったのか、居直った様子を見せる。

全身が熱くなって、燃え出しそうだった。

鈴が制止していなければ、異物入りの食物が客の口に入っていたかもしれないのだ。

今日は一つも失敗したくなかった。このソルベだって、改にも相談し、悩んで決めた大事な一皿だった。準備を重ねて、改のために絶対に成功させたいと願って、ようやく迎えた披露宴で、よくもこんな真似を。

〈許すな、許すな、許すな〉

奇妙な声が耳の奥で膨張していく。

許す？　まさか。絶対に許すものか。

〈罰を、罰を、罰を〉

そうだ、罰を。この連中に相応しい極大の報いを。

体の奥から何かが弾けて飛び出すような衝撃があった。見えないものに突き飛ばされたコックコートの男が恐怖の表情を浮かべ、腰を抜かしたようにその場に尻をつく。配送業者風の男が身を翻して走り出そうとすると、黒い影が一斉に二人へと集まっていき、二人は蠢く影に覆われて二つの黒い塊になる。

〈そうだ、それでいい。お前達など、狗神に食われてしまえばいい〉

残忍な喜びが込み上げてくる。かつてないほどに全身に力が漲り、自分が無敵であると確信できた。今なら何だってできる気がする。我らを惨たらしく扱った人間どもに、復讐を。我らがかつて受けた以上の苦痛を与えて——。

「何をしている?」

背後から改の声がした。その声ではっと正気を取り戻し、床でのたうち回る黒ずんだ塊を見て、ひっ、と喉が鳴った。

「駄目、止めて。止めろ!」

強く命じると、影は揺らぎながら薄らいでいき、やがて消えた。自分達を襲うものが消えても、男達は臆しきったように床から立ち上がれない。キッチンから顔を出して事の成り行きを見守っていた厨房スタッフ達も、青い顔をして立ち尽くしている。

「何があった?　この人達は?」

「フルーツソースに何かを入れていました。ぼくには匂いで分かります」

鈴の返答を聞いて、改の表情が変わった。

「理由は後で問うことにして、この二人には空き部屋で待機してもらおう」

改と厨房スタッフによって二人は拘束された。

「彼は古参のスタッフ？」

改から鋭い声で問われた厨房スタッフが、「先月入ったばかりの新入りです」と答えた。

「披露宴が終わるまで騒ぎにしたくない。申し訳ないが、責任を持って彼らを確保しておいてくれないか。逃げられないように、常に傍で見張っていてほしい。ソースポットは証拠品なので、私が預かる」

「承知しました」

改は鈴を自室に連れて行くと、「少しここで待っていてね」と言い聞かせて部屋を後にした。らしくもなく感情を爆発させたせいで、鈴は一種の虚脱状態に陥っていた。

もっと大事なことがあるような気がするのに、デセールはソルベにかけるソース抜きでお客様に出すのだろうか、などとぼんやり考える。いや、きっと疑いのかかった皿を客に出すことはないだろう。

（悔しい）

あんなに一生懸命、一品一品吟味して選んだ、コースの最後を飾る一皿だったのに。

懸命にそんなことを考えている隙間に、思い出したくない忌まわしい影達の残像が忍び込んでくる。あの時の鈴は、確かに強い憎しみに衝き動かされていた。そしてその黒い感情とリンクしているかのように、狗神が犯人達を襲った。

こんなこと、今までには一度もなかった。自分と狗神はどういう関係にあるのだろう。自分が今回のように憎しみの感情に身を任せてしまえば、今後も同じようなことが起こるのだろうか？

（ぼくは狗神の仲間？　両親に言われた通り、ぼくは化け物なのかな）

赤紫色が点々と散る衣装を見下ろして、さらなる絶望感が込み上げてくる。袖を通すのがもったいないようだった美しい服が、台無しになってしまった。この有り様では、何か月も準備してきた披露宴の場に、もう立てない。

十二時の鐘の音で魔法が解けたシンデレラの気分だった。この衣装のお陰で、かろうじて改の隣に立っていられたのだ。普段着に戻れば、華やいだ場の主役には程遠い、ちっぽけで犬耳をした鈴に戻ってしまう。

悄然（しょうぜん）とベッドに腰かけていると、軽いノックの音がして、タエが入ってきた。木箱と腕いっぱいの薔薇を抱えている。

「大丈夫ですか。ぼっちゃんからお話を伺って来ました」

「タエさん……」

「おしゃべりするのは後ですよ。染みはジャケットの数か所だけですね。さあ、お衣装を脱いで下さい」

タエは木箱から取り出した鋏で生花を短く切り、茎にフローラルテープで安全ピンを巻き付けると、目にもとまらぬ速さでジャケットの染みがある部位へと留め付けていく。

「庭の装飾をお願いしたフローリストさんに、お屋敷に飾る薔薇もお願いしていたんです。これが思いがけず役に立ちそうですよ」

普段通りのおっとりとした口調で話しながらも、作業の手は緩まない。あっという間に赤紫色の飛沫は隠れ、淡いグリーンからアイボリー、アプリコット色にかけての薔薇が、左肩から右裾まで流れるようにあしらわれたデザインへと変わっていく。

タエは上衣を鈴に着せ、鈴の髪を手早くコームで整えてから、クリーム色の薔薇を一輪垂れ耳の上の辺りにヘアピンで留めつけ、満足そうに頷いた。

「ほら、お色直しのお支度が整いました。どこから見ても三国一の花嫁さんですよ」

鏡で確かめてみると、まるで最初からこのデザインだったかのように、衣装はより華やかなものに変貌していた。

(凄い……)

「魔法、みたいです。タエさんがいなかったら、ぼく……」

胸がいっぱいになってしまって、それ以上言葉が出てこない。もう披露宴の会場には戻れないものと諦めていたが、これなら改から与えられた大事なミッションを、最後まで完遂することができる。

タエの魔法が、ウェディングケーキでも発揮されていたことを思い、ぐっと喉が押しあがったようになる。

大事な日のケーキをタエにお願いすることは、披露宴の話を聞いた最初の時から決めていた。バースデーパーティーで、タエが鈴のために作ってくれた美しいスズランのケーキ。日本にどれだけ名パティシエがいたとしても、あれほど心のこもった幸福なケーキを作れる人は、タエ以外にはどこを探してもいないと思ったからだ。

鈴がお願いすると、タエは二つ返事で引き受けてくれた。

今日のウェディングケーキは一層見事なもので、ベリー類とクリームの草花、シュガークラフトの小鳥をあしらった愛らしい三段ケーキは、招待客にも大好評だった。各テーブルを挨拶で回った時に、どこに頼んだものかと訊かれたほどだ。

鈴は、喉を押し上げているものを何とか飲み下した。

「ありがとうございます。あの素晴らしいウェディングケーキも」

こんな月並みな言葉じゃとても足りない。今の気持ちを表せるぴったりの言葉があればいいのに。

「お礼を申し上げたいのはこちらの方です。晴れの日のケーキを任せていただけて光栄でしたし、久しぶりに腕を揮えて楽しかったです。それに、家政婦の立場でおこがましいことですけれど、自分にもし子供がいたらこうしたいという夢を、ずっとぼっちゃんに投影してきた気がします。ぼっちゃんの長年の夢が叶って、私も本当に嬉しいんです」

タエの改に対する情愛はずっと感じていたけれど、それは改を本当の子供みたいに思っているせいだったんだな、と鈴は思った。

「改さんも言っていました。俺には二人母親がいるようなものだって」

そして鈴も、想像してみることがある。もし自分が生まれたのが千装の家でなく、望まれて生まれてきた普通の子供だったとしたら。

(もしかしたら、お母さんってこういう感じなのかな。よそのおうちの子供にはみんな、タエさんみたいな優しいお母さんがいて、お世話を焼いてもらったり美味しい食事を作ってもらったりしているのかな)

タエが仕事として世話をしてくれていることは承知している。それでも鈴は、こんなに心遣いの濃やかな人に支えてもらっている自分を、本当に運がいいと思っていた。

そんな鈴の心を読んだかのように、タエがりんごを連想させる笑顔になる。

「今では、鈴さんもタエの夢ですよ。美味しそうに私の作ったものを召し上がってくださるお姿を見るたびに、自分の辿ってきた道には少しも無駄なんてなかったんだと、そう思うことができるんです。さ、会場に戻りましょう。お客様が花嫁を待っていますよ」

そこから披露宴の終わりまでは、ふわふわと足元が浮き上がっているような気分だった。

門のところで改と二人、招待客を見送る。改がひとりひとり言葉を交わし、鈴も練習した通りに挨拶した。鈴の犬耳を気味悪そうに見ていく者もいたが、初見の時より視線が和らいだ客も少なくないことが意外だった。

「改さん、おめでとうございます」

改に声をかけてきたのは、会場でも特に目立っていた客だ。二十代の前半に見える美貌の男で、光沢のあるライトグレーのスリーピーススーツを身に着けている。

「朔也くん。今日はよく来てくれたね」

開催側のマナーは今回の披露宴のために一通り学んだ鈴だったが、披露宴に主役と見紛うような服を着て出席することが非常識であるという知識はなかったから、ただ男の容姿に感嘆するばかりだった。

（綺麗な人だな。改さんと並んでいると、絵みたい）

改に身を寄せ、やけに親しげに二の腕の辺りに手を添えて笑いかけている。その様子を見た他の招待客がこう囁き合っているのが、鈴の聡い耳に届いた。

「彼は？　随分とまた器量がいい青年だな」

「光峯家の長男の、朔也くんだよ。ほら、新郎の許嫁だという噂があった」

「随分親しそうじゃないか？　ああしているとお似合いで、彼の方が新婦に見えるな」

「まったくだ。朔也くんにしておけばよかったものを、何もあんな――」

（いいなずけ、って何だろう？）

知らない言葉だ。でも、お似合いという言葉なら鈴にもわかる。そう言われて見れば、華やかな容姿をしていて鈴より十五センチは背が高いその男の方が、改の花嫁としてずっと似つかわしいように見えてきて、少しだけ心が沈んだ。

「鈴、こちらは光峯朔也くん。光峯家とは古くから家族ぐるみで付き合いがあるんだ。光峯さん、本日はお忙しいところをどうもありがとうございました」

改は鈴に朔也という青年を紹介してから、朔也の後ろにいた五十代の男と言葉を交わし始めた。朔也の父親だろうかと思っていると、美貌の青年は値踏みするように鈴の全身を眺めだした。

「ふーん。君が改さんの。なるほどね」

ふっと鼻で笑う。綺麗なアーチを描く二重瞼から照射される視線は、とても好意的なものとは言えず、改には相応しくないと思われているであろうことは、鈴にもわかった。

朔也以外にも、そういう含みを持たせた言葉を投げかけてきた客はいた。

――それにしても、素晴らしい博愛精神ですな。

――いやあ、驚いたよ。見上げたものだ。

改を褒める体で、視線が、言葉の棘が、鈴のような異形の者を妻に迎えたことを糾弾していた。そんな招待客に対する際も、改は堂々と誇らしげにこう言っていた。

――素晴らしいのは妻です。今の私の幸福は全て、妻のお陰です。

常に晴れやかな表情を崩さず、鈴を恥じることなど絶対にない、鈴を妻にできて嬉しいと、言葉や態度で伝え続けてくれた。改が隣にいてくれなかったら、宴の終わりまで背筋を伸ばして立っていることなど、とてもできなかっただろう。

でも今、改は他の客に対応中で、彼の助けは得られない。この場面を自分だけで切り抜けなければならないのだ。

「お色直しって普通は挙式の後すぐにやるもんじゃないの？」

異物混入未遂事件のことを話せるわけもなく、言葉に詰まっていると、「別にどうでもいいけど」とひとりで話を終わらせてしまった。特に話すことも思いつかないので、おとなしく教わった通りにお辞儀をする。

「本日は、お忙しいところをお越しいただき、ありがとうございました」

朔也は、冷ややかな一瞥をもう一度鈴に向けた後に門を出ていった。朔也に威圧感を覚えていた鈴は、ほっと息を吐いた。

ほぼ全ての客が帰った後で、まっすぐ鈴に向かって歩いてくる紳士の姿がある。改の父親だ。

恰幅がよく裕福そうな印象はそのままに、十年の歳月は、その人を初老の男に変えていた。

改の父親は鈴の前に立つなり、深く頭を下げた。

「鈴くん。十年前には、君が劣悪な環境に置かれていることを知りながら、見殺しにするような真似をして、本当に済まなかった。どんな理由があろうとも、人として許されることではない」

「父さん、こんな場所で」

改は眉を寄せたが、

「お前が今日まで会わせなかったんだろう。こんな場所だからこそ、けじめをつけておきたいんだ」

と言って、改の父親は話を続けた。

「私は駄目な父親だ。当時は自分の息子に累が及ばないようにとそればかりで、改にとって君が生きる意味になっていることに気づけなかった。これでようやく改も人生の捻じれが解けて、長い間の夢を叶えたんだな。今日君達二人を見ていて、それがやっとわかったよ。私がした仕打ちは許してくれなくて構わないが、どうか息子のことをよろしく頼む」

再び深く頭を下げた人の髪が半白になっている。年を取った、と思った。そして十年前には気づかなかったことだが、面立ちが改によく似ている。

鈴に深く関わったことで改は母親の死に目にも会えず、この愛情深い父親もまた、息子と距離ができて哀しい思いをしたのだ。年老いた当人を目の前にすると、そのことが実感されて、申し訳なさが込み上げてくる。

「どうか謝ったりしないでください。お父さんに大事にされて育ったから、改さんはこんなに優しいんだなって、ずっと思っていました。こちらこそ、ぼくのせいでご一家が哀しい思いをしていたことを、最近まで知らずにいました。本当にごめんなさい」

言葉が拙（つたな）いせいで失礼はなかっただろうか、言いたいことはちゃんと伝わっただろうかと、どきどきしていると、改の父親が鈴の顔をじっと見つめる。初老の紳士の瞳は、少し潤んでいるように見えた。

「また、訪ねてもいいだろうか。君とゆっくり話してみたい」

「ぼくも、またお話しできたら嬉しいです」


披露宴が終わってすぐに、改は拘束していた異物混入未遂の二人と証拠品のスープポットを警察に引き渡した。警官が鈴に質問する間も改がずっと付き添ってくれていたので、鈴は必要以上に怯えることなく、言葉はたどたどしいながらも、しっかりと自分の見たことや聞いた言葉を伝えることができた。

壁を隔てた言葉を聞いたという言葉に、警官は半信半疑の様子だった。

「奥さんを含め、何かを混入した場面を目撃した人はいなかったわけですよね？　ポットに残っている液体も微量ですし、仮に混入物があったとしても、検出できるかどうか」

胡散臭そうに言う警官に、改が告げる。

「妻がこんなことで嘘をつく理由がありません。必要なら後日、妻の聴力を調べてもらっても構わない。調理スタッフに訊いたところ、そちらの料理人は雇われたばかりだそうです。商売柄、いろいろな可能性が考えられますので、まずはこの二人の身元や経歴をお調べになってみてください」

改の様子があまりにもきっぱりしていたからか、警察は態度を改めて二人を連行していった。

調理スタッフや資材を搬出する業者が引き上げ、ウェディングプランナーの池端も帰ってしまうと、タエは鈴が衣装を脱ぐのを手伝ってくれた。

「このお衣装は腕のいいクリーニング屋さんにお任せしてみましょう。リラックスできるように、カモミールティーをお淹れしましょうか」

「タエさんこそ、今日は疲れただろう。お茶はもういいから、今日は早めに休んでくれ」

鈴と同じくルームウェアに着替えた改とリビングで二人きりになると、屋敷の中が急にしんとして感じられた。

「鈴。今日は本当によく頑張ってくれたね。あまり食べていなかったようだけど、お腹は空いていない？」

鈴は頭を振った。披露宴では緊張で折角の料理が喉を通らなかったが、まるで空腹は感じない。ただ体が酷くだるくてふらふらする。

「可哀そうに、疲れ切っているね。顔色が真っ白だ」

優しく改にそう指摘されて、自分がとても疲れているのだと気づいた。急にふわっと体が浮き上がる。改にソファから抱え上げられたのだ。

「今夜はもう横になりなさい」

「お風呂は？」

「この状態で入ったら溺（おぼ）れてしまうだろう。明日の朝でいい」

自室まで運ばれ、ベッドの上に降ろされる。緊張が解けたせいか、急に全身の力が抜けて、口調もあやふやになる。

「改さん。今日の披露宴、ぼくはちゃんとできていましたか？」

「ああ。完璧だった。君が今日してくれたことは、君が思っているよりもずっと大きな価値があったんだよ。池端さんも褒めていたが、君は客にもスタッフにも等しく礼を尽くし、恐怖や疲れを態度に出さず、美しい立ち姿を崩さなかった。その結果、退出の際には君への態度を変えた招待客も多かった。君の立ち居振る舞いが、彼らの認識を変えたんだ」

そうだろうか。本当に、改に恥をかかせていなかっただろうか。鈴にとっては自分がどう見られたかより、改が客からどう思われたかの方がずっと大きな心配事だ。

「それだけじゃない。君が異物混入に気づいて未然に防いでくれなかったら、『イカルガフーズ』の経営状態が大きく傾いた可能性もある」

「えっ？」

「まだあのソースに入れられた異物が何だったかはわからないが、社長の披露宴で社のオーガニック食品を用いた料理によって健康被害が出たと想像してごらん。傷つくのは俺個人の評判だけでは済まなかっただろう。君は俺だけではなく、社の名前も守ってくれたんだよ」

鈴は世の中のことに疎いから、到底そこまでは考えが及んでいなかった。改めてそう聞かされると、本当に危うい場面だったのだと実感されてぞっとする。

「まあ、これからは危ないことをひとりでしようとせずに、まず相談してほしいけどね」

「……ごめんなさい……」

犯人に単独で立ち向かったことは、無謀だったのだなと思い知った。改が後を追ってきてくれて、たまたまなんとかなったけれど、一つ間違えば大きな騒ぎになって、披露宴を台無しにしていたかもしれない。

「改さん」

「ん？　何？」

穏やかな視線や低く豊かな声が、普段よりとても甘く感じられる。

「ぼくの話を信じてくれて、ありがとうございます。あの時、改さんはソースに何か入っているって言ったぼくの言葉を少しも疑わなかった」

「鈴の嗅覚が確かなことを一番よく知っているのは俺だからね。それに、披露宴の成功を誰より願っていた鈴が、無用な騒ぎを起こそうとするわけがない。俺が君を疑うはずがないよ」

改がベッドの傍に膝をついて、鈴の髪や耳を撫でてくれる。疲れ切った鈴を慰めるように、これまでの労をねぎらうように。

「人前に立つのは怖かっただろうね。無遠慮な視線を投げつけられて、さぞかし辛かっただろう。鈴、俺は君が誇らしいよ。本当にありがとう」

改の瞳が日頃より濡れているように見えた。じん、と改の言葉が胸に沁みて、これまでの努力の全てが報われたと感じた。

(ぼく、少しは改さんのお役に立てたと思っていいの?)

「明日からはしばらくのんびりするといい。鈴にご褒美をあげなくちゃね。何が欲しい?何でも言ってごらん」

「何でも?」

「ああ。俺にあげられるものなら何でも。君はもっと俺に我儘を言っていい。君の夫は、可愛い奥さんを甘やかしたくて仕方がないんだから」

今夜が終わるのが惜しい。あやす手つきが嬉しくて、幼い頃のように改にくっついておしゃべりしていたかった。狗神のことや、改の父親のこと、タエが鈴の衣装にかけてくれた魔法のこと。怖かったことも、幸福を覚えた瞬間のことも、今日一日を通して感じた全てのことを。

本当は、ずっと独り寝のベッドが寂しかった。久し振りに隔てのない仕草で頭を撫でてくれたことに勇気を得て、思い切ってこう言ってみる。

「あのね、あの、今夜は一緒にいてほしいんです。ずっとじゃなくていいから、今夜だけ」

鈴の言葉を聞いて、改が驚いたように目を瞠る。

「それだけ？　それが一番君の欲しいものなのか？」

「はい。……駄目ですか？」

「もちろん、いいよ」

改はすぐに鈴のベッドに入ってきた。

鈴のベッドは改の部屋のものより狭いから、広い胸の中に鈴の華奢な体がすっぽりと入ってしまう。温かくて安心で、くっついていられるのが嬉しくて、顔を改の首元に擦り付けた。

「寂しい思いをさせていた？」

寂しいと言ったら、優しい改を申し訳ない気持ちにさせてしまうかもしれないから、鈴は返事の代わりに頭を振る。

「婚姻届けを出した時からずっと考えていたことがある」

少し改まった口調で改が話し出したので見上げると、思ったよりずっと近くに、至極真面目な表情を浮かべた改の顔がある。

「君を自由にするために狗神を呼び出す条件の一つ、『一人前』の解釈についてだ。俺はこの言葉の意味を、単純に年齢的な意味合いで解釈していた。でも、二十歳を成人と定めたのは明治の頃で、狗神が憑いた時代と今とでは、一人前と見なされる年頃も全然違っているはずだ。もし条件が年齢ではないなら、何をもって大人になったとみなすのか」

鈴は改の言葉を一言も聞き漏らすまいとして、じっと耳を傾ける。

「鈴。俺は君が可愛いいし、とても大切だ。君を怖がらせたくないし、間違った理由で受け入れてほしいとも思わない。だから、この先のことは君が心身共に大人になるまで待つつもりでいたんだ。でも、もしこれが君を自由にするために必要な条件なのだとしたら？」

眇めた目やどこか苦し気な艶めかしい表情に、どきんと心臓が跳ねた。

「まだ試していないのはこれだけなんだ。だから、今夜はたとえ君を泣かせても、俺は君を抱くつもりでいる」

改の言葉の意味は、知識のない鈴にはよくわからなかったが、肉体に眠る野生が「この先のこと」と予感して、幼い欲望に火をつける。さっきまで甘えているだけで満足だったのに、鼻腔を満たす肌の匂いや改の体温を急に生々しく感じて、体の奥の方から何か途轍もなく野蛮な脈動がせり上がってくるのを感じた。

息が上がり、体が熱くなる。前にこんな状態になった時のことを思い出し、これ以上高ぶってはいけないと思うほどに、下腹が熱くなる。硬くなってきたそこを改から離そうと身じろぎした時、改もまた勃起していることに気づいた。

「ぼく、ぼくは、改さんになら、何をされてもいいです……っ」

上ずった声でそう告げると、顎を掬い上げられた。ほんの一瞬、逡巡したような間があったが、それを振り切るように改が顔を寄せてくる。

ふわり、と羽根が舞い降りるように口づけられる。一秒にも満たずに離れた唇が、すぐにまた戻ってくる。狗神の襲来に怯えたのも束の間、弾力のあるものが自分のそれにそっと押し付けられるのが気持ち良すぎて恍惚となり、怯えが霧散していく。

繰り返される柔らかなキス。やがて口づけはより大人のそれへと変化していく。改が鈴の小さな唇を食み、間から舌を忍ばせてくる。舌を絡ませ合うキスに、鈴はついていくのもやっとだ。翻弄されながらも、脚の間で強張ったものの先端から染み出したものが、下着を濡らすのがわかった。

改が鈴の服を脱がせ、自分でも忙しなく服を脱いだ。これまで何度も見てきたはずなのに、改の裸体が正視できず、鈴は自分が脱がせられる間も、改が脱いでいる間も、ずっと目を閉じていた。

ふいに胸の先端に濡れた感触がして、驚いて目を開く。改が小さなそこを舐っているのを知って、全身が茹で上がったようになった。

「な、なんでっ？　あ、あん、だ、めぇ」

以前、自慰を手伝ってもらった時には、そんな部位は弄られなかった。予想もしていなかった場所を、尖らせた舌で小刻みに弾かれたり、吸い出すようにされたりすると、きゅんきゅんとした疼きが起こってたまらないような気持ちになる。

「いやぁ、そんなとこ、……あっ、ア！」

凝ってしまった右の尖りを執拗に舌先で転がされ、左の尖りを指先で捏ねられると、まだ触れられてもいない下腹にまで血が集まってきてしまう。鈴は膝を合わせて高まりを抑えようとした。

だが改はそれを許さず、逆に腿が攣りそうになるほど限界まで大きく開かせた。何もかもを露わにさせられた姿勢のはしたなさに、気が遠くなりそうだ。決定的な場所には触れてもらえないまま、敏感な耳の内側にねっとりと舌を這わされ、背中に敷き込んだしっぽを引き出されて根元から先端にかけてやわやわと揉み上げられる。

わだかまった熱を持て余した腰が、ひとりでに動いてしまう。潤み始めた若い穂を捕らえられ、親指でゆるく穂先の涙を拭われればたまらなかった。

「だめぇ、出ちゃう……っ」

「駄目だよ、我慢して。達してしまうと多分君は疲れて眠ってしまうだろう？」

普段とは違う、余裕をなくした張り詰めた声。

目をぎゅっとつぶっているせいで、ローションをたっぷりまとった指先が忍んできた時には、びくっと体が揺れてしまった。

焦らすようにゆっくりと、改の指が鈴の狭い場所を出入りする。

「拡げないと傷つけてしまうからね。苦しくはない？」

はしたないそこが改の長い指を食い締めていることを意識してしまい、またひとりでにきゅっと締まる。途端に鋭い快感に総身を貫かれて、うねる体が止められなくなる。

「あっ、あん！　あぁん！」

「……どうにかなりそうだ。そろそろ挿れるよ」

（いれるって、何を？）

行為への知識がなく、指で苛められたそこに何がなされるのかも理解しないまま、鈴は甘い悲鳴を上げた。

「は、はやく、はやく……っ」

どうにかなりそうなのは鈴の方だった。とろ火で炙られるような愉悦は、敏感に過ぎる体には甘い拷問にも等しくて、一刻も早く、この体の奥で滾る何かを吹き零してほしい。

尻を改の方に突き出すこの上なく淫らな形で折りたたまれ、熱の塊が鈴の奥まった場所に触れる。腰の位置から、それが改の猛ったものであると悟り、一瞬、脳がショートしたようになって何も考えられなくなる。

改が以前に教えてくれた「保健体育」での画像や言葉が散り散りになる。あの時、改は男性同士の行為については教えてくれなかった。

これが男同士のセックス。

自分のそんなところに、改の性器を挿れるだなんて。

弾力があって滑らかなものが、散々指で溶かされた鈴のその場所に、ぐっと押し付けられたが、ただでさえ狭い鈴のそこが反射的に固く窄み、改の侵入を阻んでしまう。

改が辛抱強く、何度も鈴の扉をノックする。だが、何度やっても本能的な怯えによって、体が改の訪れを拒む。

「……鈴。どうか俺を入れて。君を傷つけたくないんだ」

苦しそうな声にはっとする。改はびっしりと汗をかき、逞しい肩が震えている。強引に挿入して鈴の体を傷つけないように、こらえてくれているんだと思った。

何を怯えることがあるんだろう。改になら何をされてもいいと言ったのは自分なのに。この優しい人が、自分を傷つけようとするはずがないのに。

苦し気に寄せられた眉間の皺にそっと触れる。改への愛おしさがこみあげてきて、自然に余分な力が抜けた。

「初めて、です」

「何が？」

「改さんからぼくへのお願い。披露宴のお役目は、ぼくがねだっていただいたものだったでしょう。改さんからの本当のお願い、初めてだ。嬉しい」

「鈴……」

「ぼくからもお願いです。少しぐらい体が竦(すく)んでも、してください。ぼくは平気です」

たまらなくなったように、改が口づけてくる。と同時に、滑らかなそれが、閉じた窄みの入り口にキスをした。ただ柔らかく押しているだけなのに、触れられた場所に快感が走って、鈴は濡れた声を上げた。

改がゆっくりと腰を進めてくる。指とはまるで違う圧倒的なものが、自分を割り開くのを感じた。体がめりめりと音を立てて裂けていくんじゃないかという衝撃。

腹の中に銛(もり)でも打ち込まれたかのような苦痛に耐え、改を全部受け入れられた時にはほっとした。

そんな鈴の額の汗を改が指で拭い、乱れた髪をかき上げてくれた。

「ごめんね。苦しいだろう。なるべく早く終わらせるから」

確かに苦しくて受け入れるだけで精一杯で、さっきまでの気持ちよさは散り散りになってしまった。それでも鈴はふるふると懸命に頭を振る。

今、自分の中に改がいる。改の熱を、命を、深い場所にぴったりと嵌め込まれている。愛しい人と肉体を重ね合わせて一つになる感動を、鈴は初めて知った。

大きな喜びに包まれたその時、鈴の耳に厳かな声が聞こえてきた。

〈我ら、汝を主とす〉

この声には聞き覚えがある。これは披露宴で、狗神達が異物混入未遂犯たちを襲った時に、鈴の耳に聞こえていたのと同じ声だ。

〈我らの声を聴く者よ。求めよ。さすれば我ら、汝の望みを叶えん〉

はっとして目を見開くと、床上一メートルほどのところが、ぼうっと淡く輝いている。そこに、「開かずの間」に置いてあったはずのあの漆黒の匣が浮かんでいた。どうしてこれがここに？

〈我らの声を聴く者よ。求めよ。さすれば我ら、汝の望みを叶えん〉

同じ文言が繰り返される。声がどんどん大きくなって、頭が割れそうに痛む。

（止めて。ぼくにどうしろって言うの？　止めて、——もう止めて！）

呪文めいたその文言は止まらない。鈴があまりの頭痛に悲鳴を上げると、改は急いで鈴の中にあった己を引き抜いた。

「済まない、そんなに痛かったか？」

両目の焦点が合っていない鈴に気づき、両手で鈴の頬を挟んで、切迫した表情で問いかけてきた。

「鈴？　どうしたんだ、鈴！」

「……呼んでる」

「呼んでる？　誰が？」

鈴の視線を辿って振り向いた改が、浮かびながら回転している黒塗りの匣に気づいた。

「匣が、浮いている？　それになんで部屋がこんなに暗いんだ」

部屋の天井を覆い尽くす勢いで、黒い獣のような影が這い出してきていた。無数の狗神のせいで、部屋が煙でも焚いたように薄黒く翳っている。

〈我らの声を聴く者よ。求めよ。さすれば我ら、汝の望みを叶えん〉

夥(おびただ)しい影にぞっとした。これまでに見たことのない数だ。これだけの数の狗神が、もし改を襲ったら――。

「部屋を出て。改さん、逃げて！」

「狗神、なのか？　俺には何も見えないし、聞こえない。君には何が聞こえている？」

〈我らの声を聴く者よ。求めよ。さすれば我ら、汝の望みを叶えん〉

「ぼくに話しかけてきます。望みを叶えるって」

改とセックスしたから、狗神は現れたのか？　改が言っていた通り、狗神を呼び出す「一人前」の条件は、狗神筋の先祖返りが誰かと性的に結ばれて、肉体的にも成熟することだったのか。

それなら狗神は、何のために先祖返りの前に現れるのだろう。

（どうしたらいいの？　狗神の言う通りにしたら、ぼくを自由にしてくれるの？）

ふと思った。狗神をひたすら忌まわしく思ってきたが、例えばこの力を改の役に立てられるならどうだろう？

狗神が毒を混入しようとした連中を襲った時のように、改の身を守ることだってできるだろうし、鈴の先祖が栄華を築いたように、改のために富を手に入れることもできるかもしれない。

そうしたら、改に失わせたものの償いができる。

（ぼくが誰よりお役に立つとわかったら、今よりもっと好きになってもらえるかな）

直系の血を継ぐ父にも祖父にも使いこなせなかったこの力こそが、千装家の繁栄の源だったはずだ。この瞬間のために、自分は人とは違う姿で、狗神の声を聞くことができる耳を備えて生まれたんじゃないだろうか。

〈我らの声を聴く者よ。求めよ。さすれば我ら、汝の望みを叶えん〉

急にぞくぞくするような歓喜に襲われた。劣勢だと思っていたゲームの盤面が、一気に追い風に変わったような興奮だ。

（何だ、そんな簡単なことだったのか）

狗神に身を任せてしまえば、望みは全て叶うのだ。どうしてそんな簡単なことに、今まで気づかなかったんだろう？

そんな鈴の体を、改が強く抱きしめる。

「鈴、やめなさい。その声に耳を傾けてはいけない。望むなら自分の自由を、呪縛から解かれる未来を望め。呪いを解いて自由になるんだ」

邪魔だてをする改に向かって、狗神達が鳥のような姿になって一斉に襲い掛かっていく。黒い靄のような嘴が、改の裸の背中や肩へと突き立てられる。苦痛に呻きながらも、改はけっして鈴の体を放そうとはしなかった。

改が呻く声で我に返り、理性が戻ってくる。

「改さん！」

(そうだ。改さんはいつでも正々堂々と、自分の努力で道を切り開いてきた人。こんな禍々しい力で何かを得たいなんて望むはずがない)

改を守りたい。たった一つの願いの前に、全ての我欲が消えていく。狗神に怯える気持ちも消えて、鈴は声に強い意志を込めた。

「改さんから離れろ！」

その瞬間が、鈴にとっては真に子供から大人に変わる転換点だったのかもしれない。

安全な場所で守られていたいという幼い願いが、我が身を賭しても大切な人を守りたいという成熟した願いへと研ぎ澄まされていく。

改にたかっていた影が揺らぎながら離れ、それと入れ違いに、呪文のような文言に隠されていた、小さな声が耳に入ってきた。

〈痛いよ。苦しいよ〉

〈よくも我らの同胞を殺めたな〉

〈憎い。千装の血が憎い〉

〈末代まで憑いてやる。呪ってやる〉

〈我らをこんな匣に閉じ込めておきながら〉

〈お前だけ、自由にさせるものか〉

小さかった声が、呪文めいた声より大きくなり、狗神の痛みや哀しみや恨みが、鈴の中にどっと流れ込んできた。

鈴の先祖と思われる人間達が、犬を捕まえて惨たらしいことを行っている場面が、映画の一シーンのように映し出される。とても正視できない凄惨な場面だ。犬達の断末魔の声。激しい飢えに吠えることもできなくなった彼らの、声なき声。死してなお捕らわれ使役されることへの呪詛の声。

狗神は、どこか別の場所からやって来た化け物ではない。鈴の先祖が自分達の望みを叶えようと、犬達にとても恐ろしい仕打ちをして、哀れな獣達の怨念を狗神に変えた。狗神は、人の手によって作り出されたものだったのだ。

（なんて酷い）

「ぼくの祖先が、君達に酷いことをした。そうなんだね？」

狗神を使役することで千装家は望みを叶えてきたが、狗神の力の源は千装家への怨念だった。先祖返りを通じて千装の望みを叶え続けることで、狗神は一族の血に取り憑き、呪い続ける。千装家と狗神は、互いに呪いによって縛り合う関係だった。

「……ごめんね。ごめんなさい……」

狗神の苦痛や哀しみが、親に置き去りにされた自分のそれと重なっていく。何の罪もないのに捕らえられ、殺められた犬達は、どんなに怖かっただろう。苦しかっただろう。仲間達を屠(ほふ)られて、無念だったことだろう。

恨まれて当然だ。鈴の一族は彼らにそれだけのことをしたのだから。

「ぼくが千装の最後の子供だ。どうしても恨みを晴らしたいなら、その相手はぼくだ。だから改さんには絶対に手を出さないで」

「鈴！　何を言うんだ！　取り消しなさい！」

改が自分の体で鈴を覆い隠そうとする。

「でもね。本当は、叶うことなら、ぼくは生きたいんだ。この屋敷から出て、自由に外を歩いてみたい。君達もぼくと同じで、ずっと自由になりたかったんでしょう。どうか、もう自由になって。君達のいるべきところへ帰って」

〈その望み、確かに聞き届けた〉

厳かな声がして、浮かんでいた匣に幾何学的な光の筋が入り、そこから不可思議な形状に割れていく。

〈解かれた〉

〈呪縛が解かれた〉

〈我らは自由〉

〈自由、自由、自由だ！〉

突風が部屋の中を吹き乱れたかと思うと、忽然と消えた。

浮かんでいた匣が、かたんという音と共に床の上に落ち、粉々に崩れる。部屋の隅々まで明るくなり、空気は既に清浄になっていた。

「……いなくなった？」

全身が妙に軽くて、頼りなく感じられる。何だか急に肺が大きくなったみたいで、息がしやすいように感じられた。改は鈴の身体の無事を確かめると、強い力で抱きしめてきた。

「鈴、ああ、鈴！　大丈夫か。君が泣くのを初めて見た。どこか痛むのか？」

「泣く……？」

頰に触れてみて、そこが濡れていることを知った。泣くのは離れに閉じ込められた三歳以来だ。

「狗神は去った。きっともう、君は外に出られる」

狗神はこの屋敷を去り、彼らも鈴も解放されたのか。

「外に出られる、……ぼくは、自由」

嗚咽の合間にやっとそれだけ言って、鈴は世界で一番愛しい人の首筋を腕で引き寄せた。

門から足を踏み出すのはとても怖かった。改の酷い苦しみようを、どうしても思い出してしまう。思い切って一歩、門の外に出てみたが、狗神が襲ってくることはない。

（本当に？　これで終わり？）

喜びよりも、ぽかんとした驚きでいっぱいになった。

突然、爆発するような大声で、改が笑い出した。

「やった！　やったぞ、鈴！　これで君はもうどこにだって行ける！」

強い力で引き寄せられて、改が鈴を抱いたまま大きく回転する。足が浮かんで、世界が回って、ようやく自分が本当に自由になったことを実感する。

鈴にも笑いが伝染し、大声で笑っているのに涙が流れた。そう言えば、声を出して笑ったのも幼年期以来だ。

大の大人が二人して泣いたり笑ったりしながらぐるぐる回る様を見ている人がいたら、きっとどうかしていると思われたに違いない。楽しいこと、嬉しいことはこれまでにもたくさんあったけれど、こんなに心の底から軽い気持ちになったのは、生まれて初めてだ。

（ああ、気持ちいい）

鈴の頭の中いっぱいに『My Favorite Things』が鳴り響いている。心と体の全ての堰（せき）を開き、巻き起こる奔流に身を任せるのは、なんて気持ちがいいんだろう。

「このまま散歩しないか。体がきついだろうし、俺がおぶっていくから」

少し浮かれているのか、改が十六の頃を思い出させる気軽な口調で提案してきた。

「でも部屋着だし、帽子も被っていません」

「夜だから人目は気にしなくても大丈夫だよ。それに、何があっても俺がついている。ほら、おいで」

改はそう言って、軽々と鈴を背負ってしまった。

「君を連れて行きたい場所がたくさんあるんだ。これから毎週末、遠出をしよう。旅行にも行こう。どこに行きたい？」

どこへでも。改と一緒なら、どんな場所でもそこが一番楽しい場所だから。

確かな足取りで歩き出しながら、ふと改が口笛を吹き始める。それが鈴の心の中で鳴り響いているのとまったく同じメロディだったから、鈴は心の底からびっくりした。

都会の住宅地は夜でもそれなりに明るくて、夜空も満天の星には程遠かったけれど、二人の頭上に浮かぶ星々ほど眩（まばゆ）いものを鈴は知らなかった。幼い日に見たのと寸分違わぬように見えながら、きっとまるで違っている小さな瞬きが、夜道の先をどこまでも照らしている。

どこにでもありそうな住宅街の光景を、鈴はいつまでも忘れないだろうと思った。

夢より美しく思える夜の道を、改に背負われてゆっくりと進んでいく。今なら、星にも手が届きそうだ。世界が丸ごと二人のものであるかのような幸福に酔いしれながら、鈴は思った。

（この人が好きだ。好き。改さんが大好き）

自分の感情の名前もまだ知らぬまま、鈴は生涯でただ一度と思える恋のただ中にいた。

ワンコは今日から溺愛されます

第一章

夕日で赤く染まった晩秋の中庭に、鈴はしゃがみ込んでいた。

最初は無心でサフランの花ガラを摘んでいたのだが、そのうちに棒付きキャンディそっくりなオキザリスの蕾達が目に入り、鈴は改に買い与えられた砂糖菓子を連想した。

先週の土曜日に、鈴は改と車で「お出かけ」したのだ。

初めて敷地の外に出た夜のお散歩以来になるお出かけで、車に乗ること自体初めてだった鈴は、シートベルトの装着の仕方もわからず、全部改にやってもらった。

(景色が凄い勢いで後ろに流れて行って、びっくりしたな)

テレビの中でしか見たことのない建造物や様々な種類の働く車両に、目を丸くしっ放しだった。何と楽しかったことだろう。全てのものが、何と目に鮮やかだったことか。

何もかもが物珍しくて質問の止まらない鈴に、改はハンドルを握りながら、一つ一つ優しく答えてくれた。

車を止めて、二人で街を歩いた。大きなビルが建ち並ぶ通りには、何を売っているのかも鈴にはわからないきらびやかな店が立ち並んでいる。人通りがあるたびに、自分がこんな場所にいるのが酷く場違いに思えて、帽子の中にしまった耳と、ズボンの中に隠したしっぽを気にしてしまう。

改は何も言わなくても、鈴の気持ちをわかってくれたようだった。臆する鈴の手を引き、これは化粧品の店、これは楽器店、これはブティック、と教えてくれる。

そう歩かないうちに、一軒の店の前に立ち止まった。青い外装に大きなガラス窓。店に一歩入って、鈴は息を飲んだ。

その店は、キャンディの専門店だった。店内には、宝石のような砂糖菓子が陳列されている。職人が飴細工を作る様子が、仕切られたガラス越しに見られるようになっていて、鈴は言葉もなく見入ってしまった。

華やかな色合いの大きな艶のある塊を、まるで粘土みたいに平たく伸ばし、重ねて丸め、一本の太い柱のようにしてしまう。それを転がしては伸ばし、数人がかりで長く細い縄にして、さらに転がしながら同じ長さの棒を作る。

出来上がった棒を、カンカンとリズミカルに刻んでいく作業に見とれていたら、店員が出来立てのキャンディを勧めてくれた。飴はまだ温かく、苺の風味が鼻を抜けていく。

──好きなものを言ってごらん。買ってあげる。

目にも美しい菓子の中で一つを選び出すのは困難だ。散々目移りしながら、渦巻模様になっているロリポップと薔薇の花の形をしているもの、二つに絞ったものの、どちらにしようか決めかねていると、改は両方買ってくれた。

(それ以外にも、標本みたいに箱詰めされたグミや、刻んだナッツが入ったタフィ、ロッキーロードっていう名前のチョコレートのお菓子も)

いろいろな種類の砂糖菓子を、大きな紙袋いっぱい買って店を後にした。

助手席に座った鈴が、持ち重りのする紙袋を抱えて夢見心地でいると、改がこう言った。

——約束したのになかなか遠出ができなくて、ごめんね。年末にはまとまった休みをとれるよう、調整しているところだ。

どうして謝るのだろう？　改はお出かけに連れてきてくれた上に、山のようなお菓子まで買ってくれたというのに。

——悪いことしてないのに謝ったから、罰ゲームですか？

鈴の返事を聞いて笑い出した改が、口笛で『Lollipop』を吹いてくれた。それが終わると、タフィの袋を開けて、二人で一粒ずつ食べた。

(楽しかったなあ……)

改が車を運転している姿はかっこよくて、キャンディは本当にどれも綺麗で。買ってもらったお菓子を半分、タエへのお土産にできたことも嬉しかった。こうして思い出していても、幸福感でひたひたになる。

鈴は改の真似をして口笛を吹いてみようとした。

「ふゅー、ふすー」

息が漏れるばかりでメロディにならない。鈴は首を傾げたが、ふと思いついたように立ち上がって椿の木に駆け寄り、葉っぱを一枚とって唇に当てた。

口笛は吹けないが、葉笛はこの前吹けるようになったばかりだ。心楽しくしばらく葉を鳴らしていたが、鋭敏な耳が何かを聞きつけるや否や、鈴はぴたりと動きを止めた。ただでさえ大きな瞳が一層大きく丸くなり、紛う方なき喜びの色が顔いっぱいに溢れ出す。

次の瞬間、飛ぶような勢いで中庭から離れの座敷へと駆け上がった。渡り廊下から玄関までの廊下を走り、わくわくし過ぎて体をリズミカルに揺らしながら、扉の前で待機する。

それからきっちり五分後に、玄関の扉が開いた。そこに最愛の人の顔が見えるや否や、元気な声で「お帰りなさい！」を言う。これが鈴にとっては一日の内で最も楽しみにしている瞬間だ。

「ただいま、鈴」

改が靴を脱ぐのを待ちかねて、その周りをちょこまかと動き回っている間も、吊りズボンの後ろの開きから覗いているしっぽが高速で振れている。

「まだお外が明るいのに、今日は随分早いんですね」

「出先から直帰したからね。聡視に少しは休めと叱られたんだ。新婚のうちから仕事ばかりじゃ、奥さんに愛想をつかされるぞって」

最近、改はとても忙しいようだ。帰りが遅くなる日も多く、夕食も一緒に食べられる日の方が少ない。だから、思いがけない早い帰宅が嬉しくて、体の内に喜びが収まり切れず、きゅっと目をつぶって身震いをする。改はそんな鈴の頭を撫でてくれた。

「今日は何をしていたの？」

「……内緒です」

「内緒か」と言って改が穏やかに笑う。

改に内緒と言ったのは、今日の作業の成果を改へのサプライズプレゼントにする計画だからだ。

今日、というか糸寒天を戻すために水に浸けたところから考え合わせると作業のスタートは昨夜からだが、作っていたのは琥珀糖だ。寒天を煮溶かして砂糖を加えて煮詰め、様々な色のシロップと混ぜて冷蔵庫に入れるところまでをやった。明日は型抜きをしてクッキングシートに並べる続きの工程をやる予定でいる。それから、表面が固くなるまで乾燥させるのだとタエが言っていた。

材料も作り方もシンプルだけれど、出来上がるまでに日数がかかる、気長な人向けのお菓子だ。

（琥珀糖、上手にできたら、キャンディのお礼に改さんにあげるんだ）

あとはタエや長谷井、龍之進にも。そう思うと出来上がりが楽しみでならない。

「今日も楽しかった？」

「はい、とっても！」

今日に限らず、改やタエと一緒に住むようになってから、鈴には楽しくない日など一日もないのだった。


次の週末には、改から聞かされていた通り、午前中に来客があった。披露宴にも招待されていた光峯氏と、その令息の朔也だ。

光峯は鋭い印象のある痩軀の紳士で、鈴はこのタイプを見るとどうしても自分の父を連想してしまう。出したままにしている耳を咄嗟に隠したくなり、脚が頼りなくなって、改の背中に半ば隠れるようにしながらお辞儀をすると、光峯がぱっと破顔した。

「週末に押しかけて申し訳ないね。どうかそんなに固くならず、私のことは親戚の叔父さんぐらいに思ってください」

シャープな容貌が、急に屈託のない印象に変わる。笑った顔は全然父には似ていなくて、鈴はやっと安心して「ようこそおいでくださいました」と挨拶することができた。

「改くん、出がけに朔也がついて来たいと言い出してね。息子もお邪魔していいだろうか？」

「もちろん構いませんよ。どうぞ」

父親の後ろからするりと入ってきた朔也は、改に微笑みかけた。

「こんにちは。急に来ちゃって済みません。奥さんも」

「あ、いえ」

朔也は鈴の返事を待たずに家に上がると、改の二の腕に触れながら「改さん、少し痩せた？」と言った。今日は体が泳ぐほど緩めのニットを着ているせいで、くっきりした鎖骨がVネックから覗いている。朔也からはいい香りがした。

「いや、変わりはないよ。光峯さん、どうぞこちらへ」

鈴は光峯から受け取った手土産を手にキッチンへと向かった。お茶の用意をしていたタエが、鈴に心配顔を向ける。

「鈴さん、大丈夫ですか？」

「はい、大丈夫です。光峯さんは怖いかと思ったけど、全然怖い人じゃなかったです」

「光峯様は磊落（らいらく）ないい方ですよ。斑鳩（いかるが）家にもよくお見えでしたので、お人柄は存じております。ただ、朔也様は少々癖のある方で。披露宴にもあんなお召し物でいらっしゃいましたし、ぼっちゃんに懐いていらした分、鈴さんへの当たりがきついんじゃないかと」

「あんなおめしもの、って？」

「花婿花嫁以外の方が、婚礼衣装と見紛（みまが）うような白や白に近い衣装をお召しになるのは、マナー違反なんです。披露宴の主役が霞（かす）まないように配慮するのが普通ですよ」

「そうだったんですか」

ちっとも知らなかった。上流の育ちである朔也が、冠婚葬祭のマナーを弁えていなかったなんて不思議だ。でも今はタエが自分を案じてくれる気持ちの方が嬉しくて、胸が温かくなった。

「でも、大丈夫です。わざわざ遊びに来てくださったし、きっと仲良くしてもらえます」

「それならいいんですが……」

鈴の快活な返事を聞いても、タエは珍しく心配そうな表情を崩さなかった。

客間に戻ってから、お客様にお茶を出した。改と光峯は鈴にはわからない仕事向きの話をしているようだ。トレーを持ったまま耳を傾けていると、光峯が鈴に気を遣ってこう言った。

「鈴さんには退屈な話ばかりでしょう」

「いいえ。改さんの見たことがないお顔が見られて嬉しいです」

「ほう？　仕事モードの改くんを見て惚れ直したかな？」

「はい。とってもかっこいいです。改さんはいつもかっこいいですけど」

思った通りを素直に言うと、光峯が思いがけないほど若々しい声で笑い出し、改は掌で顔の下半分を覆って赤面したので、何か失言したかと不安になる。

「これはまた。奥方は君にべた惚れじゃないか。新婚旅行にはもう行ったのかね？」

「いえ、なかなかまとまった休みが取れなくて、鈴に申し訳ないとは思っているんですが」

「それはいかんな。こういうことは先延ばしにするものじゃないぞ」

それまでつまらなそうな顔をして聞いていた朔也が、話の途中で急に立ち上がった。

「まだしばらく仕事の話が続きそうだから、鈴さんに庭を案内していただこうかな。披露宴ではあんまり話もできなかったし。ね？」

キッチンでタエの話を聞いたばかりだから、朔也と二人きりになるかと思うと不安でさっと気持ちが翳る。ところが朔也の父親は身を乗り出した。

「それはいい。息子は鈴さんと二つ違いだし、どうか仲良くしてやってください」

「鈴は人見知りなので、どうでしょうね。朔也くん、話が終わったら、俺が案内するよ」

改が鈴を庇うように言うと、朔也は大げさなぐらいに驚いてみせた。

「改さん、過保護過ぎ」

それぐらいできないのはおかしいのかもしれないと思い、鈴はこっくりと頷いた。

「大丈夫です。ぼく、ご案内できます」

「無理はしなくていいんだよ、鈴」

「奥さんっていうより改さんの子供みたい。夫人同伴が当たり前のレセプションにも、改さんひとりで出席してるよね。そんなことでこの先どうするの？」

そんな話は初耳だった。

「改くんには改くんの考えがあってのことだろう。余計な口をきくものじゃない」

光峯が朔也をたしなめてくれたが、朔也が白けた様子になったことに責任を感じた。それに、先入観で人をジャッジするのは良くないことだとも思う。こうしてせっかく朔也の方から声をかけてくれたのだから、自分の方でも歩み寄るべきだ。

鈴は漠然とした不安を振り払い、「どうぞこちらへ」と朔也を誘った。

玄関から敷地の南側に広がる前庭に出る。庭師によって入念に手入れされた広い芝生や花木は、ガーデンウェディングの際に朔也も見ているはずだ。

敷地の東側には鯉のいる池と東屋が、北側には鈴の遊び部屋である離れと中庭が、西側には狗神を創るために屠られたと推測される犬達の墓がある。

狗神が祓われた後、改は業者を入れて敷地内を隈なく調べさせた。その結果、敷地の西端に、夥しい犬の骨が埋められているのが発見された。改は住職を呼んで遺骨を丁重に弔った後、墓を作って埋葬した。

犬達の魂はもうここを離れて自由になっているだろう。あの日以来、狗神の気配は鈴の周りから綺麗に消えてしまっているからだ。それでも、鈴は墓に花や水を絶やさず、毎日手を合わせている。

鈴にとっては大切な場所だが、朔也が見て面白いようなものではないだろう。

（最初にお池の鯉さん達を見せてあげよう。もし朔也さんがお花を好きだって言ったら、僕の中庭のお花を分けてあげようかな）

と思っていると、唐突に朔也が言った。

「ねえ、君って親にも捨てられたんだってね」

「えっ？」

「あの人が同情するのも無理ないね。確かに気の毒だとは思うよ。俺が君みたいな姿に生まれたら、生きてられないもん」

同情するようなことを言いながら、見下した口調だった。姿のことを悪く言われることには慣れているから、鈴はおとなしく「はい」と返答した。

でも、次に青年が言った一言は全く予期せぬものだった。

「でも、可哀そうだからって、人のものを盗っていいことにはならないでしょ？」

（人のものを盗る？）

「あの、それはどういう意味ですか？」

「聞いたことないの？　俺はあの人と結婚するはずだった元婚約者。披露宴に出席した人のほとんどが知ってることだよ。そっちがいつ知り合ったのか知らないけど、こっちは物心ついた時から、あの人と結婚するんだと聞かされて育ったのに、こんなのと結婚しちゃうなんて、何重にも侮辱された気分」

頭を殴られたようになり、呼吸の仕方を忘れた。

改は鈴を救い出すためにずっと準備してきたと言っていた。

それなのに、他に婚約していた人がいた？

改はこの人との約束を反故にして、鈴を妻に迎えたのだろうか。

硬直している鈴に、朔也が「ねえ、人の話聞いてる？」と苛立った声を出す。ああ、いけない、と鈴は痺れたようになった心で思った。早く返事をしなくちゃ。

「……あの、……改さんに訊いてみます。今夜、訊いてみますから」

「あの馬鹿みたいに義侠心に溢れた人が、はいその通りですって答えると思う？　君を傷つけまいとして、嘘つくに決まってる」

そう言われれば、そんな風にしか思えなくなる。自分の人生を投げうって、鈴を救おうとするような人なのだ。

人のもの、元婚約者、という言葉が頭の中でどんどん膨れ上がって重くなる。鈴は次第にうなだれ、庭用サンダルの先と庭に敷かれた石畳しか見えなくなる。

「それにこの屋敷。借金の形に取られたのを、改さんが買い戻してやったんだって？　あの人が必死で守ってきた財産や名声を食い物にして、どこまで寄生する気だよ。君と結婚したことで、あの人はいい笑い者だ」

ずっとうなだれて聞いていた鈴が、はっとして顔を上げた。

「笑い者って？　ぼくと結婚したことで、改さんが笑われているんですか？」

「ちょっと考えればわかることだろ。誰も結婚したがらないような君を娶ったのは、千装家の財産狙いだとか、売名のための偽装結婚だとか」

「そんな！　違います。千装の家に財産なんてないし、改さんはぼくを助けようと」

「知ってるよ、そんなこと。でも、そう思う奴もいるってことだよ。中にはあの人を変態みたいに言う人だっている」

「へんたい、って何ですか？」

「その子供っぽい、犬みたいな見てくれを好む、ゲテモノ好きだって噂されてるんだよ」

自分のことなら何と言われてもいい。でも、自分のせいで改が悪評を立てられるなんて、鈴には耐え難いことだった。

「俺やあの人には、家業を継いで一族の名を守っていく責務がある。その重みをどれだけ理解してる？　俺ならあの人に恥をかかせることはないし、仕事の相談にも乗れる。二つの家の力を合わせて、より強大にすることも可能だったのに。考えてみてよ。君と俺、どっちがあの人に相応しいか。どちらがあの日、あの人の隣に立つべきだったか」

披露宴の会場で、華やかな朔也は花嫁衣裳を身に着けた鈴よりもずっと主役らしく見えた。この人が改の隣に立った姿を、鈴自身も絵になると思ったのだ。胸がずきずきと嫌な感じに痛み始めた。

「そもそも、君が妻っていうのはただの建前なんだろ？　あの人が君なんかに恋愛感情を抱くわけない。一度でもあの人とセックスしたことあるの？」

そんな問いに答える義務などないということを、鈴は知らなかった。だから、戸惑いを覚えながらも、問われるままに答えてしまった。披露宴の夜に一度だけ抱かれたこと、でもそれ以降は性的な触れ合いがないことも。

耳元で大きな笑い声が弾けた。

「初夜の一度きり？　まあ、そんな獣人姿の貧弱な体じゃ、当然か。やっぱりあの人が君に抱いてるのは恋じゃなくて、小さな子供に向けるような庇護欲だけだったんだ。家のためにも役に立たず、妻として夜の勤めも果たさず、あの人に恥をかかせて。お飾りとしても最低の妻だ。俺ならひとり寝なんかさせないし、ベッドでも満足させてあげるのに」

そこで朔也はにっと唇だけで笑った。

「あの人、セックス上手いだろ？　朝まで寝かせてもらえなくて、翌朝腰が立たなくなるのが難点だけど」

「改さんと、セックスしたんですか？」

体も声も、わなわなと震えだした。

改と結ばれたことは、狗神を祓った夜の一度しかない。痛みはあったし、後半は狗神の件でそれどころではなくなってしまった。それでも、後孔に改の楔を受けて一つになれたことは、今でも鮮烈な記憶だ。

神聖にも思えていたあの行為を、改がこの人ともしていたなんて。

「改さんも本当に馬鹿だよ。同情で人生を棒に振るなんてさ。でもさあ、もうそろそろいいんじゃない？　救ってもらって、屋敷も取り戻してもらえたんだしさ。改さんを解放してあげてよ」

一方的に言いたいことだけを言って、朔也は母屋の方に戻っていった。

（……そっか。朔也さんはお庭が見たかったんじゃなくて、ぼくにこの話をしたかったんだ）

胸の奥に氷の塊のようなものがある。体に力が入らない。

同情。お飾り。いい笑い者。朔也に言われた言葉が、頭の中を埋め尽くしていく。

朔也が改の元婚約者であったことを、披露宴の出席者のほとんどが知っていたと言う。それなら、披露宴でのあの目立つ服装はわざと着てきたものなのだ。どちらの方が改の花嫁に相応しいかを、出席者全員に見せつけるために。

皆が知っていた。その上で、自分を見ていた、比べられていた。自分だけが知らされていなかった。

何だか酷く気分が悪い。吐きそうだ。

離れのトイレに駆け込み何度もえずく。胃の中のものがすっかり出てしまっても、たまらない気分の悪さが消えることはなかった。

「鈴」

ワンダマンのぬいぐるみを抱きしめて、離れのクッションソファでぐったりしていた鈴は、愛する夫の呼び声にのろのろと身を起こした。

「二人なら帰ったよ」

客間に戻らなくてはと思うたびに吐いてしまって、結局鈴はここで倒れていたのだった。

「……ごめんなさい。お客様をおもてなしできなくて……」

「何があった？」

静かな声だが、有無を言わせない響きがあった。

「君がこんな具合になっているのは、朔也くんに何か言われたせいなんだろう？」

これまで改に隠し事などしたことはなかった。改はどんなことにも答えてくれたし、今だって全てを洗いざらい話せば、鈴を慰めるような言葉をくれるだろう。

でも、さっき朔也から聞かされたことを話そうとすると、喉が詰まって声が出ない。

改が誰と関係を持っていたとしても、それは過去のことであり、今は鈴が妻だ。改は優しくて、鈴の幸福を何より大事に考えてくれている。充分ではないか。身に余る程の幸運だ。なのに、どうしてこんなに苦しいのだろう。

改の愛情を疑ったことはない。それが同情からくる哀憫（あいびん）の情だったとしても、鈴は充分に満たされていた。愛情にも種類があるなんて、考えたこともなかった。

嫉妬（しっと）という感情の激しさと苦しみを、鈴は知らなかった。全身が黒い炎の舌に舐められているような苦痛。朔也の声音や言葉が蘇(よみがえ)ってくるたび、嫉妬の炎で火だるまになる。

(ぼくとは一度だけなのに、あの人とは何度もしたの？　ぼくが貧弱で、あの人みたいに綺麗でもなければいい匂いもしないから？　披露宴の夜のあの時も、狗神を祓うために仕方なくしただけだったの？　……苦しいよ。改さん、改さん！)

クッションに顔を押し付けて苦しみに耐えている鈴に、改がなおも問いかけた。

「答えなさい。何を言われた？」

鈴がかろうじて口にできたのは、こんな言葉だけだった。

「……ぼくは、そんなに子供っぽいですか？」

改が腹の奥から出しきるような深い溜息を吐(つ)いた。

「やはり意地悪されたのか。昔から彼には意地の悪いところがあるんだ。何と言われても二人だけで行かせるべきじゃなかったね。辛(つら)い思いをさせて済まなかった。朔也くんには俺から抗議しておくよ」

「駄目！」

突然の鈴の剣幕に、改が驚いた顔になる。

「どうして駄目なの？」

改に朔也と話してほしくない。鈴のためであっても、接点を増やしてほしくない。でも、その醜い願いを口にすれば、朔也に言われたことまで話さなければならなくなる。

改の口から朔也との関係を聞かされるなんて、今はとても耐えられそうにない。

だから鈴は、きつくワンダマンを抱きしめたまま、頭を振ることしかできなかった。

「鈴は育った環境のせいで年齢より幼いところはあるけど、目覚ましい勢いで成長している。焦る必要は全くないし、鈴はありのままで充分魅力的だ。朔也くんの言葉など気にしなくていいんだよ。気持ちが落ち着いたらリビングにおいで。お茶にしよう」

押し黙っている鈴の頭を優しく撫でた後、改は離れを出て行った。

それからもしばらく鈴は同じ姿勢でいたが、やがてのろのろと体を起こして机の上から電子辞書を取った。ネットからの大量の情報は、今の鈴にはまだ刺激が強過ぎるだろうと、改は鈴にPCを与えることに慎重な姿勢でいる。だから何かを調べたい時には、相変わらず使い慣れたこの電子辞書を使っている。

鈴が文字を打ち込むと、すぐに目指す言葉の検索結果が画面に表示された。

こい【恋】〈名〉特定の人に強く惹(ひ)かれ、会いたい、ひとりじめにしたい、一緒になりたいと思う気持ち。恋愛。

（……恋）

雷に打たれたような衝撃を受けて、鈴はようやく知ったのだ。自分が改に感じている愛情には、恋という名前がついていること、そして改が鈴に抱いている愛は家族愛であって、自分と同じ気持ちではないのだということを。

週末に長谷井親子が屋敷を訪れた。朔也の訪問以来、少し塞いでいた鈴にとっては、龍之進の訪れは何より嬉しいものだった。

ランチの後は離れに行き、龍之進と二人で遊んでいたが、そのうち幼児はあくびをしてしきりと目をこすりだした。お昼寝の時間なのだ。クッションソファに寝かせてやると、龍之進はすぐに眠ってしまった。

眠る幼児の艶々した頰を見守っていると、心が和んで、胸に置かれたままの冷たい塊が解けていくような感覚がある。

最近は、ひとりのベッドで寝つかれずにいることも多い。寝不足だったせいか、いつしか自分も眠ってしまっていたらしい。ふっと目覚めた時には、部屋に西日が差していた。

洗濯機の音やオーブンの音もしない夕方の時間は、とても静かだ。そのせいで、鈴の敏い耳に、母屋からの話し声が聞こえてきた。

「毒物混入した奴、『オガノ』の元社員だったんだって?」

「ああ。競合する我が社の急成長のあおりを受けて、リストラにあったことを逆恨みしての犯行だったらしい。混入したのは農薬だったそうだ」

「酷い話だな。死者が出ていたかもしれないじゃないか」

「そうなる前に食い止めてくれた鈴には、本当に感謝している」

長谷井と改、二人の声だ。

「鈴くん、披露宴では本当に綺麗だったな。正直、見違えた。人妻の色気かな」

「そういう目で鈴を見るなよ。たとえお前でも許さないぞ」

鈴の聴覚が人並み外れて鋭いことは改も知っているけれど、何枚かの壁を間に挟んでも静かな話し声が聞こえる程だとは知らないのかもしれない。盗み聞きをしているも同然であることに罪悪感を覚えて、ヘッドホンでもして会話を遮断しようかと思った、その時。

「あー、おっかないねえ。鏡を見て来いよ。俺を殺しそうな目をしてるぞ。鈴くんだってもう成人なんだし、いい加減ねんね扱いはやめたらどうなの？」

長谷井がまた自分の名前を出した。

（おっかない顔、って？）

今、改はどんな顔をしているのだろう。自分の話をしているらしいが、改から自分はどう見えているのだろう。いけないと思いながらも、好きな人の本音を知りたいという誘惑に抗(あらが)えず、聞き耳を立ててしまう。

「年齢は成人に達していても、鈴の実態は幼い子供同然だ。三つの頃から誰にも構われず、閉じ込められて過ごしてきたんだから」

「前に鈴くんと話した時、まさかとは思ったけどさ。お前、まだ抱いてないとか言い出すんじゃないだろうな」

「いや。狗神から解放するために必要に迫られて、一度だけ。……それよりお前は俺のいないところで、鈴と何の話をしているんだ」

改の声は不機嫌そうだ。

「一度だけ？　なんだそれ」

「焦りたくないんだ。あの子の成長を待ってやりたい」

「マジか。救いようがないな、お前って奴は」

長谷井の声には、呆れた感情が滲み出ていた。

「彼がお前の聖域だってことは知ってるよ。生まれながらにスティグマを刻まれた子供。愛なき世界で辛くも生き延びてきた不幸な子。そんな彼に欲望を抱くことに罪の意識があるんだろ。彼の方でも、優しくて何でも知ってる改兄さまを神様みたいに崇め奉ってる」

そこで長谷井の声が少し優しくなった。

「お前が差別や言葉の壁にぶつかっても、歯を食いしばって飛び級を重ねたのは、一刻も早く彼を助けたい一心でのことだったよな。卒業してからのお前は、文字通り命を削って働いていた。生き急いでいるようで、傍で見ていてはらはらしたよ」

それに呼応するように、改の声も和らぐ。

「それを言うならお前の方がよっぽど大変だっただろう。大学に行きながら、亡くなったお姉さんの遺児を、ひとりで育てたんだから」

「まあね。お互い、遊びのあの字もないやたらにがむしゃらな学生時代だったよなあ」

「オムツの換え方を教えろと言って、国際電話で叩(たた)き起こされたこともあったな。俺が知るはずないだろう」

「その節は、お前にもタエさんにもお世話になりました。大変だったけど、龍を育てるのは楽しかったよ。幼気(いたいけ)なものを守りたいと思うのは、人の本能なんだと思う。だからお前が鈴くんを大事にしたい気持ちは、俺にもわかるよ」

(改さんと長谷井さん、とっても仲良しだな)

長谷井は改の古くからの友人で、今は改の右腕でもある。鈴とは違って、改に頼りにされ役にも立っている長谷井を、羨(うらや)ましいと思った。

でも、と言った長谷井の声が真剣な響きを帯びる。

「お前の目には幼子同然で、鈴くんの心の成長に凹凸があったとしても、彼はもう大人だ。そこを履き違えるなよ」

「わかってるさ。わかってる……。だからこそ、最近よく考えるんだ。あの子の人生を、俺は自分のために利用したんじゃないか。親からも放り出されて、俺に縋(すが)るしかなかったあの子の将来を、俺がまた別の形で奪ったんじゃないのかって」

改の声には明らかな苦悩が滲んでいた。

「鈴のこれまでの人生は、奪われることばかりだった。そんなあの子に、俺は選択肢を一つしか与えなかった。鈴を笑わせるのも幸福にするのも自分しかいないと、それが自分の使命だと思い込んでいた。だが、あの子がどんどん美しく健やかに成長していくのを見て、フェアじゃなかったんじゃないかと思うようになった」

「結婚を後悔してるのか？」

「後悔、そうだな。あの子を狗神から解放するための最短ルートではあったかもしれないが、焦り過ぎたことを悔いてはいる。少なくとも、俺との結婚以外にも選択肢や可能性があるのだということを、教えてやるべきだった」

改のその言葉に、胸が切り裂かれる。

改は、鈴の幸せそのものであるこの結婚を悔いているのか。鈴が幸せを享受していた間もずっと、改はこうして苦悩していたのだろうか。

「夫が罪悪感を顔の前にぶら下げてたら、妻側だってたまったもんじゃないだろ。どうしても弟のようにしか思えない、抱くのにも抵抗があるって言うなら、彼のためにすっぱり別れてやれば？　そうだな、俺なら別に抵抗はないよ？　お前らが別れたら、俺が彼をもらおうかな。好みのタイプだし、龍も鈴くんに懐いてるしね」

「……本気で言ってるのか？」

地を這うような改の声に対して、長谷井の声はあくまで軽やかだ。

「本気だといったら俺に譲るのか？」

長谷井が本気で言っていないことは、色恋に疎い鈴にだってわかった。彼が鈴に向ける眼差しは、龍之進に向けるそれと同質のものだからだ。だが、眠ってしまったのかと思えるような長い沈黙の後、改は低い声でこう言った。

「……もし、鈴がそれを望むなら、……他の奴に奪われるぐらいなら、俺がどれだけあの子を大事に思っているかを知っているお前の方がましだ」

「本当にお前は馬鹿だなあ。そんな顔をしてそんな台詞を吐くぐらいなら、最後まで我を通せよ。お前は何でも極端過ぎるんだよ」

鈴がここまで特異な育ちでなかったら、あるいはここまで自尊感情が砕かれていなかったなら、二人の会話はまるで別の色彩を帯びて聞こえたことだろう。

でも、鈴にとって恋とはお伽噺の中に出てくる美男美女だけに許された特別なもので、醜い自分がその対象になり得るものだと思っていなかった。改を想うだけで高鳴る鼓動や自然な肉の欲望が恋だというところまでは理解できていても、同じものを相手から返してもらえるとは、そもそも期待していないのだった。

だから鈴にわかったのは、改が今苦悩していること、この結婚を早まったと思っていること、それだけだ。

西日が長い影を落とす部屋の中で、ただぼんやりと座り込んでいた。

やっと狗神から解放されて自由になれたのが、つい先月のことだった。星空を見上げて、この先どこまでだって行けるのだと思っていたあの夜が、ずっと昔のことであったように感じられる。

ひたすらに幸福だった幼い時代が、音もなく終わろうとしているのに、なす術もない。胸の中に大きな穴が開いてしまったようだった。

それから、鈴は毎日考え続けていた。

その方が改のためになるなら別れるべきだと決心した翌日には、改と別れたら自分は生きる喜びを失って死んでしまうに違いないと思う。毎分ごとに考えが揺れる。

別れずに済む言い訳なら、いくらだって思い浮かんだ。自分は改を熱愛しているし、改も鈴を愛してくれている。ただ、その愛が別々の形をしているというだけだ。そういう結婚があってもいいではないか。改が嫌なら、二度と触れてくれなくても構わない。傍にいられれば、それだけでいい。命の限り改に尽くして、絶対不幸にはしないと誓うから。

でも、そうやって自分をごまかそうとしても、壁越しに聞いた改の苦悩に満ちた声を忘れることができない。

その日も食事を半分以上残してしまった鈴を見て、改が言った。

「どうしたんだ、鈴。そんなに残して」

びくっとして、急いでポトフを口に運ぶ。タエが作ってくれた料理はどれも美味(おい)しいのに、無理に押し込もうとすると吐きそうになって、鈴は諦(あきら)めてスプーンを置いた。

「あの、ごめんなさい、……冷蔵庫に入れておいて、後で食べます」

「残したのを咎(とが)めたわけじゃない。君がこんなに元気をなくしている理由を聞いているんだ。朔也くんのせいか？　本当はあの時、他にも何か言われたんじゃないか？」

図星を指されてどきっとしたが、それを改に告げたくなかった。改の口から過去に朔也と関係があったと聞かされるのも、鈴のために嘘をつかせるのも嫌だ。

「改さん。もっとちゃんとした大人になるには、どうしたらいいですか？」

「前にも言ったが、朔也君の言ったことを気にすることはないんだよ」

「朔也さんに言われたせいじゃなくて、ぼく、もっと大人になりたい、……ならなきゃいけないと思ったんです。ぼくにもできるお仕事はありますか」

「鈴はタエさんの手伝いや庭の手入れをよくやってくれているじゃないか。披露宴のことも随分助かったよ」

「おうちの中のことをするのは楽しいです。でもぼく、お外で働いて、世の中のことをもっと知りたいんです。あの、お皿洗いやお掃除や草取りならできます。それ以外のことでも、一生懸命頑張ります。どこに行けば、お仕事を見つけられますか？」

外部から遮断されて育った鈴には、年齢相応の社会性がない。学歴や職歴がなく、人の心の機微(きび)や常識にも疎く、何より特異な姿かたちをしている。こんな鈴ではひとりで生きていくことが難しいから、改が丸抱えすることになったのだ。

それをどこかで当たり前のように思って安穏と改の優しさに甘えてきた自分を、朔也に指摘されたことで初めて思い知った。己が恥ずかしかった。人に言われなければそんなことにも気づけない、そういうところが幼いのだと。

（ぼく、自分ひとりでも生きていけるようにならなくちゃ）

何らかの職を得て、大人として必要な知識を備えたら、改にとってもう少し有用な人間になれるかもしれない。そうなれば、妻としては力不足でも、改の傍で何かの役に立てる日が来るかもしれない。

たとえそうなれなくても、独り立ちさえしていれば、改の足枷(あしかせ)にならずに済む。

（改さんは優しいから、今のままじゃぼくの手を放せない。だからぼくは生活力をつけて、もし改さんがお別れを望んだ時には、笑って送り出してあげられるようになろう）

それがここ数日で定まった、鈴なりの哀(かな)しい覚悟だ。

「外に出て何かをしたいという意欲は素晴らしいが、外にはいろいろな人間がいる。いきなり働くというのはハードルが高いんじゃないか？　習い事などから少しずつ慣らしていく方がいいように思うんだが」

難色を示している改の前に、タエが食後のコーヒーを置いた。

「いいじゃないですか。お若いんですから、あまり考えずに、何でもどんどんやってみたらいいと思いますよ」

「しかし……」

「ぼっちゃんが心配されるお気持ちもわかりますが、せっかく鈴さんがそういうお気持ちになったんですもの。鈴さんは覚えが良くてどんなことでも全力でなさいます。ご自分で思ってらっしゃる以上に、ポテンシャルの高い方だと思いますよ」

改はしばらく難しい顔で考え込んだあとで、ようやく頷いた。

「……そうだな。俺が鈴の可能性を摘んではいけないね。そうと決まれば、鈴の事情を考慮してくれる職場を吟味しないと。秘書室で聡視の補佐をしてもらおうか？」

（それじゃ、また改さんに全部面倒を見てもらうことになっちゃう。それじゃ意味ないのに。長谷井さんだって、ぼくを押し付けられたら迷惑なんじゃないのかな）

おろおろしている鈴に、タエが助け舟を出してくれた。

「それなら、一つ当てがあります。知り合いのパン屋さんが人手を欲しがっているんですけど、ご夫婦だけで経営しているお店なので、相性の良い方に来てほしいそうなんです。鈴さんさえよろしければ、一度お話を聞きに行ってみませんか？」

ふわっ、と心が浮き上がるのを感じた。

タエがパンを焼く手伝いをしたことが何度かあるが、全ての工程に心が躍った。膨らむ生地も、バターの香りも、オーブンから出す時の香ばしい香りも。

そのパン屋に、自分でもできる仕事があるのなら、ぜひ行ってみたい。

「はい、ぜひお願いします！」

そう答えた時には、既に鈴の胸は新しい可能性にときめいていた。

第二章

十二月に入ってすぐに、『ブランジェリーナカノ』でのアルバイトが決まった。

『ブランジェリーナカノ』は、屋敷から徒歩二十分程の場所にある手作りパンの店だ。

タエに連れられて店に行き、中埜（なかの）夫妻と話をした。店主の中埜大輔（だいすけ）と、タエの製菓学校時代の友人である日和（ひより）は、温かい人柄の懐の深い人達で、鈴のことをすぐに気に入ってくれた。鈴の犬のような耳のことも可愛（かわ）いと褒めてくれて、年末は忙しいからすぐにでも働いてほしいと言ってくれたのだ。

アルバイトの初日に一番落ち着かなかったのは、当の鈴ではなく改だった。

セーターにダッフルコートを身に着けた鈴の頭にニット帽を被（かぶ）せ、しっかりとマフラーを巻き付けてくる。

「外は寒いから、手袋もして行きなさい。財布は？　スマホは持った？」

「はい。大丈夫です」

昨夜何度もチェックさせられたことを、また確認させられる。初めて持たされたスマートフォンには、改の番号が短縮ダイヤルに設定してある。

「やはり今日ぐらいは送って行こうか」

「大丈夫です。道順、覚えています」

「何か少しでも不安なことがあれば、すぐに電話するんだよ。鈴からの電話はどんな時でもすぐに取るからね」

これも何度目になるのかわからない念を押されて頷く。そんな改と鈴の様子を見ていたタエがとうとう笑い出した。改は少し顔を赤くして、憮然（ぶぜん）とした様子になる。

「わかっているよ。心配し過ぎだと言いたいんだろう。鈴を信じていないわけじゃないんだ。でも、俺は鈴がとても大事だから、髪の毛一筋だって傷ついてほしくないんだよ」

改に確認させられた持ち物リストに加え、お守り代わりのガラス玉を入れたショルダーバッグを肩に掛け、新品のスニーカーを履いたら、準備完了だ。

「改さん、タエさん、行ってきます」

屋敷の門から一歩出ると、既に見慣れた街の風景が広がっている。心細さと、それ以上の高揚。自分ひとりで踏み出す世界は、改やタエに連れられて見る世界とは、少し違って見える気がした。


鈴の早寝早起きの生活が始まった。

目覚まし時計のベルが鳴る五時に起き出し、自分で簡単な朝食を用意して食べ、六時になったら職場に向かう。店に着いたら、白い七分丈のシャツと縞のコックタイ、縞のエプロンを身に着ける。同じ縞を用いたワークキャップは、店頭に立つ際に無用なストレスが避けられるようにと、鈴のためにタエが持たせてくれたものだ。

店主の大輔が前日に仕込んだ生地の焼成に入っている間、鈴は日和を手伝って、店先の掃除やポップ書きをする。開店したら、メインはパンの補充等の補助だが、必要な時には日和の隣でレジにも立つ。焼き立てのパンを求める人々のラッシュが過ぎるまでが、忙しさの第一波だ。

客足が落ち着く十時から十一時にかけて、三人で代わる代わる休憩をとる。

十一時から、店主は再びランチ時に向けてパンを焼き始める。サンドイッチや総菜パンがよく出る昼頃に第二派が来て、また客足がまばらになる四時頃に、鈴のバイト時間が終わる。

朝の三時に起きて店仕舞いまで働く中埜夫妻と比べたら、鈴の労働時間はずっと短いのだが、慣れない仕事でとても緊張するから、家に帰る頃にはへとへとだった。それでも、働くことは少しも苦にならなかった。自分でも社会に参加できている手応えがあったし、鈴の顔を覚えてくれたお客さんから声をかけてもらえるのも嬉しい。

「ぼうずはよく働くなあ。たいしたもんだ。こいつが来る前は二人でどうやってたんだか、もう思い出せねえや」

厨房での作業を終えた大輔が明るい調子でそう言うと、それに負けない元気な声で日和が返す。

「そんなこと言ってこき使って。鈴ちゃん、無理は禁物よ。この仕事、想像以上に体力勝負なんだから」

鈴はあっという間に気さくな中埜夫妻のことが大好きになった。

家に帰れば、夕食をとりながら、店で起こったことや行き帰りの道で見たことを話す。それを改は目を細めて楽しそうに聞いてくれる。

「あのね、今日、お店にフランス語を話されるお客様が来たんです。ぼく、接客できたので、中埜のおばさんにいっぱい褒めてもらえたんですよ」

はにかみながら今日一番嬉しかったことを報告すると、改は驚いたようだった。

「鈴はフランス語がわかるの？」

「ラジオで流れていた言葉なら、聞くのと話すのだけ、少しできます。改さんがぼくにラジオをくださったから」

「離れに閉じ込められていた頃？　ラジオを聞いていただけで覚えたのか。……君は長い時間、ひとりでラジオの音に耳を傾けていたんだね」

当時のことを思い出したのか、改は情のこもった眼差しで鈴をじっと見つめ、頭を撫でてくれた。

「俺は鈴が誇らしいよ。君は努力家で、とてもいい子だ。『ブランジェリーナカノ』でもたくさん役に立っているんだね」

狗神から解放されるまで、鈴には屋敷の中で見聞きしたものしか話すことがなかったから、外から話題を持ち帰れることが、とても嬉しかった。


ある朝、大輔が新作パンを差し出してきた。

「これ。どう思う？」

コッペパンの切れ目から、真っ白なクリームや苺と一緒に顔を覗かせているクッキーの猫。美しい筋模様を描くチョコクリームの上に、チョコレートのドングリと隣り合わせで座る栗鼠。タルトパンの艶々したカスタードの上に、ちょこんととまった小鳥。

動物の形をしたクッキーが、数種類の菓子パンの上にあしらわれている。

「えっ？　……これ、ぼくが作った……？」

鈴はバイトが終わった後や店休日には、タエ直伝の焼き菓子を焼く。バイトを始めてからは、中埜夫妻にもたびたびお菓子をあげていたのだが、このクッキーはどう見ても昨日鈴が持ってきたものだ。

「試作品。パンの味には自信があるんだが、どうも見た目が地味だって言われるんでな。ぼうずさえ嫌じゃなかったら、こういうのも店に出したらどうかと思って」

華やかなパンの数々を目にした日和は、大喜びして手を叩いた。

「そう、こういうのが欲しかったのよ！　可愛い。絶対売れるわ。子供に喜ばれるようなパンを置いてくれって、前からお得意さんにも言われてたの」

鈴は仰天してしまった。

「ぼくのお菓子なんて、まだまだ売り物にできるようなレベルじゃないです」

「鈴ちゃんのクッキーは本職だったタエちゃんにも負けてないわよ。製菓を何年も習って、名の通ったお店で働いたこともある私が言うんだから、間違いないわ」

はきはきとした日和に押し切られそうになる。終いには、大輔が「まあ、ぼうずの負荷が大きくなるしな。無理強いはできないけどよ」としょんぼりした顔になるから、ついに頷いてしまった。

その日から、大輔との合作パンの相談が始まった。

クッキーは水分が苦手だから、そこをどうクリアするか。もっと喜ばれる見栄えにするには、どうしたらいいか。

アイシングとフルーツピールをあしらったリングパンに、大小のお花のアイシングクッキーを飾って、花冠みたいにしてはどうだろう。クッキー生地を巻き付けて焼成する、持ち運びやすく崩れにくい動物パンも置きたい。童謡や童話をモチーフにして物語性を持たせたら、子供はもっと喜ぶのではないか。それなら、ポップももっと夢があるものにしたい……。

アイディアは尽きず、打ち合わせが楽しくて、鈴は夢中になってしまった。

「こういうアイディアは六十過ぎの爺には出ねえなあ」

「鈴ちゃんに才能があるのよ。向いてるんだわ」

中埜夫妻は褒めてくれるが、そんな風には思えない。鈴の夢を次々に形にしてくれる、大輔の腕が凄いのだと思う。

それでも、自分のアイディアが採用されるのは嬉しかったし、わくわくした。

鈴のクッキーをトッピングに用いた新作パンは、出したその日から店の人気商品になった。店頭に並べる先から飛ぶように売れていく。

大好きな人達のためにお菓子を焼いたことなら、これまでにも数えきれないぐらいある。だが、彼らが鈴の作るものを喜んでくれたのは、あくまでも身内の、鈴に好意的な人達だったからだ。だが今、自分が作ったものをお金を出して購入し、食べてくれる人がいる。

「このトッピングの猫は、こっちのぼうずが焼いてるんですよ」

奥からパンのトレーを運んできた店主が、幼児連れの若い主婦客にそう話しかけると、その客は「日替わりの動物パン、この子がいつも楽しみにしているんですよ」と、鈴に笑顔を向けてくれた。

信じられないぐらい嬉しかった。

自分にも、人に喜んでもらう仕事ができる。少しだけだけれど、中埜のおじさんとおばさんのお役にも立てている。世界からここにいてもいいのだと言われたような気がした。

　そんなことがあった日の夜、ほとんどの商品が完売した棚の前で、店主夫妻と鈴は互いを労い、喜びを分かち合っていた。店休日の前日ということもあり、翌日の仕込みがない大輔は、ことに上機嫌でリラックスした様子だ。

「鈴は福の神だな。早期定年退職して以来この店をやってきたが、鈴が来てから売り上げが跳ね上がった。この分じゃ、クリスマス商戦のケーキも台数をどんと増やしてもいいかもな」

　一緒に働くうちに遠慮も取れて、大輔がためらいのない仕草で鈴の頭をくしゃくしゃにすると、日和が、「貴方はまたすぐ調子に乗るんだから」と笑い声を上げる。

「月末のバイト代、ボーナスを上乗せしないとな」

　鈴はびっくりして、慌てて手を振った。

「そんな、結構です。ここで働かせてもらっているだけでありがたいことなのに」

「労働に対して対価をきちんともらうことは大事よ。鈴ちゃんだって、そのうち自分の店が持ちたくなるかもしれないんだし」

　日和の言葉は、その時の鈴にはまだぴんとこなかった。やっと馴染んだこの場所の居心地が良くて、中埜夫妻に喜んでもらえればそれで充分で、今は先のことなど考えられない。

「そうだ、クリスマスケーキのデザインやお店の飾り付け、今年は鈴ちゃんにも考えてもらいましょうよ。きっと若いママさんや子供さんに人気が出るわ」

わくわくするような提案を聞いて、気持ちが更に膨らんだ。いい人に囲まれて好きな仕事をできる自分はとても幸運だ。

帰ったら、改に話したいことがたくさんある。動物パンの話をした時も、改はとても喜んでくれたのだ。

——鈴の手伝った商品が並ぶなんて、凄いじゃないか。今度うちの分も帰りに買ってきてくれないか。俺もそのパンを食べてみたい。

嬉しくなった鈴が一生懸命頷くと、改は鈴の頭を撫でてくれた。

——鈴はひとりでもちゃんとやれるんだね。安心したよ。

やっと改を安心させられる自分に、少しだけ近づけたのかもしれない。その分だけ、改との結婚生活の終わりが近づくのかもしれないけれど。そう考えると、胸の奥がぎゅっと痛んだが、鈴は努めてそれを考えまいとした。

(ぼくはできることを頑張るだけ。それに、ぼくの幸せのために改さんを犠牲にするぐらいなら、改さんの幸せのために自分が哀しいのを我慢する方が、ずっといいんだ)

もし月末に初めてのバイト代がもらえたなら、そのお金で改に何かプレゼントを買いたい。それから、タエと長谷井親子にも。

和やかな雰囲気の中で談笑している中埜夫妻も、鈴も気づかなかった。帽子を外し、特徴的な耳を晒した鈴の姿を、窓越しに見ている目があったことを。

その日、開店前の掃除をしようと店先に出て、すぐ「それ」に気づいた。

扉を開けたすぐ外の歩道に、ビラのようなものが数枚落ちているのに気づき、拾い上げる。

それをひと目見て、頭が真っ白になった。

〈『ブランジェリーナカノ』獣人がいる店！　非常識　衛生面にも不安　どんな菌を持っているかわからない、女性や子供が襲われるかもしれない獣人を匿う店を許すな！　地域の安全を脅かす『ブランジェリーナカノ』は出ていけ〉

モノクロコピーの粗い画像だが、隠し撮りされたらしい自分の写真も載っている。

いつ、この耳を見られたのだろう？　お店でもおつかいでも、帽子は必ず被っていたのに。

いや、そんなことより、早くこのことを大輔に知らせなくては。

店に戻ろうとして、鈴はさらに大きなショックを受けた。店のショーウィンドウから扉にかけて書かれた、真っ赤な文字。「犬人間」「キモイ」「つぶれろ」。

（ぼくがこの店にいるせいで、大事なお店がこんな……）

呆然としながら、持っていた雑巾で血のような文字を消そうとした。けれど、スプレーペンキで書かれたそれは、擦っても消えてくれない。どんどん気持ちが苦しくなって、必死でガラスを擦り続けていると、

地域の
出

「ぼうず、もういいから。ホームセンターが開いたら落書き落としを買ってくるかな」

いつの間にか、腕組みをして大輔が傍に立っていた。店の扉が開いて彼が出てきたことも気づかずにいた。

「酷えことする奴がいるもんだなあ。大丈夫か？　お前、顔が真っ青だぞ。しんどいようなら、今日は店に出なくてもいいからな」

「あ……」

急速に喉が干上がったようになる。自分が店に出ては迷惑になる？　ここにいない方がいい？

「ごめんなさい。ぼくが、ぼくのせいで……」

そう言いかけた時、日和も外に出てきてきっぱりと言った。

「鈴ちゃんのせいなわけないでしょ。全部、こんなことする不届き者のせいに決まってる。最近売れてるせいで妬まれたのかしらね。ガラスはすぐに落ちるから大丈夫よ。木部も、メラミンスポンジで落とせるかもしれないわね」

それからは、日和が持ってきたシンナーとメラミンスポンジを使って、スプレーペンキと格闘した。木部の奥に入り込んだペンキまでは綺麗にならなかったけれど、何が書かれていたのかわからない程度には消すことができた。

「さ、これでお客さんがびっくりするようなことはないわ。後は業者を頼みましょう。この機会に、コーティングをお願いしてもいいわね。掃除が楽になるわ」

まだ蒼褪（あおざ）めたままでいる鈴の肩を、大輔が叩いた。

「今日は俺の手伝いしてみるか。見ててやるから、クロワッサン焼いてみな」

結局、その日鈴がいた時間帯の来客数は、普段の三分の一にも満たなかった。バイトが終わり、店を出て少し歩いたところで、よく鈴にも声をかけてくれる得意客のひとり、幼児連れの主婦にばったり出会った。

「こんにちは」

声をかけたが、女性はさっと目をそらした。

「ママ、パン屋さんのお兄ちゃんだよ？」

「いいから。早く！」

不思議そうに振り返る幼児の手を引っ張り、足早に歩き去っていく。そう言えば、いつも決まって三時過ぎに子供とパンを買いに来てくれるのに、今日は来店しなかった。

家に帰り着くなり、タエが心配そうに鈴の顔を覗き込んだ。

「鈴さん、どうかされましたか？　元気がないですね」

一瞬、今日のことを話してしまおうか、と思った。タエなら鈴と一緒に憤慨し、気持ちを上げる言葉をくれて、どうしたらいいかを一緒に考えてくれるだろう。

（でも、……改さんには知られたくない）

せっかく、自分ひとりでもちゃんとやれているって思ってくれたのに。鈴を丸抱えしなくてもよくなって、早く肩の荷を下ろしてもらいたいのに。

「……少し、疲れただけです」

嘘をついている後ろめたさで、視線が合わせられない。

「昼に、ぼっちゃんから電話がありましたよ。急な出張が入ったことを鈴さんにお伝えするようにと」

「改さん、今日は帰らないんですか？」

「工場でトラブルがあったとか。そのまま大阪での会議に回られるそうで、お帰りは明後日の夜だそうです。今日は早めにお食事にしましょう」

改が帰宅しないと聞いてほっとしたのは初めてかもしれない。改には何かあったとすぐに気づかれてしまいそうだからだ。

翌日も、クリスマスイブであるその翌日も、客足は戻らなかった。大輔も日和も鈴には何も言わなかったが、予約のケーキも急なキャンセルが相次いだようで、凄い勢いで焼いていたケーキ台の作業もストップしていた。

クリスマス向けにデコレーションした菓子パンも、ほとんど売れていない。大輔と鈴で話し合ってデザインを練った思い入れのあるパン達を見つめていると、どんどん胸が痛くなってくる。

（……ぼくがここにいるせいで、おじさんの美味しいパンまで、嫌われちゃった）

夫婦で手作りパンの店を出すことが、中埜夫妻にとって長年の夢だったと聞いている。このままの状態が続いたら、お店はどうなるだろう。

バイト時間が終わって着替えを済ませると、丁寧に制服をたたみ、大輔に差し出した。

「ぼく、今日でお店を辞めます。ぼくのせいでいっぱいご迷惑をかけて、ごめんなさい」

「店に立つの、しんどいか？」

とても優しい声だった。胸がキュッと絞られたようになり、鈴は懸命に頭を振った。

「ぼくは平気です。見た目のことを言われるのには、慣れてるし。でも、このままじゃお店が」

「あんな悪戯(いたずら)を気にしたら負けだぞ。あんなので来なくなる奴はそもそもこっちからお断りだし、お前さんが気にすることはないんだ。日和、あれを」

日和が奥に入り、封筒を手に戻った。大輔がそれを鈴に手渡してくれる。

「ほれ。給料日だ。これで何でも好きなもん買って、元気を出せ。明日も待ってるぞ」

我慢していた涙が一粒だけ零(こぼ)れる。

「……はい」

手渡された封筒が、とても重く感じられた。

店を出た鈴は、手の甲で目元を拭った。中埜夫妻の励ましがありがたく、嬉しかった。

（そうだ、泣いていても何も始まらない。迷惑をかけた分以上に働いてお返ししよう。減ってしまったお客様の代わりに、新しいお客様を呼べるよう、これまで以上に頑張ろう）

今日はクリスマスイブ。貰ったバイト代で、改やタエ達へのプレゼントを買って帰ろう。

何を買うかはもう決めてある。改には、毎日通う道沿いにあるブティックに飾られた革の手袋。タエには洋裁店のマネキンが着ている綺麗なレースのエプロン。よく本を読んでいる長谷井にはブックカバー。龍之進にはワンダマンの文房具。

（中埜のおじさんとおばさんには、何を贈ろうかな）

そんなことを考えていたら、どんどん気分がよくなってきた。自分で稼いだお金で、大事な人にプレゼントを買える。なんて素敵なことだろう。

手袋があるブティックに向かう通りを歩いていた時、前から来た三人組の少年に取り囲まれた。

「可愛いね。ひとり？　俺らと遊ばねえ？」

怯えながら三つの顔を見上げる。十代後半と見られる少年達より、鈴の方が頭一つ低い。華奢な体格と童顔のせいもあって、少女に見間違えられたようだ。

「ぼく、男です」

「なんだよ。こんな帽子被ってんなよ。紛らわしいんだって」

頭からニット帽をむしり取られた。栗色の毛に覆われた犬のような耳が露出する。

「なんだこいつ！」

「気持ち悪ぃ！　化け物だ！」

持っていたショルダーバッグを奪われそうになって、必死で逃げた。滅茶苦茶に走り回っているうちに、通い慣れた道を大きく外れ、ひと気のない行き止まりの路地へと追い詰められる。抵抗したが、体格と人数に勝る少年達には敵わなかった。腹を殴られて倒れたところを、何度も蹴りつけられる。

鈴のショルダーバッグを持って少年達が立ち去った後には、ぼろ屑のようになった鈴だけが残った。路面に伏した顔の先に、何かきらきらと光るものがある。目を凝らすうち、それが砕けたガラス片で、鈴の宝物であるガラス玉が割れたものだと知った。

ごく小さな白い何かが、ふわりふわりと、上空から舞い降りてくるのが目に入る。雪だ。雪が降ってきた。道理で冷えるわけだ。

知識としては知っていても、実際に目にしたのは初めてだ。最初はまばらに降っていた雪が、次第に忙しなく舞い落ち始め、視界を白く染めていく。

「……琥珀糖にアイシングクッキー、シャボン玉にストームグラス」

前にこの歌を歌ったのはいつだったろう。その時も酷く寒かったような気がする。いつだって鈴と共にあり、慰め続けてくれた歌を、自分のためだけに口ずさんでみる。

「……思い出すんだ、宝物。僕は、大丈夫」

（どうしてだろう。今夜はとっておきの歌の魔法が効かない。ちっとも楽にならない）

大丈夫じゃない。全然、大丈夫なんかじゃない。

だって、大事なガラス玉が砕けてしまった。

路上が雪で覆われてしまう前にと、路面にしゃがみ込んで、粉々になったガラスの破片をかき集める。指先が切れて血が流れるのにも気づかず、ハンカチの中にガラス片を可能な限り集めると、こぼれないように端を固く縛って、胸にぎゅっと抱きしめた。

「改さん……」

この世で一番大切な人の名前を舌の上に載せたら、馬の脚が折れるように、自分の中で何かが取り返しのつかないほどに崩れるのを感じた。

「改さん、改さん。あらたさ、……ああ、あぁあ、あああああ……！」

涙は出ない。感情まみれの声ばかりが迸（ほとばし）って、心臓が捩（ね）じ切れそうだ。

（改さん、改さん、改さん！）

もう二度と、この場所から立ち上がれないような気がした。

できることが増えて、少しは人間らしく、大人になったつもりだった。このままあの場所で一生懸命頑張れば、いつかは自分の力で生きていくこともできるようになるんじゃないかと思っていた。

でも、世間の目はやはり厳しくて、結局はこんなところで這いつくばって叫んでいる。自分はバイトを始めた時から、いや、改と出会ったばかりの幼い時分から、何も変わっていないのだと思った。

親からも嫌われて、人前に出てはいけないと禁じられ、化け物だと怖がられていたあの頃のように。人の目から逃げ隠れして、怯えて無力で、ただ与えられるのを待っているだけ。

優しくしてくれた人達から、大事なものを奪い続けるだけ。

そんな自分に嫌気がさしてくる。自分をごみのように感じ、生きている価値がないように思える。馴染み深い自己卑下の殻の中に閉じこもってしまいたくなる。

でも。

立ち上がらなくては。ひとりで立って、生きなければ。

「宝物はぼくの中にあるんだ。誰にも奪えない。砕けたりもしない」

己を鼓舞するために、言葉を声に出してみる。

人とは違う見た目でも。親に捨てられた命でも。改がくれたスマートフォンも、初めてのバイト代も奪われ、雪がちらつくこんな夜に、傷だらけになっていても。

改からの最大の贈り物は、自分のこの命なのだから。

「立て……、立て、立て！　立て‼」

鈴は痛む体を起こし、無理やり立ち上がった。己を奮い立たせて、一歩一歩前へと進む。路地を出ると、全く見知らぬ街の光景が広がっていた。必死で逃げ回るうちにずいぶん遠くまで来てしまったようだ。

雪がちらつく街に人影は少ない。道を行く人にここがどこかを訊ねようとして、帽子がなくなっていたことを思い出す。ひゅっと息を飲み、急いでコートのフードを被った。

怖い。人が、怖い。

どんどん体が冷えてきて、雪と風を凌(しの)げる場所を探しているうちに、見知らぬ川縁(かわべり)の橋のたもとに辿(たど)り着いた。コンクリート製の橋脚に寄り掛かると、風雪が直接当たらない分、少しだけ寒さが和らぐ。

(痛いのと疲れたのがもう少しだけ治ったら、帰り道を探すんだ。だから今は、ちょっとだけ休もう)

本音を言えば、全身が酷く痛んで、視界も揺らめいていて、もうこれ以上歩けそうもなかったのだ。

なんて静かな夜だろう。雪が街の音を吸い取ってしまったかのようだ。

クリスマスイブは一番のかきいれ時だと、大輔が言っていたことを思い出す。そんな大事な時期を台無しにしてしまったことを思い、気分が沈む。せめて、嫌悪の的であった鈴の姿が見えなくなったことで、今頃お客さんが戻ってくれていたらいいなと思う。大輔の焼くパンもケーキも、本当に美味しいのだから。

最初に指先の感覚がなくなり、耳や鼻先が金属のように冷たくなった。やがて膝から下が痺れたようになる。

(中埜のおじさんのパン、食べたいな。おばさんが揚げたコロッケ入りのパンも。それからタエさんが作ってくれた焼き菓子……)

痛みと寒さから意識をそらそうと、鈴は楽しいことを思い浮かべようとする。

『ブランジェリーナカノ』の窓ガラスに、スノーパウダースプレーで雪の結晶の模様を描いたこと。店内に飾ったツリーのてっぺんに、大きな星をつけさせてもらったこと。アイシングクッキーをクリスマス用にデザインして、たくさん焼いたこと。

中埜夫妻は、特異な見た目や育ちを異端視しない人が屋敷の外にもいるのだということを教えてくれた、大切な人達だ。

――クリスマスイブにはね、いい子はサンタさんにプレゼントをもらえるんだよ。

昔、改はそう言って、まだ幼かった鈴に絵本をくれた。最初の年はクリスマスイブ当夜のサンタを描いた絵本、次の年は同じシリーズの、サンタの夏休みを描いた絵本。

タエお手製のピンクやレモンイエローのカップケーキを食べ、その絵本を読み聞かせてもらった思い出が、鈴にとってのクリスマスだ。そうしながら鈴は、魔法のカバンから毎回素敵なプレゼントを取り出す改こそ、サンタさんみたいだと思っていたのだ。

大好きだったあの二冊の絵本は、鈴の離れのあの部屋に今も大事にしまってある。

(もしこの雪が積もったら、あの絵本に出てきたのとそっくりな雪だるまを作ろう)

頭が朦朧としてきた。もう寒さも痛さも感じない。

サンタの顔も、何故プレゼントを配っているのかも、どこにいるかも知らないけれど。

(もしも一つだけ願いを叶えてくれるなら、あの優しい人に、ぼくの分の幸せを全部あげてください)

あの人が寒くありませんように。この先も寂しい思いをしませんように。大好きな人と、温かい場所で、美味しいものを食べて、笑っていられますように。

「鈴！　りーん！」

幻聴だと思った。今幸福を祈ったばかりのその人の、この世で最も聞きたかった声が、自分の名前を呼んでいる。

「いないのか。いるなら返事をしてくれ。鈴！　鈴‼」

ああ、そうか。鈴が深層で一番望んでいた願いを、サンタが聞き届けてくれたのか。

壊れた人形のように橋脚にもたれかかっていた体を助け起こされた。抱きこまれた広い胸は温かかったが、鈴を抱く腕は細かく震えている。

「鈴。ああ……、鈴、鈴！」

切ない声で、名前を連呼される。まるでそれ以外の言葉を忘れてしまったかのように。

腕が少し緩められ、確認するように熱い掌で頬を包まれた。慕わしい顔を見上げながら、なんてリアルな幻だろうと思った。改が読み聞かせてくれた中にあった、マッチ売りの少女がマッチを擦って見た幻影も、こんな風にリアルで温もりを感じられたのかもしれない。凜々(りり)しい眉が苦悩するように寄せられているのが痛々しくて、冷え切った指先で眉間(みけん)を伸ばそうとするが、その手をとらえられてしまう。

「なんて冷たい手だ。血が……、怪我してるのか？」

問いかけられて、自分がずっと握りしめていた血塗(ちまみ)れのハンカチの包みを見つめ、大切なガラス玉のこと思って鋭い哀しみに貫かれる。

「……割れちゃった……」

「何が？」

「お庭を閉じ込めた、シャボン玉のガラス。……割れちゃった」

改が「そんなもの……」と言ったきり、絶句する。

そんなもの、じゃない。あれは長い長い間、鈴を支え続けてきたもの。鈴の世界の全てが凝縮されたもの。生涯大事にしようと誓った、一番大事な宝物。

それさえ守り抜けず、大事なものを台無しにしていくばかりの己を、恋しい人の幻に向かって、ひたすらに詫び続ける。

「ごめんなさい、改さん、……ごめんなさい」

後頭部を大きな手に抱え込まれ、背骨が軋むほど強く抱きしめられた。

「鈴。うちに帰ろう」


その後の二日、鈴は高熱で寝込んでしまった。

薄目を開けると、一番好きな顔がそこにある。呼吸をするたび熱い息で喉が焼けて肺が痛んだが、改の顔を認めるたびに、夢うつつの鈴の顔にはまろやかな笑みが上った。いい夢がまだ続いていることに安堵して、また眠りの海を漂う。

ようやくはっきりと覚醒した時、酷く喉が渇いていた。手を取って握りしめられたことで、これが夢ではないことを知る。

「改さん」

自分が横になっているのが、屋敷の自室のベッドであることにも気づいた。

「目が覚めたのか。喉が渇いただろう」

改が吸い飲みで鈴の喉を潤してくれる。

(雪の中で聞いた改さんの声は、幻聴じゃなかったんだ)

自分を見下ろしている顔が、ぐっと歪んだ。

「何故だ、鈴。何故、こんな状況になってさえ俺を頼ろうとしなかったんだ。俺の顔は少しも浮かばなかったのか？　そこまで俺は頼りにならないのか」

「そんな。そんなはず――」

「なくすところだったんだぞ！　下手したら君を！　大事な人を亡くすのは、もうたくさんなんだ。……君を失ってしまったら、どうやって生きればいいっていうんだ！」

激情に高ぶり、痛みに溢れた熱い声だった。改に怒鳴られたのは初めてだ。それだけ心配をかけたのだと思った。

「心配させて、ごめんなさい。雪の中を探してくれて、改さん、寒かったでしょう」

「俺のことなどどうでもいいんだよ」

改はなおも何かを言い募ろうとしたが、飲み込むように言葉を切った。

「……もういい。君が戻ったんだから、それでいい」

「どうやってぼくを見つけてくださったんですか？」

あまりにも不思議だったから、改の姿を聖夜が見せる幻なのだと思ってしまった。

「この屋敷とあの店の周辺しか知らない君が、徒歩で行ける範囲は限られている。大通りは聡視に車で回ってもらって、俺は裏通りを少しずつ範囲を広げながら探したんだ」

寒空の中を探し回ってくれたのだと思うと、酷く申し訳なくて、自己嫌悪が込み上げてくる。

「日和さんが鈴を心配して、タエさんに電話をくれた。そのお陰で、あの店で何が起こっていたのかを知ったんだ。君が帰宅時間を過ぎても帰って来ないとタエさんから聞かされた時には、心配のあまりどうにかなりそうだった。頼むから、今度何かに困ったら、まず俺に話すと約束してほしい」

眉間に寄った皺の深さが、苦悩の深さを浮き彫りにする。せっかくちょっとは安心してもらえた気がしていたのに。鈴の心配から解放されて、自由に生きてもらえるよう、改を安心させてあげたかったのに。

（ぼく、まだ全然だめなんだなあ……）

「はい。……ごめんなさい」

しょげてしまった鈴の頭を、改が撫でてくれた。馴染んだ優しい感触に、萎れていた心がゆっくりと慰撫されていく。

「先のことは、元気になってから一緒に考えよう。まずはゆっくり休むことだ」

鈴の腹や手足で、痣が日々派手に色を変えていく。幸い骨にヒビは入っておらず、熱はすぐに引いた。それでも、大事を取るよう改から固く言われていたので、年末はほとんどベッドで過ごした。ベッド脇に積み上げられた改からのクリスマスプレゼントは、一人に贈るものとしては明らかに多過ぎたけれど、どれも鈴を思って選んでくれたものだと思うと、とても嬉しかった。

年が明けてから、長谷井親子が年始の挨拶と鈴の見舞いを兼ねて、訪ねてきてくれた。気心の知れたメンバーでおせち料理を囲むひとときに、心が和んだ。

以前通りの、穏やかな時間が流れていく。閉じた安全な世界にいる限り、鈴は守られていて安全だ。少しも危険はないと確信できることが、今の鈴にはありがたかった。『ブランジェリーナカノ』でアルバイトしていたことなどなかったかのような気さえしてくる。

それでも、鈴はずっと中埜夫妻やあの店のことを考えていた。年末年始は休みだと聞いていたけれど、もうとっくに店は開いていることだろう。

リビングの窓を眺めながら、またぼんやりとパン屋に思いを馳せていると、改がソファのすぐ隣に座ってきた。

「『ブランジェリーナカノ』でのアルバイトのことだけど。鈴はどうしたい？」

まるで心を読まれたようで、どきっとする。鈴は、口ごもりながらこう答えた。

「ぼくがいない方が、あのお店のためには、いいと思います」

「中埜さんご夫妻は、君さえよければまた来てほしいと言ってくれている」

「……ぼくがいると、また落書きされるかもしれないし。お客さんだって減ってしまった」

「誰に迷惑がかかるとか、誰のためになるとか、そういうことはいったん横に置いておこう。まずは君がどうしたいのか、正直な気持ちを聞かせてほしい」

（だって、いっぱい迷惑かけたよ？　人並みに働こうなんて、ぼくが身の程知らずの望みを抱いたから、いけなかったんじゃないのかな）

考え込む鈴に、改が視線で返事を促してくる。

「ぼくは、お店も、中埜のおじさんとおばさんも、大好きで」

たどたどしい鈴の話に、改は穏やかな表情で耳を傾けている。

「だから、ぼくのせいでお店が汚されたり、パンが売れなくなったりするのは、嫌で」

しゃべっているうちに、怖かったこと、辛かったことが蘇ってきて、心臓を握りつぶされているみたいに、呼吸が浅くなる。

「うん。それで？」

「……悪口や、追いかけられるのは、怖かった。けど、……お店で働くの、凄く楽しかっ……」

浅い呼吸が引き攣ったようになり、絞り上げるような苦しい涙が滲んできた。

「あんなことがあった後で、また店に立つのは怖いだろうね。もちろん、無理をして働く必要はない。ここにいれば君は傷つかずに済むし、俺としては、正直その方が安心だという思いもある。……でも、君はアルバイトに通っている間、本当にいい顔をしていた。君が望む自分でいるために、あの場所が必要なんだろう？　店に迷惑がかからないなら、本当はまたあそこで働きたいんじゃないのか？」

その通りだ。

自分を嫌う人々の目も、自分がいることで店まで攻撃されることも、怖い。

でも、パン屋での仕事が好きだった。初めて自分も社会に参加できているのだと実感することができた。外での話を改に持ち帰れることが嬉しかったし、自分の稼いだお金でプレゼントを買うことを考えていた時間も楽しかった。今も、あの店で働いていた時の充足感が忘れられない。

（ほんとにいいのかな。……ぼく、あのお店に戻ってもいいのかな？）

「店や君の身に起こったことは、俺の判断ミスでもある。君を外に出すにあたって、あらゆる可能性を考慮すべきだった。俺としてもこれ以上君を危険に曝すつもりはないし、然るべき対策は講じるつもりだ。暴漢や落書き犯からは俺が守ると約束するよ。だから、君は君が望むようにしていいんだ」

おずおずと頷いた鈴の頬を、大粒の涙が伝っていく。改はふっと口元を緩め、大きな掌で、鈴の濡れた頬を拭ってくれた。


鈴が『ブランジェリーナカノ』でのアルバイトを再開させる朝、改は鈴の手に綺麗な小瓶を手渡してくれた。中にはガラスの欠片が詰まっている。

「……もしかして、これ……？」

「君の宝物」

あの日砕けてしまったガラス玉を、改が瓶に詰めてくれたのだ。鈴の大切な思い出が凝縮されたガラス玉は、形を変えて、またこの手の中にある。何よりの勇気をもらった気がして、鈴は小瓶をきゅっと握りしめた。

「改さん、ありがとう」

まだ朝の六時なのに、改は既にスーツ姿だ。車の助手席のドアを開け、「さあ、どうぞ。お姫様」と言って、鈴に乗るよう促す。

「これから朝は俺が送るよ。帰りは運転手の高木さんが迎えに来るからね」

「えっ？　だめです、そんな。改さんにも運転手さんにも、そんな迷惑はかけられません」

「早めに出社する代わりに、退社時間を早めることにしたんだよ。俺と朝のドライブをするのは嫌？」

「ドライブは好きです。でも」

「俺がマイカー通勤をしたら、高木さんの仕事がなくなってしまうよ。うちの会社ほどの厚遇を見込める再就職先は、なかなか見つからないだろうな。鈴が断ると、高木さんも困ると思うけど」

「そんな……」

「君を襲った少年達や店への落書き犯は、必ず捕まえるよ。俺は気が長い方だし、こうと決めたら諦めることは決してないんだ。ただ、不心得者は彼らだけとは限らない。送迎は絶対条件だ。君が何と言おうと、これだけは譲らないよ」

（ぼく、これまで以上に改さんに丸抱えされてる……？）

そう思ったが、結局そのまま押し切られ、鈴のアルバイトの行き帰りは送迎付きとなってしまった。


嫌がらせ犯は、鈴が店に復帰してから二日後に、あっけなく捕まった。改は探偵を雇い、店を二十四時間体制で張り込ませていたのだ。犯人は夜中、店の壁にスプレーペンキで店に落書きをしていたところ、その現場を取り押さえられ、犯行の一部始終を撮影したデータと所持していたビラごと警察に突き出された。

「犯人は近所に住む男だったらしい。バイトをクビになってむしゃくしゃしていた時に、鈴が中埜さん達と楽しそうにしている様子を見て、憂さ晴らしのためにやったんだそうだ」

捕り物があった翌朝のキッチンで、鈴が作ったサンドイッチを摘まみながら、涼しい顔をして改が言う。

「俺が雇った探偵は元刑事だが、相当な強面でね。二度とあの店に関わらないよう、強めに釘を刺してもらった。今後、落書きや悪質ビラの心配は要らないはずだよ」

鈴は感謝と当惑半々といった気持ちで、それを聞いていた。

「その探偵さんを雇ったお金は、ぼくのアルバイト代よりずっと高いんじゃ」

「それとこれとは別。妻を守るために俺がしたいことをしているだけだ。このキュウリのサンドイッチ、美味しいね。もう少しもらえる？」

「……！　はい！」

どんなささやかなことでも、改のために何かできるのは嬉しい。鈴は所望されたサンドイッチを、嬉々として作り始めた。

程なくして、鈴を襲った少年達も、ホームレスへの暴行事件を起こして捕まった。鈴の件だけでなく、他にも余罪があるらしく、少年院送りは免れないようだ。これを機に、周辺地域へのパトロールが強化されることになったのは幸いだった。

店への嫌がらせを発端にした一連の事件は、これで収束を見たものの、一度離れた得意客がすぐに戻ってくるわけではない。鈴の犬耳を知っても気にせず通ってくれている客もいるし、中には励ましの言葉をかけてくれる人もいたけれど、以前に比べれば客足は半分以下に減っている。

改の発案で、店のチラシのポストインやインスタグラムの開始など、いくつかの策を講じてもいる。だが、今のところ大きな集客には繋がっておらず、このままでは一月の売り上げも厳しいことになりそうだった。

そんな一月末の、鈴がバイトを上がるまであと一時間ほどとなった三時過ぎのこと。

やけに子供たちの歓声が聞こえてくるな、と鈴が思っていると、その声がどんどん近づいてくる。カラン、と呼び鈴の音を立てて店の扉が開き、入ってきたのは——着ぐるみのワンダマンと、ヒーローに群がる子供達、撮影クルーの一群だった。

スタッフが日和に撮影許可を求めている間にも、呆気(あっけ)に取られている鈴に向かって、ワンダマンが近づいてくる。肩をワンダマンが親し気に叩いてくるが、何が起こっているのかわからない。

「ワンダマン、お友達と再会できたんだね！　よかったね！」

アニメ声のナレーターがヒーローの代弁をすると、ワンダマンはオーバーゼスチャーで頷いた。

ナレーターが店の紹介をし、日和が普段より早口でインタビューに答えている。ワンダマンが最後に鈴にハグをすると、すかさずフラッシュが光る。

店を出て見送る鈴と日和に手を振り、一群は店の前に停めてあるバンに乗り込んで行く。まるで嵐が一瞬で吹き過ぎて行ったようだった。

（今の、何だったんだろう）

ぼうっとしている鈴を、長谷井が苦笑しながら見守っているのに気づいた。

「長谷井さん！　どうしてここに？　って言うか、今の、何だったんですか？」

「社長のご乱心。『イカルガフーズ』がワンダマンのアニメ二期の最大手スポンサーになったんだよ。今のはアニメの最後に流れる新コーナー、『ワンダマンが来る』の撮影だったんだ。さっきのワンダマンにハグされている画像、鈴くんのスマホに送っておいたから。インスタの更新に使って」

（え？　改さんが？　……もしかして、お店の窮地を救うため？）

と言うより、店の窮地に心を痛めている鈴のため、だろうか。改はこのために、きっと鈴の想像も及ばない大きなお金を動かしたに違いない。

（……もう。改さんったら）

自分がアルバイトをしたいと言いだしたために、ここまで大事になってしまったと思うと、眩暈がしそうだ。余計に改に負担をかけて、まだまだ自立なんてほど遠いのだなと思った。

でも、鈴のためにここまでしてくれる人なんて、この世に改ひとりしかいない。

夢心地でいる鈴の耳には、バンの前でヒーローとの名残を惜しんでいる子供たちの声が聞こえている。

だがその時、鈴の人並み外れた聴覚が、大通りを行き交う車の排気音や可愛い歓声の合間に、別の声を聞きつけた。

「駄目よっ！　待って、瞬ちゃんっ！」

女性のただならない声音に、全身の産毛が逆立った。

目の前では、ワンダマンがバンの中から子供達に手を振っている。その車に向かって、四車線の車道を横切って走ってくる幼児の姿が見えた。

耳をつんざくようなダンプカーのブレーキ音。女性の悲鳴。駄目だ、間に合わない！

自分でもどう動いたのか記憶にない。ただ、何を考えるより先に体が動き、気が付いた時には、幼児の体を抱えて歩道の脇に倒れ込んでいた。

腕の中で自分を見上げる小さな顔を見下ろし、鈴はそっと言った。

「瞬ちゃんっていうの？」

「うん」

「どこか痛い？」

「ううん」

「よかった」

追ってきた母親が、子供の無事を確認した途端、糸が切れたように路肩に膝をついて、号泣し始めた。

「ありがとう……、ありがとうございます！　もしこの子に何かあったら、わたし……！」

鈴の挨拶を無視したことのある、あの母親だった。

車に乗り込んでいたはずのワンダマンと撮影クルーも駆け寄って来る。

「ワンダマンと、パン屋さんのお兄ちゃん、お友達なの？」

瞬に問いかけられて、いつの間にかワークキャップが脱げていたことに気づき、はっとした。咄嗟に耳を隠そうとしたが、この子は少しも怖がっていない。鈴は耳を隠そうとして上げた腕を、そろそろと下ろした。

幼児の問いかけに向かって、犬耳のヒーローが大きく頷く。

「今日のヒーローはこのお兄ちゃんだね。でも、ヒーローだって必ず助けに来られるとは限らないよ。道路は大人の人と手を繋いで、信号が青になってから、横断歩道を渡ろうね。ワンダマンからのお願いだよ！」

ナレーターの女性が言うと、瞬は神妙な顔をして頷いた。

「それじゃあ、助けてくれたお兄ちゃんに、ありがとうを言おう！」

「お兄ちゃん、ありがと！」

「どういたしまして」

注目を浴びていることが恥ずかしくなって小声で答える鈴に向けて、何度もフラッシュが閃（ひらめ）く。消え入りそうになりながら、その光をとても眩（まぶ）しいと鈴は思っていた。


鈴が子供を助けた件は、ワンダマン公式ツイッターによって拡散され、ニュースでも取り上げられた。しばらくは興味本位の客が大挙して詰めかけたから大変だったが、長谷井の報告を受けた改が警備員を手配してくれたお陰で、大きな混乱はないままに一時的なブームをやり過ごすことができた。

ブームが去っても、『ブランジェリーナカノ』の盛況は続いている。一度は遠のいていた近隣の客も戻ってくれたし、鈴が助けた瞬の母親も、毎日幼稚園からの帰り道に、瞬の手を引いて立ち寄ってくれる。

「以前は無視したりして、本当にごめんなさいね。中傷ビラなんかで動揺して、自分が恥ずかしいわ。あんなに瞬も、ここのパンを食べたいって言っていたのに」

「いいえ。得体のしれないものからお子さんを守りたいと思われるのは、当然ですから」

「最近はお店の布教に励んでいるのよ。わたしの友達、もう十人以上はここのファンになったわ。ナカノさんのパンは本当に美味しいもの」

「ありがとうございます」

瞬の母親は、ワークキャップの中にしまわれている鈴の耳の辺りに視線をやって、ほんのりと微笑(ほほえ)んでいる。

「見慣れてしまえば、貴方の耳って素敵よね。瞬なんか、ワンダマンとお揃(そろ)いだって、いつも羨ましがってるのよ」

——人はね、見慣れないものを警戒するようにできているんだよ。だから、鈴の耳も、見慣れてもらうことが最初の一歩だ。もちろん、それでも偏見から逃れられない人は一定数いるだろうが、受け入れてくれる人もたくさんいるはずだ。

(改さんが言っていた通りだ)

店では衛生面を考えて帽子を身に着けているけれど、最近鈴は、改と一緒に出掛ける時には、街中でも耳を隠さなくなった。ただし、以前襲われたようなケースもあるから、ひとりでいる時には気をつけるよう言われている。

——一歩一歩だよ、鈴。君が歩いた後に道ができていく。焦らずに、少しずつ進もう。何があっても、必ず俺が君を守るから。

『ブランジェリーナカノ』での一番人気は、マントを着た犬のデザインのワンコパンだ。焼き上がったばかりのワンコパンの包みを瞬に手渡しながら、鈴の心も焼き立てみたいに温かくなっていた。


週末に長谷井が、龍之進とその保育園の友達を連れて屋敷に遊びに来てくれた。

「この子、成ってゆんだよ。鈴がワンダマンの友達だって言ったら、会いたいって」

元気いっぱいに龍之進が友人を紹介してくれる。

「よろしくね。成くん」

成は人見知りなのか、赤く強張った顔をしているばかりで返事をしない。

改と長谷井が仕事を持ち帰っているようだったので、鈴は離れに幼児二人を誘った。

宝物を見せてやっても、折り紙を折ってやっても、ワンダマンが店に来た時の話をしてやっても、成はあまり反応しない。さっさと鈴の膝に座ってしまった龍之進の方をちらちら見ているばかりだ。

──ああ、もしかして。

この子が鈴に会いたいと言ったのはただの口実で、本当は龍之進と遊びたかったんじゃないだろうか。それなのに、当の龍之進は鈴にべったりだから、がっかりしたのかもしれない。

絵本を読み終わったところで、鈴は二人に告げた。

「それじゃ、ぼくはタエさんのお手伝いをしてくるから、二人で遊んでてね」

自分がフェードアウトすることで、成の望みを叶えてやりたかったのに、龍之進はそんな思惑(おもわく)など知らず、「おれも！　お手伝いする！」と嬉しそうに後をついて来ようとする。

案の定、成は一層惨(みじ)めな表情になってしまった。困った鈴は、龍之進に耳打ちした。

「成くんは、龍ちゃんと二人で遊びたかったんじゃないかな」

さっと振り返った龍之進は、事もなげにこう言った。

「なら、遊ぼって言えばいいじゃん。成の気持ちは成にしかわかんないんだからさ！」

真っ赤になって震えている成が、泣き出すんじゃないかと思った。だが、成は全身を振り絞るようにして、「……あーそーぼ……」と言ったのだ。

それはとてもか細く震える声だったけれど、鈴は子供の勇気に感動してしまった。

「ちゃんと言えたね。成くんは偉いね」

膝を折り、目線を合わせてそう言うと、成が鈴にしがみついてくる。押し付けられた小さな体は、熱くなっていた。

「あっ、成だけずるい！　おれも！」

便乗して龍之進も抱きついてくるから、三人で一つの塊みたいになってしまった。

結局、お手伝いという名目で、三人してタエを邪魔しに行き、四人で大騒ぎしながら型抜きクッキーを焼いた。焼き上がったクッキーを食べ終わる頃には、成もすっかり鈴に懐いてしまっていた。それから帰りの時間になるまでに一番はしゃいでいたのは、成だったかもしれない。

長谷井達が帰ってしまうと、改はリビングに鈴を誘った。マグカップ二つを持って戻り、一つを鈴の前に置く。改の分はブラックコーヒー、鈴の分はミルクとシュガーをたっぷり入れたカフェオレ。

「子供達の世話、大変じゃなかった？」

「いいえ、楽しかったですし、小さい子って凄いなって」

「鈴は保育士にもなれそうだね」

保育士になるのは難しいだろうと思ったが、子供は好きだ。いつか子供達にパンやお菓子作りを教えることを仕事にできたら、楽しいだろうなと思う。

「お店の方、落ち着いてきたみたいだね。あれ以来、変な奴は出没していない？」

「はい。全部改さんのお陰だって、いつも中埜のおじさんとおばさんが言っています」

「俺は鈴を守りたかっただけだから。でも、やっと一件落着かな」

（少しは安心してもらえたのかな）

鈴の自立が近づくことはそのまま、改が鈴から自由になる日が近づくことになるのかもしれないのだけれど——。その日を思っただけで体が冷たくなり、呼吸が乱れてくる。

（本当は、ずっとこのまま、改さんの傍にいたい。離れたくない）

鈴が自分から言い出さなければ、きっと改はこのまま結婚を維持しようとするだろう。抱きたいとも思えない弟のような鈴のために、もっと改に相応しくて恋愛対象にもなる相手、そう、朔也のような人との未来を、諦めてしまう。

改は誰より優しいから。鈴の面倒を見ることが自分の責任だと思い込んでいるから。

だから、どんなに苦しくても、これは鈴から言わねばならないのだ。

「改さん、あのね、中埜のおじさんのおうちに、空き部屋があるんですって。おじさん達のおうちにはお子さんがいないから、ぼくに住んでもいいって言ってくださっているんです。そうしたら、ぼく、自活できると思います」

やっとの思いで切り出したのに、改はとても奇妙なことを聞かされたような表情を浮かべている。呆気にとられて、信じ難いというような。

「……君は何を言っているんだ？」

「ぼく、ずっと考えていたんです。改さんとぼく、離婚した方がいいんじゃないかなって」

「鈴は俺と別れたいのか？　もしかして、その準備のために仕事を？」

次第に改の声が大きくなり、表情が険しくなっていく。

「そういうわけじゃないんです。でも」

（改さん、怒ってる……？）

急に改がはっとした顔になる。

「好きな奴でもできたのか？　もしかして聡視か？」

「どうして長谷井さんが出てくるんですか？」

「聡視は男前だし、話していて愉快な男だ。それに君は聡視といる時は、随分リラックスしているようだから」

それは、長谷井とは話す機会が多い上に、彼に対して恋愛感情がないからだ。第一、鈴は改と話す方がずっとずっと楽しいし、改の方が百倍もハンサムだと思っているのに。

「聡視じゃないなら、パン屋の客か。まさか、テレビ局の人間じゃないだろうな」

どうも思ったような方向に進まない。どうしてそんな話になってしまうのだろう。

本当は、自分の幸せのために改が犠牲になるのはもう充分だと言いたかった。でも、朔也が言っていた通り、改はそんなことはないと言って自己犠牲を貫こうとする気もする。それなら、口を噤んだまま身を引く方が改のためになるのだろうか？

（でも、誤解させたまま離れたりしたら、これまでの全部を仇で返すことになってしまう）

何が改のために最善なのかわからなくて、おろおろしながら口ごもっていると、改はがっくりと肩を落とし、頭を抱え込んでしまった。

やっと顔を上げた時、改は酷く哀しい目をしていた。

「確かに、君を囲い込んでしまった自覚はある。その代わりに、君が望むならすぐに離婚に応じようと覚悟を決めていた。でも一緒に暮らすうちに、君と離れることなどできっこないと思い知った。君も俺との暮らしに馴染んでくれた気がしていたのに。鈴、君はずっと、俺から自由になりたいと思っていたの？」

（改さん、怒ってるんじゃない。傷ついたんだ）

そう気づいた瞬間、胸に激しい痛みを感じた。自分が、改を傷つけた。改によかれと思って告げた言葉が、逆に刃となってしまうなんて。

どうしてこんなことに？　自分が本音を隠したせいで、改が鈴の気持ちを悪い方に受け取ってしまったからだ。

さっき龍之進が友人に向かって言った言葉が、鋭い光を放ちながら、鈴の脳裏へと切り込んでくる。

――なら、遊ぼって言えばいいじゃん。成の気持ちは成にしかわかんないんだからさ！

そうだ。鈴の気持ちは鈴にしかわからない。改のそれもまた、改にしか。

改が想像した鈴の気持ちが、鈴の本心からずれてしまっているのと同様に、鈴が想像した改の気持ちもまた、改の本音からずれてしまっている可能性もあるのではないか。

鈴のように未熟な者が、人の気持ちを勝手にひとり決めすることは、とても危ういことなのではないだろうか。

そこまで思い至った時、朔也に嫉妬して以来混乱し続けていた頭が、すっと冷えた。

（全部、正直に話そう。改さんと話し合って、何が一番いいのか、一緒に考えよう）

自分がこの世で一番信じられるのは、改なのだから。

「改さんが同情で結婚してくださってから、ぼくは毎分、毎秒、本当に幸せでした。でも、改さんはちゃんと好きな人と結婚した方が、幸せになれるんだろうなって思ったんです」

「待ってくれ。同情？　俺の君への気持ちを、そんな風に思っていたのか」

「改さんはぼくが可哀そうな子だから、救わなくちゃいけないって思ったんでしょう？　ぼく、充分救われて幸せだから、もう自分を犠牲にしなくていいんですよ？　本当なら朔也さんと結婚したかったんでしょう？」

「何故そんな勘違いを。どこでそういう話になったんだ」

呆然とした表情でそう言った後、改ははっとしたように膝を叩いた。

「そうか。あの時、朔也くんから妙なことを吹き込まれたんだな」

（吹き込まれた……？）

「朔也さんは、改さんの元婚約者じゃないんですか？」

「そんな事実はないよ。確かに光峯氏から、朔也くんを妻にどうかと言われたことはある。でも、すぐに断った。俺には人生を懸けて幸せにしたい人がいる、他の人と結婚する気はないし、これからも気持ちが変わることはないと。光峯氏も納得してくれた。それなのに、朔也くんが君にそんな嘘を言うとは」

「……嘘、だったんですか？　なんでそんな嘘を……？」

長い掛け違えの可能性に気づき始めて、鼓動が危険なぐらいに速くなっていく。気が遠くなりそうだ。だとしたら、嘘に踊らされて、自分は一体何を。

「朔也くんはとても気位が高い青年だ。俺に振られた形になったことを、よほど腹に据えかねていたんだろう」

「でも、……改さんと、何度もセックスしたって」

「それも大嘘だ」

改は深々とした溜息をついた。

「彼とは家族同席でのつきあいがあるだけで、二人きりで会ったこともないよ。俺達の仲に水を差して、意趣返しがしたかっただけだろう。光峯家には厳重に抗議しなくてはね。光峯氏は卑劣な真似を断じて許さない真っ当な人だから、朔也くんには、父君が嫌というほどお灸を据えてくれるはずだ。当然、二度とこの屋敷の門はくぐらせないよ」

意趣返し。

（たったそれだけのために？）

体から空気が抜けていくようだった。

「どうして俺に直接訊かなかったの？」

改が穏やかに問いかけてきた。

「お二人の関係を、改さんの口から聞くのが怖かったんです。それに、改さんは優しいから、訊いても本当のことを言わないだろうって。他に好きな相手がいてもぼくのことを放り出せないはずだって言われて、その通りだなって思い込んでしまって……」

「あいつ。よくも君にそんなことを」

改が表情を険しくした。

「いいえ、ぼくのせいです。きっと他の人なら、ちょっと心をかき乱される程度で済んだだろうに、ぼくが幼稚なせいで真に受けてしまったんです。本当にごめんなさい」

「許さないよ」

いつも鈴には優しい人の厳しい言葉に青ざめたが、言葉とは裏腹に、改の眼は熱を帯びて輝いていた。在りし日の少年を思い出させる、黒い星のように煌(きら)めく瞳。

「君の本当の気持ちを全部聞かせてくれるまではね。君の屋根になれればそれでいいと思って結婚したはずが、もうそれだけでは我慢できそうにないんだ。鈴、君を愛している。誰にも君を渡したくない。君に俺以外の誰かが触れることを想像しただけで、血反吐(ちへど)を吐きそうになる」

畳みかけてくる言葉にくらくらして、全身が心臓になってしまったように脈打っている。

こんな火傷(やけど)しそうに熱い塊を、鵜(う)呑(の)みになんかできない。

そんなことをしたら、必死でこらえてきたものが、どうしようもなく燃え上がってしまう。

そうなったら、もう二度とその炎を埋火に戻すことなどできはしない。

「でも、改さんはぼくとは一緒に寝てくれないでしょう。恋じゃないから、同情だから、ぼくではその気になれなかったんじゃないんですか？」

「確かに始まりは、同情だったと思う。出会った日の君は、八つというのが信じられないほど小さく痩せていて、誰かが守ってやらなくてはと思ったんだ。でもすぐに、俺は君に心から魅了されてしまった。スポンジみたいに俺の言ったことを吸収して、疑うことを知らない。そんな君がいじらしくて可愛くて、たまらなかったよ」

それは保護者としての情ではないのか。そう思った鈴の心を読んだかのように、顔を覗き込まれた。聞いて、と眩いばかりの瞳が語り掛けてくる。

「結婚してからも、君に性的な目を向けるのは冒瀆であるような気がしていた。でも君は日毎に美しくなって、すぐに目をそらせなくなった。一度だけ抱いた夜には痛い思いをさせてしまったし、君が身も心も大人として花開くまで、二度目はじっくり待とうと思っていたんだ。君のベッドに忍んで行きたくて、幾晩眠れずに過ごしたかわからない」

真っ赤に燃え盛る熱塊が体の奥からせり上がってきて、全身がわなわな震えた。

頼むから、夢ではないと言って。これが夢なら、もう生きていけない。

だって心と体がこんなにも激しく燃えている。恋の炎が制御不能の火焔となって、矯めに矯めてきた鈴の我慢を焼き尽くそうとしている。

「心だけじゃなくその体も、妻として俺に委ねてくれないか。まだ気持ちが整わないなら、待つよ。だが、あまり長くじゃないとありがたい。待つのは得意な方だが、そろそろ俺の忍耐も限界らしいからね」

「ぼくはもう待てません」

迸った言葉は既に赤々と燃えていた。

「寂しくて、ずっと改さんに触れてほしくて、どうにかなってしまいそうだったから」

「抱いてもいいの？」

鈴の熱が、改に燃え移ったことがわかる、そんな声だった。

真っ赤になった顔でこっくりと頷くと、改はリビングの内線電話の通話ボタンを押した。

「タエさん、夕食は冷蔵庫に入れておいてくれないか。明日も俺と鈴が起きてくるまで、電話の取り次ぎも朝食の知らせも無用だ」

行こう、と手を取られて連れていかれたのは、久しぶりに入る改の部屋だった。

ゆっくりと体重をかけられ、ダブルベッドの真ん中で二つの体が重なる。

出会った日から、あとひと月で十三年。一緒に暮らすようになってから、季節が一巡りしようとしていた。口づけのために目を閉じる瞬間、部屋の天井に、幼い日に星座鑑賞をしたあの夜空が重なって見えた。

改によって衣服を暴かれ、一糸まとわぬ姿になった鈴は、全身を薄桃色に染めて震えていた。かつて、改の前で裸になることに、何の羞恥も覚えていなかった自分が信じられない。

部屋が明る過ぎると言ったのに、

「初めての時は暗くてよく見えなかったからね。痛くしないよう、今日はちゃんと見ながらするよ」

という理由で、照明を落としてはもらえなかった。

（ぼくのため？　そういうものなの？）

胸元で握り合わせていた鈴の手を枕の上に上げさせ、隠していた胸元や、産毛しか生えていない腋までも露わにさせられる。

「鈴。もっとよく見せて。ずっと我慢してきた俺のために、脚も開いて」

そんな恥ずかしいことはできないと思うのに、優しく命じられると膝に力を入れていられなくなり、下肢がひとりでに開いていく。

「いい子だね、鈴。とても綺麗だ」

自分も着衣を解いた改が鈴の上に乗り上げてくる。自分とは別の生き物のように固く厚みのある体が、酷く艶めかしかった。開いた脚の間に改の腰が重なると、既に興奮を示す二つの屹立が触れ合って、鈴は唾を飲んだ。

改の指が鈴の左耳の中に潜り込み、愛撫(あいぶ)を仕掛けてくる。同時に、右耳を持ち上げて中をぞろりと舐め上げられる。鈴の背中が大きく反ってシーツから浮いた。

左耳の悪戯は続けながら、改の唇が、首筋から喉、胸の色づきへとゆっくりと移動していく。小さな突起を唇で挟まれた時には、びくっと体が跳ねた。初めての時、そんな場所を弄(いじ)られるのかと驚いたそこを、柔らかく食(は)み、吸い上げ、舌先で弾いてくる。

「ん、ふ、……あ、あん……」

ぷっくりと勃(た)ち上がった左右の粒を、指と舌とで優しく苛められれば、内腿(うちもも)がびくびくと痙攣(けいれん)してしまう。まだ触れられてもいない下腹の先がてらてらと光っていたが、鈴自身はそんなことには気づけない。

半年前、初めて抱かれた披露宴の夜とは、全てが違っていた。

改は鈴のどの皮膚も、どの肉も、放っておくことはなかった。二の腕の内側、臍(へそ)、指の間。舐められ、捏(こ)ねられ過ぎて、自分が水まんじゅうのような半透明のつるんとした塊になってしまった気がした。

あの夜は、鈴を傷つけないように恐る恐る触れてきた指が、あっという間に鈴の深い場所を探り当て、大胆に小さな尻をつかんでくる。

鈴はシーツの波の上で文字通り溺(おぼ)れていた。喘(あえ)ぎ過ぎて、うまく呼吸ができない。何度も何度も縁を撫でられた窄(すぼ)みもまた、改の長い指を咥(くわ)えこませられ、はしたないほど喘いでいた。

部屋が明るすぎるし、絶え間なく与えられる愛撫が過剰すぎる。急激に感覚も理性も焼き切れていく感じがあって、鈴は崩れるように叫んだ。

「改さんっ、だめ、だめえ……っ」

「何が駄目なの？　こんなに濡れているのに？」

ゆっくりと出し入れされ、腹側の内肉を捏ねられれば、不随意に腰が跳ね上がってしまう。それだけでもいっぱいいっぱいなのに、鈴が弱いしっぽの付け根を同時にまさぐられれば、たまらなかった。

「半年前と比べて、随分大人になったね」

自分でも、前より酷く感じるようになったことには気づいていた。改の触れる場所、触れる場所が、溶けるほどに気持ちよくて、知らず知らずに腰を突き上げてしまう。その動きにつれて、健気(けなげ)に屹立した茎が、改の眼前で揺れる。

改がそれをためらわず飲み込んでいく。

「あアッ！」

改が自分の下腹を口腔(こうくう)に迎え入れ、愛撫している。さっき上品にコーヒーを飲んでいたあの口で。刺激的に過ぎる眺めに目がちかちかした。

深い場所に埋め込まれた改の指は、もう動いていないのに、鈴が腰を動かすせいで、内側までもが勝手に刺激される。

改に求められていないと思っていたあの苦しい時期、自慰すら虚しくて欲望も枯れ果てていた。性的なこと自体久し振りな肉体は、前後同時に加えられる刺激にあっという間に追い上げられ、鈴は脚をM字に開いてつま先立ちながら、果てた。

霧を吹いたように全身を光らせながら、荒い呼吸を繰り返す。平気な顔をして、鈴の迸りを飲み込んでしまった改が信じられない。

「気持ちよかった？」

気持ちいいというより恐ろしかった。頭と心臓と性器が弾けてしまったんじゃないかと思えて。息が整わない鈴をあやすように、髪や頬にくちづけてくれる。

「まだばててはいけないよ。今夜は狗神の邪魔も入らないし、俺も途中で逃がしてあげるつもりはないからね」

少し朦朧とした頭で、鈴はこくこくと頷いた。改の声は普段通り優しいのに、両目は獲物を狙う獣みたいに底光りしている。

ローションを何度も足され、そこが改と繋がるための性器へと作り変えられていく。

「前の時よりずいぶん柔らかくなった。うつぶせになろうか。その方が楽だと思う」

「いや」

ずっと言われるがまま従っていた鈴が、初めて抵抗した。

「改さんのお顔が見えないのはいやです」

「わかったよ。鈴は体が柔らかいから、こうしよう」

仰向けの体を深く折り畳まれ、おむつを替えてもらう赤子のような恥ずかしい姿勢を取らされた。

「挿(い)れてもいいかな？」

「は、はい」

いよいよだ、と思うと痛みの記憶で体が竦(すく)む。何度かトライした後で、改は腰を引いてしまった。鈴は縋るような目をして、「やめないで」と言った。

やっと求めてもらえたのに。改が確かに欲してくれていると、体で感じたかったのに。

「最後までしてほしいんです。痛くてもいいですから」

「君と分かち合えないのでは意味がない。この先ずっと一緒に楽しみたいから、君にもこれを好きになってほしいんだ。力を抜いて、と言っても加減がわからないだろうな。鈴、歌って」

「……えっ？」

「ドーはドーナツーのードー、はい」

「ドーは、ドーナツーの、ド？」

何が何だかわからないままに、改の指示通りのメロディを口ずさむ。

レはレモンのレ、も同じようについて歌い、ミはみんなのミ、からは声を合わせる。一緒にドレミの歌を歌っているうちに、この状況がおかしくなってきて、鈴が思わず声を上げて笑うと、改も目元をふっと綻(ほころ)ばせる。と、次の瞬間、ぬぷん、と改が入ってきた。

「んあっ！」

「ほら、入った」

不意打ちにびっくりして、おかしいわけでもないのに、またしゃくりあげるように笑ってしまう。

「鈴。今動かれると、まずいんだけど」

笑いの発作が収まると、入れ替わるようにして、鈴の頬に涙の粒が零れた。

「どうしたんだ。痛いのか？」

焦った様子を見せる改に向かって頭(かぶり)を振り、おずおずと広い背中に手を回す。そうしている間にも、涙はぽろぽろと零れ続けている。

「嬉しくて、……もう、二度とないと思ってたから。改さんと一つになれて、嬉しい」

改の舌が鈴の涙を舐めとっていく。汗ばんだ額から髪をかき上げられ、犬そっくりな耳に、額に、瞼(まぶた)に、キスを落とされる。

「俺も嬉しいよ。可愛い大事な、俺の鈴。ずっと鈴とこうなりたかった。もっと早くこうしていればよかったね」

動かずにいる間、改は鈴の体中を指先や掌、唇や舌で愛撫してくれた。すっかり過敏にな

ってしまった乳首は、改の息がかかるだけで固く凝ったし、舌同士を絡め合いながら、敏感な耳の中やしっぽの付け根に指を入れられると、何か所をも同時に犯されているようだった。

何かをこらえるように目を眇める改が色っぽい。動きたいのに、鈴の体をあやしながら、馴染むまで待ってくれているのだと気づく。

こんな時にまで、改はどこまでも優しい。こんな素敵な人の大切な分身が、今自分の身の内に収まっているのだと思ったら、繋がっているその場所が、勝手に収縮した。

「ひぁ、あぁああんっ！」

途端に甘い衝撃が下腹に走り、自分のものじゃないような声が迸る。

「痛みはなさそうだね。どんな感じ？」

どんな感じだろう、と自分の感覚に耳を澄ませ、素直に言葉にしてみる。

「お腹のなかがいっぱいで、お尻がじんじんして、ひとりでに中が、びくん、びくんって」

改が奥歯を食いしばったように見えた。

「……まったく、君って人は。動くよ」

最初は小刻みだった抜き差しが、深いストロークに変わっていく。

腰を振り立てる動きについていけず、鈴が待ってと言うたびに、改は止まってくれた。

でも、中で感じてならない場所に、雄々しいものをじりじりと擦り付けながら、蜜を溢れさせている鈴の屹立を掌で愛撫したり、尻に張り付いてしまっているしっぽの根元から先へ、と指を滑らせたりする。そんな風にされるとたまらなくなってしまって、腰が勝手に恥骨を突き上げるように動いてしまう。

鈴の奥まった場所が、改の剛直を啜り上げる。と、改が怖いように真剣な顔になった。鈴の腰骨の辺りをつかみ、容赦なく楔を打ち込み始めた。

「あぁ！　待って！　改さ、待っ……」

今度はどんなに頼んでもやめてもらえない。

突かれるたびに、何かが込み上げてくる。なんだか凄く怖いものが、奥の方からせり上がってきて、自分が破裂してしまうんじゃないかという気がする。

切れ切れに自分の窮状を訴えると、改は色めいた笑みを浮かべた。

「そんなに気持ちいいの？」

「はぁ、は、……これ、きもちい、の？」

この怖くてもの凄く危険な感じがする何かが、「気持ちいい」なんて軽々しい言葉で表現できるものなんだろうか？

「ずっと勃起しているし、とろとろに濡れている。そんなに感じてくれて、嬉しいよ」

「気持ちいい……」

言葉にして確かめてみたら、その感覚は快感以外の何物でもないと確定された。鈴が経験したことのない、この身に余るほどの、凄まじい愉悦。

「は、あ！　気持ち、いい。気持ちいいよぉ、あぁ！　あらたさ、あらたさんっ」

「たまらないね。君の声、脳が溶けそうだ」

（改さんも？　ぼくの体で気持ちよくなれる？）

貧弱でその気になれない体だと朔也に言われてから、密かに抱いてきたコンプレックス。喜悦で霞んだ目で見上げると、自分の上にいる改が、思った以上に余裕のない表情を浮かべていることを知って驚いた。

何でも知っていて、いつも鈴を導いてくれる改は、常に大人で余裕があって、のりしろがたっぷりある印象だった。それが今は、こんなに必死な表情でいる。まるで鈴の体に溺れるみたいに必死で腰を走らせ、汗ばんだ顔を少し苦しげに歪めて、のりしろなんて一ミリもない。

鈴と体を繋げていることで、改はこうなっている。自分の体が改をこうしているのだ。

そう自覚した途端、爆発するような喜びが沸き上がり、体の反応が加速して止まらなくなった。全身のいたるところに細かい震えが走り、改を咥えているそこが痙攣して、愛しい質量を食い締めてしまう。途端に改が小さく呻いた。

重なる体と体だけが交わせる激情。呼応し相乗効果で加速していく互いの反応。

初めて結ばれた時には、精神的な喜びはあれど、痛みの方が勝っていた。でも、これは違う。全然違う。

想いが通じて、改にも求めてもらえていることを知った上での交わりは、別の次元での行為のように快感に底がない。

(気持ちいいよ……、気持ちよすぎて、どうにかなっちゃいそう)

性の悦びの果てのなさに怯えて、鈴はしゃくりあげ、悶えた。

「あぁあ！　あらたさ……、なんか来るっ、凄いの、きちゃ……！」

何か途轍もない火球のようなものが、腹の奥の方からせり上がってきて、鈴を焼き尽くそうとしていることを、切れ切れの言葉で訴える。繰り返される摩擦によって火球を生み出し、鈴を追い詰めているのは他ならぬ改なのに、鈴はその広い背中に縋りついて救いを求めた。

「……そろそろいくよ」

押し殺した声で囁かれ、意味もわからないままに、鈴は頷く。

すぐに改が激しく腰を使い始めた。華奢な体が壊れそうなほど滅茶苦茶に揺さぶられて、もう言葉は紡げず、めろめろに溶けた悲鳴を零すばかりだ。

肌が鳴る音のピッチがどんどん上がっていく。

改がひときわ深く鈴を抉った。

鈴が恐れていた凄いものが、ついに鈴を捕まえる。

鈴は顎を跳ね上げて、悲鳴の形に大きく口を開いた。つま先を丸め、全身を収縮する粘膜と同期させながら、白蜜を噴き上げる。

それと同時に、改は絡みつく内襞の中へと己を解き放った。

「大丈夫？　体がきついだろう」

大丈夫だという印に頭を振ると、改は鈴の体を支えてペットボトルの水を飲ませてくれた。散々泣いたり喘いだりしすぎた喉に、冷たい液体が心地よく沁みる。しっぽの先が、ぱた、ぱた、とシーツを叩いている。

腰が立たなくなった鈴は、抱き上げられてバスルームに運ばれた上、改の手で全身を清められ、こうして再びベッドに運んでもらった。さっきまで敷き詰められていたバスタオルも片づけられて、清潔なシーツが裸の肌にさらさらと触れている。何から何まで至れり尽くせりだ。

「全部していただいて、ごめんなさい」

「君が動けないのは俺のせいだ。手加減しようと思っていたのに、最後は完全に頭に血が上ってしまった。済まなかったな」

熾火が残った瞳でじっと見つめられ、唇を唇で掬い上げられれば、やっと収まってきた肌がざわざわする。

長時間の交合で脚はがくがくになり、ずっと改を受け入れていたそこも、じんわりと熱を持っている。でも、初めての時のような痛みはなくて、信じられないほどの快さだけが残っていた。それだけ丁寧に抱いてくれたのだろうし、鈴の方でも受け入れる心構えができていたのだろう。

（凄く、幸せだった……。セックスって、こんなに素敵なんだ）

　ふと思いついて、鈴はこんなことを訊ねてみた。

「ぼくはもう、可哀そうな子ではありませんか？」

「君は自分のことを可哀そうだと思う？」

「いいえ。思っていません」

「俺もだよ。見た目は変わらず可憐だが、今の君には、自分で自分を幸せにする力がある。それでも、俺には今の君を透かして、八つの君も、十の君も見えている。全部の君が可愛くてたまらない。だからかな。君が小さかった頃のように、膝に座らせて甘やかしたい欲求が今も消えない。子離れできない親みたいだな」

　自分より年長で、社会的に成功しており、肉体的にもずっと逞しいこの人が、まるで母親に再会できた幼子のような瞳で、何度も鈴の髪や頬に口づけてくる。

「君は俺に守られたと思っていたようだけど、本当に守られてきたのは俺の方だ。ボストンでも、社会に出てからも、握った小さな手の感触が俺を支えていた。あるがままを愛するつもりで、俺は時を止めてしまっていた。君と過ごした少年時代をなくすことが怖かったのかもしれない。でも君は、止まっていた時を大きく動かしてくれた」

変わることを恐れていたのは改だけじゃない。でも、変わる痛みを越えて踏み出したからこそ、今があるのだ。

改への想いがとめどなく溢れてきて、お返しに拙いキスをする。

出会った頃の十四の改。引き裂かれた時の十六の改。母を失って、異国でひとり耐えていた頃の改。会えなかった十年間の、今より幼かった全ての彼を胸に抱き、子守唄を歌って眠らせてあげたい。

「随分回り道をしたね。でもきっと今が俺達のタイミングだったんだ」

そう言って、改が優しく微笑んだ。

「ぼくも。そう思います」

きっとあのままじゃ駄目だった。感情の意味を知らなかった鈴と、感情を表すことが下手な改。相手のためだと思いながら、二人てんでに影法師を相手にダンスを踊っていたようなものだ。鈴はあまりにも子供で、改は鈴の夫でいながら父親役までやろうとしていた。

こんな二人だったから時間がかかったけれど、こんな二人だったからこそ、その分深く、確かになったものもある。

ついばむような口づけが、やがて舌を絡ませる濃厚なものに移行していく。たっぷりと大人の口づけを楽しんでから、改が少し考え込むようにこう言った。

「まだちょっと、君とこうしていると、いけないことをしている気分になるな」

「えっ？」

「でも、ほんの少しの背徳感は、むしろスパイスになるって知っていた？」

身を寄せてきた改のそこが裸の腹に触れ、また完全に近い形をとっていることを知る。求められていることが嬉しくて、肌は簡単に熱を帯びる。本当は、鈴もまだまだ改と絡み合っていたいけれど、開かれた部分はさすがに限界のようだった。

「あの……」

「お尻はもうつらいだろう。だから、今度は別のことをしよう」

改の瞳が、好奇心旺盛な少年のきらめきを宿している。

体の上に乗り上げてくる肉体の重みを感じながら、別のことって何だろうと考える。創意工夫が好きでサービス精神旺盛な改のことだ。きっと鈴には想像もつかないことをしようとしているに違いない。何が起こるのかどきどきするが、相手が改なら少しも怖くはない。

自分より熱い肌の感触、自分の下肢を割り開く逞しい腿の量感に陶然となる。改になら、どんな恥ずかしいことをされてもきっと嬉しい。改が鈴に与えてくれるものに、鈴が喜ばないものなどあるはずがないのだから。

アルバイトを終えて私服に着替え、店を出ると、ガードレールに寄り掛かっていた改が身を起こした。

「改さん？　どうして？」

「今日は早く上がれたからね。というか、土日に出勤だった分の休みを取れと聡視がうるさいんだ。一緒に帰ろうと思って、高木さんに乗せてきてもらったんだよ」

店の前に停めてある黒塗りの車に近づき、二人して後部座席に乗り込む。今日の出来事を報告し合う間も、改がずっと手を握ってくれているのが嬉しかった。

心から愛する人が、こんな風に不意打ちで待っていてくれて、同じ家に帰れることを夢のようだと思う。

ドアを開けた途端に、いい匂いが鼻腔を満たした。母のように思う人が作ってくれた夕食の香りだ。廊下を進むうちに、改も香りに気づいたようだった。

「これなら鈴じゃなくてもわかるぞ。今夜はクリームシチューだ」

少年の日を彷彿(ほうふつ)とさせるいたずらめいた笑みを浮かべて、鈴を見返してくる。

会話をしながらタエと三人で食事をして、バスルームでは夫婦で互いに疲れを流し合う。ひとつ屋根の下でささやかな日常を分かち合いながら、一日の終わりには改と同じベッドで眠る。

温かな闇の中では、ただ穏やかな眠りを共有するだけのこともあるし、より秘密めいていてたまらなく楽しい、五感の全てを使った会話と遊びを、二つの肉体ですることもある。

（今夜はこのまま寝るのかな。それとも）

と考えていると、隣に横たわる人の手が伸びてくる。

「明日は店休日だろう？」

それがお決まりの誘い文句だ。くすぐられて笑っていたはずが、笑い声の合間に甘い吐息が混じってくる。

何という贅沢（ぜいたく）だろう。何と心楽しい日々だろう。鈴を取り巻く人々があまりに優しくて、鈴は時々、過去に戻って小さな自分に今日の幸福を教えてあげたくなる。

でもきっと、世界は本当には優しくなってはいないのだと鈴は思う。「普通」という武器を持つ人々が立っている向こうの岸と、鈴が立っているこちらの岸は、これからも少しずれ続けるだろう。鈴だけじゃなく鈴に味方してくれる人にまで石を投げる誰かが、この世界から完全にいなくなることも、きっとない。

それでも、もし傍に最愛の人がいてくれるなら、残酷で気まぐれな世界は、ガラス玉に閉じ込められた幸福の幻よりずっと強く眩く煌めくのだ。

あとがき

はじめまして、またはこんにちは。夏乃穂足です。

この『ワンコは今日から溺愛されます』はルチルさんで二冊目、通算十六冊目の本になります。ＢＬを書き始めたばかりの頃には、こんなに本を出していただけるとは思っていませんでした。とてもありがたく、嬉しく思っています。

担当様と新作の打ち合わせを進めていく中で、「溺愛」「けもみみ」「可哀そうな子が幸せになる話」といったいくつかのキーワードをいただきました。そこからイメージしたプロットが採用になり、今作の主人公である犬耳しっぽを持って生まれた鈴というキャラクターが立ち上がってくるにつれ、「この子の行く末を見たい。この子を幸せにしてやらなくては」という強い気持ちに衝き動かされるようになりました。

と言うのも、鈴が年齢にしては身も心も幼く、何もかも覚束ないのです。書いていても妙にハラハラしてしまい、最初はまず安全な環境と食べ物を与えなくてはというところに懸命になり、心身が少しずつ育ってきてからは、そろそろ思春期の戸惑いや恋が芽生えてくる頃かなと感じ……、という風に、全ては鈴の成長ありきでストーリーが展開していきました。

鈴の成長が年齢に追いついてくるにつれ、物語も少しずつ色づいていったように思います。

そのため、恋愛の進行はとてもゆったりしています。攻めの改は、自分史上一番受けに甘い「溺愛スパダリ」を目指したつもりでしたが、自分史上一番のヘタレになったような気がするのは何故でしょう。ともあれ、鈴を甘やかすことを生き甲斐にしている改に任せておけば、この先も鈴は心楽しく安全に暮らしていけるんじゃないかと思っています。

イラストを担当してくださいましたのは、榊空也先生です。移り変わる鈴の年齢ごとの容姿や衣装をたくさんデザインしていただきました。なんと、犬耳ヒーローワンダマンまで！鈴も龍之進もはちゃめちゃに可愛く、登場人物全てが魅力的です。物語に出てくるモチーフがぎっしり詰め込まれたカバーや口絵は本当に目が幸せで、今は毎日いただいた画像を眺めては喜びに浸っております。榊先生、素晴らしいイラストの数々をどうもありがとうございました。

いつも優しくお声をかけてくださり勇気づけてくださる担当様、今作が刊行されて読者様のお手元に届くまでの全ての工程で力を尽くしてくださった方々、そしてこの本をお手元にお迎えくださいました皆様に、心より御礼申し上げます。

疲れた方にも安心してお読みいただけるラブストーリーを目指して書きました。恋愛に不慣れな二人が、ゆっくりと時間をかけて成就させていく恋の行方を、お楽しみいただければ幸いです。

夏乃穂足

✦初出　嫌われワンコのお気に入り……………書き下ろし
ワンコは今日から溺愛されます………書き下ろし

夏乃穂足先生、榊 空也先生へのお便り、本作品に関するご意見、ご感想などは
〒151-0051 東京都渋谷区千駄ヶ谷 4-9-7
幻冬舎コミックス　ルチル文庫「ワンコは今日から溺愛されます」係まで。

幻冬舎ルチル文庫
ワンコは今日から溺愛されます

2020年9月20日　第1刷発行

✦著者　夏乃穂足　なつの ほたる

✦発行人　石原正康

✦発行元　株式会社 幻冬舎コミックス
〒151-0051 東京都渋谷区千駄ヶ谷 4-9-7
電話 03(5411)6431[編集]

✦発売元　株式会社 幻冬舎
〒151-0051 東京都渋谷区千駄ヶ谷 4-9-7
電話 03(5411)6222[営業]
振替 00120-8-767643

✦印刷・製本所　中央精版印刷株式会社

✦検印廃止

ISBN978-4-344-84734-7　C0193　Printed in Japan

幻冬舎ルチル文庫